SUSANNE KRIESMER

Schneiderei Graf – Schicksalszeiten

Titel auch als Hörbuch erhältlich

Über die Autorin:

Susanne Kriesmer wurde 1979 in Andernach am Rhein geboren und ist auf einem Bauernhof aufgewachsen. Nach dem Abitur in Bonn-Bad Godesberg machte sie eine Lehre zur Buchhändlerin. Von ihrer Mutter – einer gelernten Schneiderin – bekam sie ihre erste Nähmaschine geschenkt und näht seitdem in ihrer Freizeit. Mit dem Schreiben von Büchern begann sie nach der Geburt ihrer drei Kinder. Susanne Kriesmer lebt mit ihrer Familie am Rande der Vulkaneifel.

Susanne Kriesmer

Schneiderei Graf

Schicksalszeiten

lübbe

Dieser Titel ist auch als Hörbuch und E-Book erschienen

Vollständige Taschenbuchausgabe
der bei Bastei Lübbe erschienenen E-Book-Ausgabe

Umschlaggestaltung: Guter Punkt, München unter Verwendung von Illustrationen von © Westend61 / Getty Images; NLAURIA / iStock / Getty Images; Nerthuz / iStock / Getty Images Plus; Liu Chi San / EyeEm / Getty Images; © Richard Jenkins Photography
Satz: 3w+p GmbH, Rimpar (www.3wplusp.de)
Gesetzt aus der Adobe Caslon Pro
Druck und Verarbeitung: GGP Media GmbH, Pößneck
Printed in Germany
ISBN 978-3-404-18794-2

5 4 3 2 1

Sie finden uns im Internet unter luebbe.de
Bitte beachten Sie auch: lesejury.de

MIX
Papier aus verantwortungsvollen Quellen
FSC® C014496

Für meine Eltern und in Gedenken an meinen Patenonkel

PROLOG

Bad Godesberg, Spätsommer 1939

Das Bündel an die Brust gedrückt und die große Tasche fest umklammert, huschte sie durch die Straßen. Sie wusste, dass das, was sie tat, riskant war. Sehr riskant. Und nicht nur für sie selbst. So, wie die Lage derzeit war, würde sie in Haft kommen – oder sogar Schlimmeres.

Hoffentlich würde sie auf ihrem Weg keinem Menschen begegnen. Hoffentlich stellte ihr niemand Fragen. Gehetzt blickte sie nach links und rechts, das Bündel immer noch fest im Arm.

Die breite Straße, auf der sie sich nun befand, lag verlassen da. Zum Glück. Den ganzen Tag schon hatte sie auf den Schutz der Dunkelheit gewartet. Hatte gezittert und gebangt. Jetzt – gegen elf Uhr am Abend – war es endlich dunkel genug, um unerkannt und bestenfalls sogar ungesehen die Stadt zu durchqueren.

Vereinzelt schien etwas Licht durch Fensterläden auf die Straße. Die meisten Häuser aber waren dunkel, wie es an einem Donnerstagabend zu dieser späten Uhrzeit nicht anders zu erwarten war. Nur noch zwei Straßen, und sie hätte es geschafft. Sie beschleunigte ihre Schritte, bis sie fast rannte und ihr Herz wild den Takt dazu schlug.

1958

1

»Hast du das heute in der Zeitung gelesen?«, fragte Rita.

Edith war so in den Anblick des alten Lastkahns auf dem Rhein versunken, dass sie nur abwesend nickte.

»Mensch, Edith! Hörst du mir überhaupt zu? Du liest doch keine Zeitung, also kannst du es gar nicht gelesen haben.« Rita warf keck ihren Kopf nach hinten, und ihr blonder Pferdeschwanz wippte mit.

»Ich lese wohl Zeitung!«, antwortete Edith. Sie rutschte auf der Bank nach vorn. Wie so oft hatte sie sich nach der Arbeit mit Rita getroffen, um ein wenig am Rhein entlangzuspazieren. Dabei konnten sie den Rheinschiffern bei der Arbeit zusehen und sich über dies und das unterhalten. Nachdem sie schon ein gutes Stück gegangen waren, hatten sie sich im Schatten einer großen Linde auf einer Bank niedergelassen.

»Ja, aber nur am Sonntag, wenn dein Vater dich bittet, ihm beim Frühstück die Schlagzeilen aus dem *Bonner General-Anzeiger* vorzulesen.«

Edith verdrehte die Augen. »Ich lese Zeitung. Punkt.«

»Ja, klar.« Rita tippte sich an die Stirn und kicherte. Mit der Schulter stupste sie Edith an, die plötzlich mitkichern musste. Einfach, weil Ritas Gekichere immer so ansteckend war.

Nachdem sie sich wieder beruhigt hatten, beschlossen sie weiterzugehen. Es war noch früh am Abend. Ein leichter Sommerwind wehte über die Rheinpromenade unterhalb von Bad Godesberg und ließ ihre weiten Tellerröcke mal hierhin, mal dorthin schwingen. Auch Edith hatte das braune Haar zu einem Pferdeschwanz gebunden, mit einer blauen Schleife, weil das ihre Lieblingsfarbe war.

»Was hast du denn heute in der Zeitung gelesen?«, fragte sie Rita endlich.

»Heute …«, Rita zog die Augenbrauen hoch, um zu zeigen, dass sie das, was auch immer es war, ganz abenteuerlich fand, »stand in der Zeitung, dass das Gleichberechtigungsgesetz in Kraft getreten ist.« Immer noch waren ihre Augenbrauen weit oben.

»Das Gleichberechtigungsgesetz?«, fragte Edith, die sich darunter so gar nichts vorstellen konnte. »Was soll das sein?«

»Frauen dürfen jetzt in der Ehe mitentscheiden«, erwiderte Rita, als sei das ganz und gar absurd. »Und sie dürfen ihr eigenes Geld verwalten.«

»In der Ehe? Welche Frau hat denn da eigenes Geld?«, fragte Edith, die das Ganze auch zunehmend ungeheuerlich fand.

»Und jetzt kommt noch das Tollste: Frauen dürfen nach der Heirat ihren Geburtsnamen als Namenszusatz zum Familiennamen führen!«

»Wie bitte?«

»Also«, Rita grinste, »wenn du jetzt meinen Bruder heiraten würdest, dann …«

»Dein Bruder ist doch noch ein Hosenscheißer!«, unterbrach Edith ihre Freundin wütend. »Der geht gerade erst in die Schule!«

Wieder gab Rita ihr ansteckendes Rita-Kichern von sich. »Das weiß ich doch, das ist nur ein Beispiel. Also, *angenommen*, du würdest meinen Bruder heiraten, dann könntest du dich Edith Graf-Meyer nennen. Oder Meyer-Graf.«

»Meyer-Graf? Was für ein Unsinn!«, rief Edith empört aus, musste dann aber auch ins Lachen ihrer Freundin einstimmen.

Sie gingen von der Rheinpromenade die Rheinallee hinauf, als Edith auffiel, dass ihre sonst so ausgelassene Freundin still geworden war.

»Was ist denn plötzlich mit dir los?«, fragte sie besorgt.

»Ach, ich muss an die alte Mecker denken.«

Edith schmunzelte. Eigentlich hieß Ritas Vermieterin Becker, aber weil sie laut Rita in einem fort schimpfte, hatte sie sie kurzerhand umgetauft.

»Ständig schnüffelt sie in meinem Zimmer herum, wenn ich auf der Arbeit bin. Und wenn ich das Haus betrete, dann steht sie vor mir und sagt, ich hätte mein Bett in der Früh nicht ordentlich genug gemacht.« Rita verdrehte die Augen. Edith auch. Aber nicht wegen der alten Meckerziege, sondern weil sie liebend gern mit Rita getauscht hätte. Ein eigenes möbliertes Zimmer zu haben, nicht mehr bei den Eltern zu wohnen, das wäre schön. Dafür würde sie auch die pedantische Kriegerwitwe in Kauf nehmen.

Rita schien ihren Ärger aber schon wieder vergessen zu haben, das war bei ihr oft so. In einem Moment ließ sie sich über etwas aus, im nächsten war alles wieder vergessen. Sie drehte sich mitten im Schritt im Kreis, blieb dann abrupt stehen und sagte: »Weißt du, was wir machen sollten? Wir sollten am Wochenende ausgehen.«

»Ausgehen?« Edith zog die Augenbrauen zusammen.

»Nicht, was du jetzt schon wieder denkst. Nicht abends, nachmittags.«

»In ein Café oder eine Wirtschaft?«

»Ich hatte an einen Tanztee gedacht. Das wäre doch fein. Ein bisschen schwofen. In der Insel oder im Dreesen.« Wieder drehte sich Rita im Kreis. Ihr Tellerrock flog hoch.

»Ach, du weißt doch, dass ich nicht gut tanzen kann. Ich war nur ein paarmal in der Tanzschule. Meine Eltern sehen das nicht gern.«

»Papperlapapp. Was das Tanzen angeht, brauchst du nur einen Mann, der gut führen kann. Und zu deinen Eltern – die müssen ja nicht hinsehen. Vielleicht müssen sie es noch nicht einmal wissen.« Rita lächelte Edith verschwörerisch zu.

»Ich kann doch meine Eltern nicht anlügen!«

»Wer hat denn von anlügen gesprochen? Du sollst es einfach nur nicht sagen.«

Edith biss sich auf die Unterlippe. In solchen Dingen war Rita immer völlig unbesorgt. Sie musste ja auch nicht, so wie sie, den Eltern Rede und Antwort stehen. »Ich weiß nicht«, antwortete sie ausweichend.

»Oder wir nehmen einfach deinen Bruder mit«, sagte Rita leichthin.

Aha, dachte Edith, *daher weht der Wind.* »Meinen Bruder? Hast du etwa ein Auge auf ihn geworfen. Am Ende willst du eine Meyer-Graf werden.«

»Vielleicht«, erwiderte Rita und grinste.

»Gib's zu, du willst ja nur meine Schwägerin werden, damit wir Verwandte sind.«

»Du hast es erfasst.« Und da war es wieder, das Rita-Gekichere.

Auf der anderen Straßenseite kam ihnen ein älteres Ehepaar entgegen. Edith sah ihnen an, dass sie Ritas Gelächter missbilligten. Als die Dame die Nase rümpfte, prustete Edith los. Sie stieß ihre Freundin mit dem Ellenbogen an und nickte zu dem Paar hinüber. Rita erfasste die Situation sofort und brüllte vor Lachen. Das konnten auch die alten Herrschaften nicht mehr ignorieren.

»Was fällt euch zwei Backfischen ein?«, rief der Mann zu ihnen herüber.

Edith und Rita nahmen die Beine in die Hand und liefen, immer noch lachend, die Rheinallee hinunter.

»Kommst du noch mit zu mir? Dann kann ich dir zeigen, was ich aus dem Pikee gezaubert habe.«

Nachdem sie ein ganzes Stückchen gerannt waren, spazierten Edith und Rita wieder gemächlich nebeneinanderher. Von diesem Stoff hatte Rita Edith schon vor ein paar Tagen erzählt. Sonnengelb wäre er, hatte sie gesagt. Mit ein, zwei Webfehlern in der Struktur. Nichts Auffälliges, aber Grund genug, dass der Pikee in der großen Damenschneiderei *Kurt Klemens Modelle* in Mehlem ausgesondert worden war. Ständig brachte Rita wunderbare Stoffe von der Arbeit mit. Fließenden Georgette oder glänzenden Jacquard, einmal sogar etwas hauchzarten Chiffon. Das war etwas ganz anderes als die langweiligen Stoffe, die Ediths Vater für die Anzüge in der familieneigenen Herrenschneiderei in Bad Godesberg verwendete.

»Aber nur ganz kurz«, sagte Edith.

»Weil sonst die Frau Mama und der Herr Papa böse werden«, stichelte Rita.

»Du hast gut reden, du musst dich nur mit der Mecker herumplagen.«

»Was heißt denn hier nur? Die hat mich auf dem Kieker. Am Ende setzt sie mich noch vor die Tür.«

Edith seufzte. Dass Rita immer so übertreiben musste. »Das wird sie nicht tun, und das weißt du auch. Du bist eine verlässliche junge Dame mit einem regelmäßigen Einkommen. Die Becker wäre schön blöd, wenn sie dich wegen einem nicht ordentlich genug gemachtem Bett hinauswerfen würde.«

»Genau, ich bin eine junge Dame!« Rita hielt sich die Hand unter das Kinn und klimperte mit den Augen.

»Und was für eine!« Edith lachte. »Aber jetzt lass uns ein bisschen schneller gehen, damit ich mir ansehen kann, was du aus dem Pikee genäht hast, und trotzdem rechtzeitig zum Abendbrot zu Hause bin.«

Sie bogen von der Rheinallee in die Hensstraße ein und am Ende in die Beethovenallee. Gegenüber der Herz-Jesu-Kirche stand die Villa der Witwe Becker.

Rita kramte noch in der Rocktasche nach dem Schlüssel, da wurde die Tür schon von der Dame des Hauses persönlich geöffnet.

»Ach, da sind sie ja, Fräulein Meyer«, sagte die Witwe Becker, »und wie ich sehe haben sie wieder das Fräulein Graf mitgebracht.« Sie neigte den Kopf und sah die beiden über ihre filigrane Brille hinweg an.

Edith und Rita machten sofort einen Knicks. »Guten Abend, Frau Becker«, sagten sie im Chor.

»Fräulein Meyer, ich hoffe doch sehr, dass Sie nicht wieder bis in die späten Abendstunden ihre Nähmaschine rattern lassen. Bei einem solchen Krach kann ja kein Mensch schlafen.« Sie sah Rita tadelnd an.

»Natürlich nicht, Frau Becker. Um acht Uhr ist Schluss, wie wir bereits besprochen hatten«, antwortete Rita, und Edith konnte heraushören, dass die Worte der alten Meckerziege sie wütend gemacht hatten.

Frau Becker nickte hoheitsvoll. »Gut, gut«, sagte sie dann. »Wenn Sie auf Ihr Zimmer gehen, können Sie die Laken mitnehmen, die auf der Kommode bei der Treppe liegen. Die müssen geflickt werden. Dann macht der Krach, den ich bis acht ertragen muss, wenigstens einen Sinn.«

»Natürlich, Frau Becker.« Rita knickste wieder, und ihre Vermieterin trat zur Seite, um die beiden jungen Frauen eintreten zu lassen.

2

Mit einem lauten Quietschen kam der Zug zum Stehen. Paul, der schon beim Anblick der ersten großen Häuser Berlins seinen Seesack aus der Gepäckablage gezogen hatte, sprang als Erster aus der Tür auf den überfüllten Bahnsteig. Das hier war so etwas anderes als der kleine Eifeler Provinzbahnhof in Bitburg. Das hier war das pulsierende Leben. Er ging ein paar Schritte, dann blieb er stehen. Mitten in der Menschenmenge auf dem Bahnsteig. Er schloss die Augen und sog die trockene, leicht stickige Luft ein. Das Getöse der Züge und Menschen vermischte sich zu einer lärmenden Decke, die ihn von allen Seiten umhüllte. Er öffnete die Augen wieder. Noch nie hatte er sich so lebendig gefühlt wie hier.

»Se sind hier wohl festjefroren, dabei isset jar nich kalt, wa?«, herrschte ihn ein älterer Mann an.

Paul grinste und tippte sich mit zwei Fingern zum Gruß an die Stirn, bevor er den Seesack über die Schulter warf und durch die Menge bis zur Haupthalle ging. Dort blieb er noch einmal stehen und legte den Kopf in den Nacken. Wie groß alles hier war. Durch sieben schlanke, deckenhohe Fenster fiel das Sonnenlicht in das quadratische Gebäude des Berliner Ostbahnhofs. Aber außer Paul schien niemand die Schönheit dieser baulichen Klarheit wertzuschätzen. Die Menschen um ihn herum eilten durch die Halle zu den Bahnsteigen, ohne auch nur den Blick zu heben. Sie wirkten auf ihn wie Ameisen. Kleine Ameisen, die den ganzen Tag nur eines taten: arbeiten, arbeiten, arbeiten. Wieder musste Paul lächeln. Er würde keine Ameise werden. Auf dem Bauernhof seiner Eltern hatte er in seinem Leben schon so viel gearbeitet, nein, geschuftet, jetzt würde er erst mal das Leben genießen. Er war jung, und er hatte im Gegensatz zu seinem großen Bruder Hannes keine Verpflichtungen.

Paul packte den Seesack auf die andere Schulter und ging zum Bahnhofsvorsteher am Ausgang.

»Entschuldigen Sie bitte?«, fragte er. »Können Sie mir sagen, wo ich die Spree finden kann?«

»Der Nase nach, junger Mann, geradeaus.« Der Bahnhofsvorsteher streckte die Hand aus. Paul dankte ihm und machte sich in die gewiesene Richtung auf den Weg. Wenn er erst an dem Fluss war, wusste er, wohin er zu gehen hatte: *Immer an der Spree entlang, einmal über die Brücke und quer durch den Treptower Park, dann bist du da.* So hatte es Uwe ihm geschrieben. Paul freute sich, seinen Freund nach so vielen Jahren endlich wiederzusehen. Ob er wohl immer noch solche Segelohren hatte wie damals als Kind? Über zehn Jahre hatten sie sich nicht mehr gesehen. Dafür hatten sie sich umso mehr Briefe und Karten geschrieben. Als Uwe ihn in seinem letzten Brief gefragt hatte, ob er nach Berlin kommen wolle, hatte Paul nicht lange überlegt. Seinem Vater hatte es zwar überhaupt nicht gefallen, dass er eine Arbeitskraft weniger auf dem Hof haben würde, aber seine Mutter hatte ihn überstimmt. Paul wusste nicht genau, wie sie das angestellt hatte, aber es hatte vermutlich damit zu tun, dass Uwe fast sechs Jahre bei ihnen auf dem Hof gelebt hatte. Damals im Krieg, als die große Kinderlandverschickung begann. Uwes Mutter hatte ihren Jungen in Sicherheit wissen wollen, fernab vom großen Berlin, das regelmäßig von Bombenangriffen überzogen wurde. Aber ihn tatsächlich mit der Kinderlandverschickung zu Fremden zu schicken, hatte sie nicht übers Herz gebracht. Wie gut, dass es ihre Freundin Grete – Pauls Mutter – in die Eifel verschlagen hatte. Eigentlich war es nur für kurze Zeit gedacht gewesen, aber letztlich war Uwe bis nach Kriegsende auf dem Hof geblieben. In diesen Jahren hatten die beiden Jungen ein Zimmer geteilt, und Uwe war für Paul mehr ein Bruder geworden, als es Hannes je war. Gemeinsam hatten sie alle Bücher von Karl May gelesen und sich wie Winnetou und Old Shatterhand Blutsbrüderschaft geschworen. Paul grinste. Was hatten die Eltern mit ihnen geschimpft, als sie deswegen über eine Woche nicht mehr richtig auf dem Hof hatten mitanpacken können. Paul sah in seine rechte Handfläche, wo eine kleine helle Linie von diesem Ereignis zeugte, dann beschleunigte er seine Schritte. Endlich hatte er die Spree erreicht. Er blieb stehen.

Immer an der Spree entlang, einmal über die Brücke und quer durch den Treptower Park, dann bist du da, sagte er sich im Stillen noch einmal vor, bevor er beschwingten Schrittes weiterging.

*

Edith eilte durch die Straßen. Der Weg von der Beethovenallee zu ihrem Zuhause in der Dürenstraße war zwar nicht weit, aber sie war nun wirklich spät dran. Bestimmt würde sie sich gleich eine ordentliche Standpauke von der Mutter anhören müssen. Sie hatte gar nicht so lange bei Rita bleiben wollen, aber das Kleid, das die Freundin aus dem sonnengelben Pikee geschneidert hatte, war einfach so wunderbar gewesen. Das Oberteil war mit Wiener Nähten abgesetzt, die in einem Bogen rechts und links über die Brust führten und die Taille betonten, daran schloss sich ein Glockenrock an, der gerade eben so die Knie bedeckte. Durch den Pikee-Stoff stand der Rock etwas ab und gab dem Kleid eine A-Linie, die die Taille noch mehr betonte und die Trägerin zierlicher wirken ließ. Natürlich hatte Edith Rita gefragt, ob sie es einmal anprobieren dürfe. Wie himmlisch hatte sie sich in dem Kleid gefühlt! Ganz wie eine feine Dame von Welt. Zwar hatte sie sich nicht gänzlich sehen können, da Rita nur einen kleinen Handspiegel besaß, aber was sie darin erblickt hatte, hatte ihr Herz hüpfen lassen.

Jetzt hüpfte ihr Herz nicht mehr. Es war schwer bei dem Gedanken, dass sie sich nie etwas so Wunderschönes würde nähen können. Es fing schon damit an, dass sie gar nicht richtig nähen konnte – und das, obwohl sie Tag für Tag in der Herrenschneiderei aushalf. Der Vater ließ sie nicht an die Nähmaschine. Das war ihrem Zwillingsbruder Joachim vorbehalten. Dem Stolz der Eltern. Gerade hatte er mit Bravour seine Lehre abgeschlossen und war jetzt Geselle.

Edith blieb stehen und wartete zwei Autos ab, bevor sie die Rheinallee überquerte und in den Königsplatz einbog. Wieder musste sie an den Pikee-Stoff denken. Rita hatte ihn geschenkt bekommen, wegen der Webfehler. Wegen Kleinigkeiten. Geschenkt! Und es war für sie überhaupt nichts Besonderes, weil das eben oft so vorkam.

Endlich war Edith zu Hause angekommen. Auch ihre Familie wohnte in einer Villa, wenn diese auch lange nicht so groß war wie die der Witwe Becker. Die Grafs hatten das weiße Gebäude mit den beiden Säulen neben der Tür der Familie der Mutter zu verdanken. Einer Tuchmacherdynastie aus den Niederlanden, die sich schon vor mehreren Jahrzehnten hier in Bad Godesberg niedergelassen hatten. Vom ehemaligen Prunk und Reichtum war nur noch das Haus geblieben. Edith sprang die Stufen zur Haustür hinauf und verschnaufte kurz, während sie sich innerlich auf eine Schimpftirade gefasst machte. Ihr Atem hatte sich noch nicht völlig beruhigt, da öffnete sich die Tür der Villa, und der Vater stand vor ihr. So, wie er sie anstrahlte, würde es wohl keine Schimpfe geben.

»Edith, endlich, da bist du ja, mein Kind«, rief er freudig aus. »Komm rein und sieh dir an, was ich mitgebracht habe.« Ehe sie sich versah, hatte der Vater sie am Oberarm gefasst und durch den Flur ins Wohnzimmer geschoben. Edith traute ihren Augen kaum, als sie sah, was den Vater in eine solche

Freude versetzt hatte: Auf dem Boden zwischen dem Biedermeierschrank und der Kommode stand ein Fernseher, daneben lagen vier Holzstangen.

»Ein Blaupunkt Sevilla. Mit Beinen zum Anschrauben«, sagte der Vater stolz und kniete sich neben den Fernseher auf den Boden.

Edith ließ sich in den kleinen Sessel fallen. Ein Fernseher. Ein eigener Fernseher! Keiner ihrer Freunde hatte einen eigenen Fernseher zu Hause. Aus der Küche kam die Mutter herüber. Über das Hemdblusenkleid hatte sie eine Schürze gebunden, das kurze Haar war akkurat in Wellen gelegt. In den Händen hielt sie ein Küchenhandtuch.

»Aber, Richard«, sagte sie beim Anblick des Vaters, der gerade ein Holzbein nach dem anderen anschraubte, »was das gekostet haben muss! Ich weiß nicht, ob wir so etwas Modernes überhaupt brauchen.«

»Doch, meine liebe Helene, das brauchen wir, und das gönnen wir uns. Die Geschäfte in der Schneiderei laufen so gut wie nie, da können wir uns auch endlich einen Fernseher leisten. Dann kann ich mit meinen Kunden noch mehr Konversation betreiben. Die haben schließlich alle einen Fernseher.«

»Das kann ich mir gut vorstellen. Wer das Geld für einen maßgeschneiderten Anzug hat, hat auch das Geld für einen Fernseher.«

»Ebendarum, liebste Gattin, ebendarum«, sagte der Vater, ohne aufzusehen.

Die Mutter ging kopfschüttelnd in die Küche zurück. »Edith«, sagte sie noch, »du kannst bitte schon einmal den Abendbrottisch decken.«

»Nein!«, rief der Vater. Immer noch auf dem Boden kniend sah er sich zu Edith um. »Edith wird rasch in die Schneiderei laufen und Joachim holen. Der neue Fernseher muss doch eingeweiht werden, und das geht nur, wenn alle dabei sind.«

3

In der Schneiderei Graf nahm Joachim den Fuß vom Pedal und kniff die Augen zusammen. Mit den Handballen rieb er fest darüber und zwinkerte ein paarmal. Normalerweise half ihm das, wenn seine Augen müde wurden. Heute nicht, dabei war er noch nicht mit der Arbeit fertig. Er seufzte und stand von der Nähmaschine auf, vor der er die letzten Stunden damit zugebracht hatte, das weiße Oberhemd für Herrn Konsul Schäfer zu nähen. Er war fast damit fertig, nur die Knopflöcher und der Saum fehlten noch. Wobei Ersteres mit der Maschine, Letzteres von Hand genäht wurde. In der Hoffnung, dass so nicht nur Leben in seine Gliedmaßen, sondern auch in die müden Augen kommen würde, ging Joachim ein paar Schritte im Raum auf und ab. Vorbei an den Regalen, in denen große Stoffballen für Anzüge und Hemden lagerten, vorbei an den Schränken mit Knöpfen, Garnen, Nadeln und Vliesen. Es half nichts. Er fluchte leise. An diesem Sommerabend war es noch recht hell, aber vielleicht würde etwas zusätzliches Licht helfen? Er schaltete die Deckenbeleuchtung ein, wohl wissend, dass dem Vater das nicht gefallen würde.

Du kannst nicht das Geld mit beiden Händen zum Fenster rauswerfen, pflegte er in einem solchen Fall zu sagen. Aber heute Abend war der Vater nicht im Geschäft, er hatte die Herrenschneiderei Graf bereits vor mehreren Stunden verlassen, um einem Kunden einen Anzug höchstpersönlich vorbeizubringen. Bestimmt saß er jetzt mit einem Glas Whiskey in dessen Arbeitszimmer und lachte über derbe Witze. Joachim seufzte erneut und setzte sich wieder an die Nähmaschine. Wie er es von seinem Vater gelernt hatte, prüfte er gewissenhaft die Position aller Knopflöcher und machte sich ans Werk.

Er war gerade dabei, die ordentlich genähten Knopflöcher aufzutrennen, damit später auch ein Knopf hindurchpassen würde, als es an der Hintertür klopfte.

*

Edith war völlig außer Atem, als Joachim ihr die Tür öffnete. Er sah müde aus, wie so oft in den letzten Tagen, seit er die Lehre abgeschlossen und als Geselle angefangen hatte. Edith wusste, dass der Vater unerbittlich mit ihm war. Es reichte eine Naht, die dem Vater nicht ordentlich genug war, dann musste Joachim das ganze Kleidungsstück neu nähen.

»Edith«, sagte Joachim und gähnte. »Warum bist du hier?«

»Ich soll dich abholen.«

»Abholen?«, fragte Joachim. »Aber ich kann nicht mitkommen, das Oberhemd für Konsul Schäfer ist noch nicht fertig.«

»Vater sagt, das spielt heute keine Rolle. Ich soll dich mitbringen, egal, ob du noch zu tun hast oder nicht. Also schalte die Maschine aus und die Lichter und komm endlich.«

»Sprichst du von unserem Vater?«, fragte Joachim und runzelte die Stirn.

»Ja, das tue ich«, erwiderte Edith und ging an ihrem Bruder vorbei ins Nähzimmer. Weil Joachim ungläubig in der Tür stehen geblieben war, machte sie sich daran, seinen Arbeitsplatz aufzuräumen. Sie legte die Stoffscheren in Reih und Glied auf den großen Zuschneidetisch und begann, die Reste von Garn und Stoff vom Boden aufzukehren. Joachim sah ihr stumm zu. Eine Strähne seines Haars hing ihm lose in die Stirn. Wie so oft musste Edith darüber nachdenken, was für ungleiche Zwillinge sie doch waren. Joachim war groß gewachsen, wo sie zierlich war, und er hatte helles, fast schon blondes Haar, wie Mutter und Vater, während Ediths Haare haselnussfarben waren. Sie schob die Reste auf die Kehrschaufel und entleerte sie in den Abfalleimer. Endlich erwachte Joachim aus seiner Starre. Er ging zum Tisch und schaltete die Pfaff-Nähmaschine aus, dann stülpte er sorgsam eine Staubhaube darüber. Edith stellte Besen und Schaufel an ihren Platz zurück. Die Geschwister ließen einen prüfenden Blick durch das Nähzimmer schweifen. Es war alles aufgeräumt, bis auf das noch nicht fertiggestellte Oberhemd, das nun neben der Maschine auf dem Tisch lag und in der umgebenden Ordnung wie ein Fremdkörper wirkte.

»Aber du hast schon recht«, knüpfte Edith an ihr Gespräch an, »Vater ist heute gar nicht er selbst. So überschwänglich vor Freude habe ich ihn noch nie erlebt.«

»Was ist es denn nur, das ihn so erfreut?«

»Das musst du schon selbst sehen.« Edith lächelte ihren Bruder an. »Du würdest es mir sowieso nicht glauben.«

Nur im Nachthemd und barfuß huschte Edith vom Bad die Treppe hinauf in ihr Schlafzimmer. Vor dem Bett blieb sie stehen und rieb den einen Fuß von hinten gegen die andere Wade. Genauso wie Lieselotte Pulver in der Anfangsszene des Films *Die Zürcher Verlobung*. Seit Edith diesen Film im Godesberger Stadttheater gesehen hatte, träumte sie von so einer Liebe. Aber ohne die vielen Irrungen und Wirrungen, die es in dem Film gab. Einfach nur dieses ganz große Gefühl. Sie schlug das Plumeau zurück und kuschelte sich darunter. Sie stellte sich die Liebe ganz und gar großartig vor. Ein bisschen so, als würde der Blitz einen treffen, nur viel schöner. Jeden Tag wartete sie darauf, dass sie sich verlieben würde, aber bisher war das noch nicht passiert.

Vielleicht ja morgen, dachte sie und schob ihren Kopf in das Daunenkissen. Sie schloss die Augen und dachte über den vergangenen Tag nach.

Unbeschreiblich, was Joachim für ein Gesicht gemacht hatte, als er im Graf'schen Wohnzimmer den Fernseher vorgefunden hatte; und den stolzen Vater daneben. Rechtzeitig zu den Nachrichten waren sie eingetroffen. An sich interessierte Edith sich weder für Sport noch für die Ereignisse im Land, in der Politik oder für das allgemeine Weltgeschehen, dennoch hatte sie den Blick nicht ein einziges Mal von dem eckigen Kasten abwenden können.

Sie überlegte, ob sie morgen vielleicht ein wenig früher fernsehen könnte. Soweit sie wusste, fing das Programm schon um drei Uhr am Nachmittag an. Sie musste also nur früher aus der Schneiderei nach Hause gehen und dann die Mutter überreden. Was es wohl um diese Zeit zu sehen gab? Oh, wenn sie das Rita erzählen würde, was würde die für große Augen machen! Bei dem Gedanken musste Edith lächeln. Es war wunderbar, dass sie nun einen Fernseher hatten. Aber dann verzog sie das Gesicht. Wem machte sie hier etwas vor? Liebend gern würde sie darauf verzichten, wenn die Eltern ihr nur erlauben würden, eine Lehre zu machen. Eine richtige Lehre, am liebsten auch als Damenschneiderin – wie Rita.

4

Mit einer kleinen Notlüge dem Vater gegenüber hatte Edith es geschafft, früher aus der Herrenschneiderei nach Hause zu gehen. Sie hatte einfach behauptet, dass sie der Mutter noch beim Reinemachen helfen müsse – was nicht komplett aus der Luft gegriffen war. Die Mutter hatte genug mit dem Haushalt zu tun. Vor dem Krieg hatten die Eltern ein Hausmädchen beschäftigt. Das erzählte sie oft mit einem fast schon wehmütigen Blick, jetzt war sie auf Hilfe angewiesen.

Auf Zehenspitzen schlich Edith durch den Flur. Ihr Plan war es, ins Wohnzimmer zu huschen, möglichst geräuschlos den Fernsehapparat einzuschalten – natürlich mit ausgestelltem Ton –, um endlich ihre brennende Frage beantwortet zu wissen, was zu dieser frühen Stunde gesendet wurde. Danach würde sie der Mutter bei der Hausarbeit helfen, dann war die Notlüge gar keine Lüge mehr.

Mit angehaltenem Atem hielt sie inne. Aus der Küche war ein leises Klappern zu hören, sonst nichts. Edith schlich hinüber zur Wohnzimmertür und legte die Hand auf die Klinke. Noch einmal horchte sie. Am Klappern aus der Küche hatte sich nichts geändert. Langsam drückte sie die Klinke herunter. Ein Knarren ertönte, und Ediths Herz begann laut in ihren Ohren zu pochen. Die Mutter schien jedoch nichts gehört zu haben, denn der Flur lag immer noch verlassen da. Schnell schob Edith die Tür auf und huschte hindurch. Sie schloss die Tür sachte und legte ihr Ohr daran, um noch einmal nach der Mutter zu horchen. Durch die schwere Holztür war das Klappern dumpf zu hören. Edith atmete erleichtert aus und drehte sich zu dem Fernseher um. Wie aufregend das war! Sie würde jetzt fernsehen, allein, am Nachmittag! Wenn man ihr das letzte Woche erzählt hätte, sie hätte es nicht geglaubt. Ihr Herz schlug schneller, als sie sich dem Apparat näherte. Immer noch auf Zehenspitzen. Sie ging in die Hocke und drehte zunächst den Lautstärkeregler herunter, bevor sie das Gerät einschaltete. In der Mitte der Mattscheibe erschien ein heller Punkt, darüber flackerten Streifen. Die Röhre im Inneren musste noch vorglühen.

»Edith Graf, mein junges Fräulein! Darf ich erfahren, was du da machst?«

Edith zuckte zusammen. So ein Ärger. Da war sie wohl doch nicht so leise gewesen, wie sie gedacht hatte. Wie gut, dass sich das Fernsehbild noch nicht aufgebaut hatte und die Mattscheibe fast dunkel war.

»Du willst doch nicht etwa den Fernseher einschalten?«

Genau in diesem Moment erschien das Schwarz-Weiß-Bild, und jede Ausrede war zwecklos. Edith blieb nur noch die Flucht nach vorn. »Bist du denn nicht auch neugierig, was gerade gesendet wird?«

»Also wirklich, Edith, was sind das denn für Manieren? Du bist doch kein kleines Kind mehr! Hier hereinschleichen und einfach den Fernsehapparat anschalten. Ich glaube, ich muss ein ernstes Wörtchen mit dir reden. Warte nur, bis dein Vater nach Hause kommt! Und jetzt raus mit dir, auf dein Zimmer. Du hast Stubenar…« Mitten im Wort brach die Mutter ab und starrte an Edith vorbei auf den Bildschirm.

»Rasch, Edith, dreh den Ton an.« Die Mutter zeigte zum Fernseher.

Ein Blick auf die Mattscheibe erklärte, was sie so abgelenkt hatte: Eine modisch gekleidete Frau mittleren Alters stand vor einer Wand, auf der Schnittmusterteile zu sehen waren. Mit beiden Händen deutete sie darauf und erklärte scheinbar etwas dazu. Edith drehte die Lautstärke herauf.

»… Vorderteil, Ärmel, Rückenteil«, hörten sie die Stimme der Moderatorin. »Bisher hat man aus schmalen Rockbahnen ein Shiftkleid gemacht, das ganz gerade geschnitten und nicht nach unten ausgestellt ist. Das hatte aber zwei Nachteile – einmal entstanden beim Sitzen hässliche Querfalten, und der Rock rutschte schnell etwas hoch. Heute bevorzugt man die leicht ausgestellte Trapezform, und das wollen wir Ihnen hier vorstellen.«

Edith, die noch vor dem Apparat hockte, setzte sich auf den Teppichboden, während die Mutter immer noch an der Tür stand. Beide starrten gebannt auf den Bildschirm und sahen dabei zu, wie die Moderatorin aus einem alten Faltenrock, den sie glattbügelte, ein ganzes Kleid nähte. Ein ganzes! Noch nie hatte Edith so etwas gesehen.

Als die Sendung vorüber war, schaltete die Mutter den Apparat aus.

»Wollen wir nicht noch schauen, was im Anschluss gesendet wird?«, fragte Edith, wohl wissend, dass sie ihr Glück gerade auf die Probe stellte. Schließlich hatte die Mutter ihr eben noch mit Stubenarrest gedroht. Oder drohen wollen, bis diese wunderbare Nähsendung ihre Aufmerksamkeit gefangen genommen hatte.

»Nein, junges Fräulein, das wollen wir nicht. Wir haben schon mehr als genug geschaut. Ich denke, wir müssen das Vater nicht erzählen, und ich denke auch, dass du jetzt den Abwasch übernimmst und gleich noch das Wohnzimmer staubsaugst.«

»Darf ich mich denn nachher noch mit Rita treffen?«, fragte Edith.

Die Mutter presste die Lippen zu einem dünnen Strich zusammen.

»Bitte, bitte«, flehte Edith. »Ich verspreche auch, dass ich dafür am Samstag die Fenster in der oberen Etage putze.« Edith wusste genau, dass die Mutter den Fensterputz in der Höhe scheute, da sie nicht schwindelfrei war.

»Ausnahmsweise«, sagte die Mutter, und ihr Mund entspannte sich etwas. »Aber zum Abendbrot bist du wieder zu Hause, und wenn ich dich in den nächsten Tagen noch einmal allein am Fernsehapparat erwische, gibt es wirklich Stubenarrest.«

»Versprochen«, sagte Edith und sprang vom Boden auf. »Danke!«, rief sie der Mutter zu, bevor sie in die Küche lief und sich dem Abwasch widmete.

Mit jedem Schritt, den Edith die Rüngsdorfer Straße von der Unterführung weiter hinaufging, kam der imposante Bahnhof besser in Sicht. Das Gebäude, das mit seinem verspielten Uhrentürmchen zur einen Seite und den klaren geraden Formen zur anderen Seite irgendwo zwischen Jugendstil und Bauhaus verortet werden konnte, war neben der Godesburg und der vor einigen Jahren neu gebauten Stadthalle eines der größten Bauwerke der Stadt. Edith mochte es, dass er sich nicht klar einer Epoche zuordnen ließ. Das machte für sie den besonderen Reiz dieses Gebäudes aus. Sie wusste, dass Rita in Kürze von der Arbeit mit dem Zug hier eintreffen würde. Da es fast den ganzen Tag geregnet hatte und gerade die Sonne wieder herauskam, entschied sie sich, vor dem Bahnhof zu warten, dabei beobachtete sie den Straßenverkehr, um sich die Zeit zu vertreiben. Gegenüber, in der Poststraße, die vom Bahnhof in Richtung des Kurparks führte, hielten auf Höhe des Weinhauses Maternus zwei dunkle Autos. Mit kleinen Fähnchen am Kühler. Sie kniff die Augen zusammen, um besser sehen zu können, wer da wohl vorgefahren war. Es war »der Alte«, wie jedermann Konrad Adenauer nannte. Trotz des warmen Wetters trug er einen langen schwarzen Mantel, und ein Hut bedeckte seine hohe Stirn. Edith wusste, dass er oft im Weinhaus Maternus einkehrte. Der Vater erzählte es gern beim Mittagstisch.

»Der Alte macht am liebsten Politik, wenn er den Magen

voll hat«, sagte er dann, und die Mutter fügte hinzu: »Das kann man dem guten Mann auch nicht verdenken.«

Edith beschäftigte sich nicht viel mit Politik, aber über Adenauer wusste sie alles. Dass er einmal der Oberbürgermeister von Köln gewesen war und nun der erste Bundeskanzler der Bundesrepublik Deutschland. Sie mochte »den Alten«, der nie ein Blatt vor den Mund nahm und immer so herrlich im rheinischen Dialekt sprach. Er erinnerte sie an den geliebten Großvater, der leider schon vor Jahren verstorben war.

Konrad Adenauer war gerade mit zwei weiteren Herren im Weinhaus verschwunden, als Edith den Zug herannahen hörte. Jetzt konnte es nicht mehr lange dauern, bis Rita auftauchen würde. Edith grinste bei dem Gedanken daran, ihrer Freundin vom Fernseher zu erzählen und von der Nähsendung, die sie mit ihrer Mutter gesehen hatte. Ein ganzer Pulk Menschen strömte aus dem Gebäude, und endlich entdeckte Edith ihre Freundin.

Kurze Zeit später gingen die beiden zusammen die Rüngsdorfer Straße wieder hinunter.

»Du glaubst nicht, was ich für Neuigkeiten habe!«, sagte Edith aufgeregt.

»Was denn? Wirst du jetzt doch wieder Tanzstunden nehmen, damit du dich am Wochenende nicht blamierst?«, fragte Rita.

»Nein, viel besser.« Edith lächelte breit.

»Du hast dich verliebt!«

»Ach, Rita. Dass du immer gleich so etwas denken musst«, sagte Edith empört. »Nein, es ist etwas ganz anderes.«

»Etwas ganz anderes? Ja, was denn?« Jetzt war Rita aufgeregt.

Edith schmunzelte. »Du musst raten.«

»Ich hab schon geraten. Sag es doch bitte endlich.«

Edith blieb stehen und fasste ihre Freundin an den Oberarmen. »Mein Vater hat einen Fernseher gekauft!«

»Einen Fernseher? Dein Herr Papa hat einen Fernseher gekauft? Du nimmst mich auf den Arm.« Rita schüttelte den Kopf und setzte sich wieder in Bewegung.

»Nein, wenn ich es dir doch sage«, rief Edith und schloss zu ihrer Freundin auf.

»Das glaube ich erst, wenn ich es sehe«, sagte Rita.

»Na, was für ein Glück, dass mein Zuhause auf dem Weg liegt.«

5

Paul und Uwe hatten sich einen Platz auf der Außenterrasse des Café Paris gesucht. Die Sonne strahlte, und nur vereinzelt waren dicke weiße Wolken am Himmel. Bilderbuchwetter. Oder, wie Uwe es ausdrückte: »Janz Berlin is eene Wucht!« Die Tische um sie herum waren voll besetzt, wie an einem Sonntagnachmittag nicht anders zu erwarten. Von ihrem Platz im Schatten der wenigen Bäume konnten sie die vierspurige Stalinallee überblicken und den Kreisverkehr am Strausberger Platz einsehen.

Die Ellenbogen auf den Tisch gestützt hielt Paul seine Tasse in beiden Händen und ließ seinen Blick über die vorübereilenden Passanten schweifen. Wie schon am Berliner Ostbahnhof war alles riesig: die Häuser, die Allee, der Straßenverkehr. Alles hatte eine ganz andere Dimension, als er es aus dem kleinen Eifeldorf nahe Bitburg kannte. Und Paul fand das großartig. Er konnte sich an den klaren Strukturen der Hochhäuser, an den breiten Straßen und den vielen Menschen gar nicht sattsehen.

Uwe holte eine Packung Zigaretten hervor und klopfte diese mit der Kante auf den Tisch, sodass zwei herausrutschten. Fragend hielt er Paul eine Zigarette hin, der mit einem knappen Kopfschütteln ablehnte. Uwe zuckte die Schultern, steckte sich eine Zigarette hinter sein Ohr und zündete die andere an. Während Uwe den Rauch inhalierte, musste Paul sich ein Grinsen verkneifen. Die Segelohren seines Freundes wirkten im Verhältnis zu seinem Kopf zwar lange nicht mehr so groß wie damals zu Kinderzeiten, aber sie waren immer noch groß genug, dass es für Paul an ein Wunder grenzte, dass die Zigarette dort Halt fand. Eine Weile saßen sie schweigend da, dann sagte Uwe: »Wir könnten nachher ins Kino gehen. Sie zeigen *Das Mädchen Rosemarie*, du weißt schon den Film über die Nitribitt.« Er zwinkerte.

Paul überlegte. Die Nitribitt. Nicht mal ein Jahr war es her, dass man die Prostituierte Rosemarie Nitribitt ermordet aufgefunden hatte. Erwürgt. Alle Zeitungen hatten darüber berichtet. Es gab viele Gerüchte, zumal der Fall nicht aufgeklärt worden war.

»Mir steht nicht der Sinn nach Drama«, erwiderte er.

»Sie war ein leichtes Mädchen, die Nitribitt.« Wieder zwinkerte Uwe.

Paul rollte mit den Augen. Er mochte Uwe wirklich gern, aber dass dieser so tat, als wüsste Paul nicht, was in der Welt vorgeht, störte ihn zuweilen.

»Das weiß ich«, sagte er. »Aber auch darauf habe ich keine Lust. Gibt's denn nichts Heiteres? Ich bin nach Berlin gekommen, um das Leben zu genießen. Ich will mir keine Sorgen machen oder mir ein Drama ansehen. Egal wie leicht das Mädchen ist.«

»Gut.« Uwe drückte seine Zigarette im Aschenbecher aus. »Wenn es etwas Lustiges sein soll … Es wird noch *Das Wirtshaus im Spessart* mit der Lieselotte Pulver gezeigt und *Immer diese Radfahrer* mit dem dicken Erhardt.«

»Erhardt? Heinz Erhardt?«, fragte Paul und musste beim Gedanken an den rundlichen Schauspieler grinsen. »Uwe! Den sehen wir uns an.«

Jetzt rollte sein Freund mit den Augen. »Wenn's sein muss. Aber drüben im Westen, am Potsdamer Platz.«

»Warum denn im Westen?«, fragte Paul.

»Mensch, Paul. Weil der Wechselkurs von der Ost- zur Westmark zu unseren Gunsten ist. Da kommen wir für 25 Pfennig ins Kino, wo die aus dem Westen eine ganze Mark zahlen müssen.«

Paul hatte sich noch keine großen Gedanken darüber gemacht, dass es in Ost-Berlin anderes Geld geben könnte.

»Aber ich hab doch nur D-Mark.« Er kramte in seiner Tasche und zog sein Portemonnaie hervor. »Schau«, sagte er und zeigte Uwe die Münzen und Scheine.

»Junge, Junge, Paul.« Uwe schüttelte den Kopf. »Das sind Westmark. Wir gehen trotzdem am Potsdamer Platz ins Kino. Weil ich da auf jeden Fall günstiger reinkomme. Und du, Kerl, solltest besser mal schleunigst deine Westmark umtauschen.« Er grinste schief. »Der Kaffee geht dann wohl auf mich.«

In diesem Moment stellte eine Kellnerin zwei Kuchenteller auf dem Tisch ab.

»Und der Kuchen, Uwe. Vergiss den Kuchen nicht.«

*

Edith drehte sich im Kreis, und das sonnengelbe Pikee-Kleid drehte sich mit.

Eigentlich hatte sie gedacht, Ritas Tanztee-Idee noch absagen zu können. Sie fürchtete den Ärger, den sie unweigerlich mit den Eltern bekommen würde, wenn diese davon erfuhren. Weil sie vor ein paar Tagen von der Mutter am Fernsehapparat erwischt worden war, musste Edith sich bedeckt halten. Aber in dieser Hinsicht hatte sie ihre Rechnung ohne Rita gemacht. Diese hatte sich in den Kopf gesetzt, dass zum Tanztee gegangen wurde, also gab es kein Zurück mehr. Und da sie nun mal ihre beste Freundin war, wusste Rita ganz genau, wie sie Edith zu ködern hatte: mit dem Pikee-Kleid. Da hatte Edith beim besten Willen nicht mehr widerstehen können.

Ein sanfter Ruck an ihrer Hand, und sie drehte sich wieder in den Arm von Heinz zurück.

Zufällig hatten sie auf dem Weg zum Rheinhotel Dreesen in Rüngsdorf Joachim und Heinz getroffen. Wobei Edith nicht an einen Zufall glaubte. Sie hatte den starken Verdacht, dass Rita ihre Finger im Spiel gehabt hatte, auch wenn diese es vehement bestritt. War da etwas zwischen ihrem Bruder und Rita im Busch? Edith beschloss, ein Auge darauf zu haben. Auf der einen Seite gefiel ihr zwar die Vorstellung, dass ihre beste Freundin ihre Schwägerin werden könnte, auf der anderen Seite hatte sie das Gefühl, dass die beiden überhaupt nicht zusammenpassten. Aber wer war sie, sich darüber ein Urteil zu erlauben? Bisher kannte sie die Liebe nur von der Leinwand – in Technicolor.

Heinz führte Edith bereits beim dritten Tanz gekonnt über die Tanzfläche. Es war genau so, wie Rita es ihr Anfang der Woche prophezeit hatte: *Was das Tanzen angeht, brauchst du nur einen Mann, der gut führen kann.* Dass dieser Mann allerdings Heinz sein würde, hätte Edith nie gedacht. Dabei kannte sie neben ihrem Zwillingsbruder kaum jemanden so gut wie Heinz. Seit der Volksschule waren Joachim und er beste Freunde, und für Edith war er seither ein zweiter Bruder geworden. Nie hätte sie gedacht, dass er so gut tanzen könnte. Ein verborgenes Talent, das hier zum Vorschein kam. Edith fragte sich, was Heinz wohl noch alles konnte, von dem sie nicht wusste.

Während Joachim nach der Schule beim Vater die Maßschneider-Lehre begonnen hatte, hatte es Heinz ins Bäckerhandwerk verschlagen. Und wie Joachim, war er jetzt Geselle. Obwohl er heute einen Anzug trug, konnte Edith dennoch den Geruch von Brot an ihm wahrnehmen. Während sie über die Tanzfläche wirbelten, atmete Edith tief ein. Warmes, frisches Brot. Ihr Magen begann zu knurren. Sie musste lachen.

»Was ist?«, fragte Heinz besorgt.

»Ich hab Hunger, weil du wie ein frisch gebackenes Feinbrot riechst«, erwiderte Edith. Ihre Empörung nur halb gespielt.

»Dann habe ich eine großartige Idee«, sagte Heinz und

drehte sich mit ihr nach links. »Wenn dieser Tanz vorbei ist«, er drehte sich nach rechts, »stärken wir uns erst mal.«

Obwohl es ein kleiner Umweg war, spazierten Edith und Rita nach dem Tanz am Rhein entlang nach Bad Godesberg zurück. Die Promenade war voll mit Spaziergängern. Familien, Paare – mit und ohne Hund – flanierten ohne Unterlass an ihnen vorbei. Joachim war derweil mit Heinz nach Hause gegangen, um sich dessen Neuerwerbung anzusehen: einen Motorroller. Ein Heinkel Tourist, mit Viertaktmotor, wie Heinz stolz erklärt hatte. Er hatte ihn wohl günstig gebraucht erstanden. Jetzt musste er ihn nur noch ans Laufen bringen. Wie viel genau »günstig« war, hatte er nicht sagen wollen. Er hatte auch Edith und Rita zur »Motorschau« eingeladen, aber die beiden hatten dankend abgelehnt.

»Den Heinz habe ich ja schon lange nicht mehr gesehen«, sagte Rita und ging einen Schritt zur Seite, um Passanten vorbeizulassen.

»Jetzt hör doch bitte auf, so zu tun, als hättest du Joachim und Heinz nicht selbst eingeladen«, sagte Edith und folgte ihr.

»Na gut, ich geb's zu.«

»Wusste ich es doch!«, rief Edith triumphierend aus.

»Aber ich habe nur deinen Bruder eingeladen. Ich wusste nicht, dass er noch jemanden mitbringt.« Rita hob die Schultern. »Warum war denn der Heinz schon so lange nicht mehr dabei?«

»Weil er als Geselle in der Bäckerei an der Brunnenallee arbeitet. Er muss morgens schon um drei Uhr raus und in die Backstube, da sieht man ihn am Abend nicht mehr.«

»Du bist aber gut informiert.«

Edith zuckte mit den Schultern. »Er ist Joachims bester Freund und geht, seit ich denken kann, bei uns aus und ein. Warum sollte ich das denn da nicht wissen?«

»Ach, Edith, Edith.« Rita blieb stehen. »Du bist manchmal so …«

»Was?«, fragte Edith und zog die Augenbrauen zusammen.

»Ach, nichts. Vergiss es«, entgegnete Rita. Sie drehte sich von Edith weg und ging weiter.

»Nein, ich möchte es hören!« Edith hielt ihre Freundin am Arm zurück.

»Ich werde es nicht sagen.«

»Warum denn nicht?«

»Weil du, meine liebe Edith, in manchen Dingen wirklich noch ein Kind bist.«

»Das ist ja wohl eine Frechheit!« Edith war empört.

»Genau das ist es«, sagte Rita. »Und nun lass uns ein bisschen schneller gehen, du musst dich ja noch bei mir umziehen.«

Edith sah an sich herunter, fuhr mit beiden Händen über den Rock des Kleides und spürte die feine Struktur des Stoffs. Sie ließ den Kopf hängen. Gleich müsste sie wieder das gleichermaßen langweilige wie biedere Hemdblusenkleid anziehen, das ihre Mutter im letzten Jahr für sie ausgesucht hatte. Sie sah zu Rita, die ein Kleid mit breiten Trägern und Stufenrock trug, natürlich auch aus einem der fabelhaften Stoffe der Mehlemer Damenschneiderei. Nach dem Vorbild eines Kleides, das die Bardot einmal getragen hatte und das Rita in einem Magazin entdeckt hatte. Noch einmal strich sie über das Kleid und seufzte. Es half ja alles nichts. Ihre Eltern würden ihr nie gestatten, eine Lehre zu machen.

»Wozu brauchst du denn einen Beruf?«, fragte die Mutter immer, wenn Edith damit anfing. »Du wirst einen netten jungen Mann kennenlernen, und dann wirst du heiraten und Kinder bekommen. Und bis dahin lernst du bei mir im Haushalt alles, was nötig ist.«

6

»Wie oft habe ich es dir schon gesagt, Joachim? Du musst die Schnittteile vorher ordentlich heften, damit nichts verrutscht! Wir fertigen hier Maßkleidung an. Maßkleidung! Da muss jede Naht sitzen. Sonst ist der Kunde verärgert.«

Joachim biss die Zähne zusammen und ballte die Fäuste. Der Nahtauftrenner in seiner Hand knirschte besorgniserregend. Er hatte die Schnittteile des Sakkos ordentlich geheftet, aber der Vater hatte ihn nicht die zweite Anprobe am Kunden machen lassen. Das hatte er natürlich selbst erledigt und dabei festgestellt, dass die linke Teilungsnaht etwas enger gefasst werden musste. Den Kunden hatte das übrigens gar nicht gestört. Schließlich war eine zweite Anprobe dafür da, kleinere Anpassungen vorzunehmen. Bisher hatte Joachim das hingenommen, aber heute war es zu viel des Guten.

»Ich habe den Eindruck, dass nur du verärgert bist, Vater«, sagte er durch die zusammengebissenen Zähne.

»Junge!« Der Vater räusperte sich und hustete einmal kräftig, für Joachim ein sichereres Zeichen, dass auch er mehr als gereizt war. »Hüte deine Zunge!«, fuhr der Vater ihn an. »Was fällt dir ein, so mit mir zu sprechen?«

»Mit fällt ein, dass ich kein *Junge* mehr bin«, erwiderte Joachim. Er spürte, wie sich die Wut darüber, dass sein Vater ihn scheinbar nicht ernst nahm, in seinem Bauch zu einem lodernden Ball formte.

»Bis du großjährig bist, fehlen dir noch zwei Jahre. Mit deinen fast neunzehn Jahren brauchst du dir nichts einzubilden.«

Joachim schluckte fest gegen die Wut in seinem Bauch an. Über zwei Wochen war es jetzt her, dass Edith ihn abends von der Arbeit abgeholt hatte, weil der Vater den Fernsehapparat gekauft hatte. Es war das einzige Mal, dass der Vater ihm zugestanden hatte, eine Arbeit, die er ihm aufgetragen hatte, ruhen zu lassen. Zumindest über Nacht. In den folgenden Tagen war der Vater nachsichtig gewesen, hatte kaum geschimpft und Joachim sogar gelobt. Jetzt schienen diese Zeiten vorbei zu sein. Da war wieder der Vater, den er kannte: der Schneidermeister, der nicht den geringsten Fehlstich duldete, dem das Beste noch nicht gut genug war; und der seinen Sohn – seinen Nachfolger – wie ein Kind behandelte. Noch einmal schluckte Joachim. Er wusste, dass ihm die Wut nicht weiterhelfen würde. Jetzt galt es, ruhig zu bleiben. Er atmete tief ein und aus und versuchte, den Druck auf seinen Zähnen zu mildern. Dann entspannte er seine Hände und legte den Nahtauftrenner auf dem Zuschneidetisch vor sich ab. Ganz bedächtig, parallel zur Kante.

»Vater«, sagte er, »ich könnte viel ordentlicher arbeiten, wenn du mich die Anprobe am Kunden selbst machen lassen würdest.«

»So weit kommt es noch, dass du die Anproben machst! Du bist doch noch ganz grün hinter den Ohren, was das Schneiderhandwerk angeht.«

Joachim krallte sich an der Kante des Zuschneidetischs fest, bemüht, die Fassung zu wahren. »Ich habe meine Lehre mit Auszeichnung abgeschlossen«, sagte er langsam und betont. »Ich bin Schneidergeselle. *Dein* Geselle!«

»Und als *dein* Meister sage ich dir: Du bist immer noch ein blutiger Anfänger! Dieses Geschäft würde nicht seit Generationen bestehen, wenn die Anproben nicht einzig von Meisterhand durchgeführt würden!« Wild wedelte der Vater mit dem erhobenen Zeigefinger durch die Luft.

»Welche Generationen?«, fragte Joachim. »Du erzählst doch immer, dass du der erste Schneider in unserer Familie bist.«

»Jetzt werd nicht frech! Ich mag ja in unserer Familie die erste Generation sein, aber das ändert nichts an der Tatsache, dass dieses Geschäft vor mir bereits von Generationen von Schneidermeistern geführt worden ist. Ich bin bei meinem Meister durch eine harte, aber sehr gute Schule gegangen, und du wirst es mir gleichtun. Nur so lernt man das Handwerk richtig, von der Pike auf!« Der Vater hob das Sakko hoch und hielt es Joachim hin. »Du wirst alle Nähte noch einmal auftrennen und neu heften.«

»Aber Vater, es ist doch nur die eine Teilungsnaht, die geänd…«

»Ich sagte: alle! Keine Widerrede!« Damit warf er ihm das Sakko hin und stürmte zum Hinterausgang hinaus.

Joachim löste die Finger von der Kante des Tischs. Die Knöchel waren weiß geworden. Auf dem Boden vor seinen Füßen lag das Sakko. Der dunkle Stoff hob sich von dem hellen Linoleumboden ab. Joachim starrte, ohne zu blinzeln, darauf, bis alle Konturen verschwanden und sich hell und dunkel vermischten, unfähig, etwas anderes zu tun.

*

Die Hintertür fiel mit einem lauten Knall ins Schloss. Edith zuckte zusammen. Sie hatte durch die Tür, die das Nähzimmer vom Ladengeschäft trennte, nicht den ganzen Streit zwischen dem Vater und Joachim hören können. Aber was sie gehört hatte, hatte ihr gereicht. Der Vater wurde schnell aufbrausend, das kannte Edith gut, aber bisher hatte Joachim nie das Wort erhoben. Vorsichtig drückte sie die Klinke herunter und öffnete die Tür einen Spalt. Joachim stand bewegungslos am Zuschneidetisch und starrte auf einen Stoffberg auf dem Boden. Es brach Edith das Herz, ihren Zwillingsbruder so zu sehen. Sie wusste, dass der Vater mit seiner Strenge nur das Beste für ihn wollte. Und sie wusste auch, dass Joachim mit weniger Strenge besser arbeiten konnte. Sie fragte sich, warum der Vater das nicht sah. In diesem Punkt war er blind. Er hatte seine Meinung davon, wie jemand das Schneiderhandwerk zu lernen hatte, und rückte keinen Millimeter davon ab.

Sie räusperte sich, um sich bemerkbar zu machen. Dann schob sie sich durch die Tür ins Nähzimmer. Wie auf Kommando beugte Joachim sich herunter und hob den Stoff vom Boden auf. Jetzt sah Edith, dass es sich um ein Sakko handelte. Kurz hielt ihr Bruder inne, das Sakko in beiden Händen, dann warf er es mit einem solchen Schwung auf den Zuschneidetisch, dass Schnittmusterbögen, Nadeln und Stofffetzen umherwirbelten. Mit beiden Händen stütze er sich auf den Tisch und starrte auf die Unordnung.

Edith ging zu ihm, legte ihm eine Hand auf den Rücken. »Nimm es dir nicht so zu Herzen. Vater will doch nur, dass du dich verbesserst.«

»Ich habe als Bester meines Jahrgangs meine Lehre abgeschlossen. Mit Auszeichnung! Wie viel besser soll ich denn noch werden?«

»Du musst deine Gesellenprüfung noch ablegen, und dann steht der Meister an.« Sanft rieb sie ihm über den Rücken.

»Erinnere mich bloß nicht daran.« Er richtete sich ruckartig auf und schüttelte ihre Hand ab.

»Wie meinst du das?«, fragte sie besorgt.

Joachim zögerte. Dann sagte er: »Ach, nur dass Vater dann noch genauer wird, als er jetzt schon ist.«

»Das kannst du ihm nicht verdenken. Du wirst ihm nachfolgen. Er meint es doch nur gut mit dir.«

Joachim verschränkte die Arme vor der Brust und schnaubte. Edith hob den Arm, um ihn noch einmal in einer tröstenden Geste die Hand auf den Rücken zu legen, aber er drehte sich zur Seite.

»Soll ich dir mal was erzählen, Schwesterchen?«, sagte er,

und seine Stimme klang kalt. »Du hast von diesen Dingen überhaupt keine Ahnung!«

Um nicht weiter über die Worte ihres Bruders nachdenken zu müssen, hatte Edith damit angefangen, in den Regalen im Ladengeschäft der Herrenschneiderei Staub zu wischen. Normalerweise hasste sie diese Arbeit, da sie furchtbar langweilig war. Mit einem Eimerchen Wasser, einem Lappen und einem trockenen Tuch, rückte sie von Regalboden zu Regalboden vor. Sie nahm sorgsam alle Kleidungs- oder Stoffstücke heraus, wischte erst nass, dann trocken und legte im Anschluss alles wieder zurück. Wenn ihre Hände beschäftigt waren, würde ihr Kopf hoffentlich mit dem Nachdenken aufhören. Leider musste sie feststellen, dass es genau umgekehrt war. Die eintönige Arbeit ließ Ediths Gedankenkarussell zur Hochform auflaufen.

Noch nie war Joachim so abweisend zu ihr gewesen. Sie wusste gar nicht, wie sie damit umgehen sollte. Sie würde jetzt einfach weiter Staub wischen. Ausräumen. Nass wischen. Trocken reiben. Einräumen. Bestimmt würde wieder alles gut, wenn sie nur nicht zu viel darüber nachdachte.

Die Glocke über der Ladentür ließ Edith aufsehen. Es war der Vater. Nur selten benutzte er diesen Eingang, sonst kam er immer zur Hintertür durch das Nähzimmer ins Geschäft. Edith vermutete, dass er Joachim aus dem Weg gehen wollte. Der Vater nickte ihr knapp zu und verschwand im Anprobenzimmer. Das war der Raum, in dem Maß genommen und die Anproben vor einem großen Spiegel durchgeführt wurden. Es war aber auch der Raum, in dem der Vater mit der Kundschaft nach getaner Arbeit eine Zigarette oder Zigarre rauchte und erzählte. Das gehöre zum Geschäft dazu, sagte er immer. Wer teure Maßkleidung verkaufen wolle, müsse zwei Dinge beherrschen: das Handwerk und das Mundwerk.

Erneut klingelte die Glocke über der Ladentür, und ein beleibter Herr betrat das Geschäft. Sofort war der Vater an der Tür, hielt sie weit auf und hieß den Kunden mit ausschweifenden Gesten und Begrüßungen willkommen. Edith blieb im Schatten des Regals stehen. Als der Mann zu ihr hinübersah, machte sie einen Knicks und widmete sich sofort wieder der Arbeit. Bestimmt war das ein Politiker. So genau konnte sie das nicht sagen, denn für Politik interessierte sie sich eigentlich nicht.

7

In den letzten zwei Monaten hatte Paul von seinem besten Freund nicht viel gesehen. Bis Ende Juli war Uwe die meiste Zeit mit seinem Medizinstudium beschäftigt gewesen, und seit den Semesterferien half er in der Arztpraxis seines Onkels aus, um praktische Erfahrung zu sammeln. Auf der einen Seite vermisste Paul seinen Freund, auf der anderen Seite war er froh über den Freiraum, den er dadurch hatte. Das Wetter war in den letzten Tagen überwiegend sonnig gewesen, und so hatte Paul sich durch die Stadt treiben lassen. War stundenlang an der Spree auf und ab spaziert, hatte sich auf den großen Plätzen auf einer Bank niedergelassen und einfach dem Berliner Leben zugesehen. Er liebte die ständige Betriebsamkeit um sich herum. Den Straßenlärm, die Gespräche. Die Frauen, die ihm zulächelten. Vor allem aber liebte er, dass er sich um nichts zu kümmern hatte.

Es wurde schon langsam Abend, als Paul durch den Treptower Park zurück zum Stadthaus der Matusseks schlenderte. Uwe kam ihm entgegen.

»Da bist du ja«, rief sein Freund ihm zu. »Lass uns noch ein Stück gehen.«

Paul spürte, dass Uwe etwas auf dem Herzen hatte. Ob es wohl mit der Arbeit in der Arztpraxis zu tun hatte? Frühmorgens musste er dort antreten und kam selten vor dem Abendbrot zurück. Es war fast schon ein bisschen so wie die Arbeit auf dem Bauernhof, nur mit dem Unterschied, dass die Arztpraxis wenigstens ein Wochenende kannte.

Nebeneinander spazierten sie den Weg entlang, geradewegs auf das Sowjetische Ehrenmal zu, das nach dem Krieg im Herzen des Parks errichtet worden war.

»Kannst du einen Pkw fahren?«, fragte Uwe unvermittelt, als sie die Anlage erreicht hatten.

»Ich denke, schon«, antwortete Paul vage. Er verstand nicht, warum Uwe das wissen wollte.

Langsam gingen sie über den Vorplatz des Denkmals.

»Was soll das heißen? Kannst du nun oder nicht?«, fragte Uwe.

Vor ihnen erhob sich auf einem Hügel das eigentliche Ehrenmal: ein Pavillon mit einer Statue obenauf. Es war ein Soldat, mit einem Schwert in der Hand und einem Kind auf dem Arm, den Fuß auf ein zerbrochenes Hakenkreuz gestützt.

»Na ja, ich kann Traktor fahren«, entgegnete Paul.

»Hast du denn einen Führerschein?«, hakte Uwe nach, und Paul fragte sich, warum das nur so wichtig für ihn war.

»Nein«, antwortete er.

»Aber …«

»Soll ich dir mal etwas sagen?« Paul begann, die Stufen, die den Hügel zum Denkmal führten, hinaufzugehen. »Ich fahre Traktor, seit meine Beine lang genug sind, um an Kupplung und Bremspedal zu kommen. Dafür brauche ich keinen Führerschein.«

»Dann lass uns mal ausprobieren, ob deine Beine auch lang genug für die Pedale in einem Auto sind«, erwiderte Uwe.

Paul blieb mitten auf der Treppe stehen und drehte sich zu seinem Freund um. »Warum willst du das denn eigentlich wissen?«

»Paul, Paul, Paul. Mein Paule.« Uwe grinste und schüttelte gleichzeitig den Kopf.

Paul sah ihn fragend an.

»Weil ich eine Arbeit für dich gefunden habe«, sagte Uwe.

Paul zog die Brauen zusammen, sodass eine Falte auf seiner Stirn entstand. »Ich will gar nicht arbeiten, ich will …«

»… das Leben genießen. Ich weiß, ich weiß. Aber, ehrlich,

Kerl, ich kann nicht mehr länger dabei zusehen, wie du Tag für Tag die Zeit verbummelst.«

»… und da hast du dir gedacht: Suche ich einfach eine Arbeit für den guten Paul, damit er sich nicht so furchtbar langweilen muss?«

»Genaugenommen hat mein Vater die Arbeit für dich gefunden, du brauchst nur einen Führerschein dafür«, sagte Uwe.

Paul wollte etwas erwidern, aber Uwe hielt ihn mit ausgestreckter Hand davon ab. »Vertrau mir, es ist ideal für dich.«

»Aber …«

»Nichts da. Dafür haben wir jetzt keine Zeit. Mein Vater hat mir verklickert, dass heute der richtige Prüfer da ist, da kannst du gleich den Führerschein machen.«

»Muss man in Berlin nicht vorher in die Fahrschule gehen?«, fragte Paul verwirrt.

»Nicht, wenn man meinen Vater kennt.« Uwe grinste.

»Was willst du denn jetzt damit sagen?«

»Nur, dass mein alter Herr Gott und die Welt kennt«, sagte Uwe. »Und dass er weiß, wem er hier und da etwas Geld zustecken muss«, fügte er grinsend hinzu.

Paul zog wieder die Brauen zusammen. »Ich weiß nicht. Einen Führerschein gegen Schmiergeld, für eine Arbeit, die ich …« Ruckartig drehte er den Kopf und sah seinem Freund fest in die Augen. »Was ist es denn jetzt für eine Arbeit, die angeblich so ideal für mich sein soll?«

»Paule, du kannst als Chauffeur anfangen. Ganz edel mit Livree und Mütze mit Schirm.«

»Chauffeur?« Bisher hatte sich Paul noch keine Gedanken darüber gemacht, welchen Beruf er eines Tages ergreifen würde. Nur eines konnte er mit absoluter Gewissheit sagen: Er würde nie mehr auf den Bauernhof zurückkehren. Niemals.

Chauffeur … Ob das das Richtige für ihn wäre?

»Du sagst doch immer, dass du die Welt sehen willst. Da

ist das die perfekte Arbeit für dich«, sagte Uwe, als hätte er seine Gedanken gelesen.

»Ich weiß nicht … Genauso wenig, wie ich weiß, wann ich deinem Vater das zurückzahlen kann«, sagte Paul.

»Gar nicht«, erwiderte Uwe schlicht.

Er kniff die Augen zusammen. »Und wen soll ich chauffieren?«

»Das ist ja das Beste!« Uwe grinste wieder.

»Jetzt sag schon.«

»Rudolf Schilling!«

Paul sah seinen Freund fragend an.

»Jetzt sag bloß, den kennst du nicht?«

»Müsste ich den denn kennen?«

Uwe schüttelte den Kopf. »Den Berliner Bürgermeister Willy Brandt kennst du aber schon?«

»Ja, natürlich.«

»Rudolf Schilling ist sein Berater und engster Vertrauter.«

*

Edith fächelte sich mit einem der Musterkataloge Luft zu. Es war unerträglich heiß und schwül. Schon die ganze Woche hatte es bei hohen Temperaturen geregnet. Edith fragte sich, ob wenigstens der Spätsommer schön werden würde. Sie hatte den ewigen Regen satt. Würde doch nur die Sonne scheinen, dann könnte sie mit Rita am Wochenende ins Rüngsdorfer Freibad gehen.

Die Türglocke klingelte, und ein älterer Herr trat ein. Er war elegant gekleidet. Ein heller Leinenanzug, der bestimmt auch Maßarbeit, aber nicht von ihnen angefertigt worden war. Das hätte Edith gewusst. Der Herr hielt etwas unschlüssig einen tropfenden Regenschirm zur Tür hinaus. Da weder der Vater noch Joachim im Ladengeschäft erschienen, sprang Edith rasch zu dem Herrn hin. Mit einem Knicks sagte sie:

»Guten Tag, der Herr.« Gleichzeitig nahm sie ihm den Regenschirm ab. Während der Mann das Geschäft betrat, schüttelte Edith den Schirm vor der Tür sorgfältig aus, klappte ihn zusammen und verstaute ihn im Schirmständer. Joachim kam aus dem Nähzimmer nach vorn. Auch er begrüßte den Herrn. Sie unterhielten sich kurz, dann führte ihr Bruder ihn ins Anprobenzimmer.

Kurze Zeit später kam ihr Bruder wieder zurück. Der Rauch einer Zigarre haftete an ihm. Das sagte Edith, dass der Kunde es sich bereits gemütlich gemacht hatte. Joachim verschwand im Nähzimmer und endlich kam auch der Vater. Mit einem siegessicheren Lächeln auf dem Gesicht durchschritt er das Ladengeschäft. Edith wusste, was das zu bedeuten hatte: Es gab einen neuen Kunden, einen mit viel Geld. Der Vater ging ins Anprobenzimmer und schloss die Tür hinter sich. In der Herrenschneiderei wurde es still, nur das Prasseln des Regens von draußen war zu hören.

Eine Weile starrte Edith aus dem Fenster. Wenn sie ganz dicht an die Scheibe herantrat, sich herunterbeugte und nach oben sah, konnte sie den Turm der Godesburg sehen, auf der anderen Seite war der Blick frei auf einen Teil des Inselhotels und das Stadttheater. Beide Gebäude waren erst vor ein paar Jahren erbaut worden und gerade das Theater, in dem auch Kinofilme gezeigt wurden, fand Edith richtig chic. Auf der Straße, die zum Busbahnhof vor dem Hotel führte, war bei diesem Regen nicht viel los.

Edith ging zurück zum Tresen, der L-förmig vor der Tür zum Nähzimmer angebracht war und auf dem eine große Registrierkasse thronte. Sie griff wieder nach dem Musterkatalog und blätterte lustlos darin hin und her. Eine Seite langweiliger als die nächste. Plötzlich wurden Stimmen laut. Aus dem Anprobenzimmer. Erstaunt sah Edith auf. Was war da los? Streit zwischen dem Vater und Joachim kannte sie ja, aber noch nie war der Vater mit einem Kunden aneinandergeraten. Edith wusste gar nicht mehr, wie oft der Vater ihr und Joachim schon eingetrichtert hatte, dass der Kunde König sei – komme, was da wolle! Und jetzt?

Die Tür des Anprobenzimmers wurde aufgerissen. Der Herr im Leinenanzug erschien. Das Gesicht rot gefleckt. »Eine Unverschämtheit ist das!«, schrie er.

Der Vater erwiderte etwas, aber Edith konnte es nicht verstehen. Er sprach zu leise und hustete auch noch dabei.

»Das muss ich mir nicht anhören«, rief der Mann und seine Stimme überschlug sich fast. »Mit einem wie Ihnen will ich nichts zu tun haben!«

Wieder sagte der Vater etwas, das Edith nicht verstand.

»Das trifft sich gut, denn mich werden Sie hier nicht mehr wiedersehen!«, schrie der Herr im Leinenanzug. Und damit stürmte er mit puterrotem Gesicht an Edith vorbei zur Tür hinaus.

»Ihr Schirm«, rief Edith ihm hinterher, aber der Mann war bereits im Regen verschwunden.

»Heute ist etwas ganz Merkwürdiges bei uns im Geschäft passiert«, sagte Edith und setzte sich auf den einzigen Stuhl, den es in Ritas möbliertem Zimmer gab. Er stand unter dem Fenster vor dem kleinen Tisch mit Ritas Heiligtum: ihrer Zündapp Elcona Nähmaschine, auf der sie Edith ab und an auch einmal etwas nähen ließ. Daneben lag die aktuelle Ausgabe von *Burda Moden.* Das Titelbild zeigte eine Dame in einem eleganten blauen Kleid, das in der Taille raffiniert gerafft und mit einer Schnalle gehalten wurde. Dazu trug sie weiße Handschuhe und hatte ein weißes Tuch in den Haaren.

»Was denn?«, fragte Rita und ließ sich auf dem Bett an der Wand nieder.

Edith blickte auf. »Ein Kunde kam herein …«

»Kommen sonst nie Kunden zu euch?«, unterbrach Rita sie.

»Rita! Du musst mich schon erzählen lassen.« Edith warf ihrer Freundin einen bösen Blick zu. »Also«, fuhr sie fort, »ein Kunde kam zur Tür herein. Ganz edel gekleidet. Teure Maßkleidung. Nicht von uns.«

»Ein guter Fang also?«

Edith nickte. »Ganz genau. Ein guter Fang. Joachim hat ihn ins Anprobenzimmer geführt, ihm eine Zigarre angeboten. Alles ganz normal.«

»Und dann?« Rita hatte sich ein Kissen auf die Beine gelegt und beugte sich darüber.

»Dann ist Joachim wieder zurück an seine Arbeit gegangen und mein Vater hat übernommen.«

»Mensch, Edith. Jetzt mach es doch nicht so spannend. Was ist denn passiert?«

»Es dauerte wirklich nicht lange, da fingen der Kunde und mein Vater an zu streiten.«

»Streiten?«, fragte Rita ungläubig.

»Streiten«, bestätigte Edith. »Ich sag es dir. Richtig laut sind die geworden. Dann ist der Kunde wutentbrannt und schreiend aus dem Anprobenzimmer gestürmt und dann aus dem Geschäft. Er hat sogar seinen Schirm vergessen.«

»Was hat denn dein Vater dazu gesagt?«

»Nichts. Keinen Ton.« Edith machte eine ratlose Geste.

»Und was hat der Kunde geschrien?«

»Er hat geschrien, dass er mit einem wie meinem Vater nichts zu tun haben will.« Edith atmete hörbar aus.

»Was soll denn das jetzt wieder heißen?«

»Ach, Rita, wenn ich das doch nur wüsste«. Edith knetete ihre Finger. »Ich meine, ja, mein Vater ist streng, aber einem Kunden gegenüber ist er immer die Höflichkeit in Person.« Sie hielt inne und sah ihre Freundin ernst an. »Was hat der Herr nur damit gemeint? Was für einer soll mein Vater sein?«

»Willst du deinen Vater nicht doch einmal danach fragen?«

»Nein. Im Leben nicht.« Edith schüttelte vehement den Kopf. »Du hast sein Gesicht nicht gesehen, als er nach dem Vorfall aus dem Anprobenzimmer gekommen ist. Wie in Stein gemeißelt. Die Lippen so fest aufeinandergepresst, dass ich schon Angst hatte, er würde gleich platzen.«

8

Rudolf Schilling. Paul schüttelte den Kopf, während er an der Straßenbahn-Haltestelle auf und ab ging. Jetzt war es amtlich. Ab nächsten Montag würde er den Berater und engsten Vertrauten des Berliner Bürgermeisters chauffieren.

Uwes Vater, der Gott und die Welt kannte, hatte über drei Ecken im West-Berliner Rathaus erfahren, dass Schilling einen neuen Fahrer brauchte. Einen, der nicht zu den »schwatzhaften Berlinern« gehörte, wie Uwe sagte. Fast musste Paul lachen. Man zählte hier scheinbar auf seine Eifler Verschwiegenheit. Dabei waren die Eifler nur Fremden gegenüber wortkarg, untereinander tratschten sie über alles. Wirklich alles.

Und dann war es ganz schnell gegangen. Pauls Fahrprüfung war mehr als kurz ausgefallen. Er war einmal um den Block gefahren und hatte dann den Wagen auf Geheiß des Prüfers eingeparkt. Dieser hatte ihn zwischendurch nach ein paar Verkehrsregeln und -zeichen gefragt und Paul im Anschluss den Führerschein ausgestellt, während Uwe ihm unter der Hand einige Geldscheine zugesteckt hatte. Als »Gruß« von seinem Vater.

Paul fasste in die Innentasche seiner Jacke und spürte den Führerschein zwischen den Fingerspitzen. Erneut schüttelte er den Kopf. Es war so unwirklich. Jetzt hatte er noch eine Woche, bis er seine erste Dienstfahrt antreten würde.

Paul trat zurück, als die Straßenbahn einfuhr.

Von Treptow fuhr keine Straßenbahn mehr in den westlichen Sektor Berlins. Daher war er zu Fuß bis nach Neukölln in die Sonnenallee gelaufen.

Er stieg ein, löste einen Fahrschein und setzte sich auf einen freien Platz. Die Straßenbahn fuhr an. Paul sah aus dem Fenster, betrachtete die großen Gebäude, die vielen Autos, Laster, Motor- und Fahrräder in fast allen Farben und Formen. Die Straßenbahn rollte am Tempelhofer Feld vorbei, der Start- und Landebahn des gleichnamigen Flughafens von Berlin. Paul staunte über die schiere Größe und duckte sich in seinem Sitz zusammen, als ein Flugzeug über der Straßenbahn hinweg zum Landeanflug ansetzte. Ein ganzer Flughafen, mitten im Herzen der Stadt, so etwas gab es nur in Berlin.

Die Straßenbahn machte Halt in Tempelhof, dann am Südkreuz, und endlich erreichte sie Schöneberg. Paul stieg aus. Noch einmal tastete er nach dem Führerschein, den er gleich würde vorlegen müssen.

Er war ein ganzes Stück gegangen, als er endlich ein Stück des Schöneberger Rathauses sehen konnte: die Zinne des Uhrenturms mit der Fahne. Seit der Spaltung Berlins 1949 war das Rathaus Schöneberg der Amtssitz des Regierenden Bürgermeisters West-Berlins. Heute Vormittag sollte er dort vorstellig werden, damit Formalien erledigt und gegebenenfalls Anpassungen an der Kleidung vorgenommen werden konnten.

Er ging weiter die Straße entlang, an großen Mietshäusern mit Hinterhöfen vorbei, dann hatte er das Rathaus erreicht. Der helle Sandsteinbau wurde von dem massiven Uhrenturm in der Mitte und zahlreichen Fenstern in der Front dominiert. Über eine breite Treppe betrat Paul das Vestibül und fühlte sich, als würde er in ein lange vergangenes Jahrzehnt eintreten. Alles war in dunklem Orange und hellem Braun gehalten. Große, eckige Säulen stützen eine ringsherum führende Galerie und links wie auch rechts führte je eine breite Treppe in das obere Geschoss. Etwas unschlüssig blieb er stehen.

»Kann ich Ihnen helfen, junger Mann?«, fragte jemand.

Paul drehte sich um. Hinter ihm stand eine Frau mittleren Alters. Das Haar zu einem ordentlichen Knoten gebunden, trug sie Bluse und Bleistiftrock, auf der Nase eine modische Hornbrille und in den Armen mehrere Aktenordner.

»Guten Tag«, sagte Paul höflich. »Ich soll nächste Woche als Chauffeur für Rudolf Schilling anfangen, und man hat mir gesagt, dass ich heute die Papiere unterschreiben und die Arbeitskleidung abholen soll.«

»Sie meinen die Livree?«, fragte die Frau und klang mit einem Mal ziemlich hochnäsig.

»Ja, die meine ich«, antwortete Paul.

»Dann kommen Sie mal mit, junger Mann. Ich zeige Ihnen, wo Sie hinmüssen«, sagte sie und ging die Treppe zur Linken hinauf.

»Danke«, sagte Paul und folgte ihr. Normalerweise hätte er ihr angeboten, die Aktenordner für sie zu tragen, wie er es von seinen Eltern gelernt hatte und wie es sich gehörte. Doch nach der Hochnäsigkeit verzichtete er auf diese Geste.

*

»Weißt du, da fährt der Wagen vor und der Chauffeur steigt aus, ganz adrett mit Anzug und Schirmmütze, und dann geht er um den Wagen herum und hält der Dame die Tür auf.« Rita blieb stehen und seufzte. Edith tat es ihr gleich. Für einen Moment schauten sie beide schweigend auf den Rhein.

»Und dann?«, fragte Edith, während sie einem schwer beladenen Tanker hinterhersah.

»Die feine Dame lässt sich von ihrem Chauffeur aus dem Wagen helfen und dann hat sie ihm so hoheitsvoll zugenickt. Nur einmal, so ganz langsam.« Rita ahmte die Geste mit dem Kopf nach.

Edith war hin- und hergerissen zwischen Lachen (weil Rita natürlich maßlos übertrieb) und Ärger (weil sie so furchtbar gern dabei gewesen wäre). Wieder einmal führte Rita ihr vor Augen, wie langweilig ihr eigenes Leben war. Jeden Tag sah sie nur die Eltern und den Bruder und dazu die feisten und weniger feisten Kunden. Das Aufregendste, was in den letzten Tagen passiert war, war der wutentbrannte Kunde gewesen, und darüber wurde in der Herrenschneiderei kein Sterbenswörtchen verloren. Es war, als wäre es gar nicht geschehen. Natürlich wurden auch viele von den Kunden ihres Vaters mit Chauffeur in Livree vorgefahren, aber wenn eine feine Dame im Fond des Wagens saß, war das doch etwas ganz anderes. Das hatte *Flair*.

Rita ging weiter in Richtung ihrer Lieblingsbank, und Edith folgte ihr.

»Und im Atelier hat sie dann zum Chef gesagt, dass sie ein Abendkleid braucht und wie sie es sich vorstellt«, fuhr Rita fort, als Edith wieder an ihrer Seite war. »Für so einen Politiker-Ball. Ach, Edith! Wäre das nicht auch wunderbar, wenn wir auch mal auf einen Ball gehen könnten? Einen Politiker-Ball? Was wir uns da für Ehemänner angeln könnten.« Sie seufzte wieder.

»Also ich weiß nicht, ob ich mir jetzt schon einen Ehemann angeln muss«, sagte Edith.

»Edith, Edith! Damit muss man früh anfangen. Wir werden nicht ewig so hübsch sein. Jetzt zählt es, wenn wir gut heiraten wollen«, entgegnete Rita nüchtern.

»Du hörst dich schon an wie meine Mutter.« Edith rollte mit den Augen.

»In diesem Punkt kannst du auch auf deine Mutter hören. Da hat sie einfach recht. Eine gute Ehe ist wichtig. Und es gibt heutzutage nichts Besseres als einen Politiker. Moment!« Rita hob den Zeigefinger in die Luft. »Einen Botschafter vielleicht noch. Ja, ein Botschafter wäre noch besser.«

Edith schüttelte den Kopf über die Vorstellungen ihrer Freundin. Als wenn Rita jemals einen Politiker oder gar einen Botschafter heiraten würde. Als einfache Damenschneiderin. Aber warum nicht? Das wäre dann wie im Märchen. Einem modernen Märchen. Vielleicht gab es das ja doch? Und wenn, dann konnte es nur hier passieren. Wo sonst begegnete man schließlich Politikern und Botschaftern auf der Straße, wenn nicht in Bad Godesberg oder Bonn?

Sie hatten die Bank erreicht, und Rita ließ sich darauf fallen. Sie legte einen Arm über die Rückenlehne und sah zu Edith hinauf.

»Ach, du hättest sie sehen müssen. Der ihr Mann ist bei der FDP. Und wie der Chef sie umgarnt hat.« Mit verträumtem Blick legte Rita den Kopf auf ihren Arm.

Edith setzte sich neben sie. Sie sehnte sich zwar nach der großen Liebe, aber ein Politiker musste es nicht sein. Sie brauchte auch keinen Chauffeur. Eine Lehre, das wäre ein Anfang. Dann die große Liebe, ein kleines Häuschen, zwei Kinder. Etwas Bodenständiges, Verlässliches eben. Mehr wünschte sie sich gar nicht.

Rita seufzte noch einmal laut und theatralisch, dann richtete sie sich auf. »Aber sag mal, etwas anderes, du hast doch nächste Woche Geburtstag?«

»Ja, aber es ist der Falsche«, sagte Edith und ließ sich auf der Bank zurücksinken.

»Wie? Der Falsche?«, fragte Rita.

»Na ja, ich werde erst neunzehn. Wenn ich doch schon einundzwanzig werden würde – volljährig –, dann hätte ich vielleicht auch mehr Freiheiten.«

»Glaubst du das wirklich? Bei deinen Eltern?« Rita lachte spitz auf, und Edith spürte einen Stich im Herzen. An der gleichen Stelle, an der es immer schmerzte, wenn Rita von der Arbeit in der Damenschneiderei in Mehlem erzählte oder wieder so einen wundervollen Stoff mitbrachte. Oder wenn sie – wie heute – von der eleganten Politikergattin im Atelier berichtete.

9

Zur Feier des Tages hatte der Vater die Herrenschneiderei am Nachmittag geschlossen, und nun saßen sie alle im Garten hinter der Villa in der Dürenstraße und tranken Limonade und Wein. Die Mutter hatte einen Kuchen gebacken, und Heinz hatte kleine Brötchen von der Arbeit mitgebracht. Joachim konnte gar nicht mehr sagen, wie oft er sich in der letzten Stunde hatte anhören müssen, wie schnell er und Edith doch groß geworden wären, dass die letzten neunzehn Jahre ja wie im Fluge vergangen seien, dass die Zeiten jetzt doch so viel besser waren und so weiter und so fort. Er nickte und lächelte und war froh, dass ihn niemand mehr in die Wange kniff, während seiner Zwillingsschwester dieses Schicksal nicht erspart blieb.

Neben den Eltern und Heinz war Ediths beste Freundin Rita anwesend sowie Onkel Willi, der jüngere Bruder des Vaters, der Joachims Pate war, und Tante Käthe. Letztere war die Nachbarin der Grafs, eine Nenntante. Es war eine schöne Runde, nur Rita war für Joachims Geschmack mal wieder viel zu aufgedreht. Er wusste nicht, warum seine Schwester immer so viel Zeit mit ihr verbrachte. Die beiden waren doch sehr verschieden.

Aber vielleicht, dachte er, *ist das auch schon der Grund.*

Joachim nahm sich ein Brötchen mit Mohn und Sesam und biss hinein. Von den Eltern hatte er eine eigene Schneiderschere bekommen. Das Geschenk war gar nicht so sehr zu seinem Geburtstag gedacht, sondern mehr zu der mit Auszeichnung bestandenen Lehre, wie sein Vater betonte. Joachim hatte sich bedankt, wie es von ihm erwartet wurde. Er wusste genau, dass eine gute – vor allem eine gut geschärfte –

Schere für das Schneiderhandwerk von größter Wichtigkeit war, aber er konnte nicht behaupten, dass er sich darüber gefreut hätte.

Nachdenklich biss er ein weiteres Mal von dem Brötchen ab und beobachtete das Treiben im Garten. Die Eltern unterhielten sich lautstark mit Tante Käthe, die nicht mehr gut hörte. Edith alberte derweil mit Rita herum. Die beiden kicherten, als wären sie Schulmädchen und nicht schon junge Frauen. Heinz stand dabei und versuchte Edith in ein Gespräch zu verwickeln. Erfolglos. Joachim lächelte traurig. Er hatte schon lange geahnt, dass Heinz sich in seine Zwillingsschwester verguckt hatte. Aber Edith tat entweder so, als bemerke sie es nicht, oder sie verstand wirklich nicht, warum Heinz so oft ihre Nähe suchte. Joachim war nicht sicher, was zutraf.

Er kaute auf dem letzten Bissen des Brötchens herum und sah sich suchend nach seinem Patenonkel um, der aus unerfindlichen Gründen aus dem Garten verschwunden war. Just in diesem Moment trat der Gesuchte durch die Terrassentür der Villa ins Freie.

»Das hier ist für dich, Joachim.« Hinter seinem Rücken zog sein Onkel ein in buntes Papier gewickeltes Päckchen hervor.

Überrascht nahm Joachim das Geschenk entgegen. Es war klein und handlich. Sein Onkel nickte ihm aufmunternd zu. Vorsichtig löste Joachim das Geschenkpapier an den Ecken und faltete es sorgfältig auf. Er wusste genau, dass die Mutter es nachher bügeln und im Schrank verstauen würde, um es noch einmal wiederzuverwenden. Er legte das Papier zur Seite und hielt einen Pappkarton in der Hand. Immer noch nickte der Onkel ihm zu. Joachim öffnete den Karton, und zum Vorschein kam eine kleine Ledertasche mit einem langen, dünnen Riemen.

»Das ist ja eine Kamera«, rief Joachim.

Onkel Willi lachte. »Und nicht irgendeine. Es ist eine Zeiss Ikon Nettar II. Mach die Lasche hinten auf, dann kannst du direkt ein Foto schießen. Ich habe einen Film eingelegt und hier«, aus der Tasche seines Sakkos zog er eine Rolle hervor, »habe ich noch einen.« Er legte den Film neben Joachim auf den Tisch.

Joachim strahlte seinen Patenonkel an. Eine Kamera! Damit hatte er nicht gerechnet. Überhaupt hatte er mit keinem Geschenk gerechnet. Die letzten Male hatte der Onkel ihm vielleicht ein, zwei Mark zugesteckt. Nie mehr. Auch seine Eltern waren überrascht.

»Aber Wilhelm«, sagte der Vater zu seinem Bruder, »du kannst doch für den Jungen nicht so viel Geld ausgeben.«

Onkel Willi schüttelte den Kopf. »Zum einen, lieber Richard«, sagte er, »kann ich machen, was ich will, und zum anderen habe ich sie gebraucht erstanden, wenn das eine Rolle spielt.«

Die beiden Brüder diskutierten weiter darüber, aber Joachim hörte nicht mehr zu. Er war mit der Kamera beschäftigt. Wie gut sie in der Hand lag. Wie der Onkel ihm geraten hatte, öffnete er die Lasche mit dem Druckknopf an der Rückseite der Ledertasche. Er schob den Deckel nach vorn, sodass er herunterhing und den Blick auf die Kamera freigab. Schwarz und Silber war sie. Oben gab es einen Sucher, zwei Knöpfe und ein Rad. Vorn war eine viereckige Klappe angebracht, auf der der Schriftzug *Nettar* zu lesen stand.

»Drück auf den Knopf neben dem Transportrad«, sagte Onkel Willi.

Joachim drückte darauf und die viereckige Klappe schnellte wie eine Zugbrücke herunter und zog gleichzeitig das Objektiv der Kamera heraus. Er lachte überrascht auf.

»Ich zeige dir später noch, wie der Film gewechselt wird. Aber ich sag dir jetzt schon einmal das Wichtigste: im Dunkeln! Sonst ist nämlich der ganze Film hin.«

Joachim nickte. »Verstanden«, sagte er, hob die Kamera vor sein Gesicht und blickte durch den Sucher. Noch einmal nahm er das bunte Treiben um sich herum wahr, aber diesmal nur in einem kleinen Ausschnitt, durch das Sichtfenster der Kamera. Plötzlich wirkte das ganze Geburtstagsfest anders. Irgendwie magisch. Joachim drückte auf den Auslöser. Ein leises *Klick* ertönte, und Joachims Herz machte einen freudigen Satz.

*

Edith bemühte sich, das Lächeln auf ihrem Gesicht aufrechtzuerhalten, während Joachim von der Familie und den Gästen umringt wurde. Sie würde sich nicht die Blöße geben, an ihrem Geburtstag vor allen in Tränen auszubrechen. Dabei war ihr nach nichts anderem zumute. Natürlich war Joachim wieder der Star. Der Star der Familie, der Star der Schneiderei, der Star an ihrem gemeinsamen Geburtstag.

Der Star mit der Kamera, dachte sie zynisch und ärgert sich noch mehr, weil sich das fast reimte.

Ein paar Minuten zuvor war noch alles in Ordnung gewesen. Zwar hatte Joachim eine Schneiderschere von den Eltern bekommen und sie zwei Handtücher für die Aussteuer, aber damit hätte sie leben können. Es war ja nichts Neues, dass Joachim die Lehre mit Bravour abgeschlossen hatte und jetzt der Geselle der Herrenschneiderei war, während man von ihr nur erwartete, dass sie heiratete. Aber die Kamera? Das schlug dem Fass den Boden aus. Reichte es denn nicht, dass Joachim sowieso schon alles erben würde? Die Schneiderei, die Villa, den Familiennamen? Was blieb Edith denn am Ende des Tages? Sie durfte keine Lehre machen, durfte nur Aushilfsarbeiten verrichten und hoffentlich bald gut heiraten. Und dann? Dann war sie sogar keine Graf mehr.

Allerdings … Edith kam wieder in den Sinn, was ihr Rita

über das neue Gleichberechtigungsgesetz erzählt hatte. Sie musste ihren Namen nicht abgeben, sie durfte ihn als Namenszusatz weiterführen.

Mit einem Mal fiel es ihr nicht mehr schwer, das Lächeln auf ihrem Gesicht aufrechtzuerhalten. Während sie dabei zusah, wie Joachim Fotografien von den lachenden Gästen schoss, fasste sie einen Entschluss: Sie würde den Namen Graf beibehalten, den würde ihr kein Ehemann auf der ganzen Welt nehmen! In diesem Punkt konnte selbst Joachim sie nicht übertrumpfen. Sie waren die Zwillinge Graf und würden die Zwillinge Graf bleiben.

10

Statt über den Busbahnhof und die Alte Bahnhofstraße nach Hause zu gehen, hatte Edith sich für einen Umweg durch den Bad Godesberger Kurpark entschieden. In der Herrenschneiderei war heute viel zu tun gewesen. Ein Kunde nach dem anderen war in den Laden gekommen, und der Vater hatte das Anprobenzimmer praktisch nicht mehr verlassen, während Joachim im Nähzimmer wie ein Weltmeister geschafft hatte, damit alle Aufträge rechtzeitig fertig wurden. Eigentlich hatte Edith diese Situation nutzen wollen, dem Vater vorzuschlagen, dass sie einige der Näharbeiten durchführen könne, aber nicht einmal dafür war Zeit gewesen.

Langsam ging sie durch den Park. Sie ließ den Kopf hängen, blickte stur auf ihre Füße.

Seit sie an ihrem Geburtstag den Entschluss gefasst hatte, sich ihren Nachnamen nicht nehmen zu lassen, hatte sich etwas für Edith verändert. Sie war nicht mehr bereit, einfach alles hinzunehmen. Sie war nicht mehr bereit, sich mit den Vorstellungen der Eltern zufriedenzugeben. Wenn die Bundesrepublik Deutschland mit dem Gleichberechtigungsgesetz für alle Frauen durchgesetzt hatte, dass diese in der Ehe mitentscheiden, ihr eigenes Vermögen verwalten und ihren Nachnamen weiterführen durften, dann würde auch Edith sich das zunutze machen. Sie würde von nun an darauf pochen mitzubestimmen, und sie würde einen Weg finden, eigenes Geld anzusparen, das sie dann selbst verwalten durfte. So schnell würde sich nicht mehr fügen!

Von ihrem eigenen Entschluss bestärkt, reckte sie das Kinn. Mit einem Mal wurde ihr Schritt beschwingt. Vögel zwitscherten um sie herum, und sie bemerkte, dass ein paar

Bäume anfingen, sich bunt zu färben. Der Herbst kündigte sich an. Edith lächelte. Ein Wandel stand bevor.

»Ich möchte selbst entscheiden«, murmelte Edith, während sie an der Spüle stand und den Topf ins Wasser tauchte. Ihre Hände waren rot, das Spülwasser war so heiß, dass es schmerzte. Mit einer Bürste schrubbte sie den Topf sauber. War sie eben noch so sicher gewesen, dass sie nicht mehr in jeder Hinsicht über sich bestimmen lassen würde, so musste sie nun feststellen, dass das gar nicht so einfach war. Nicht einmal bei so etwas Simplen wie der Hausarbeit hatte sie etwas zu sagen. Edith zog die Nase hoch und schluckte die Tränen weg.

Sie musste einsehen, wie es im Moment war: Sie hatte keine Lehre gemacht, hatte keinen Beruf erlernt. Sie war auf die Eltern, auf ihre Familie, angewiesen. Wie sollte sie sich da widersetzen, wie sollte sie da Geld für sich selbst zurücklegen? Noch einmal schluckte sie. Eines stand fest, sie würde sich eine Strategie ausdenken müssen. Eine, die jedem Einwand der Eltern standhalten würde. Und sie musste einsehen, dass es nicht so schnell gehen würde, wie die Bäume sich im Herbst bunt färbten und dann ihre Blätter verloren. Sie musste Zeit einplanen – wichtig war nur, dass sie ihr Ziel nicht aus den Augen verlor.

Sie zog den sauberen Topf aus dem Wasser und stellte ihn auf dem Abtropfgitter ab.

»Edith«, rief die Mutter aus dem Flur.

»Ja, Mutter?«

»Kannst du mir bitte einen Lappen bringen?«

Edith trocknete die nassen Hände am Küchentuch ab, öffnete den Schrank unter der Spüle und nahm einen Lappen heraus. Sie brachte ihn der Mutter, die im Flur auf einem Stuhl stand und den großen Garderobenschrank säuberte.

Ohne sich zu Edith umzudrehen, streckte die Mutter eine Hand nach dem Lappen aus. Edith gab ihn ihr.

»Ach, Edith. Doch nicht so einen«, schimpfte die Mutter und gab ihr den Lappen zurück. »Einen zum Staub wischen brauche ich.«

Edith verbiss sich den Kommentar, dass die Mutter das ja auch gleich hätte sagen können. Sie ging zurück in die Küche, um ein Staubtuch zu holen.

Doch nicht so einen, hörte sie die vorwurfsvolle Stimme ihrer Mutter im Kopf und musste dabei an den Streit denken, den der Vater in der Schneiderei mit dem Herrn im Leinenanzug geführt hatte.

Mit einem wie Ihnen will ich nichts zu tun haben! Das hatte der Herr gerufen, aber Edith konnte sich immer noch nicht erklären, was es damit auf sich hatte. Was hatte der Mann damit gemeint, einer wie ihr Vater? Ein Schneider? Das konnte es nicht sein, denn dann hätte der Herr im Leinenanzug das Geschäft wohl gar nicht betreten. Aber was dann? Was für einer war ihr Vater? Was wusste Edith überhaupt über ihn? Er war Schneider, gelernter Meister. Er hatte den Betrieb von seinem Lehrherrn übernommen. Als Kind war er schwer an der Schwindsucht erkrankt gewesen, auch heute machte ihm das noch zu schaffen. Er war pedantisch, was das Handwerk anging, und streng, was seine Kinder betraf. Aber sonst? Sonst kannte sie den Vater nur als höflichen und rechtschaffenen Mann. Sollte er ein dunkles Geheimnis haben? Und wenn ja, was war es, dass es jemanden zu einer solchen Äußerung und das aufgebrachte Verlassen des Ladens brachte? Edith konnte sich keinen Reim darauf machen.

Da später die Sendung *Guter Rat am Zuschneidetisch*, moderiert von Marlene Esser, im Fernsehen gezeigt würde, war Rita zur Abwechslung bei Edith zu Gast. Vor allem, weil Rita die Hoffnung hegte, in den Nachrichten etwas über Elvis Presley zu sehen, der doch seit ein paar Tagen als Soldat in der Nähe von Frankfurt stationiert war. Edith konnte nicht verstehen, warum Rita so ein Aufhebens darum machte. Sie selbst hörte lieber deutsche Schlager wie *Was kann schöner sein* von Barbara Kist. Da verstand man wenigstens, wovon gesungen wurde.

Fast drei Monate war es her, dass der Fernsehapparat im Graf'schen Wohnzimmer eingezogen war. In dieser Zeit hatte der Vater die anfangs strikten Fernsehzeiten gelockert, und die Mutter brachte nun regelmäßig eine Fernsehillustrierte vom Kiosk mit. Neugierig hatte Edith diese studiert und erfahren, dass jene wunderbare Nähsendung, die sie einst vor dem Stubenarrest bewahrt hatte, *Eine modische Viertelstunde mit Marlene Esser* war. Wie hatte sie sich gefreut, als sie festgestellt hatte, dass es auch eine umfangreichere Sendung von und mit Marlene Esser gab, die am Abend ausgestrahlt wurde, sodass Edith sie ansehen durfte. Was nämlich das Fernsehschauen am Nachmittag betraf, hatte der Vater es immer noch strikt untersagt.

Nun saßen Rita und sie zusammen in Ediths Zimmer auf deren Bett und unterhielten sich im Flüsterton. Edith hatte Rita gerade mitgeteilt, dass sie zu dem Schluss gekommen war, dass der Vater ein wie auch immer geartetes dunkles Geheimnis haben musste.

»Und, hast du schon eine Idee, was es ist?«, fragte Rita.

»Nein, so gar nicht. Ich habe nur das Gefühl, dass es etwas von früher sein muss, etwas vor meiner Zeit …«, Edith brach ab und holte Luft. »Vielleicht etwas aus dem Krieg.«

»Aus dem Krieg?« Rita runzelte die Stirn.

Edith nickte. Sie hatte hin und her überlegt. Es war die einzig logische Erklärung.

»Weißt du denn, wie das damals war?«, fragte Rita.

Edith zuckte mit den Schultern. »Ich weiß nur, dass mein Vater nicht im Krieg war. Mehr erzählen sie nicht.«

»Was denn?« Rita war so erstaunt, dass sie vergaß zu flüstern und Edith den Finger warnend an den Mund legte.

»Dein Vater war nicht im Krieg?«, fuhr Rita leise fort. »Ist das denn mit rechten Dingen zugegangen? Er muss doch damals im besten Soldatenalter gewesen sein, oder nicht?«

»Ja, schon. Aber er hat es doch mit der Lunge«, antwortete Edith genauso leise.

»Das wusste ich ja gar nicht.«

»Doch, als Kind ist er an der Schwindsucht erkrankt, und es ist nie richtig ausgeheilt. Bei der Arbeit in der Schneiderei fällt es nicht so auf. Er hustet manchmal, wenn er sich aufregt. Aber eins sag ich dir, Rita, wenn du einmal eine Wanderung mit meinem Vater gemacht hättest, dann wüsstest du, wovon ich rede.«

»So schlimm ist es dann doch?« Rita riss die Augen auf.

Edith nickte. »Dann japst und pfeift er und bekommt vor lauter Husten keine Luft mehr. Schön ist das nicht.«

»Vielleicht hat der Mann im Leinenanzug das ja gemeint?«

»Du meinst, er will nichts mit jemand zu tun haben, der krank ist?«, fragte Edith.

»Es gibt da die merkwürdigsten Ansichten.«

»Das mag ja sein, aber da wird man doch nicht so laut und stürzt aus dem Laden, oder?« Fragend sah Edith ihre Freundin an.

»Nee, da hast du recht. Es muss doch was anderes sein.«

»Ja, etwas von früher, das aber nichts mit der Krankheit zu tun hat.«

»Kannst du nicht mal eure Nachbarin fragen? Die alte Frau von Hartwig?«, fragte Rita.

»Du meinst Tante Käthe?«

Rita nickte. »Die ist doch so neugierig und sitzt den ganzen lieben langen Tag am Fenster und schaut hinaus. Die weiß alles, was hier in der Straße passiert – und was passiert ist.«

»Ach, Rita, die hört doch nicht mehr gut«, sagte Edith.

»Ich glaube, die hört noch besser, als sie dich glauben machen will. Und selbst wenn. Was du von ihr wissen willst, liegt lange zurück. Da war ihr Gehör bestimmt noch viel besser.«

11

»Gib mir mal die Heckenschere.« Ediths Mutter legte die Pflanzkelle, mit der sie bis vor Kurzem noch die Erde unter den Rosen aufgehäufelt hatte, zur Seite und fuhr sich mit dem Handrücken über die Stirn. Etwas frische Erde blieb zurück. Leichter Nieselregen fiel.

Edith bückte sich und reichte der Mutter die gewünschte Schere. Sie hasste die Gartenarbeit, und sie hasste den ständigen Regen, der aus dem Sommer einfach mit in den Herbst gekommen war. Aber sie wusste, dass ihre Mutter den Garten liebte und es ihr heilig war, die Rosen winterfest zu machen. Dabei war sie immer guter Dinge, fast schon unbeschwert. So auch heute. Der Nieselregen schien sie genauso wenig zu stören wie die Erde an ihren Händen und ihrem Gesicht. Die beste Gelegenheit also für Edith, den ersten Schritt ihres Plans auf dem Weg zu einem eigenen kleinen Vermögen anzugehen.

Edith straffte die Schultern. »Mutter, ich habe lange darüber nachgedacht«, sagte sie und räusperte sich. »Ich möchte eine Lehre machen. Zur Schneiderin, wie Rita.«

»Da haben wir doch schon so oft drüber gesprochen.« Die Mutter ließ die Heckenschere sinken und sah mit einem Seufzen auf. »Edith …«, setzte sie an, ließ den Namen aber in der Luft schweben wie eine Frage.

»Und wenn ich erst mal nur bei uns in der Herrenschneiderei im Nähzimmer mithelfe?« Edith sprach schnell, dringlich. »Ich kann doch kleinere Schneiderarbeiten erledigen. Bitte, Mutter.« Sie faltete ihre Hände. »Ich möchte richtig mithelfen, ich möchte etwas lernen, statt nur Staub zu wischen und Besorgungen zu erledigen. Wenn ich mich gut dabei anstelle, kann ich doch bei Vater eine Lehre machen. Als Anfang.«

Ediths Mutter erwiderte nichts. Sie wandte sich wieder den Rosen zu und schnitt mit einer kräftigen Bewegung zwei Äste ab. *Schnipp. Schnapp.*

»Mutter. Bitte!«

Schnipp. Ein weiterer Ast fiel zu Boden.

»Bitte …«

Schnipp. Schnapp.

»Bitte, bitte, bitte.«

Erneut seufzte ihre Mutter. »Ich habe jetzt wirklich keine Zeit für so etwas, Kind. Ich muss mit den Rosen fertig werden, bevor es richtig anfängt zu regnen.«

»Aber Mutter …«

»Nein! Kein Aber. Du brauchst das alles nicht. Zu meiner Zeit gab es da keine Diskussionen.«

»Die Zeiten ändern sich. Hast du nicht von dem Gleichberechtigungsgesetz gehört?«

Ihre Mutter ließ die Heckenschere wieder sinken. »Ich habe davon in der Zeitung gelesen.«

»Dann weißt du auch, dass Frauen jetzt in der Ehe mitentscheiden dürfen und sogar ihr eigenes Geld haben dürfen«, sagte Edith schnell.

»Edith Graf!« Die Mutter richtete sich auf. Sie bedachte sie mit einem wütenden Blick und strich ihren Rock mit den Händen glatt. Wie sie da so vor ihr stand, groß und gertenschlank, das helle Haar makellos in Wellen um den Kopf, so ganz anders als Edith, die klein und zierlich war und haselnussfarbenes Haar hatte. So oft fragte Edith sich, von wem sie das wohl hatte? Von der Großmutter vielleicht?

»Mit so einem neumodischen Unsinn brauchst du mir nicht zu kommen«, fuhr die Mutter fort. »Dein Vater und ich führen eine gute Ehe, seit mehr als zwanzig Jahren. Dein Vater hat alle Entscheidungen getroffen, und er trifft immer noch alle Entscheidungen.« Sie griff nach Heckenschere und Pflanzkelle und steckte sie in eine der großen Taschen an der Gartenschürze, die sie über Rock und Bluse trug. »Und soll ich dir einmal etwas sagen, junge Dame? Das ist auch gut so. Dein Vater ist der Kopf der Familie. Er sorgt für unser Einkommen. Ein eigenes Vermögen? Edith, Edith, was hast du nur für Flausen im Kopf!«

Edith wollte etwas erwidern, aber die Mutter hielt sie mit der erhobenen Hand davon ab.

»Nein, mein Fräulein Tochter, nein. Du brauchst kein eigenes Geld. Das Einzige, was du brauchst, ist eine gute Aussteuer, und die wirst du von deinem Vater und mir bekommen.«

»Aber Mutter, wenn ich doch eine Lehre …«, versuchte es Edith, obwohl sie wusste, dass es zwecklos war.

»Ich habe Nein gesagt. Du wirst einen netten jungen Mann kennenlernen, und dann wirst du heiraten und Kinder bekommen. Und bis dahin lernst du bei mir im Haushalt alles, was nötig ist.«

Da war sie wieder. Die alte Leier.

Am nächsten Morgen war Edith erst spät auf dem Weg in die Herrenschneiderei. Die Mutter hatte ihre Hilfe noch in der Waschküche benötigt. Ein kalter Wind wehte und trieb herbstbunte Blätter vor sich her. Edith zog ihren Mantel am Hals enger. An der Moltkestraße musste sie warten und einen Tross von dunklen Autos durchlassen, bevor sie die Straße überqueren konnte. Natürlich die ganzen Herren Politiker. Die mussten nicht zu Fuß bis ins Geschäft laufen, wo sie dann nur Staub wischen durften. Nein, die hatten fast alle einen Dienstwagen mit Chauffeur. Die wurden herumgefahren. Die trafen sich zu wichtigen Besprechungen im Weinhaus Maternus oder sonst wo. Und die Gattinnen der Politiker? Die feinen Damen? Die saßen zu Hause in ihren neugebauten Villen mit Rheinblick und Hausangestellten und ließen sich in Mehlem bei Rita im Atelier der Schneiderei hofieren. Edith schnaubte und eilte in die Alte Bahnhofstraße. Vielleicht hatte Rita ja doch recht. Vielleicht sollte sie versuchen, sich einen Politiker zu angeln. Dann musste sie sich keine Gedanken mehr darüber machen, dass sie kein eigenes Geld hatte. Dann müsste sie auch nicht in der Ehe mitbestimmen, dann könnte sie über die Angestellten bestimmen. Edith schmunzelte kurz und schüttelte dann den Kopf. Nein, mit solchen weltfremden Träumereien würde sie nicht weiterkommen. Sie musste im Hier und Jetzt bleiben und weiter an ihrem Plan arbeiten.

Bei ihrem gestrigen Gespräch mit der Mutter hatte sie keinen Erfolg gehabt. Ein schwerer Rückschlag. Wusste Edith doch, dass die Mutter eher einmal nachgab als der Vater. Aber jetzt blieb ihr keine andere Möglichkeit mehr, als ihn zu fragen, ohne die Mutter auf ihrer Seite zu wissen.

Sie überquerte die Koblenzer Straße und trat in die kleine Passage, die zum Busbahnhof führte. Mit wenigen Schritten hatte sie auch diese durchquert und kam vor dem Inselhotel heraus. Ein Blick auf die Uhr an der Haltestelle zeigte ihr, dass sie besser die Beine in die Hand nehmen sollte. Edith unterdrückte einen Fluch und lief los. Am Hotel und am Stadttheater vorbei, hinüber in die Michaelstraße.

»Ah, das Fräulein Tochter«, begrüßte der Vater sie, als sie keuchend zum Hintereingang der Schneiderei hereinkam, »du kommst gerade recht. Die Fenster müssen nach dem Regen dringend geputzt werden, und im Anschluss kannst du die Stoffballen aussortieren. Alles, was weniger als ein Meter ist, kommt in die Flickenkiste.«

Edith beruhigte ihren Atem und nickte. Dass der Vater ihr nur Arbeitsaufträge gegeben hatte und nicht mit ihr geschimpft hatte, weil sie zu spät war, war ein gutes Zeichen. Vielleicht ging ihr Plan doch auf. Sofort machte sie sich an die Arbeit.

Die Fenster waren rasch geputzt, und auch die Stoffballen im Laden hatte Edith schnell durchgesehen. Hier gab es nur wenige Stoffe, nur die ganz edlen. Und die Ballen waren immer vollständig. Darauf legte der Vater großen Wert. Im Nähzimmer war das anders. In zwei großen Regalen, die bis zur Zimmerdecke reichten, lagerten viele Stoffballen über- und ineinander gestapelt und verkeilt. Edith nahm sich eine Leiter und begann, die Ballen Regalbrett für Regalbrett herauszuzerren und zu überprüfen. Dazu musste sie den Stoff abwickeln und mit dem Stockmaß vermessen. Die längeren Stücke wickelte sie wieder auf und legte sie sorgsam in die Regale zurück, die kürzeren warf sie – wie der Vater sie angewiesen hatte – in die Flickenkiste, eine große Holzkiste, die unter dem Zuschneidetisch stand und fast die Hälfte desselben einnahm.

Sie erledigte die Arbeit schweigend. Normalerweise unterhielt sie sich gern mit Joachim, wenn sie im Nähzimmer war. Aber nachdem dieser nur einsilbige Antworten gab, hatte sie es aufgegeben. Sie wusste, dass er gestern noch bis spät in der Nacht gearbeitet hatte. Schon wieder.

Edith warf einen Seitenblick zu ihrem Bruder. Er saß an der Nähmaschine, den Rücken rund, die Schultern hochgezogen, den Blick stur auf die Maschine gerichtet. Das Einsetzen des Reißverschlusses an einer Anzughose nahm seine ganze Aufmerksamkeit in Anspruch.

An der Wand über dem Zuschneidetisch hingen große Schneiderlineale aus Holz. Ein Dreieck, Winkel genannt, ein Kurvenlineal und ein langes Metermaß. Darunter lagen mehrere Stapel mit fertig zugeschnittenen Stoffteilen, die darauf warteten, zusammengenäht zu werden. Drei Hemden, eine Weste, zwei Sakkos und ein Mantel, wenn Edith das richtig erkannte.

Joachim fluchte und sah auf. Ihre Blicke trafen sich. Edith zuckte zusammen. Neben der Erschöpfung lag auch so viel Verzweiflung in den Augen ihres Zwillingsbruders. Tiefe Ringe darunter. Seine Haut wirkte grau. Mit beiden Händen fuhr er sich müde übers Gesicht. Dann wandte er sich wieder der Anzughose zu. Edith wuchtete den Stoffballen, den sie gerade im Arm trug, auf den Zuschneidetisch. So konnte das nicht weitergehen. Sie verließ das Nähzimmer.

»Vater, Joachim kommt mit den Näharbeiten nicht mehr hinterher. Er ist völlig erschöpft«, sagte sie, als sie den Vater gefunden hatte.

»Du hast recht«, antwortete er, und für einen Augenblick schloss er die Augen und massierte mit Daumen und Zeigefinger seine Nasenwurzel. Auch er wirkte erschöpft. »Ich habe schon darüber nachgedacht, ob wir einen Schneider einstellen, jetzt, wo die Geschäfte so gut laufen.«

Das ist die Gelegenheit, dachte Edith und spürte, wie ihr Herz vor Aufregung hüpfte, während ihr ganzer Körper sich anspannte. »Wie wäre es denn, wenn ich einige der Arbeiten übernehmen würde?«, fragte sie.

»Du?« Die Hand des Vaters hielt inne. Er öffnete die Augen und sah sie an. »Edith, du hast doch keine Ahnung vom Schneiderhandwerk.«

»Ich beobachte alle Handgriffe, die ihr macht, du und Joachim«, sagte Edith langsam. »Ich habe von Mutter das Sticken und Stopfen gelernt, ich bin also durchaus in der Lage, per Hand eine saubere Naht zu nähen.« Sie überlegte kurz. »Und ich kann auch die Nähmaschine bedienen«, fügte sie schließlich hinzu.

»Warst du etwa heimlich an der Maschine?« Die Hand des Vaters sank, und eine Zornfalte bildete sich in der Mitte der Stirn. Er räusperte sich und hustete. »Du weißt genau, dass dir das untersagt ist!«

Edith ignorierte den Vorwurf. »Aber Vater! Denk doch einmal nach. Ich bin sowieso jeden Tag hier, und mir musst du auch gar nicht so viel zahlen wie einem angestellten Schneider.«

Der Vater lachte spitz auf. »Ein Gehalt willst du auch noch? Wer hat dir denn solche Flausen in den Kopf gesteckt? Das war die Rita, oder? Ich weiß nicht, ob das ein guter Umgang für dich ist.«

Edith wusste nicht, worüber sie sich mehr ärgern sollte. Dass sie kein Gehalt bekommen würde, selbst wenn sie Näharbeiten ausführen dürfte, oder dass auch der Vater der Meinung war, sie habe Flausen im Kopf, oder dass dem Vater ihr Umgang mit Rita nicht gefiel.

»Ich weiß, was du tun kannst, um mehr zu helfen. Hier«, sagte der Vater und nahm ein Paket vom Kassentresen. »Dieser Mantel ist fertig und muss zu Herrn Meyer auf der Heide in die Deutschherrenstraße gebracht werden.« Er drückte ihr das Paket in den Arm. »Und jetzt los«, sagte er und wedelte mit den Händen in Richtung des Ausgangs.

Wütend lief Edith durch den Fronhof und überquerte die Brunnenallee. Der schnellste Weg in die Deutschherrenstraße führte durch den Redoutenpark. Normalerweise ging sie gern durch den Park und freute sich, wenn sie die Redoute sah, aber heute hatte sie keinen Sinn für das satte Gelb der Fassade, die angedeuteten römischen Säulen und die großen Steinskulpturen, die das Dach zierten.

Das große Päckchen so fest an die Brust gedrückt, dass das Papier laut knirschte, schaute sie weder nach links noch nach rechts. Wieso konnte der Vater nicht einfach zustimmen, dass sie richtig in der Schneiderei mithalf? Wieso konnte er nicht akzeptieren, dass auch sie in der Lage war, das Schneiderhandwerk von der Pike auf zu lernen? Dass es wichtig war, auch für sie als Frau – gerade für sie als Frau! – einen Beruf zu haben?

»Edith. Edith!«, erschallte ein Ruf hinter ihr. »Jetzt bleib doch mal stehen … Edith!«

Mitten im Schritt wirbelte sie herum. Wer war es, der sie aufhalten wollte? Wer? Der Vater? Joachim?

Es war Heinz. Mit rotem Kopf kam er aus der Brunnenallee in den Redoutenpark getrabt. Während sie mit Scheuklappen gelaufen war, musste Heinz sie aus der Bäckerei heraus gesehen haben. Sein schwarzes Haar war mit Mehl bestäubt und sah dadurch fast grau aus. Gegen ihren Willen musste Edith lächeln. Dabei war ihr jetzt so gar nicht zum Lächeln zumute. Sie war schrecklich wütend!

»Komm, lass mich das tragen«, begrüßte Heinz sie und wollte ihr das Päckchen mit dem Mantel aus den Armen nehmen. Ihre Hände berührten sich, und Heinz sah ihr in die Augen. Edith fühlte sich mit einem Mal seltsam. Ihr Herz begann fest in der Brust zu schlagen. Heinz ließ ihre Hände und ihren Blick nicht los. Ohne ein Wort zu sprechen, standen sie da. Für einen Augenblick vergaß Edith alles um sich herum. Alles außer Heinz. Sie musste daran denken, dass sie sich die große Liebe doch immer wie einen Blitzschlag vorgestellt hatte. War es das jetzt? War das ein Blitzschlag gewesen, als Heinz ihre Hand berührt hatte? Sie musterte ihn. Die gerade Nase, die weichen Konturen seines Kinns. Die leichte Röte auf seinen Wangen. Ediths Herz schlug noch fester und schneller, und ihr Magen zog sich zusammen, aber auf eine gute Art. Eine richtig gute. War das die Liebe? Heinz?

»Musst du heute den Botengang übernehmen?«, fragte Heinz und nahm das Paket an sich. Der Moment war vorbei.

Ediths Herz raste immer noch. Was war gerade passiert? Hatte Heinz es auch gespürt? War das hier jetzt gerade der Beginn einer großen Liebe?

Wenn es so war, dann konnte Edith eines mit Sicherheit sagen: Die große Liebe roch herrlich nach frisch gebackenem Feinbrot. Sofort knurrte ihr Magen, und sie musste mit einem Mal laut loslachen.

»Edith?«, fragte Heinz unsicher. »Stimmt etwas nicht?«

»Nein, Heinz, es ist alles in Ordnung. Es ist sogar alles ganz wunderbar«, antwortete sie und lächelte. Ihre Wut war wie weggeblasen.

12

Und wieder Stau. Pauls Hände krallten sich um das Lenkrad des Wagens. Leise fluchte er. Ganz leise. Wusste er doch genau, dass Rudolf Schilling das nicht leiden konnte. Ein schneller Blick in den Rückspiegel zeigte ihm, dass dieser sein Fluchen nicht bemerkt hatte. Er hatte den Kopf über Papiere gebeugt und studierte diese aufmerksam.

Paul betrachtete die stehenden Autos und Lastwagen vor und neben sich. Das war also jetzt sein Leben. Fahrten von Berlin nach Bonn. Von Bonn nach Bad Godesberg. Von Bad Godesberg nach Berlin. Und wieder von vorn. War es wirklich das, was er sich vom Leben erhofft hatte? Gut, er kam viel herum, das konnte er nicht leugnen. Und wenn er Schilling nicht fahren musste, konnte er in seiner Freizeit tun und lassen, was er wollte. Das war schon etwas anderes, als die ständige Arbeit, die Uwe als angehender Arzt zu tun hatte. Der musste von morgens acht bis abends um sechs arbeiten. Oft sogar länger. Da hatte Paul mehr Freiheit; und er bekam mehr von der Welt zu sehen, selbst wenn er mal wieder, wie hier – kurz vor Leverkusen –, im Stau stand.

Wieder warf er einen Blick in den Rückspiegel. Rudolf Schilling hatte das Studium der Papiere unterbrochen und sah nachdenklich aus dem Fenster. Paul musterte ihn. Er trug eine dunkle Hornbrille, die seinem weichen Gesicht einen strengen Zug gab. Die blonden Haare waren mit Pomade nach hinten gekämmt, das Bild eines typischen Politikers – und so anders als der Mann, dessen Berater er war. Willy Brandt war einfach unverwechselbar. Die spitzen Geheimratsecken, die welligen Haare und dann erst die Art, wie er das R rollte. Paul mochte das. Es machte Brandt in seinen Augen sympathisch.

»Herr Lange, ich denke, Sie können jetzt weiterfahren«, sagte Rudolf Schilling und nickte mit dem Kopf nach vorn.

Erschrocken blickte Paul in die gleiche Richtung. Und tatsächlich, der Stau löste sich auf, die Autos und Lastwagen rollten wieder an. Er nickte knapp, kuppelte ein und fuhr wieder an.

»Natürlich, Herr Schilling«, sagte er, »entschuldigen Sie.«

*

Edith hüpfte bei jedem zweiten Schritt, so wie sie es als Kind bei Wanderausflügen gemacht hatte. Der Kurpark war zu dieser Jahreszeit wunderschön anzusehen. Die leuchtenden Farben der Blätter, der kleine Teich. Alles war wie verzaubert. Aber vielleicht war auch nur sie selbst verzaubert. Verzaubert von Heinz. Edith lächelte.

Bis zur Haustür von Herrn Meyer auf der Heide hatte er sie gebracht. Dann hatte er sich sehr höflich und auch ein bisschen unbeholfen verabschiedet. Er müsse in die Bäckerei zurück, hatte er gesagt. Und auch wenn er Edith versichert hatte, dass er gerade Pause habe, hatte sie doch ganz genau beobachtet, wie Heinz losgerannt war, als er wohl dachte, sie würde es nicht mehr sehen. Ihr Herz machte einen Sprung. Sie wollte gar nicht wissen, wie viel Ärger er für sein Wegbleiben bekommen hatte. Und auf eine merkwürdige Art und Weise fand sie es schön, dass er den Ärger in Kauf nahm. Für sie.

Wieder machte sie einen kleinen Hüpfer. Die Luft war noch wunderbar warm für die Jahreszeit, die Bäume zeigten sich in herbstbunter Pracht. Alles kam Edith so viel intensiver vor. Leuchtender, heller, klarer. Das Leben war schön.

Heinz, Heinz, Heinz. Dieser Name war alles, woran sie denken konnte. Was war da passiert, als ihre Hände sich berührt hatten? Dieses neue Gefühl. Sie kannte Heinz nun schon seit so vielen Jahren. Hatte oft seine Hände berührt, hatte doch beim Tanzen in seinen Armen gelegen. Warum also gerade jetzt? Sie konnte diese Frage nicht beantworten, und es war ihr auch völlig egal. Wichtig war nur, dass es jetzt so war, wie es war. *Heinz.* In ihrem Magen wurde es wunderbar warm. Heute konnte ihr keiner mehr was. Sollte der Vater sie doch auf Botengänge schicken und die Mutter sie zum Abwasch verdonnern. Es änderte nichts an dem, was Edith fühlte.

*

Mit einem Glas Wasser ließ Paul sich am Fenster nieder. Die Wand hinter ihm war bis zu einem Drittel mit dunklem Holz getäfelt. Auf der anderen Seite des schmalen Gastraums saß nur ein weiterer Gast. Er las Zeitung und rauchte. Im Hintergrund lief ein Schlager. Peter Alexander sang von einer Nacht mit Josefin in Napoli. Geleitet von Ria Maternus, der Gastwirtin des gleichnamigen Weinhauses, war Rudolf Schilling im hinteren Bereich des Restaurants verschwunden. Dort würde er gleich in großer Runde speisen und nebenbei Politik machen.

Die Fenster des Weinhauses waren aus kleinen, eckigen Bleiglasfensterchen in verschiedenen Farben zusammengesetzt, wie es für Kneipen und Restaurants üblich war. Einige waren durchsichtig, und so hatte Paul einen guten Blick auf die Straße vor dem Restaurant und den großen Bahnhof. Hin und wieder fuhren Autos vorbei, und er konnte Züge ein- und ausfahren sehen. Passanten waren nur wenige zu dieser Zeit unterwegs. Die meisten hielten auf das Bahnhofsgebäude zu oder kamen dort heraus. Ein Mädchen ging die Straße aus Richtung des Parks herunter und nahm Pauls Blick gefangen. Er konnte nicht genau sagen, wie alt sie wohl sein mochte. Vielleicht neunzehn oder zwanzig. Bestimmt nicht älter. Das braune Haar trug sie zu einem hohen Pferdeschwanz, der von einer blauen Schleife gehalten wurde und bei jedem ihrer Schritte munter hin und her wippte. Sie trug eine weiße Bluse und einen knöchellangen, geblümten Tellerrock. Plötzlich drehte sie sich im Kreis und lächelte dabei. Paul wusste nicht, was dieses Mädchen so fröhlich gestimmt hatte, aber es war ansteckend. Auch er musste lächeln. Für einen Augenblick verspürte er den Impuls hinauszugehen, dem Mädchen hinterher, und sie anzusprechen, aber er verwarf diesen Gedanken schnell wieder. Was sollte er zu ihr sagen? Er war eigentlich nicht zu schüchtern, um eine Frau anzusprechen, aber dieses Mädchen …? Er konnte es nicht genau sagen. Etwas hielt ihn zurück. Etwas sagte ihm, dass man dieses Mädchen nicht einfach so ansprechen konnte, nicht sollte. Er seufzte und nahm einen Schluck von seinem Wasser. Dann beugte er sich über den Tisch und griff nach der Speisekarte. Es war bald Mittag, besser, er bestellte sich jetzt etwas zu essen, bevor das Weinhaus sich mit Mittagsgästen füllte.

13

Bei jedem Schritt spürte Joachim das Gewicht der Kamera am Riemen, der um seinen Hals hing. Wie noch nie etwas anderes zuvor, ließ es ihn aufrecht gehen, stolz. Und es zauberte ihm ein Lächeln auf die Lippen.

Er trat aus dem Bonner Hauptbahnhof und wandte sich nach rechts, um zur Poppelsdorfer Allee zu gelangen. Weit war es bis dahin nicht. Nur ein Stück die Straße neben den Bahngleisen hinunter bis zum Kaiserplatz, schon war man da.

Die Allee, die schnurgerade zum gleichnamigen Schloss führte, war in Joachims Augen die schönste Straße von ganz Bonn, links und rechts von Rosskastanien gesäumt und mit einer Rasenfläche in der Mitte. Blumen und Parkbänke fanden sich in regelmäßigen Abständen vor. Und das Schloss am Ende erstrahlte in seinem vollen Glanz. Im Krieg war es stark zerbombt und erst vor ein paar Jahren wiederaufgebaut worden. Jetzt im Herbst war die Allee noch schöner als sonst. Die Kastanienblätter leuchteten in wunderbaren Rot- und Brauntönen und verliehen Allee und Schloss etwas Märchenhaftes. Zu schade, dass er es nur in schwarz-weiß würde festhalten können.

Joachim blieb am Anfang der Allee stehen und ließ die Schönheit auf sich wirken. Die beiden schnurgeraden Straßen hinter den Bäumen, die spitz zuzulaufen schienen aus seiner Perspektive. Der opulente Barockbau am Ende, von dem er von hier aus nur einen kleinen Teil sehen konnte.

Er atmete tief durch und legte beide Hände an die Ledertasche. Das Gewicht ließ den Riemen noch fester gegen seinen Nacken ziehen. Onkel Willi war einfach der Beste, ihm diese Kamera zu schenken. Als hätte er genau gewusst, dass Joachim auf der Suche war. Auf der Suche nach Bedeutung in seinem Leben, fernab von der Arbeit in der Herrenschneiderei.

Den ersten Film hatte er bereits voll. Zwölf Bilder, die er alle bei der Geburtstagsfeier vor einem guten Monat geschossen hatte. Den zweiten Film wollte er nicht so gedankenlos *verknipsen*, deshalb hatte er sich etwas Besonderes überlegt. Ein schönes Motiv, besondere Perspektiven. Nach langem Hin- und Herüberlegen war ihm das Poppelsdorfer Schloss in den Sinn gekommen. Und die Allee.

Jetzt, wo er hier stand und die Schönheit auf sich wirken ließ, schoss die Freude durch seinen ganzen Körper. Das hier war genau richtig. Die Kamera, die Allee, das Schloss. Und er.

Joachim hob beide Hände in die Luft und formte mit den Zeigefingern und Daumen einen Kasten, durch den er die Allee betrachtete, auf der Suche nach dem perfekten Bildausschnitt. Einige vorübergehende Passanten warfen ihm merkwürdige Blicke zu, aber das war ihm egal. Er nahm sie ohnehin kaum zur Kenntnis. Wichtig war nur, die richtige Perspektive zu finden. Langsam schritt er die Allee entlang. Immer wieder drehte und wendete er sich und suchte nach besonderen Motiven.

Vorsichtig öffnete er die Lasche mit dem Druckknopf an der Rückseite der Ledertasche, dann schob er den Deckel nach vorn, sodass er herunterhing. Er drückte auf den Knopf neben dem Transportrad und ließ damit die viereckige Klappe nach unten und das Objektiv hervorschnellen. Joachim hob die Kamera an und sah durch den Sucher. Nun konnte er nur noch je einen kleinen Ausschnitt seiner Umwelt sehen. Der Fokus lag auf dem Detail. Wie immer empfand er das als Magie. Die Magie des Details. Die Magie, die Welt so festzuhalten, wie er sie sah. Aus einem Blickwinkel, den er bestimmte. Er allein.

Tief einatmen, zügig ausatmen und dann die Luft anhalten, bevor man den Auslöser drückte. So hatte Onkel Willi es ihm erklärt. Das war der beste Weg, damit die Bilder nicht verwackelten. Was die Einstellung der Bildschärfe anging, so müsse man dafür ein Gefühl entwickeln, entweder man habe es, oder man habe es nicht, hatte der Onkel mit einem Schmunzeln gesagt. Das war ein weiterer Grund dafür, dass Joachim den ersten Film bisher noch nicht hatte entwickeln lassen: Er hatte Angst davor, dieses »Gefühl« nicht zu haben. Große Angst. Er wollte sich die Freude an der Fotografie so lange wie möglich erhalten. Wollte es sich nicht kaputtmachen durch die Erkenntnis, dass er es eventuell doch nicht konnte. Das durfte einfach nicht sein!

Für einen Augenblick sammelte er sich. Schloss die Augen und atmete tief durch, hielt die Luft an und …

Klick. Die Bäume der Allee in einer Flucht.

Einatmen. Ausatmen. *Klick.* Eine Parkbank.

Einatmen. Ausatmen. *Klick.* Das Eingangstor des Schlosses.

Einatmen. Ausatmen. *Klick.* Die barocke Stuckfassade von unten herauf.

Einatmen. Ausatmen. *Klick.* Eine Frau mit dunklen Haaren, auf der Mauer sitzend.

Als hätte sie gewusst, was Joachim tat, hatte die Frau sich in Pose geworfen. Die Beine übereinandergeschlagen, den Kopf kokett geneigt. Langsam nahm Joachim die Kamera herunter und betrachtete die Frau ohne den Sucher. Sie war wirklich da – und sie posierte.

»Was denn«, rief sie ihm zu, »sind Sie schon fertig mit Fotografieren?« Sie verzog die Lippen zu einem Schmollmund. Dann stand sie auf und kam zu Joachim herüber. »Glauben Sie mir. Von mir müssen Sie mehr als nur ein Foto machen.« Und damit blieb sie stehen, stellte ein Bein vor das andere, stemmte einen Arm in die Hüfte, die sie leicht einknickte und legte die andere Hand an die Stirn. Den Kopf drehte sie gen Himmel.

Wie ein echtes Fotomodell, schoss es Joachim durch den Kopf. Und ehe er noch weiter darüber nachdenken konnte, nahm er die Kamera wieder hoch und fotografierte die unbekannte Frau. Wieder und wieder. Bis der Film voll war.

*

Es war kühl an diesem frühen Nachmittag und hier auf dem gewundenen Weg, der von Bäumen beschattet wurde, war es noch kälter. Edith zog ihren Mantel enger um sich und ärgerte sich darüber, dass sie keinen Schal mitgenommen hatte.

»Was denn? Ist dir etwa kalt?«, fragte Rita. Sie trug nur einen dünnen Sommermantel, hatte aber eine Hose, eine Bluse und eine Strickjacke darunter an.

Edith biss die Zähne zusammen und unterdrückte ein Zittern. Rock und Strumpfhose waren bei Weitem nicht so warm. Sie hoffte einfach, dass die Bewegung den Berg hinauf sie wärmen würde und es oben auf dem Plateau ohne die schattigen Bäume angenehmer war.

Obwohl sich die Herrenschneiderei am Fuße des Godesberges in der Michaelstraße befand, war Edith noch nicht oft auf der Godesburg gewesen. Es zog sie auch nicht viel dorthin. Sie war lieber unten am Rhein, wo die Wege eben waren und nicht steil nach oben führten.

»Edith, Edith.« Rita schüttelte den Kopf. »Warum hast du nicht eine Hose angezogen? Du wusstest doch, wo wir hingehen wollten.«

»Wo *du* hingehen wolltest«, antwortete Edith mit Nachdruck.

»Du hättest auch Nein sagen können«, sagte Rita leichthin.

Edith rollte mit den Augen. Als wenn Rita ihr eine Wahl gelassen hätte. Aber sie wusste genau, dass es keinen Zweck hatte, jetzt eine Diskussion anzufangen. Also zuckte sie lediglich mit den Schultern und zog den Mantel noch etwas enger, während Rita feixte.

Der Weg machte einen Knick und führte in die entgegengesetzte Richtung weiter den Berg hinauf.

»Du, Rita«, sagte Edith, nachdem sie ein gutes Stück weiter hinaufgegangen waren. »Darf ich dich mal etwas fragen?«

»Was denn?«

»Du …« Edith stockte und fuhr sich mit der Zunge über die Unterlippe. »Du warst doch schon einmal verliebt, oder?«

»Einmal? Ich war schon oft verliebt.« Rita seufzte. Dann stutzte sie, blieb abrupt stehen und drehte sich zu Edith um. »Wieso willst du das wissen?« Sie kniff die Augen zusammen, kam einen Schritt auf Edith zu und tippte ihr mit dem Zeigefinger auf den Oberarm. »Du bist doch nicht etwa verliebt?«

Edith spürte, wie ihre Wangen verräterisch zu glühen begannen, während sie sagte: »Ich weiß nicht, vielleicht.«

Rita grinste. »Du bist verliebt! Dass ich das noch erleben darf. Das Fräulein Graf ist endlich verliebt. Wer ist der Glückliche?« Sie durchbohrte Edith förmlich mit ihrem Blick.

Edith zögerte kurz, bevor ihr ein leises »Heinz« entfuhr.

Rita kicherte, dann begann sie schallend zu lachen. »Ich wusste es doch. Du und der Heinz also.«

»So ist es noch gar nicht.«

»Ach, Edith. Mach dir doch nichts vor. Du bist verliebt. Bis über beide Ohren. Und dass der Heinz dich mag, das sieht doch ein Blinder.«

»Also, ich hab es nicht gesehen«, antwortete Edith und ging ein paar schnelle Schritte den Berg hinauf. »Ich habe es gespürt«, sagte sie, ohne sich umzudrehen, und merkte gleichzeitig, wie ihre Wangen noch wärmer wurden.

Rita, die ihr folgte, quittierte das mit noch mehr Gelächter.

Der Blick vom Turm der Godesburg war atemberaubend. Auf der einen Seite konnte man den Rhein und das Siebengebirge sehen, auf der anderen das Pecher Ländchen und zu Füßen des Berges Bad Godesberg. Es wirkte winzig von hier oben, wie eine Miniaturstadt in einer Modelleisenbahnanlage. Die Menschen sahen aus wie kleine Insekten, die geschäftig durch die Straßen wuselten.

Edith und Rita hatten Glück. Sie waren ganz allein hier oben auf dem Turm. Im Sommer war die Godesburg immer gut besucht, aber im Herbst schien es nicht so viele Menschen hier in die luftige und kalte Höhe zu ziehen. Edith war das nur recht. So konnte sie die Aussicht genießen und so lange schauen, wie sie wollte, ohne dass sie jemanden im Weg stand. Die kalte Luft, die sie auf dem Weg hier herauf noch hatte frösteln lassen, kam ihr jetzt gelegen. Denn obwohl Rita endlich aufgehört hatte, über sie und Heinz und das Verliebtsein zu feixen, brannten Ediths Wangen immer noch nur beim Gedanken daran. Während der frische Wind ihre glühenden Wangen kühlte, hüpfte ihr Herz aufgeregt in der Brust. Was hatte Rita gesagt? Dass ein Blinder schon sehen würde, dass der Heinz sie mochte? Wie von allein zogen ihre Mundwinkel sich nach oben, und sie fragte sich, wann sie ihn wiedersehen würde. Ob sie am Montag einfach einmal in der Bäckerei vorbeischauen sollte? Sogleich schlug ihr Herz noch schneller, und sie hatte das Gefühl, den Duft von Feinbrot wahrzunehmen. Genau. Sie könnte am Montag eines kaufen … und mit etwas Glück Heinz begegnen. Ganz zufällig. Ediths Lächeln wurde noch breiter. Genau so würde sie es machen.

Edith war so in die Vorstellung von ihrem Bäckereibesuch versunken, dass sie gar nicht bemerkte, dass Rita wieder direkt neben ihr stand. Doch statt etwas zu Ediths Lächeln und den bestimmt immer noch verräterisch roten Wangen zu sagen, starrte Rita nur geradeaus. Fixierte einen unbestimmten Punkt irgendwo im Siebengebirge.

»Hast du denn jetzt endlich die alte Frau von Hartwig gefragt?«, sagte Rita plötzlich, ohne den Blick abzuwenden.

Für einen Augenblick setzte Ediths schnell schlagendes Herz aus. »Nein«, antwortete sie.

»Willst du nun wissen, was es mit dieser Geschichte um deinen Vater auf sich hat oder nicht?«

»Natürlich will ich das wissen. Das weißt du ganz genau«, sagte Edith, und mit einem Mal war ihr wieder kalt. Eiskalt.

»Dann besuch sie doch endlich. Bring ihr einen Wein aus eurem Keller mit. So wie ich das mitbekommen habe, sagt sie zu einem Gläschen oder zwei nicht Nein. Und es lockert die Zunge noch dazu.« Rita drehte sich endlich zu Edith um und zwinkerte, ganz die Alte.

»Einen Wein aus unserem Keller?«, fragte Edith empört. »Was glaubst du denn, was los wäre, wenn meine Eltern das mitbekommen? Dann kriege ich Stubenarrest, und nicht nur einen Tag.«

»Du immer mit deinen Eltern. Du solltest langsam mal sehen, dass du nicht immer nur nach deren Pfeife tanzt.«

Edith fühlte, wie sich ihr Magen zu einem festen Klumpen zusammenzog. »Du hast ja leicht reden, Rita. Du hast einen Beruf, hast ein eigenes Zimmer, hast …«

»Ein gemietetes Zimmer bei der ollen Mecker«, fuhr Rita ihr dazwischen.

»Reg dich nicht immer über die Witwe Becker auf. Sie mag zwar viel nörgeln, aber das ist immer noch etwas ganz anderes, als wenn du noch bei deinen Eltern wohnen würdest!«

»Ist ja gut. Du hast ja recht.« Rita verdrehte die Augen und winkte ab. »Ich glaube sowieso, dass ich schon weiß, was dahintersteckt.«

»Wohinter?«

»Hinter dem dunklen Geheimnis deines lieben Herrn Papas.«

Edith riss die Augen auf, der feste Klumpen in ihrem Magen wurde zu Blei. »Ehrlich? Was?«

Rita antwortete nicht sofort. Sie sah erst nach links und

nach rechts, obwohl niemand sonst auf dem Turm war, bevor sie ihren Kopf zu Edith neigte und flüsterte: »Hast du schon mal von den Nationalsozialisten gehört? Den Nazis?«

Nur vom Klang dieser Worte stockte Edith der Atem. Es gehörte zu den Dingen, über die nie gesprochen wurde. Weder zu Hause noch damals in der Volksschule noch sonst wo. Sie spürte, wie ihr ein kalter Schauer über den Körper lief und sich die Haare auf den Armen und in ihrem Nacken aufstellten. Der feste Klumpen in ihrem Magen schien sein Gewicht zu verdoppeln. Sie schluckte schwer.

»Was weißt du davon?«, fragte sie Rita schließlich.

»Nicht viel, aber ich habe in letzter Zeit so oft darüber nachgedacht, was du mir von deinem Vater und dem schreienden Kunden erzählt hast, und da ist mir wieder eingefallen, wie ich mal ein Gespräch zwischen meiner Mutter und meiner Oma belauscht habe.«

14

Diese Fahrt war erstaunlich, dachte Paul, als sie kurz vor Potsdam waren. Ohne jegliche Zwischenfälle. Ohne Stau, ohne Umweg. Wenn jetzt auf den letzten Metern bis nach Berlin nicht noch etwas passierte, dann war das die erste Überlandfahrt, die absolut reibungslos verlaufen war. Woran das wohl lag? Sofort sah er das Mädchen mit dem Pferdeschwanz vor sich. Das konnte kein Zufall sein. Am Mittag, kurz bevor er mit Rudolf Schilling in Bad Godesberg abgefahren war, hatte er sie erneut gesehen. Mit einer Freundin. Die beiden hatten fröhlich gekichert, und an dieses Bild hatte Paul die ganze Autofahrt denken müssen. War das der Grund für diese glatte Fahrt? Lag es an diesem Mädchen, das ihn nicht loslassen wollte? War sie etwa sein Glücksbringer? Paul schmunzelte. Glücksbringermädchen. Sein Glücksbringermädchen. Das gefiel ihm, genauso wie ihm die junge Frau gefiel.

»Was ist so amüsant, Herr Lange?«, fragte Schilling von der Rücksitzbank und riss Paul aus seinen Glücksbringermädchengedanken.

»Nichts«, antwortete er und sah den Berater kurz durch den Rückspiegel an, bevor er wieder die Straße fixierte. »Ich habe mich gerade nur darüber gefreut, dass wir so gut durchgekommen sind.«

Rudolf Schilling antwortete nicht. Paul nahm an, dass er nickte. So war es oft. Der Berater des Berliner Bürgermeisters war nie gesprächig während der langen Fahrten. Das hatte nichts damit zu tun, dass er vielleicht unhöflich wäre – nein, das war er ganz und gar nicht. Er war meist einfach zu beschäftigt mit Papieren oder seinen Gedanken.

Wenn man einen so großen Mann wie Willy Brandt zu be-

raten hat, ist es kein Wunder, wenn man oft in Gedanken ist, dachte Paul. Er sah auf die Uhr. Wenn es weiter so gut liefe, wären sie in nicht mal zwanzig Minuten in Berlin. Der jungen Frau mit dem Pferdeschwanz sei Dank.

*

Edith legte Messer und Gabel auf dem leer gegessenen Teller ab. Sauerbraten mit Klößen und Rotkohl. Ein richtiges Sonntagsessen. Und nur, wenn ihre Mutter es kochte, schmeckte es so richtig gut. Genau das wollte sie der Mutter gerade sagen, als es an der Tür klingelte. Erstaunt blickte Edith auf. Sie sah, dass auch die Eltern einen überraschten Blick tauschten. Wer konnte das sein, an einem Sonntag zur Mittagszeit?

»Joachim, gehst du bitte nachsehen?« Der Vater nickte zur Tür.

Ihr Bruder schob den Stuhl zurück, stand vom Tisch auf und verschwand im Flur. Auch die Mutter stand auf und begann, den Tisch abzuräumen. Edith wollte ihr helfen, als Joachim wieder in der Tür zum Esszimmer erschien.

»Edith«, sagte er, und ein merkwürdiges Grinsen lag auf seinem Gesicht. »Es ist für dich.« Er machte eine Pause und fügte dann hinzu: »Der Heinz.«

Für einen Augenblick hatte Edith das Gefühl, die Welt würde stehen bleiben. Heinz war hier. Joachims bester Freund Heinz war hier – ihretwegen. Und nun wusste Joachim es; und ihre Eltern. Sie warf einen vorsichtigen Blick zu den Eltern, um zu sehen, wie sie auf diese Neuigkeit reagieren würden. Die Mutter lächelte, der Vater nickte. Das Blut rauschte mit einem Mal laut in Ediths Ohren, und das Herz hüpfte in ihrer Brust. Sie war kurz davor, sich selbst zu kneifen, um herauszufinden, ob sie träumte. Sie hatte sich schon oft ausgemalt, wie es wohl sein würde, wenn sie einmal von einem Jungen – von einem Mann – abgeholt würde. Was die Eltern sagen würden. Immer war sie davon ausgegangen, dass die Eltern das nicht gutheißen würden. Dass sie es sogar verbieten würden. Aber in diesem Punkt hatte sie ihre Eltern wohl unterschätzt oder eher falsch eingeschätzt. Edith lächelte.

»Was ist denn?«, fragte Joachim. »Willst du den ganzen Tag zur Salzsäule erstarrt hier im Esszimmer stehen? Wie lange willst du den Heinz denn noch warten lassen?«

Die Sonne schien und ließ die bunten Blätter der Bäume golden leuchten, brach sich glitzernd auf den Wellen des Rheins. Es war ein Herbsttag wie aus dem Bilderbuch. Eine leichte Brise wehte über den Rhein und brachte Gelächter und Musik von einem der letzten Ausflugsdampfer mit sich, der langsam den Rhein hinaufschaukelte. Ende Oktober würde die Personenschifffahrt über den Winter eingestellt.

So oft schon hatte Edith solche Tage am Rhein erlebt. Oft schon war sie mit Rita hier entlangspaziert und hatte die Sonne genossen. Aber heute war alles anders. Wieder waren die Farben satter, die Luft frischer, die Sonne heller. Und ihre Wangen röter.

Seit Heinz sie zu Hause in der Dürenstraße abgeholt hatte, hatten sie noch nicht viel gesprochen. Eine kurze Begrüßung, ein paar Worte zum Wetter. Das war merkwürdig. Sonst hatte Edith nie Probleme gehabt, sich mit Heinz zu unterhalten. Aber dieser eine Moment, diese kurze Berührung vor einigen Tagen im Redoutenpark, hatte alles verändert. Er hatte alles verzaubert. Und obwohl Edith die Stille zwischen ihnen fast schon greifen konnte, war es ihr nicht unangenehm. Sie warf einen Seitenblick zu Heinz. Auch seine Wangen waren röter als rot. Edith musste lächeln, als eine entfernte Note von frisch gebackenem Feinbrot ihre Nase umwehte.

So gingen sie nebeneinanderher die Rheinpromenade entlang. Still und glücklich. Und dann ergriff Heinz ihre Hand. Ganz zart und vorsichtig. Die Berührung ließ Edith wieder so seltsam werden. Sie fühlte, wie sich Wärme von Heinz' Hand bis in ihren Magen ausbreitete und dort umherwirbelte, einen wilden und wunderbaren Tanz tanzte im Takt ihres hüpfenden Herzens.

Sie gingen weiter am Rhein entlang. Hand in Hand. Edith und Heinz. Lächelnd. Ohne ein Wort zu sagen. Denn es musste nichts gesagt werden. Der Druck von Heinz' Hand in ihrer reichte aus. Er sagte alles, was wichtig war. Das hier war handfest. Bodenständig und verlässlich, wie sie es sich immer vorgestellt hatte. Genau das, was sie wollte. Das glaubte Edith zumindest.

15

Der Mann humpelte. Das war das Erste, was Edith auffiel. Er versuchte, es zu verstecken, aber es gelang ihm nicht ganz. Edith fragte sich, was wohl der Grund für das Hinken war. Sie ging einen Schritt näher an das Schaufenster und betrachtete den Mann durch die Scheibe genauer. Er war alt. Weit über sechzig, wenn nicht schon fast siebzig. Vielleicht wirkte er aber nur so alt, weil er sich schwer auf einen hölzernen Gehstock stützte, während er von draußen konzentriert die Auslage der Herrenschneiderei musterte. Edith konnte es nicht genau sagen. Den Stock zierte ein dicker silberner Knauf, der zwischen den behandschuhten Fingern des Mannes hervorblitzte. Er sah teuer aus. Alles an diesem Mann sah teuer aus. Die polierten Schuhe, der dunkle Wintermantel, der steife Hut.

Edith war so in die Betrachtung versunken, dass sie gar nicht bemerkt hatte, dass er den Kopf gehoben hatte und sie geradewegs ansah. Ihr wurde kalt. So einen Blick hatte sie noch nie erlebt. Die Augen des Mannes waren erbarmungslos, hart, erschreckend. Sein ganzes Gesicht hatte einen grausamen und merkwürdig herzlosen Zug. So als hätte er schon Dinge in seinem Leben gesehen, die nicht zu vergessen waren. Die sich in tiefen Falten und Furchen in die Haut eingegraben hatten.

Unsägliche Dinge, dachte Edith, und ihr lief ein Schauer über den Rücken. Fröstelnd zog sie den Mantel enger um sich.

Der Mann senkte den Kopf wieder, und Edith stellte fest, dass sie zuvor unwillkürlich den Atem angehalten hatte. Der Blick war seltsam gewesen. Es hatte sich angefühlt, als hätte er sie durchbohren wollen. Ein weiterer Schauer lief Edith über den Rücken, und sie schüttelte sich. Kurz drehte sie sich um, um zu sehen, ob der Vater oder Joachim im Geschäft waren und etwas hiervon mitbekommen hatten, aber es war niemand da. Sie waren wahrscheinlich beide im Nähzimmer. Edith ging ein paar Schritte zu den Regalen an der Wand und tat so, als würde sie diese sortieren. Dabei sah sie unauffällig noch einmal zu dem Mann hinaus. Immer noch auf den Stock gestützt, stand er vor dem Geschäft. Mit dem dunklen Mantel hob er sich gut von der hellen, schneebedeckten Straße ab. Nun sah er nur noch alt und müde aus. Edith kniff die Augen zusammen, aber es änderte nichts. Sie schüttelte den Kopf und fragte sich, ob sie sich die Kälte und Härte vorher eingebildet hatte. Ob es vielleicht nur daran lag, dass ihr Ritas Worte nicht mehr aus dem Kopf gehen wollten und ihr den Verstand vernebelten. Seit Rita ihr vor einigen Wochen auf dem Turm der Godesburg von den Dingen erzählt hatte, die sie über die Nationalsozialisten aufgeschnappt hatte, schwirrten diese in Ediths Kopf herum. Rita hatte ihr erzählt, dass das Gespräch zwischen ihrer Mutter und ihrer Oma in einen richtigen Streit ausgeartet war, und dass die Mutter zum Schluss gerufen hatte: »Die haben doch alle mitgemacht! Alle!«

Seitdem hatte Edith das Gefühl, sie überall zu sehen: die Nationalsozialisten. Dass Rita ihr von deren Verbrechen gegenüber den Juden erzählt hatte und von den Konzentrationslagern, machte es nicht besser. Es war unfassbar. Edith konnte das alles nicht glauben – sie wollte das nicht glauben. Und dennoch sagte etwas tief in Edith drin, dass Rita in allem recht hatte. Dass es früher so gewesen war. Dass schreckliche Dinge geschehen waren – im Krieg und auch davor.

Noch einmal sah sie zu dem alten Mann hinaus. Dieser hatte sich wieder in Bewegung gesetzt. Langsam hinkte er vor der Auslage des Ladengeschäftes hin und her. Edith fragte sich, ob er wohl aufgrund einer Kriegsverletzung humpelte. Und wenn dem so war: Hieß das dann, dass er ein Nazi war?

Diese Frage ließ Edith nicht mehr los. War man ein Nazi, weil man im Krieg gewesen war? War das wirklich so? Sie konnte sich das nicht vorstellen. Schließlich war sie doch auch keine Schneiderin, nur weil sie in einer Herrenschneiderei arbeitete. Ganz so einfach konnte es also nicht sein. Wenn sie doch nur jemanden hätte fragen können! Jemanden, der nicht sofort abweisend und wütend wurde, wenn das Gespräch auf dieses Thema kam.

»Ich habe hier noch einen Anzug, der zum Kunden gebracht werden muss.«

Edith fuhr herum. Mit einem Päckchen im Arm kam der Vater aus dem Nähzimmer nach vorn. Er legte es auf dem Kassentresen ab und nahm das Auftragsbuch aus der Schublade. Er schlug es auf und suchte mit dem Finger nach der richtigen Adresse. »Ah, hier«, murmelte er und notierte etwas. Dann sah er Edith an. »Das bringst du bitte nach Pennenfeld in die amerikanische Siedlung. Zu …« Der Vater stockte im Satz und Edith bemerkte, dass er sie gar nicht mehr ansah. Etwas hinter Edith hatte seinen Blick gefangen genommen. Edith drehte sich um und stellte fest, dass der Vater den Mann mit dem Gehstock vor dem Geschäft erblickt hatte. Auch dieser bemerkte den Vater und hob zum Gruß den Stock. Sein faltiges Gesicht zog sich zu etwas zusammen, das wohl ein Lächeln darstellen sollte. Edith sah wieder zum Vater und auch dessen Lippen umspielte ein Lächeln. Ehe sie sich noch mehr darüber wundern konnte, fuhr der Vater an sie gewandt fort: »Du bringst den Anzug bitte zu Herrn Miller. Wie ich schon sagte: nach Pennenfeld in die amerikanische Siedlung.« Er hantierte an der Registrierkasse. Die Lade sprang auf, und der Vater entnahm ein Fünfzigpfennigstück, das er Edith in die Hand drückte. »Das sollte für den Bus reichen«, sagte er.

Verdattert schloss Edith die Hand um das Geldstück und ging nach hinten, um sich Schal und Mantel überzuziehen. Als sie wieder nach vorn zum Kassentresen kam, sah sie, wie der Vater den Mann mit dem Gehstock freudig begrüßte und ihn mit großen Gesten in den Laden führte. Sie kamen an Edith vorüber, und der alte Mann nickte ihr knapp zu, der Blick wieder kalt und hart.

Ein neuerlicher Schauer lief Edith den Rücken hinunter, und sie hatte es plötzlich eilig, den Laden zu verlassen. Schnell griff sie das Päckchen vom Tresen und rannte hinaus.

Sie umschlang das Päckchen und ihren Körper mit beiden Armen und machte sich durch das Schneegestöber auf den Weg zur Bushaltestelle. Die Eiseskälte in ihrem Inneren hatte nichts mit dem Schnee zu tun, sondern mit dem Blick, den der Mann mit dem Gehstock ihr zugeworfen hatte. Obwohl sie das Geschäft längst hinter sich gelassen hatte und am Stadttheater vorüberging, ließ sie das nicht los. So etwas hatte sie noch nie zuvor erlebt. Diese Augen, die sie förmlich durchbohrten. Ein Blick, der so kalt und gleichzeitig so greifbar war.

Sie ging zur Bushaltestelle hinüber und studierte den Fahrplan. Der nächste Bus nach Pennenfeld würde erst in knapp zehn Minuten abfahren, also setzte sie sich auf die Wartebank. Sie ließ den Blick schweifen und sah schließlich nach oben. Von hier unten konnte man von der Godesburg nur die Turmspitze mit der wehenden gelb-roten Fahne sehen. Sie beobachtete die trägen Bewegungen der Fahne und versuchte zwanghaft, den Blick des Mannes zu vergessen. Es ging nicht. Warum war der Vater so vertraut mit ihm gewesen? Sie hatte den Mann noch nie zuvor gesehen. Weder im Laden noch sonst irgendwo. Und doch erschien es ihr so, als würde der Vater ihn kennen, behandelte er ihn doch wie sonst nur Stammkunden. Nein, sogar noch herzlicher. Wenn Edith ehrlich mit sich war, musste sie zugeben, dass sie den Vater noch nie so erlebt hatte.

Der Bus kam. Edith reihte sich in die Schlange der Einsteigenden ein, bezahlte zwanzig Pfennig beim Fahrer und suchte sich einen Platz am Fenster. Der Bus fuhr los, am Theater vorbei, und Edith konnte einen kurzen Blick auf die Herrenschneiderei in der Michaelstraße erhaschen.

Im Laden hatte sie vermutet, dass der Mann ein Nationalsozialist sei. Ein Nazi. Was sagte das über ihren Vater aus? War es das, was der aufgebrachte Herr im Leinenanzug gemeint hatte, als er den Vater angeschrien hatte: »Mit einem wie Ihnen will ich nichts zu tun haben?« Fast drei Monate war dieser Vorfall jetzt her, aber er wollte Edith nicht mehr aus dem Kopf gehen. War dieser wütende Ausruf der Beweis dafür, dass der Vater ein Nazi war? Dass er im Krieg Schreckliches getan hatte? Dass er …

Ein neuer Gedanke kam Edith in den Sinn und sackte kalt und schwer in ihren Magen: Er erzählte doch immer, dass er das Geschäft kurz vor Ausbruch des Zweiten Weltkriegs übernommen hatte. Kurz vor Ediths und Joachims Geburt. Wem, fragte Edith sich jetzt, hatte das Geschäft zuvor gehört? Sie ahnte, dass es das letzte Puzzleteil war, um dem Geheimnis ihres Vaters auf die Spur zu kommen. Und sie wusste, dass es nur einen Menschen gab, der ihr diese Frage beantworten konnte: Tante Käthe, die alte Witwe von Hartwig. Das hatte doch auch Rita schon vorgeschlagen.

Der Bus fuhr am Redoutenpark und der Rigal'schen Wiese vorbei. Edith nahm es nicht wahr.

16

Die Maschine surrte, als Joachim sanften Druck auf das Fußpedal ausübte. Er hatte die beiden Stofflagen vorher gesteckt und geheftet. Ganz besonders ordentlich, da er nicht wieder mit dem Vater aneinandergeraten wollte. Jetzt musste er sie nur noch zusammennähen. Geradeaus, geradeaus, geradeaus, das ganze Hosenbein hinab. Den Blick konzentriert auf der Naht gerichtet kam ihm die Poppelsdorfer Allee in den Sinn. Die schnurgerade Straße, das Schloss am Ende – und sie: Petra.

Diese Frau wollte ihm nicht mehr aus dem Kopf gehen. Ihre Eleganz, ihre Anmut und vor allem ihr Lächeln. Sie hatte eine Ausstrahlung, wie er sie bisher nur von Schauspielerinnen kannte. Wie so oft in den letzten Tagen, ließ er ihre Unterhaltung vor dem Poppelsdorfer Schloss Revue passieren. Sie hatte nicht nur posiert, als wäre sie ein Fotomodell, sie war tatsächlich ein Fotomodell. Und wie sie mit ihm geflirtet hatte, ganz kokett. Dabei war sie sicherlich ein paar Jahre älter als er. Aber bei den roten Lippen und ihrem Augenaufschlag konnte es einem anders werden, da spielte das Alter keine Rolle mehr.

Nachdem er die restlichen Bilder des Films mit Aufnahmen von Petra verschossen hatte, hatten sie sich auf einer Bank niedergelassen und geredet.

»Mit welchen Modellen arbeiten Sie denn sonst?«, hatte Petra ihn gefragt, und Joachim hatte ihr unter Lachen gestanden, dass er noch ganz neu in der Fotografie war. Petra hatte doch tatsächlich angenommen, er sei ein richtiger Fotograf. Die Art und Weise, wie er die Motive auswählte und dann fotografierte, habe sie das glauben lassen, wie sie ihm sagte.

Ohne den Blick von der Naht zu nehmen, führte er den Stoff gleichmäßig unter dem Nähfuß her.

Dieses Lächeln, diese Grazie! Joachim hatte schon oft den Ausdruck »jemanden den Kopf verdrehen« gehört, aber bis zu dem Moment, als er Petra kennenlernte, hatte er keine Ahnung, wie so etwas möglich war. Aber genauso war es: Sie hatte ihm den Kopf verdreht. So sehr, dass Joachim gar nicht aufgefallen war, wie die Zeit verflog.

»Wenn die Bilder fertig sind, dann schenken Sie mir doch bestimmt eines davon, oder, Joachim?«, hatte Petra beim Abschied gesagt. Joachim hatte nur nicken können, hieß das doch, dass diese Wahnsinnsfrau ihn wiedersehen wollte. Ihn!

Letzte Woche hatte er sich endlich überwinden können und die beiden Filme zum Entwickeln gebracht. Morgen sollten sie fertig sein. Bei dem Gedanken daran schlug sein Herz höher. Hoffentlich waren die Aufnahmen etwas geworden. Hoffentlich hatte er dieses »Gefühl« für die Bildschärfe, von dem Onkel Willi gesprochen hatte. Denn was sollte er tun, wenn er es nicht hatte? Wie könnte er Petra unter die Augen treten mit verschwommenen Aufnahmen?

Joachim kannte die Antwort, und er hatte große Angst davor: *Gar nicht.*

Ein Schmerz durchzuckte seinen Daumen. Reflexartig nahm er den Fuß vom Pedal und zog die Hände vom Anschiebetisch der Maschine zurück. Ein Krachen war zu hören, und noch mehr Schmerz pulsierte durch den Daumen. Er hatte sich in den Finger genäht. Er war unachtsam gewesen, und jetzt hatte er obendrein noch die Nadel der Maschine abgebrochen. Ein Teil steckte in seinem Daumen. Dicke Blutstropfen quollen heraus. Joachim fluchte. Durch den Nagel, durch den ganzen Finger, hatte er sich genäht. Der Faden hing auf der unteren Seite seines Daumens heraus. Blut rann daran herunter. Abwesend sah Joachim dem roten Tropfen hinterher, wie er langsam den Faden hinunterlief und sich dann auf dem grauen Stoff der Anzughose ausbreitete, aber er sah nur Petras rote Lippen.

*

Ediths Herz klopfte so fest, dass sie das Gefühl hatte, es wolle ihr gleich zum Hals hinausspringen. Zum wiederholten Male hob sie die Hand, um zu klingeln, während sie mit der anderen Hand die Weinflasche fest umklammerte. Sie wartete … nichts. Schließlich beschloss sie zu klopfen und – obwohl es ihr gegen den Strich ging – Sturm zu klingeln. Und endlich tat sich etwas in der Nachbarvilla. Edith hörte schlurfende Schritte durch die Tür, und kurze Zeit später wurde ihr geöffnet.

»Edith, Mädsche, was führt dich denn her?«, begrüßte die alte Dame sie.

Edith hob die Flasche in die Höhe und sagte: »Ich dachte, du könntest einen guten Tropfen vertragen, Tante Käthe.«

Die Witwe von Hartwig nickte, und ein verschmitztes Lächeln umspielte ihre Lippen. »Na, dann komm mal mit rein«, sagte sie und schlurfte wieder zurück in Richtung ihres Wohnzimmers. Edith schloss die Haustür sorgsam hinter sich und folgte ihr.

Die alte Dame machte es sich in ihrem Sessel an der Heizung bequem. Dort saß sie oft. »Weißte, Mädsche«, pflegte sie zu sagen, »da hab ich et warm und kann zum Fenster rausgucken.«

»Edith, Liebschen«, bat sie jetzt, »geh doch mal in die Küche und hol den Korkenzieher.«

Als Edith schon im Flur war, rief sie ihr noch hinterher: »Der is in der zweiten Schublade links. Im Büfett.«

»Ja, ich weiß, Tante Käthe«, rief Edith zurück.

Schnell hatte sie den Korkenzieher geholt und war wieder zurück im Wohnzimmer. Sie kannte sich hier mindestens so gut aus wie bei sich zu Hause. Sie stellte Weinflasche und

Korkenzieher auf dem kleinen Beistelltisch neben dem Sessel ab und nahm ein bauchiges Weinglas aus dem Wohnzimmerschrank.

»Nimm noch eins für dich raus, Liebschen«, sagte die alte Dame und zwinkerte ihr zu. Als Edith zögerte, fügte sie resolut hinzu: »Du willst mir doch jetzt nicht erzählen, dat du noch nie ein Dröppche Wein jetrunken hast? Edith, Edith. Ich bin nicht deine Mutter und erst recht nicht dein Vater. Bei der alten Tante Käthe kannst du ruhig mal ein paar Schlucke Wein trinken. Also, Mädsche«, sie wedelte in Richtung des Schranks, »noch 'n Jlas.«

Mit einem lauten *Plopp* zog Edith den Korken aus der Weinflasche. Der herbe Geruch des Rotweins stieg ihr in die Nase. Vorsichtig, um nicht auf das weiße Spitzendeckchen zu kleckern, befüllte sie beide Gläser.

»Liebschen, tu mir mal noch einen jroßen Schuss mehr«, forderte die alte Dame, und Edith kam dem Wunsch nach.

Mit erhobenen Glas prostete sie ihr zu und nippte dann daran. Der Rotwein roch nicht nur herb, er schmeckte auch so. Herb und irgendwie muffig. Es war nicht wirklich Ediths Geschmack. Natürlich hatte sie schon einmal Wein getrunken, aber das war dann lieblicher Rosé gewesen, oder auch schon mal ein Federweißer. Die Witwe von Hartwig nahm einen ordentlichen Schluck aus ihrem Glas. Das herbe Aroma schien sie nicht zu stören. Eher im Gegenteil. Ihre Wangen nahmen eine rosige Farbe an, und ihre Augen bekamen einen leichten Glanz. Wie immer kam sie ins Reden. Sie erzählte Anekdoten aus ihrer Kindheit. Geschichten, die Edith schon so in- und auswendig kannte, dass sie sie selbst erzählen konnte. Als die alte Dame wieder einen großen Schluck Wein nahm, ergriff Edith die Chance: »Du, Tante Käthe, du weißt doch immer alles. Wem hat die Herrenschneiderei vor meinem Vater gehört?«

»Dat willst du wissen, hm?«, fragte die Witwe von Hartwig und warf Edith einen unergründlichen Blick zu.

Edith nickte.

»Hat dein Vater das denn nie erzählt?«

»Er sagt immer nur, dass er die Schneiderei von seinem Meister übernommen hat. Sonst nichts. Einen Namen hat er noch nie erwähnt.«

Die alte Frau nickte ernst. »Dat kann ich mir jut vorstellen. Schon der Name würde zu unanjenehmen Fragen führen. Und zu Mutmaßungen.«

»Wie meinst du das denn?«

Tante Käthe beugte sich im Sessel nach vorn und winkte Edith zu sich heran. Die Worte kamen so leise, dass sie kaum zu verstehen waren: »Weil die Schneiderei vorher einem Juden jehört hat. Aaron Stern.«

*

Der Wind wehte ihr ins Gesicht, und obwohl die Kälte stechend war, empfand Edith es als angenehm. Der Wind schaffte es – zumindest für einen Augenblick –, das Durcheinander in ihrem Kopf wegzupusten. Zum ersten Mal seit Tagen konnte sie wieder andere Gedanken zulassen, konnte sich an der vorübersausenden Landschaft erfreuen. An den kahlen Bäumen und den Wiesen, die mit Raureif und Schnee bedeckt waren und im Sonnenlicht schimmerten, als wären sie von einer süßen Zuckerglasur überzogen. Für einen Moment musste sie sich nicht mit den schrecklichen Dingen herumzuschlagen, die ihr seit den leisen Worten ihrer alten Nachbarin im Kopf herumschwirrten; und der schrecklichen Erkenntnis, die damit einherging. Für einen Moment war sie frei.

Aber dann war der Moment vorbei und alles schlagartig wieder zurück. Sie überlegte, ob sie Heinz in ihre Gedanken einweihen sollte. Ob sie ihn in das schreckliche Geheimnis, dass ihr Vater verbarg und auf dem ihre ganze Familie und die Herrenschneiderei aufbaute, verraten sollte? Nein! Sie wollte die Zweisamkeit mit Heinz nicht mit der Nazi-Vergangenheit ihres Vaters zerstören. Sie wollte sich jetzt weder den Kopf oder gar das Herz zerbrechen. Sie wollte unbeschwert sein, verliebt, glücklich.

Edith stützte ihr Kinn auf Heinz' Schulter ab. Der Riemen des Helms kniff am Hals, dennoch fühlte sie sich geborgen hinter Heinz auf dem Motorroller. Zuerst war sie skeptisch gewesen, als Heinz eine Rollerfahrt im Winter vorgeschlagen hatte, aber dann hatte sie doch zugestimmt. Sie hatte sich extra eine dicke Wollstrumpfhose angezogen und darüber eine der wenigen Hosen, die sie besaß. Das machte das Sitzen auf dem Roller einfacher, auch wenn die Mutter ihr beim Verlassen der Villa einen erstaunten Blick hinterhergeworfen hatte.

Heinz war mit ihr bis nach Mehlem hinuntergefahren und dann den Berg nach Wachtberg hinauf. Der Roller hatte seine liebe Mühe gehabt, und Edith hatte schon befürchtet, dass sie absteigen und schieben müssten. Aber dann schaffte er es doch. Edith wusste nicht, welches Ziel Heinz genau vor Augen hatte, bis der Rolandsbogen in den Blick kam.

Der Mauerbogen, still, groß und im oberen Teil über und über mit Efeu bedeckt, war alles, was von der Burg Rolandseck nach Jahrhunderten und mehreren Kriegen übrig geblieben war. Ein stummer Zeuge einer längst vergangenen Zeit.

Der Sage nach stammte der Ritter Roland von hier. Er musste seine geliebte Hildegunde zurücklassen, als Karl der Große ihn in den Krieg schickte. Jahre später kehrte er zurück und erfuhr, dass seine Geliebte ihn tot gewähnt hatte und ins Kloster Nonnenwerth eingetreten war.

Heinz parkte den Roller vor der Gaststätte, deren Freiterrasse sich bis zu dem Bogen erstreckte. Edith seufzte und stieg ab. Sie streckte die kalten Glieder. Ob Heinz wohl wusste, dass er sie an den Ort einer unglücklichen Liebe gebracht hatte?

Schön war es hier natürlich. Wunderschön. Wenn man am Rolandsbogen stand, hatte man einen weiten Blick auf den Rhein und hinüber zum Drachenfels, auf dem der legendenumwobene Siegfried den Drachen Fafnir getötet haben sollte. Auch das Schloss Drachenburg, dessen spitze Zinnen und Türmchen hinter dem Berg hervorlugte, war traumhaft anzusehen.

Heinz trat neben Edith. Seit einigen Wochen gingen sie nun zusammen aus. Fast hätte man sagen können, sie wären ein Paar. Dabei hatten sie bisher nicht mehr getan, als zu reden und Händchen zu halten. Rita hatte Edith deshalb schon ausgelacht.

»Da hast du aber einen Heiligen mit deinem Heinz«, hatte sie gerufen und noch hinzugefügt: »Die Kerle, die ich kenne, wollen wesentlich mehr, als nur Händchen zu halten. Guck dir die Alwine an.«

Ja, ja, die Alwine. Davon hatte Rita Edith alles brühwarm erzählt. Alwine war eine Arbeitskollegin von Rita. Sie hatte sich auf dem Schützenfest in Poppelsdorf mit dem Schützenkönig eingelassen. Hinter dem Festzelt, so hatte Rita es erzählt, und Edith hatte ganz rote Ohren bekommen, nur vom Zuhören. Und jetzt war die Alwine mit dem Schützenkönig verheiratet und hat ein »Sieben-Monats-Frühchen« bekommen. Glücklich war die Alwine nicht, eher im Gegenteil. Das betonte Rita immer wieder. Aber so war es jetzt. Das passierte eben, wenn man nicht aufpasste.

Edith seufzte. Auch wenn Rita es ihr nicht glauben wollte, was das anging, war Heinz wirklich ein Heiliger. Fast schon ein bisschen zu heilig. Denn einen Kuss hätte Edith schon gern bekommen. So einen leidenschaftlichen, wie sie es aus den Kinofilmen kannte.

Edith wusste nicht, ob Heinz neuerdings auch Gedanken lesen konnte, aber mit einem Mal berührte er zart ihre Wange. Sie blickte erstaunt auf. Heinz verharrte in der Bewegung.

Wartete scheinbar auf ein Zeichen von ihr. Und dieses Zeichen gab sie ihm nur allzu gern. Sie neigte den Kopf, sodass ihre Lippen auf einer Höhe waren. Bevor sie ihre Augen schloss, sah Edith noch, wie ein kleines Lächeln um Heinz' Mund zuckte; und dann küsste er sie. Genauso zart, wie er zuvor ihre Wange berührt hatte.

Dieser Kuss. Er war so anders wie alles, was sie sich bisher vorgestellt hatte. So anders wie in den Filmen. Dieser Kuss, so zart und unschuldig er auch gewesen war, er löste in Edith den Wunsch nach mehr aus. Und auf der anderen Seite hatte sie große Angst vor diesem Mehr. Wollte sie das wirklich? Wollte sie riskieren, am Ende wie die Alwine dazustehen?

Ja, seit diesem Moment im Redoutenpark war sie verliebt. Verliebt in Heinz Müller – Bäckergeselle und bester Freund ihres Bruders. Heinz, den sie gerade küsste. Hieß das, dass sie bald heiraten würden? Sofort sah sie sich selbst im weißen Kleid, Heinz im schwarzen Anzug; hörte die Kirchenglocken und den Jubel. Und dann hörte sie noch etwas: »Du wirst einen netten jungen Mann kennenlernen, und dann wirst du heiraten und Kinder bekommen. Und bis dahin lernst du bei mir im Haushalt alles, was nötig ist.« Genau das sagte die Mutter immer, und der Vater sah es genauso. Zorn wallte in Edith auf, und sie ballte die Hände zu Fäusten. Mit Wucht stieß sie Heinz von sich. Sie wollte nicht, dass die Eltern recht behielten! Vor allem nicht nach dem, was sie über den Vater herausgefunden hatte. Nein, diese Genugtuung wollte sie ihnen nicht geben.

17

Paul saß in einer Seitenstraße des Bad Godesberger Stadtteils Schweinheim hinter dem Steuer des Dienstwagens und langweilte sich, während er auf Rudolf Schilling wartete. Gedankenverloren musterte er die unregelmäßigen Schneeberge, die sich am Rand zwischen Straße und Gehweg auftürmten. Ein stilles Zeichen dafür, dass die Anwohner bereits pflichtbewusst den Bürgersteig geräumt hatten.

Schweinheim lag am Berg. Direkt dahinter begann der Wald, der Kottenforst. 1949 war hier oben auf der Viktorshöhe der erste Amtssitz von Bundespräsident Theodor Heuss gewesen, seitdem wurden hier immer neue Villen gebaut. Die Besserverdienenden siedelten sich in Scharen an. Der Rheinblick lockte ebenso wie die scheinbare Abgeschiedenheit. Unter der Hand sprach man schon vom »neuen Villenviertel«.

Seit mehreren Monaten ließ sich auch Schilling hier heraufbringen. Zu einem verhältnismäßig kleinen Häuschen mit akkurat gepflegtem Garten. Was der Grund seines Besuches hier war, darüber schwieg der Berater des Berliner Bürgermeisters sich aus, aber Paul konnte es sich denken, blieb er doch meist über Nacht; in absoluter Verschwiegenheit, versteht sich.

Natürlich würde Paul niemals irgendjemandem von diesen Tête-à-Têtes erzählen. Das ging in seinen Augen nur Schilling und die Bewohnerin des kleinen Häuschens etwas an. Paul war es herzlich egal, mit wem Rudolf Schilling wann und wie seine Zeit verbrachte. Es änderte für ihn nichts am Berater Schilling, nichts an seinem Chef Schilling. Was das anging, hatte Paul noch nie in kleinbürgerlichen Kategorien gedacht. Sein Motto lautete: »Wo die Liebe hinfällt …«

Er beugte sich vor zum Armaturenbrett, um das Radio einzuschalten und nach einem Rock-'n'-Roll-Sender zu suchen, als er sie sah: das Mädchen mit dem wippenden Pferdeschwanz – sein Glücksbringermädchen. Endlich! Heute trug sie einen dicken Wintermantel und unter dem Arm ein in Packpapier gewickeltes Päckchen. Mit vorsichtigen Schritten ging sie den Gehweg entlang, um nicht unbedacht auf einem Stückchen Eis auszurutschen. Aus dem Päckchen schloss Paul, dass sie etwas auszutragen hatte, dass sie irgendeine Art von Botendienst verrichtete.

Wie oft hatte er sie in den letzten Monaten gesehen! Im Kurpark, in der Nähe des Bahnhofs, einmal sogar auf dem Weg zur Godesburg. Immer schien sie dort aufzutauchen, wo auch Paul war. Selbst hier oben in Schweinheim. Sie war etwas Besonderes, das wusste er genau. Denn immer – wirklich immer! – wenn er sie gesehen hatte, verliefen seine Fahrten reibungslos. Beim ersten Mal hatte er noch an einen Zufall geglaubt, aber das war es nicht. Es konnte kein Zufall sein. Dieses Mädchen brachte ihm Glück. Punkt. Daran gab es nichts zu rütteln. Dass er sie heute sah, war auf doppelte Weise ein Geschenk des Himmels, denn so wusste er zum einen, dass auch heute alles glattgehen würde, und zum anderen war das endlich die Gelegenheit, sie anzusprechen.

Was das anging, zweifelte er mittlerweile an sich selbst. Er wusste nicht, was es war. Uwe sagte immer, dass er diesen »gewissen Paul-Lange-Charme« habe. Einen Charme, dem keine Frau widerstehen könne. Wenn Uwe jetzt sehen könnte, dass der »gewisse Paul-Lange-Charme« gerade ganz gewiss über alle sieben Berge verschwunden war und nur noch Paul Lange, der Junge vom Bauernhof in der Eifel, zurückgeblieben war …

Jedes Mal, wenn er das Mädchen entdeckte, fragte er sich, warum er sie nicht angesprochen hatte, als er sie zum ersten Mal gesehen hatte. Vielleicht hatte es damit zu tun, dass sie so fröhlich gewesen war? Wie beschwingt sie damals die Poststraße hinuntergegangen war und sich gedreht hatte, während er sie durch das Bleifensterchen des Weinhauses Maternus beobachtet hatte. Diese Unbeschwertheit, die sie damals ausgestrahlt hatte, Paul konnte es gar nicht in Worte fassen. Da war etwas an ihr gewesen, dass ihn zurückgehalten hatte. Damals und alle weiteren Male. Aber heute würde er ihr nicht wieder einfach nur hinterherschauen, ohne etwas zu unternehmen. Heute würde er Nägel mit Köpfen machen. Es war an der Zeit, seinen persönlichen Glücksbringer kennenzulernen.

Immer noch langsam und bedächtig ging sie die Straße entlang. Paul fragte sich, was wohl in dem Päckchen war, das sie unter dem Arm trug. Vielleicht Lebensmittel? Nein, das passte nicht zu der Form des Päckchens. Was war es dann? Paul musste schmunzeln. An diesem Mädchen war einfach alles geheimnisvoll. Sie hatte die Straßenecke fast erreicht. Jetzt galt es! Kurz entschlossen öffnete er die Tür des Wagens und stieg aus. Er atmete einmal tief ein und aus, in der Hoffnung, dass das seinen »Paul-Lange-Charme« wieder herbeiführen würde. Die kalte Luft brannte angenehm in seinen Lungen. Er ging los.

Er hatte sich noch keine drei Schritte von dem Mercedes entfernt, als er Rudolf Schillings Stimme hinter sich rufen hörte: »Herr Lange, kommen Sie! Wir müssen nach Berlin. Sofort!«

Erstaunt drehte Paul sich mitten im Schritt um. Der Berater des Berliner Bürgermeisters eilte durch den Schneematsch über den Plattenweg zu dem niedrigen schmiedeeisernen Tor, das den Garten zur Straße hin begrenzte. Er sah ernst und besorgt aus, Krawatte und Mantel trug er über dem Arm, als hätte er keine Zeit mehr gehabt, beides anzuziehen. Paul wusste nicht, was vorgefallen war, aber das verhieß nichts Gutes. Unentschlossen blieb er stehen und blickte sich nach seinem Glücksbringermädchen um. Sie war im Begriff, um die

Straßenecke zu biegen. Das Herz klopfte ihm bis zum Hals. Er sah wieder zu Schilling, der das kleine Tor mit fahrigen Bewegungen aufschob, dann noch einmal zurück zu dem Mädchen. Ein lauter Herzschlag – und sie war aus seinem Sichtfeld verschwunden.

»Herr Lange! Worauf warten Sie denn?«

Paul warf der verlassenen Straßenecke einen letzten Blick zu, dann erst schickte er sich an, zum Fond des Wagens zu gehen, um Rudolf Schilling die Tür aufzuhalten. Aber dieser war schon eingestiegen, ehe er ihn erreicht hatte. Paul schluckte. Wenn Schilling nicht einmal mehr für das Tür-Aufhalten Zeit hatte, war es wohl wirklich sehr ernst. Paul öffnete die Fahrertür und setzte sich hinters Steuer. Rasch startete er den Wagen und fuhr los.

Es ging also wieder nach Berlin. Eigentlich hatte Paul damit gerechnet, dass sie noch ein paar Tage in Bad Godesberg und Bonn bleiben würden. An der Straßenecke sah er besonders sorgfältig nach links und rechts und konnte noch einen kurzen Blick auf das Mädchen erhaschen, bevor er in die andere Richtung abbog. Wenigstens wusste er jetzt, dass die lange Fahrt in die Hauptstadt ohne Probleme verlaufen würde – seinem Glücksbringermädchen sei Dank.

Als er in Bonn auf die Autobahn auffuhr, sah er im Rückspiegel, dass Rudolf Schilling ihn durch seine Hornbrille musterte.

»Herr Schilling«, begann Paul, »darf ich fragen, was der Grund für unseren hastigen Aufbruch ist?«

Der Berater räusperte sich. »Der Regierungschef der Sowjetunion Nikita Chruschtschow hat Berlin ein Ultimatum gestellt. Bundeskanzler Adenauer hat eine Note von ihm erhalten. Darüber hat Willy Brandt mich eben informiert. Ich mache es kurz: Chruschtschow will West-Berlin zur freien Stadt erklären und alle Verbindungen zur Bundesrepublik, zum Westen, kappen! Ich muss so schnell wie möglich zurück nach Berlin. Bürgermeister Brandt braucht mich jetzt. Wir müssen zusammen dafür Sorge tragen, dass die Bürger und Bürgerinnen West-Berlins in Sicherheit sind. Was auch immer Chruschtschow vorhat: ohne uns!« Schilling machte eine Pause, und Paul sah im Rückspiegel, dass er sich sorgenvoll mit der Hand über die Stirn wischte. »Das ist wie vor zehn Jahren, junger Mann«, sagte er und erwiderte Pauls Blick im Spiegel. »Wenn das so weitergeht, fliegen am Ende die Rosinenbomber wieder.«

Paul nickte, schaltete einen Gang höher und trat aufs Gas.

*

Eine kalte Brise wehte ihr ins Gesicht, als Edith an der Brunnenallee aus dem Bus stieg, aber sie nahm es kaum wahr. Seit sie bei der Witwe von Hartwig gewesen war, hatte sie nur noch einen Gedanken im Kopf: *Die Schneiderei hat vorher einem Juden gehört.* Das hatte die alte Dame gesagt. *Aaron Stern.* Aber wenn das wirklich so war, wie war dann der Vater in den Besitz der Schneiderei gekommen? Hatte er sie tatsächlich nur übernommen, wie er es gern erzählte, oder hatte er sie sich einfach genommen? War das nicht damals so gewesen? Die Nationalsozialisten hatten sich doch einfach alles genommen.

Edith war zum Heulen zumute. Sie wusste genau, wohin diese Gedanken führten. Das war es, was ihr die ganze Zeit so zu schaffen machte. Es führte dazu, dass sie kaum noch Schlaf fand und kaum noch an etwas anderes denken konnte. Dass sie nicht einmal mehr die Zweisamkeit mit Heinz genießen konnte.

Nun fröstelte sie doch. Während sie die Straße überquerte, vermied sie es, einen Blick zu der Bäckerei auf der anderen Straßenseite zu werfen. Trotzdem fragte sie sich, ob Heinz zufällig vorn im Ladengeschäft stand. Ob er gesehen hatte, wie sie aus dem Bus gestiegen war? Seit sie ihn am Rolandsbogen von sich gewiesen hatte, war es zwischen ihnen nicht mehr so wie zuvor. Edith wusste, dass sie ihn zutiefst verletzt hatte, obwohl er kaum etwas dazu gesagt hatte. Sie hatte es in seinen Augen lesen können. Seitdem hatten sie sich nur noch wenige Male getroffen, und Heinz hatte keinen weiteren Versuch unternommen, sie zu küssen. Insgeheim wusste Edith nicht, ob sie ihm dafür dankbar sein sollte oder ob sie wütend auf ihn sein sollte. Dass er das alles einfach so hinnahm, ohne sich zu beklagen, machte sie schon wütend. Vielleicht war sie aber auch nur wütend auf sich selbst? Sie wusste es nicht.

Ediths Wintermantel war zwar dick gefüttert, aber die Wollstrumpfhose war an den Beinen vom Schneematsch nass geworden, und die Kälte fraß sich bis auf die Haut. Dass der heutige Botendienst sie ausgerechnet in eine der abgelegensten Straßen von Schweinheim geführt hatte. Mit dem Bus war sie zwar den halben Berg bis zur Quellenstraße hinaufgefahren, aber das restliche Stück hatte sie zu Fuß bewältigen müssen. Hin und zurück. *Warum nur*, fragte sie sich ärgerlich, *hab ich mir heute Morgen nicht die Winterstiefel angezogen?* Ihre Halbschuhe waren für dieses Wetter nicht geeignet. *Und Winterstiefel nicht für einen ganzen Tag im Laden*, führte sie ihr Selbstgespräch fort, als sie die Straße zum Fronhof überquerte. Dabei hätte sie damit rechnen müssen, dass der Vater sie wieder nur auf einen Botengang schickte. Seit sie ihn gefragt hatte, ob sie richtig in der Herrenschneiderei mitarbeiten dürfe, übertrug er ihr jeden Botengang, der anfiel. Edith überlegte, ob es nur an ihrer Frage lag, oder ob der Vater sie aus einem anderen Grund nicht mehr so oft im Laden haben wollte. Hatte er bemerkt, womit sie sich seit Tagen und Wochen in Gedanken beschäftigte? Hatte er bemerkt, dass sie sein dunkles Geheimnis kannte, ihm auf die Schliche gekommen war? War es das? Edith erschauerte und hastete die Straße Richtung Stadttheater hinunter. Sie war sich mittlerweile sicher, dass es so sein musste. Alles passte zusammen: der wütende Kunde, der nichts mit einem wie ihrem Vater zu tun haben wollte. Der Umstand, dass die Schneiderei früher Aaron Stern gehört hatte – einem Juden. Der Mann mit dem grausamen Gesicht, den der Vater wie einen guten alten Freund begrüßt hatte. Nein, es konnte nicht anders sein: Der Vater war ein Nazi, hatte im Dritten Reich mitgemacht. Das einzige Puzzlestück, was noch nicht passen wollte, war die Sache, dass er nicht im Krieg gewesen war. War er wirklich so krank, oder täuschte er sein Tuberkuloseleiden nur vor und war in Wahrheit aus anderen Gründen nicht zum Kriegsdienst einberufen worden? Ediths Kopf schwirrte von den ganzen Gedanken, und sie vergaß ihre kalten und nassen Beine völlig. Sie hatte das Gefühl, dass ihr Kopf zu klein wurde. Dass die ganzen furchtbaren Gedanken sie von innen heraus auffressen würden. Sie nagten an ihr, sie zerstörten sie Stück für Stück innerlich. Sie musste das alles endlich mit jemanden teilen. Sonst würde sie wahnsinnig werden. Das war der einzig klare Gedanke, zu dem sie im Moment noch fähig war. Sie konnte das alles einfach nicht mehr für sich behalten.

Edith erreichte die Kreuzung und bog nach links in die Michaelstraße ein. Nur noch wenige Schritte, und sie war wieder an der Herrenschneiderei angekommen. Sie sah durch die große Fensterscheibe hinein. Es war niemand zu sehen. Vielleicht war der Vater mit einem Kunden im Anprobenzimmer? Edith erhaschte einen Blick auf ihr Spiegelbild in der Scheibe. Sie trat einen Schritt näher. Ihre Haut wirkte fahl und ihr Gesicht eingefallen. Was machten diese Gedanken nur aus ihr? Zittrig eilte sie durch die kleine Gasse zum Hintereingang. In diesem Augenblick gab es nur eine Person, mit der sie ihre Gedanken teilen konnte. Eine Person, der sie sich anvertrauen konnte: ihr Zwillingsbruder. Er würde sie verstehen. Er musste sie verstehen und die Ungeheuerlichkeit des Ganzen erkennen.

Sie keuchte erschöpft und hämmerte gegen die Hintertür, damit Joachim ihr öffnete. Sie hatte das Gefühl, dass jede Sekunde zählte. Als würde ihr Leben davon abhängen. Und das tat es auch. Denn wenn das, was sie von ihrem Vater annahm, stimmte, dann hing ihr Leben davon ab. Ihres und das von Joachim.

Endlich öffnete sich die Tür. Ein sichtlich müder und gestresster Joachim kam in Sicht.

»Was soll denn dieser Lärm?«, fuhr er sie an. »Du tust ja gerade so, als wäre der Teufel hinter dir her«, brummte er und ging wieder an seinen Platz zur Nähmaschine zurück.

Der Teufel, dachte Edith und musste sich unwillkürlich schütteln. Joachim wusste gar nicht, wie nahe er damit der Wahrheit kam. Sie trat durch die Tür und versuchte, ihren flatternden Atem zu beruhigen, ehe sie sich aus dem klammen Wintermantel befreite und ihn zum Trocknen über der Heizung aufhängte. Hatte sie eben noch das Gefühl gehabt, ihre Gedanken sofort mit jemandem teilen zu müssen, so war sie jetzt unsicher. Ihr Zwillingsbruder schien in keiner guten Stimmung zu sein und war offenbar schon wieder heillos überarbeitet. Ein kurzer Blick zum Zuschneidetisch, auf dem es von fertig zugeschnittenen Stoffbergen nur so wimmelte, bestätigte diesen Eindruck. Sie machte einen zögerlichen Schritt auf Joachim zu, biss sich auf die Lippe und atmete tief durch. Es half nichts. Sie konnte es nicht mehr länger für sich behalten.

»Hast du einen Augenblick für mich?«, fragte sie.

Seufzend stoppte er die Nähmaschine und sah auf. »Wenn's sein muss …«

Edith nickte, machte einen weiteren Schritt auf ihn zu und lehnte sich gegen den Zuschneidetisch. Einen Moment lang sammelte sie die Gedanken und Worte in ihrem Kopf, dann begann sie: »Hast du dich schon mal gefragt, von wem Vater die Herrenschneiderei übernommen hat?«

»Von seinem Meister«, antwortete Joachim. »Das weißt du doch. Warum musst du mich jetzt mit so etwas aufhalten? Ich habe zu tun.« Er zog die Brauen zusammen.

»Weißt du denn, wer sein Meister war?«, fragte Edith.

»Sein Meister eben«, antwortet Joachim knapp.

»Ja, aber hast du dich nie gefragt, wie er hieß oder warum er das Geschäft übergeben hat und so weiter?«

»Bestimmt hatte er keine Kinder und hat es dann seinem ehemaligen Lehrling übergeben. Das ist doch oft so.«

»Tante Käthe sagt, der Meister war noch gar nicht so alt.«

»Was hat denn Tante Käthe jetzt damit zu tun?«

»Sie hat mir erzählt, wem die Schneiderei früher gehört hat«, antwortete Edith und konnte ein leichtes Zittern in der Stimme nicht unterdrücken.

»Sag endlich, worauf du hinauswillst, oder lass es. Ich muss heute noch fertig werden.« Unwirsch wedelte er mit den Armen zum Zuschneidetisch, zu den Stoffbergen hinter Edith.

Sie kniff die Lippen zusammen und sortierte noch einmal sorgfältig die Worte in ihrem Kopf. »Tante Käthe sagt, die Schneiderei hat vorher einem Juden gehört.«

»Und?« Joachim zuckte mit den Schultern und wandte sich wieder der Nähmaschine zu.

»Weißt du, wie das damals war? Was die Nazis mit den Juden gemacht haben?«, fragte Edith mit lauter Stimme nach, um das Rattern der Maschine zu übertönen.

»Edith.« Joachim ließ wieder von der Maschine ab und sah zu ihr. »Was willst du mir gerade sagen?«

»Ich glaube, dass Vater ein Nazi war«, sagte Edith schnell, »dass er ganz groß mitgemischt hat und dass er deshalb die Schneiderei übernehmen konnte.«

»Ein Nazi soll Vater gewesen sein? Nein, da bist du auf dem Holzweg. Wie kommst du nur auf so eine Idee? Weißt du nicht mehr, wie es nach dem Krieg war? Als die Amerikaner hier waren?« Er wischte sich mit einer Hand über die Augen.

Sie versuchte, sich zu erinnern. Aber sie sah nur bruchstückhafte Bilder vor sich. Hier und da ein zerbombtes Haus. An genaue Details konnte sie sich nicht mehr erinnern.

»Da waren wir noch nicht mal sechs Jahre alt«, erwiderte sie. »Ich weiß nur noch, dass wir zuerst nicht zur Schule gehen konnten.«

»Die Amis haben alle einkassiert, die auch nur ansatzweise nach Nazi gerochen haben.«

»Woher willst du das denn wissen?«

»Weil ich, mein liebes Schwesterlein, im Gegensatz zu dir nicht in einer Traumwelt gelebt habe, zwischen Puppen und Porzellanfigürchen.«

18

Edith saß auf der Bettkante und blickte schlaftrunken auf ihre Füße. Müde wackelte sie mit den Zehen. Sie sehnte die kommenden Weihnachtsfeiertage herbei, aber nicht wegen Weihnachten selbst. »Das Fest der Familie« konnte ihr dieses Jahr gestohlen bleiben. Mit einem Nazi als Vater und einer Mutter, die nur interessierte, dass sie heiratete, war es damit nicht weit her. Nein. Sie freute sich auf die Feiertage, weil sie dann länger liegen bleiben konnte. Denn jetzt hieß es: aufstehen, frühstücken und dann wieder ab zum Dienst in der Schneiderei, ab zum nächsten Botengang.

Sie streckte sich und gähnte. Als sie ihren Blick hob, blieb er an dem Regal neben der Tür hängen. Dort standen ihre Bücher und mehrere Kästchen mit Tinnef – glatte Kieselsteine, Muscheln und andere Kleinigkeiten. Vor allem aber bewahrte sie hier ihre Puppen und die zahlreichen Figuren aus Porzellan auf, die sie im Laufe der Jahre von der Mutter und der Großmutter geschenkt bekommen hatte. Weiß glänzende Figürchen, meist dickwangige Mädchen mit Zöpfen und Hauben, Sonnenschirmen und Körbchen. Sofort hörte sie Joachims Stimme im Kopf. Wie hatte er gestern Abend zu ihr gesagt? »Zwischen Puppen und Porzellanfigürchen«, das hatte er gesagt. Edith konnte den Blick nicht mehr von dem Regal abwenden, obwohl ihre Augen bereits tränten. Wie es aussah, hatte ihr Bruder recht. Aber hieß das auch, dass sie all die Jahre so unbedarft, so naiv gewesen war? Ein heißer Ball aus Wut bildete sich in ihrem Magen, als sie sich die Wahrheit eingestehen musste: Sie war tatsächlich so naiv gewesen.

Aber damit war es vorbei! Sie war aufgewacht. Sie wusste jetzt, wie es gewesen war. Sie sah ganz genau, was es mit dem

Vater auf sich hatte, auch wenn ihr Bruder davor scheinbar die Augen verschließen wollte. Dessen Worte hatten sich wie eine Ohrfeige angefühlt. Kalt und schmerzhaft. Sie war so verletzt gewesen, dass sie sich einfach auf dem Absatz umgedreht hatte und durch die Hintertür nach draußen gestürmt war. Erst als sie die Koblenzer Straße überquert hatte, stellte sie fest, dass sie vor lauter Wut Mantel und Schal in der Herrenschneiderei vergessen hatte. Dennoch war sie nicht zurückgegangen, sondern zitternd durch den Schneematsch nach Hause gestapft. Lieber wäre sie erfroren, als ihrem Bruder noch einmal unter die Augen zu treten.

Sie stand von der Bettkante auf und begann, sich anzuziehen. Zu dieser frühen Stunde war es noch dunkel, und sie sah ihr Spiegelbild in den kleinen Vierecken des Sprossenfensters. Ernst musterte sie sich. Die müden Augen, die dunklen Haare, die sie so gänzlich von den Eltern und von Joachim unterschieden. So sehr, dass die Leute manchmal dachten, ihre Freundin Rita mit ihrem hellen Haar sei Joachims Schwester. Edith schüttelte den Kopf. Warum hatte sie nur so lange gebraucht, um es zu erkennen? Sie musste ihren eigenen Weg gehen. Sie musste sich von den Eltern und von ihrem ungleichen Zwilling lösen. Was hatte sie bisher nur zurückgehalten? Während sie immer noch ihr Spiegelbild betrachtete, sah sie es mit einem Mal ganz klar: ihr Bruder. Er war der Grund dafür gewesen.

Es war schön und gut, dass sie den Plan hatte, sich etwas zusammenzusparen, dass sie ihren Nachnamen später mitzuführen gedachte und dass sie endlich selbst entscheiden wollte. Aber bisher war es nicht mehr als das gewesen: ein abstrakter Plan. Sie hatte es sich in Gedanken ausgemalt. Hatte sich vorgestellt, dass sie wie Rita in einem möblierten Zimmer wohnen und eine Lehre zur Damenschneiderin machen würde. Sie hatte sich das alles nur herbeigesehnt und herbeigeträumt, statt ihren Vorsätzen Taten folgen zu lassen. Und das alles nur wegen ihres Zwillingsbruders. So vieles verband sie mit Joachim. Bisher hatte sie ihn immer unterstützt, immer verteidigt. Aber jetzt war das vorbei. Jetzt hatte er sich gegen sie gewandt. Er behandelte sie, als wäre sie ein kleines Kind. Das hatte das Fass zum Überlaufen gebracht. Sollten Joachim und der Vater doch sehen, wie weit sie in der Herrenschneiderei ohne sie kamen! Sie würde eine eigene Lehre machen. Zur Damenschneiderin. Komme, was da wolle. Sie würde nicht mehr darauf warten, dass ihr das irgendjemand erlaubte. Sie würde es einfach tun.

Edith hatte erkannt, was der Vater wirklich war. Ein Nationalsozialist. Sie wollte sich gar nicht ausmalen, was er für furchtbare Verbrechen während des Krieges und scheinbar auch davor – wenn man von der Übernahme der Herrenschneiderei ausging – verübt hatte. Wenn Joachim das nicht wahrhaben wollte, dann wollte sie auch mit ihm nichts mehr zu tun haben.

Ganz klar sah Edith plötzlich ihren Weg vor sich: Sie musste von Rita in Erfahrung bringen, was sie für eine Bewerbung in der großen Schneiderei in Mehlem vorlegen musste und sobald sie mit der Lehre angefangen hatte, würde sie sich ein Zimmer zur Untermiete besorgen. Irgendwie würde es gehen. Es musste irgendwie gehen!

Dass sie noch nicht einundzwanzig war, schob sie beiseite. Das war nur eine Zahl, was würde es schon für eine Rolle spielen?

»Moment!« Rita hob eine Hand und sah Edith mit zusammengezogen Augenbrauen an. »Du hast endlich vor, dich deinen Eltern entgegenzustellen?«

Sie saßen in Ritas Zimmer an der Heizung. Draußen fiel der Schnee in dicken weißen Flocken. Er dämpfte den Straßenlärm und versperrte fast völlig den Blick auf die gegenüberliegende Herz-Jesu-Kirche.

Edith reckte das Kinn. »Doch, genau das tue ich!«

»Ich fasse es nicht«, antwortete Rita und studierte ihre Freundin aufmerksam von Kopf bis Fuß. »Edith, Edith. Du wirst ja erwachsen. Erst schnappst du dir den Heinz und jetzt das.«

Edith verzog das Gesicht zu einer Grimasse. »Na ja, das mit dem Heinz …«, begann sie.

»Was meinst du?« Rita sah sie forschend an.

»Es ist …« Edith brach ab und seufzte. »Es ist nicht ganz so, wie du denkst. Wir sind nur gute Freunde.«

»Na, wenn du es sagst«, antwortete Rita und grinste.

Edith seufzte erneut. Es machte keinen Sinn, Rita die Sache mit Heinz zu erklären. Sie würde es nicht verstehen, und Edith war schließlich wegen etwas anderem hergekommen.

»Wie dem auch sei«, sagte sie. »Ich will mich in Mehlem bewerben. Wirst du mir jetzt helfen, ja oder nein?«

Rita nickte, fragte aber: »Und warum der plötzliche Sinneswandel?«

»Ich glaube … nein, ich weiß endlich, was mein Vater verbirgt.«

Rita rollte mit den Augen. »Das ich das noch erleben darf, dass du aus deinem Dornröschenschlaf erwacht bist und die Wahrheit siehst.«

»Ja«, sagte Edith mit bitterer Stimme. »Es sieht ganz danach aus, als hätte mein Vater früher bei den Nazis mitgemacht.«

»Das hab ich mir schon gedacht«, erwiderte Rita und fasste Edith sachte am Arm. »Weißt du noch, auf der Godesburg? Was ich dir da erzählt habe?«

Edith holte geräuschvoll Luft, und mit einem Mal traten Tränen in ihre Augen. Rita hatte es da schon gesehen, als sie es noch lange nicht wahrhaben wollte. »Ja, du hattest recht«, sagte sie. »Weißt du, ich hab endlich mit Tante Käthe geredet.«

»Und was hat sie dir erzählt?«

»Dass die Herrenschneiderei früher einem Juden gehört hat und dass mein Vater sie ziemlich schnell übernommen hat, fast über Nacht, kurz bevor der Krieg losging.«

Rita sagte nichts dazu. Edith nahm dankbar zur Kenntnis, dass ihre sonst so vorlaute Freundin in diesem Moment einfach nur für sie da war. Dass sie mit der Hand sanft über Ediths Arm fuhr und ihr Trost spendete.

Eine Weile sahen sie beide stumm dem Schneetreiben zu. Edith wischte sich die Tränen aus den Augenwinkeln.

»Pass auf«, sagte Rita und klatschte in die Hände. »Ich erzähl dir jetzt mal etwas, damit du auf andere Gedanken kommst.«

»Und was?«, fragte Edith.

»Ich habe eine neue Bekanntschaft gemacht.«

Edith verzog das Gesicht. »Rita, mir ist jetzt wirklich nicht danach, mir eine deiner Männergeschichten anzuhören.«

»Ich rede doch von keinem Mann.«

Edith sah erstaunt auf.

»Ich war neulich die Alwine besuchen. Und da bin ich im Bus mit einer Frau ins Gespräch gekommen.«

Das konnte Edith sich gut vorstellen. Rita wurde immer schnell langweilig auf Busfahrten. Bestimmt hatte sie das Gespräch begonnen. Edith lächelte bei der Vorstellung. So war ihre Freundin – sie sprach einfach jemanden an.

»Und jetzt pass auf, jetzt kommt das Beste«, fuhr Rita mit Begeisterung fort. »Das war eine Politikerin! Kannst du dir das vorstellen? Eine Frau in der Politik!«

»Es gibt doch schon Frauen in der Politik«, antwortete Edith.

»Ja, aber die sind doch uralt. Schon über die sechzig«, antwortete Rita. »Die Politikerin, die ich im Bus kennengelernt habe, ist Anfang zwanzig. Fast in unserem Alter.«

Jetzt war es an Edith zu seufzen. »Ich bin gerade Mal neunzehn und noch keine zwanzig.«

»Dass du immer alles so eng sehen musst. Darum geht es doch jetzt gar nicht. Sondern darum, dass eine junge Frau in der Politik aktiv ist! Das musst du dir mal vorstellen! Wenn alles gut läuft, wird sie demnächst auch mit im Bundestag sitzen.«

»Du findest das doch nur so gut, weil du hoffst, dir durch die Bekanntschaft mit der einen Politiker als Ehemann zu angeln«, sagte Edith, die es müde war, dass Rita meinte, alles besser zu wissen.

»Das ist vielleicht ein Nebeneffekt. Aber wirklich nur das. Ich glaube, ich muss dich mal mit ihr bekannt machen. Dann verstehst du, warum ich so begeistert bin. Edith, ich glaube sogar, ich werde einer Partei beitreten. Mich irgendwie in die Politik einbringen.«

Edith starrte ihre Freundin mit offenem Mund an. Rita wollte in die Politik gehen? Solche Töne hatte sie von ihrer Freundin noch nie gehört.

Scheinbar war Edith nicht die Einzige, die einen Plan gefasst hatte.

1959

19

Paul schloss die Haustür leise hinter sich und atmete tief durch. Natürlich war er dankbar, dass er bei Uwes Eltern wohnen durfte, wenn er sich in Berlin aufhielt, aber vielleicht wurde es langsam Zeit, dass er sich um eine eigene Bleibe kümmerte. Bisher hatte er in dieser Richtung noch keine Anstrengungen unternommen, weil er durch die Fahrten nach Bad Godesberg und Bonn nie länger in Berlin war. Richtig wohl war ihm nicht bei dem Gedanken, sich eine Wohnung zu suchen. Das hatte so etwas Festes und Endgültiges, etwas Beengendes. Paul hatte für sich selbst noch gar nicht entschieden, ob er in Berlin bleiben wollte, und er wusste erst recht nicht, ob er sein ganzes Leben lang als Chauffeur arbeiten wollte. Für ihn war das nur eine Durchgangsstation, und deshalb war es wahrscheinlich besser, wenn er für den Moment alles beim Alten beließ und sich darum keine Sorgen machte.

Paul hatte sich nie sonderlich für politischen Belange interessiert. Aber die Geschichte mit Nikita Chruschtschows Berlin-Ultimatum fand er spannender als jeden Wildwest-

Film. Er hatte das Gefühl, dass Schilling und Brandt und mit ihnen ganz West-Berlin und die ganze Bundesrepublik den Atem angehalten hatten, als Kanzler Adenauer vor ein paar Tagen die Forderung von Russlands Regierungschef abgelehnt hatte. Gespannt wartete man jetzt ab, wie die Reaktion aus dem Osten sein würde. Würde Russland zu einem neuen Krieg aufrufen? Und wenn ja: Wie würde es dann West-Berlin ergehen, eingekesselt im ostdeutschen Sektor?

Paul zog die Jacke, die er über die Livree gezogen hatte, enger um sich und ging los. Es war kalt an diesem Januarmorgen. Zu dieser frühen Stunde waren die Straßen Berlins wie ausgestorben. Schneereste türmten sich an den Rändern des Gehsteigs, und hin und wieder blitzte ein Überbleibsel einer Rakete, die vom Silvesterfeuerwerk übrig geblieben war, heraus, und Fetzen von buntem Papier, nass und aufgeweicht, lagen herum. Paul seufzte. Er hätte den Jahreswechsel und auch das Weihnachtsfest gern hier in der großen Stadt erlebt, aber seine Mutter hatte ihm mehr als deutlich zu verstehen gegeben, dass sie ihn zu diesen Festen bei sich zu Hause in der Eifel sehen wollte. Er hatte es nicht über das Herz gebracht, sich dagegen aufzulehnen. Er wusste, wie viel Wert sie auf Tradition legte, und dazu gehörte in der überaus katholisch geprägten Eifel ein gemeinsam mit der Familie gefeiertes Weihnachtsfest, auch wenn Paul es gar nicht so mit der Religion oder dem Glauben hatte. Ein Thema, das im Elternhaus immer wieder Anlass für Streit bot. Wenn es nach seiner Mutter ginge, dann hätte er ein gottgefälliges Leben zu führen. Hätte möglichst bald zu heiraten, eine Familie zu gründen und immer schön sonntags zur Messe zu gehen. Auch bei seinem letzten Besuch an Weihnachten waren sie um dieses Thema herumgetanzt. Wie erleichtert war er gewesen, als er in Bitburg wieder in den Zug nach Berlin gestiegen war. Direkt am Morgen des ersten Januar. Die enge Welt auf dem Eifelbauernhof war nicht die seine. War es nie gewesen. Er wollte die Welt sehen, er wollte frei sein. Er wollte sich noch nicht binden.

Die Kälte packte Paul an den Beinen. Die Schuhe, die er passend zur Livree bekommen hatte, waren zwar hervorragend zum Autofahren geeignet, aber nicht für diese Jahreszeit. Nicht zum ersten Mal verfluchte er den Umstand, dass Berlin in West und Ost geteilt war und es deshalb keine durchgehende Straßenbahnverbindung mehr gab. So war er selbst bei diesem nasskalten Wetter gezwungen, zu Fuß bis nach Neukölln in die Sonnenallee zu gehen, zur »nächstgelegenen« Haltestelle. Vielleicht doch ein Grund, sich eine eigene Wohnung zu suchen. Schon allein, weil er es sich dann auch jeden Morgen und jeden Abend sparen könnte, seine Papiere vorzuzeigen und zu erklären, wo er wohnte und wo arbeitete.

Als er in Neukölln ankam, sah er die Straßenbahn gerade einfahren. Paul nahm die Beine in die Hand und erreichte den Waggon im letzten Augenblick. Keuchend und nach Luft ringend ließ er sich auf einen Sitzplatz am Fenster fallen. Jetzt war ihm wenigstens nicht mehr kalt. Die Straßenbahn fuhr an, und Paul ließ seinen Blick über die großen Häuser der Stadt schweifen. Er lehnte den Kopf an die kühle Scheibe und schloss die Augen, fühlte die Vibration der Straßenbahn, spürte, wie sie dahinglitt, in die Kurven fuhr, das Tempo steigerte und wieder drosselte – wie sie ihn durch West-Berlin trug. Auf Schienen, auf einem Weg, von dem sie nicht abweichen konnte. Unterwegs und doch so eingeengt, wie Paul es nicht sein wollte.

20

Die Tür öffnete sich, und Joachim trat ein. Er konnte nicht sehen, wer auf sein Klingeln geöffnet hatte. Der Raum war voller Menschen und waberndem Zigarettenrauch. Rock 'n' Roll ertönte laut von einem Schallplattenspieler, der in einer Ecke stand. Nicht die Stimme von Peter Kraus oder einem der anderen deutschen Sänger drang aus den Lautsprechern, es war Elvis Presley. *Ain't That Lovin You Baby*. Joachim merkte, wie er automatisch den Kopf dazu bewegte. Er verstand zwar nur wenige Brocken Englisch, aber das war egal. Für diese Musik brauchte es keinen Text, sie riss einen auch so mit, und das war alles, was zählte.

Auf Sesseln und Stühlen um einen niedrigen Tisch verteilt, saßen junge Leute. Rauchten, lachten, unterhielten sich und wippten mit den Füßen im Takt der Musik. Ein bekanntes Gesicht konnte Joachim nicht erkennen und sein Herz, das zunächst aufgeregt geklopft hatte, setzte für einen Moment aus. Hatte er Petra falsch verstanden? Hatte er sich die falsche Uhrzeit notiert oder gar den falschen Ort? Hatte er an der falschen Wohnungstür in Bonn geklingelt? Joachim mahnte sich selbst zur Ruhe. Es musste die richtige Wohnung sein. Er rückte den Knoten seiner Krawatte zurecht und zog die Strickjacke glatt, ehe er einige selbstbewusste Schritte durch den Raum machte. Er wollte nicht auffallen, als derjenige, der scheu an der Tür stand, als derjenige, der nicht wusste, wie er Anschluss finden konnte. Er durchquerte das Zimmer und spähte durch eine offene Tür. Sie führte in eine Küche, und hier entdeckte er endlich Petra. Sie schenkte sich gerade mit einer Kelle Fruchtbowle in ein bauchiges Glas ein.

»Jo!«, rief sie freudig aus, als sie ihn sah. So nannte sie ihn in letzter Zeit immer, und es gefiel Joachim sehr. Das kurze »Jo« klang so weltgewandt und überhaupt so locker. Es passte gut zu der wilden Musik und den modern gekleideten jungen Frauen und Männern, die sich hier versammelt hatten.

Petra nahm ein weiteres Glas und schenkte, ohne zu fragen, auch für Joachim Bowle ein. Sie reichte ihm das Glas und begrüßte ihn mit Küsschen links und rechts auf die Wange. Dann hakte sie sich bei ihm unter und zog ihn zurück in das große Zimmer.

»Kinder!«, rief sie, stellte ihr Glas auf einer Kommode ab und klatschte laut in die Hände. »Kinder!«, rief sie erneut, »das hier ist Jo, von dem ich euch schon so viel erzählt habe.«

Ein Raunen ging durch den Raum, bis jemand in der hinteren Ecke beim Schallplattenspieler rief: »Der Wunderfotograf?«

»Eben der«, antwortete Petra, und Joachim, der gerade einen großen Schluck Bowle genommen hatte, spürte, wie die angenehme Wärme, die der Alkohol in seinem Magen hinterließ, zu seinen Wangen aufstieg.

Der Wunderfotograf. Wie das klang. *Jo, der Wunderfotograf.*

Aber es passte. Sehr gut sogar. Joachim erinnerte sich daran, wie er im Fotogeschäft seine ersten entwickelten Bilder abgeholt hatte. Was war er aufgeregt gewesen! Blut und Wasser hatte er geschwitzt und im Stillen gebetet, dass die Fotografien etwas geworden waren. Wie groß war die Überraschung gewesen, als der Herr im Laden ihm die Bilder mit der Bemerkung überreicht hatte, dass er so etwas in seinem ganzen Leben noch nicht gesehen habe: Vierundzwanzig Fotos, und keines war unscharf, keines verwackelt, keines überbelichtet. Es war das reinste Wunder gewesen und für Joachim die Bestätigung, dass er gefunden hatte, wonach er die ganze Zeit suchte: Bedeutung in seinem Leben. Etwas, das ihm von ganzem Herzen Freude bereitete, das so anders war als die anstrengende Arbeit in der Herrenschneiderei und das ihn in diese neuen Kreise geführt hatte.

Petra nahm ihr Glas von der Kommode und führte Joachim zu einem Sofa in die Mitte des Raums.

»Hast du die Fotos dabei?«, fragte sie.

Joachim nickte automatisch und stellte das niedrige Bowleglas mit Henkel auf dem kleinen Tisch vor sich ab. Dann fasste er unter der Strickjacke in die Tasche seines Hemdes und zog mehrere Fotografien hervor. Das veranlasste Petra dazu, ein weiteres Mal in die Hände zu klatschen und dabei laut auszurufen: »Kinder, kommt alle her. Das müsst ihr euch ansehen. Jo kann die besten Bilder von mir zaubern!«

Sofort wurden sie umringt und die Fotos von Hand zu Hand weitergegeben. Joachims Brust schwoll vor Stolz an, als er hörte, wie die Bilder kommentiert wurden.

»Da kann man ja direkt neidisch werden, Petra«, sagte eine blonde junge Frau, die einen weiten Rock mit Petticoat darunter trug.

»Mit dem Bild könntest du glatt auf der Titelseite der *Star Revue* sein!«, rief derjenige, der Joachim eben als Wunderfotograf bezeichnet hatte und eine schwarze Hornbrille trug.

»Oder auf der *Brigitte!*«, fügte eine weitere junge Frau hinzu und hielt ein Bild hoch.

Das Stimmengewirr wurde lauter. Alle im Raum riefen wild durcheinander. Joachims Wangen glühten, er wusste nicht so recht, wie er sich nun verhalten sollte, also nahm er noch einen Schluck von der Bowle und drehte das Glas in der Hand. Aufmerksam sah er zu, wie der Fruchtcocktail aus der Dose in der hellen Flüssigkeit seine Kreise drehte. Petras Hand auf seiner Schulter ließ ihn aufblicken.

»Wir müssen ein neues Shooting machen, Darling«, sagte Petra und sah Joachim tief in die Augen. Für einen Moment fühlte er sich, als würde er mit ihr im Auge eines Sturms sitzen. Um sie herum das wirbelnde Stimmengewirr, das Gelächter und die fetzige Musik und sie beide im Mittelpunkt, in der völligen Ruhe. Joachim wünschte sich, der Moment würde nie enden.

»Durch die letzten Bilder habe ich schon einen großen Auftrag bekommen«, fuhr Petra fort und blickte ihn immer noch fest an. »Eine Kampagne für ein Parfüm.«

Bei diesen Worten fühlte sich Joachim, als würde er gleich von dem Wirbelsturm mit fortgerissen. Einzig Petras Hand hielt ihn an Ort und Stelle. »Wirklich?«, fragte er und konnte es gar nicht richtig glauben. Ein Foto von ihm hatte Petra zu einem Auftrag verholfen? Wie sollte das möglich sein?

»Aber natürlich, Jo!« Sie lachte ihr helles Perllachen und strich mit ihrer Hand über seinen Oberarm. »Ich habe einen Abzug davon in meine Mappe gelegt. Du hättest mal sehen sollen, wie begeistert sie waren!«

Joachim konnte sein Glück nicht fassen.

»Wir machen ein neues Shooting, und zum nächsten Auftrag kommst du einfach mit. Wer weiß, vielleicht bekommen wir dann zusammen eine Kampagne? Ich als Modell mit dir als Fotograf.«

Joachim wurde schwindelig. »Ich soll als Fotograf arbeiten?«, fragte er fassungslos.

»Jo, Darling, natürlich, du bist dazu geboren!«

Der Fahrtwind blies Joachim ins Gesicht, während er mit dem Fahrrad am Rhein entlang nach Hause fuhr. Der alte Drahtesel klapperte bei jeder Bodenunebenheit, aber er tat seinen Dienst noch. Mit etwas Wehmut dachte er daran, dass er vielleicht auch auf einen Motorroller sparen sollte. Auf so einen, wie Heinz ihn hatte. Gleich sah er vor seinem inneren Auge sich selbst mit Petra auf dem Rücksitz auf einem schicken Motorroller sitzen. Ein italienisches Modell musste es sein, und Petra würde ein helles Sommerkleid mit Tupfen tragen und im Haar ein passendes Band, das im Wind hinter ihnen her flatterte. Er würde die Kamera um den Hals tragen, und so würden sie zusammen in die Zukunft fahren, zu einem Shooting, zu einem großen Auftrag für einen Fotografen und sein Modell.

Das, was ihn und Petra verband, war so wunderbar und machte ihn fast noch glücklicher als die Fotografie, so es denn möglich war. Er seufzte, und dann musste er an seine Zwillingsschwester und an seinen besten Freund denken. Edith und Heinz. Ende letzten Jahres hatte es so ausgesehen, als wären die beiden ein Paar, und Joachim hatte schon damit gerechnet, dass Heinz an Weihnachten beim Vater um Ediths Hand anhalten würde. Aber dann war es doch anders gekommen. Heinz wollte nicht darüber reden, und Edith brauchte er erst gar nicht zu fragen. Die beiden trafen sich zwar immer noch, aber sie waren nun weit davon entfernt, ein Paar zu sein.

Ganz anders als bei ihm und Petra. *Ach, Petra.* Wie sie neben ihm auf dem Sofa gesessen hatte und eine Anekdote nach der anderen erzählt hatte. Der ganze Raum hatte gebannt an ihren Lippen gehangen. Joachim selbst hatte gar nicht zugehört, er war zu sehr in den Anblick ihres makellosen Gesichts vertieft gewesen. Diese ebenmäßige Haut, die roten Lippen und dazu die dunklen Haare. Fast kam sie Joachim märchenhaft vor.

Schneewittchen kam ihm in den Sinn, und ein Lächeln stahl sich auf seine Lippen. Er trat fester in die Pedale. Der Rhein flog an ihm vorbei. Vereinzelt waren noch Spaziergänger unterwegs, sonst war es ruhig zu dieser späten Stunde.

Petra war Schneewittchen. War er dann womöglich der Prinz?

*

Gedankenverloren fegte Edith den hellen Linoleumboden des

Nähzimmers. Jeden Tag sammelten sich in der Schneiderei Graf Stoffreste, Fetzen, Garnfäden und Staub an, und jeden Tag verrichtete Edith die Arbeit des Zusammenfegens aufs Neue. Die Sonne schien an diesem Februarnachmittag hell zum Fenster herein, und Edith sah den aufgewirbelten Staubkörnern zu, wie sie im Lichtschein tanzten. Sie stellte den Besen zur Seite und nahm Kehrblech und Schaufel. Die Stoffreste waren samt und sonders grau oder schwarz und bildeten kaum einen Kontrast zu Staub und Dreck. Wie anders musste schon nur diese einfache Tätigkeit in einer Damenschneiderei sein? Wo bunte Reste zu Boden glitten, mit Mustern und Strukturen. Edith seufzte. Sie dachte an die wunderbaren Stoffe, die Rita ihr bei ihrem letzten Treffen präsentiert hatte. Wieder waren es große Reste mit kaum wahrnehmbaren Webfehlern gewesen. Ediths Herz begann höherzuschlagen. Bald würde auch sie solche zarten und fließenden Stoffe mitnehmen können, bald würde auch sie sich die zauberhaftesten Röcke und Kleider nähen können. Sie war sich ganz sicher, dass es ihr alles gut von der Hand gehen würde. Schließlich hatte sie dem Vater und auch Joachim so oft über die Schulter gesehen. Hatte in unbemerkten Augenblicken selbst im Nähzimmer an der Maschine gesessen und probehalber Stoffe zusammengenäht. Und durfte doch auch bei Rita ab und an schon einmal etwas nähen. Sie war die Tochter eines Schneiders. Es lag ihr einfach im Blut.

Voller Aufregung dachte sie daran, dass sie es heute früher nach Hause schaffen musste. Schließlich musste sie noch nach dem Abschlusszeugnis der Volksschule suchen, das sie in Mehlem vorzulegen hatte. Allein bei dem Gedanken daran drehte sich ihr der Magen um. Was, wenn sie dabei von der Mutter – oder noch schlimmer, vom Vater – erwischt würde? Es war eine Sache, dass sie sich zunächst ohne ihr Wissen über sie hinwegsetzte und sie später mit dem Resultat konfrontieren würde, aber dass sie sie wissentlich überging? Sich jetzt schon mit ihnen anlegen, ohne eine Zusage von der Schneiderei in Mehlem in der Hand zu haben? Das war etwas ganz anderes. Aber es half alles nichts. Es musste sein. Sie musste das Risiko auf sich nehmen. Etwas anderes kam für sie nicht mehr infrage. Auch wenn sie sich im offenen Kampf den Eltern stellen musste.

Edith entleerte das Kehrblech in den Abfalleimer und stellte Besen und Schaufel wieder an ihren Platz zurück. Mit einem prüfenden Blick kontrollierte sie das Arbeitszimmer. Alles war aufgeräumt und sauber. Jede Nadel, jede Schere, jedes Lineal – alles war an seinem Platz. Die Maschine mit der Staubhaube bedeckt, die Stoffe und Kurzwaren ordentlich in den Regalen verstaut. Joachim war schon vor einer halben Stunde gegangen, und Edith konnte wirklich keinen Grund mehr dafür sehen, dass der Vater nicht auch sie heute früher entließ.

21

Der Anzug war dreiteilig, bestehend aus einem Jackett, einer Weste und einer Hose mit Bundfalten. Joachim seufzte, während er die vom Vater in der winzig kleinen Handschrift notierten Messdaten auf die Schnittmustervorlage übertrug. Er hasste diesen Arbeitsschritt, aber vor allem hasste er, dass er wieder einmal nicht hatte Maß nehmen dürfen. Noch nicht einmal im Anprobenzimmer hatte er dabei sein dürfen. Joachim wollte gar nicht wissen, was der Vater mit dem reichen Herrn gemauschelt hatte – einem Politiker, wie so viele ihrer Kunden Politiker waren. Die meisten wohlgenährt und rund, was immer dazu führte, dass die Kleidung aufs Beste angepasst werden musste. Bisher hatte Joachim das nicht gestört, aber seit Edith ihm von ihrem Verdacht gegenüber dem Vater erzählt hatte, war auch er ins Nachdenken gekommen. Er glaubte nicht, dass Edith mit ihrer Vermutung richtiglag. Der Vater war kein Nationalsozialist, das wusste Joachim einfach. Ja, sie hatten ihre Differenzen, und ja, der Vater war streng und schimpfte oft mit ihm, aber das machte aus ihm noch lange keinen Nazi. Ob es aber in der Herrenschneiderei Graf wirklich immer mit rechten Dingen zuging, das konnte Joachim nicht sagen. Es war einfach zu auffällig, wie oft der Vater allein mit den Kunden sprach und Joachim nicht Maß nehmen ließ, obwohl er doch der Geselle war und das selbst ein Lehrling schon machen musste. So hatte er es in der Berufsschule gelernt.

Was hatte der Vater so Wichtiges mit den Politikern zu besprechen? Ging es darum, neue und vielversprechende Kunden an Land zu ziehen? War es nur das, oder ging es um etwas ganz anderes? Lag hier das Geheimnis dafür, dass die

Geschäfte der Herrenschneiderei derzeit so gut liefen? Dass sie nicht mehr wussten, wohin mit den ganzen Aufträgen?

Je länger Joachim darüber nachdachte, desto mehr wurde für ihn klar, dass es ihm eigentlich egal war. Sollte der Vater doch machen, was er wollte. Sollte er doch mit dem vielen Geld, das er einnahm, einen Schneider anstellen oder noch besser: zwei. Für Joachim war es einzig eine Bestärkung dafür, dass er hier herausmusste. Dass er nicht für das Schneiderhandwerk und erst recht nicht für die Herrenschneiderei Graf gemacht war. Er glaubte nicht, dass der Vater je das Zepter abgeben würde. Nein, er würde ihm bis ins hohe Alter im Nacken sitzen, und das bedeutete für Joachim nur eines: Er musste sich etwas Eigenes aufbauen. Eine eigene Zukunft, fern der Schneiderei. Eine Zukunft für sich selbst und für Petra.

Als Wunderfotograf Jo, dachte er, und seine Mundwinkel wanderten wie von allein nach oben, während er sich vorstellte, dass eines seiner Bilder von Petra die Titelseite einer Illustrierten schmückte. Wenn ihm und Petra das gelingen würde, dann hätte er seinen Durchbruch in der Fotografen-Szene erreicht! Dann würden die Leute scharenweise zu ihm kommen, um sich porträtieren zu lassen. Dann konnte er sich alles leisten, was er sich wünschte. Dann musste er nicht mehr bis tief in die Nacht im Hinterzimmer der Schneiderei sitzen, den Rücken gekrümmt, die Augen zusammengekniffen.

Aber noch war es nicht so weit. Noch war sein Arbeitsplatz hier, in der Schneiderei Graf. Erneut warf er einen Blick auf den Zettel mit den Maßangaben des Vaters und rieb sich über die Augen. Was sollte das für eine Zahl sein? Eine 57? Eine 52, oder vielleicht sogar eine 62? Joachim stöhnte und vergrub die Hände in den Haaren. Er würde ihn fragen müssen, was dort stand und damit war eines bereits sonnenklar: Es würde wieder Streit geben.

Ein Klappern am Hintereingang ließ Joachim aufsehen. *Wenn man vom Teufel spricht*, dachte er, als niemand anderer als der Vater hereintrat. Joachim straffte die Schultern und wollte gerade nach der notierten Zahl fragen, als der Vater sich, von einem Hustenanfall geschüttelt, an der Wand neben der Tür abstützen musste. Das erstaunte und erschreckte Joachim. Ja, der Vater hustete hin und wieder, wenn er sich aufregte oder sich körperlich stark angestrengte, aber das hier war anders. Er sah, wie die Adern an Hals und Stirn des Vaters deutlich zutage traten, wie sein Gesicht sich rot färbte, während er nach Luft rang.

Er stürzte zu ihm. Klopfte ihm auf den Rücken, in der Hoffnung, dass das helfen würde. Mit einer wütenden Geste wehrte der Vater ihn ab, und Joachim spürte einen Stich im Herzen und schmeckte einen bitteren Geschmack im Mund, während sein Vater langsam zu Atem fand.

»Macht dir die Schwindsucht wieder zu schaffen?«, fragte Joachim, weil er nicht wusste, was er sonst sagen sollte.

»Ach was«, kam die ärgerliche Antwort. »Das hat damit nichts zu tun. Ich bin topfit!«

»Ich weiß nicht. Dein Husten klingt nicht wirklich gesund.«

Der Vater fuhr zu Joachim herum und fixierte ihn mit einem kalten Blick. »Dass ich so einen Husten habe, liegt nur daran, dass du in letzter Zeit nach Rauch riechst und auch nach Alkohol. Glaub nicht, dass mir das nicht aufgefallen wäre, mein Sohn!«

Der Stich in Joachims Herzen wurde tiefer, der bittere Geschmack stärker. Da machte er sich ernsthafte Sorgen um den Vater, aber er hatte wieder nur im Sinn, ihn zurechtzuweisen. Er schluckte. »Das musst du dir einbilden«, antwortete er und ärgerte sich, dass der Vater scheinbar Wind von seinen Treffen mit Petra bekommen hatte. »Du bist es doch, der mit der Kundschaft im Anprobenzimmer Zigarre raucht«, versuchte er abzulenken.

»Ich rauche nicht. Ich lasse die Kundschaft rauchen. Das

ist ein großer Unterschied.« Die Stimme des Vaters klang belegt. »Und du riechst nach Zigaretten, nicht nach Zigarren.«

»Nun, ich rauche auch nicht.«

»Aber du hältst dich an Orten auf, wo geraucht und Alkohol getrunken wird! Wo warst du die letzten Wochenenden? Wieder mit der Kamera unterwegs? Mein Bruder hat dir damit nur Flausen in den Kopf gesetzt!«

Joachim biss die Zähne aufeinander. Flausen! Der Vater ahnte gar nicht, wie glücklich Joachim diese »Flausen« machten und wie gut er diese »Flausen« beherrschte.

»Wo soll ich schon gewesen sein?«, antwortete er leichthin. »Ich war mit Heinz unterwegs. Wie sonst auch.«

»Lüg mich nicht an!« Der Vater hustete erneut. »Edith ist dieser Tage häufiger mit Heinz unterwegs als du!«

»Ich war ein paarmal mit Heinz unterwegs und ein paarmal mit anderen Freunden. Stell dir das mal vor, Vater: Ich habe noch mehr Freunde als nur den Heinz.«

»Ich sage dir jetzt eins: Mit wem auch immer du dich da triffst und in was für Kreisen auch immer du neuerdings verkehrst, du wirst das unterlassen!«

Der bittere Geschmack wurde nahezu unerträglich, und Joachim musste mehrfach dagegen anschlucken. »Das kannst du mir nicht vorschreiben.«

»Doch, mein Sohn. Ich kann, und ich werde! Ich bin dein Vater, und du hast mir und der Schneiderei gegenüber Verpflichtungen.«

Mit einem Mal war Joachims Mund trocken, der bittere Geschmack brannte in seiner Brust. »Verpflichtungen?«, rief er. »Ich soll hier Verpflichtungen haben? Hier? Wo du mich nicht mal richtig arbeiten lässt? Wo ich als dein Geselle nur abwechselnd wie ein kleines Kind und dann wieder wie ein dahergelaufener Handlanger behandelt werde?«

»Was hast du gerade gesagt?« Die Stimme des Vaters war ruhig, gefährlich ruhig, sein Blick starr und kalt.

»Vater, lass es gut sein.« Wie aus dem Nichts war Edith im Nähzimmer erschienen und hatte sich zwischen die beiden geschoben. Joachim bemerkte, dass sie mit ihren braunen Haaren und der blassen Haut einen merkwürdigen Kontrast zum Vater darstellte, der jetzt ein hochrotes Gesicht hatte und dessen blonde, fast schon weiße Haare vor Wut zerzaust waren.

Der Vater bedachte Joachim mit einem letzten kalten Blick, dann wirbelte er zu Edith herum. »Es gut sein lassen?« Er schnaubte. »Wer bist du, dass du mir das sagst? Ich bin immer noch das Oberhaupt dieser Familie und der Meister in diesem Geschäft.«

»Siehst du denn nicht, wie erschöpft Joachim ist?«, fragte Edith, und Joachim war erstaunt, wie ruhig sie klang. Wo nahm diese zierliche Person nur die Kraft für diese Ruhe her?

»Erschöpft? Wer ist hier erschöpft? Der Bursche ist jung und kerngesund.«

*

Edith atmete tief durch und erwiderte den Blick des Vaters. Wie schon die letzten Male war sie im Ladengeschäft gewesen, als der Streit zwischen Joachim und dem Vater eskalierte. Hatte sie sich sonst nie eingemischt, so würde das in Zukunft anders sein. Sie wollte nicht mehr länger nur zuhören, sie wollte mitreden. Sie war es leid, den Mund zu halten. Schließlich hatte sie sich geschworen, dass sie von nun an mitbestimmen wollte, und dazu gehörte auch, dass sie ihre Meinung sagte. Ja, sie war immer noch wütend auf Joachim. Ja, sie hätte sich sein Verständnis und seinen Rückhalt gewünscht, als sie ihm von ihrem Verdacht dem Vater gegenüber erzählt hatte. Aber er war immer noch ihr Bruder – und das hier hatte er nicht verdient. Sie würde für ihn einstehen. Immer.

»Nein, du irrst dich«, sagte Edith, und sie konnte sehen,

wie es im Gesicht des Vaters brodelte. Wie die Zornfalte auf seiner Stirn dicker und röter wurde. Seine wütende Antwort ging in einem Hustenanfall unter. Er hustete und hustete. Aber es klang nicht so wie sonst. Es war ein Geräusch, das Edith erstarren ließ. Regte dieser Streit ihn dermaßen auf?

Er hustete, rang röchelnd nach Luft, und dann fiel er mit einem dumpfen Laut wie ein Sack Mehl auf den Linoleumboden.

Edith schlug die Hände vor den Mund. Sie hatte das Gefühl, plötzlich in Watte eingepackt zu sein und alles nur noch in Zeitlupe wahrzunehmen. Aus dem Augenwinkel sah sie ihren Bruder, der zum Vater stürzte und ihn schüttelte. Der schrie, Worte schrie, die gar nicht richtig bis an ihre Ohren durchdrangen. Sie starrte auf die schlaffe Gestalt am Boden, die bis vor wenigen Sekunden noch der Vater gewesen war, starrte auf Joachim, die Hände immer noch am Mund, unfähig, etwas anderes zu tun. Sie blinzelte, und mit einem Mal packte sie jemand an den Oberarmen, schüttelte sie und endlich hörte sie Joachims Worte: »Edith! Schnell! Hol einen Arzt, hol Doktor Habermann! Schnell!«

Diese Worte holten Edith wieder ins Hier und Jetzt zurück. Ohne zu zögern rannte sie zur Hintertür. Sie warf einen letzten Blick zurück zum Bruder. Das helle Haar hing ihm wirr in die Stirn, und sein Blick war starr auf den Vater am Boden gerichtet.

Edith stürmte zur Tür hinaus und rannte, ohne nach dem Verkehr zu sehen, über die Straße.

Doktor Habermann, dachte sie. *Ich muss Doktor Habermann holen, dann wird alles gut.*

22

Das Leben in Berlin hatte sich verändert. Man merkte es in jeder Situation. Die Leute waren angespannt, es wurde nicht mehr so viel gelacht und gesprochen. Es war fast schon still in der großen Stadt, so als würden alle den Atem anhalten, als würde die Angst vor dem, was da kommen mochte, das laute und bunte und fröhliche Treiben im Keim ersticken. Paul vermisste die Unbeschwertheit, die Berlin sonst an den Tag legte. Wenn er jetzt in seiner freien Zeit durch die Stadt schlenderte, sah er nur noch die kleinen Ameisen, die von A nach B eilten. Schnell, schnell, ohne ein freundliches Wort oder ein heiteres Lachen. Es erinnerte ihn an seinen ersten Eindruck im Ostberliner Bahnhof. Damals hatten die Menschen auch wie Ameisen auf ihn gewirkt.

Und im Moment war es besonders erdrückend für Paul, da er nichts zu tun hatte. Rudolf Schilling war mit Willy Brandt auf politischer Weltreise unterwegs. Kanada, Birma und Thailand hatten sie bereits bereist, um für Verständnis und Unterstützung für Berlin zu werben. Sie suchten Verbündete gegen Chruschtschows Politik und schienen überall auf offene Türen zu treffen. Bald würden sie auch nach Amerika reisen und mit Präsident Eisenhower höchstpersönlich sprechen. Paul stellte sich das sehr aufregend vor. Täglich verfolgte er die Reise in der Presse, während er darauf wartete, dass sein Arbeitgeber wieder nach Berlin zurückkam.

Paul seufzte. Er war auf dem Weg, Uwe in der Charité abzuholen. Es sollte eine kleine Überraschung werden, da er seinen besten Freund in den letzten Tagen und Wochen kaum noch zu Gesicht bekommen hatte. Zwei Monate war es jetzt her, dass Uwe endlich die lang ersehnte Stelle als Assistenzarzt an der Charité bekommen hatte. Die Arbeit beanspruchte ihn voll und ganz, mehr noch als die Arbeit, die er im letzten Jahr bei seinem Onkel in dessen Praxis gemacht hatte. Und Uwe war trotz der vielen Überstunden, trotz der Wochenenddienste immer bester Laune.

»Mensch, was machst du denn hier?«, rief er erstaunt, als er aus dem großen Gebäude trat.

Paul freute sich, dass ihm seine Überraschung geglückt war. Er begrüßte seinen Freund mit einem Handschlag, und dann schlenderten sie nebeneinanderher durch die Straßen Ost-Berlins.

Eine Weile unterhielten sie sich über Uwes Arbeit, dann über das Wetter, bis Paul die Sprache auf das Chruschtschow-Ultimatum lenkte, das ihn derzeit so sehr beschäftigte. Uwe sah das ganz gelassen.

»Macht dir die ganze Sache keine Sorge?«, fragte Paul.

Uwe zuckte nur mit den Schultern.

»Ehrlich, Uwe, das ist ernst. Richtig, richtig ernst.«

»Ich merke nichts davon«, antwortete Uwe leichthin.

»Die Kontrollen an den Grenzübergängen sind schärfer geworden. Wo ich früher einfach über einen Platz gegangen bin, werde ich jetzt kontrolliert. Und wenn man dann sieht, dass ich aus der Bundesrepublik bin, schauen die mich an, als wäre ich ein Schwerverbrecher.« Paul seufzte.

Uwe sah ihn zweifelnd an. »Ich glaube, du siehst Gespenster.«

»Woher willst du das denn wissen?«, antwortete Paul. »Du warst doch schon ewig nicht mehr drüben in West-Berlin.«

Uwe schwieg.

»Wenn ich hier bin, dann bist du immer nur in der Charité. Von morgens bis abends. Ich glaube, du arbeitest zu viel.«

»Ich wollte schon immer an der Charité arbeiten. Und jetzt habe ich die Gelegenheit dazu. Ich liebe meine Arbeit, was brauche ich mehr?«

»Vielleicht mal ein bisschen Ablenkung«, antwortete Paul, der Uwes Besessenheit für seine Arbeit einfach nicht verstehen konnte. Wie konnte man sich selbst so von einer Tätigkeit knebeln lassen? »Vielleicht brauchst du ein Mädchen.«

»Ach ja, so wie du dein Glücksbringermädchen hast. Diese junge Frau, der du seit – was war es noch? – seit mehreren Monaten hinterherläufst, ohne sie auch nur einmal angesprochen zu haben?« Uwe grinste.

»Ich laufe ihr nicht hinterher. Ich sehe sie immer nur zufällig.«

»Zufällig. Nennt man das so in Bonn?«

»In Bad Godesberg, wenn du es genau wissen willst.«

»Paul, Paul, Paul. Ich weiß gar nicht, ob ich so genau wissen will, was du in Bonn oder in Bad Godesberg so treibst.«

»Treiben tue ich da gar nichts.«

»Was denn? Paul Lange mit seinem todsicheren Paul-Lange-Charme hat nichts am Laufen?« Uwe lachte. »Wer hätte denn gedacht, dass ein Mädchen, das du immer nur zufällig triffst, dir so den Kopf verdrehen kann.«

Paul zog die Schultern hoch und kniff die Lippen aufeinander.

Jetzt lachte Uwe noch mehr. »Soll ich dir mal etwas sagen? Wenn ich im Sommer Urlaub hab, dann komme ich mal mit nach Bad Godesberg. Die Frau muss ich kennenlernen!«

*

Edith und Rita hatten sich schon früh an der Ecke zwischen Inselhotel und Stadttheater eingefunden, ihrem »Stammplatz«, wenn es um den Godesberger Karnevalszug ging. Rita trug ein Winterkleid aus einem dicken Bouclé-Stoff mit Hahnentrittmuster. Den Stoff hatte sie aus der Damenschneiderei in Mehlem, und der Schnitt war aus der *Burda-Moden* vom Dezember. Auf dem Kopf trug sie genau wie Edith ein buntes

Papierhütchen, das mit einem dünnen Gummiriemen um den Hals fixiert war. Mit einem Stich im Herzen musste Edith feststellen, dass Rita ganz und gar elegant aussah, im Gegensatz zu ihr. Sie trug Rock und Bluse und den Wintermantel darüber. Wie eigentlich jeden Tag.

Am Busbahnhof vor dem Inselhotel hatte sich schon eine große Menschenmenge eingefunden. Es wurde gesungen, geschunkelt und gelacht. Die Stimmung war ausgelassen, und bald ließ auch Edith sich davon anstecken. Als Joachim und Heinz, beide mit Karnevalskappen auf dem Kopf, eintrafen, ließ sich Edith sogar dazu hinreißen, Heinz auf den Mund zu bützen, obwohl sie sich seit dem Tag am Rolandsbogen nicht ein einziges Mal mehr geküsst hatten. Es war zum Glück niemandem sonst aufgefallen, denn Rita winkte mit beiden Armen eine junge Frau zu ihnen heran, während Joachim nervös die Menschenmenge absuchte.

Auf wen er wohl wartet?, fragte sich Edith, aber sie kam nicht dazu, sich darüber weiter Gedanken zu machen, denn die junge Frau war nun bei Rita eingetroffen und wurde von ihr vorgestellt: »Das ist die Trude.«

Ach, dachte Edith, *das ist also die Politikerin, auf die Rita so große Stücke hält.*

Neugierig und auch ein bisschen eifersüchtig musterte Edith Trude von Kopf bis Fuß. Sie trug ein auf den ersten Blick schlichtes Kleid, darüber einen offenen Wintermantel. Auf den zweiten Blick aber sah Edith, dass das Kleid maßgeschneidert war. Teuer. Edith wusste, dass Rita Trude als neue Kundin der Mehlemer Schneiderei angeworben hatte und war sich sicher, dass Trudes Kleid von dort stammte. Bei diesem Gedanken spürte sie mehr als nur Eifersucht. Wut mischte sich darunter. Diese Politikerin hatte das nötige Kleingeld, um sich maßgeschneiderte Kleidung leisten zu können, und machte ihr obendrein auch noch die beste Freundin streitig. Edith beschloss, diese Person – diese Trude – nicht zu mögen.

Unter gar keinen Umständen. Doch da streckte Trude ihr die Hand hin, strahlte sie an und sagte: »Gertrude Hahn mein Name.«

Reflexartig ergriff Edith die Hand. Sie war warm und der Händedruck angenehm fest. Trude Hahn sah von Edith in die Runde und sagte dann: »In der Politik bin ich der Hahn im Korb … nur andersherum.« Sie lachte; und alle lachten mit. Auch Edith, die feststellen musste, dass es ganz schön schwierig war, Trude nicht zu mögen.

Zum Glück wurden ihre Gedanken von Joachim abgelenkt, der plötzlich »Petra! Petra, hier drüben, Petra!« ausrief und eine Frau heranwinkte. Edith verschlug es die Sprache. Trude Hahn und alles drumherum war mit einem Mal völlig vergessen. Die Frau, die auf Joachims Rufen hin zu ihnen kam, sah aus wie ein Filmstar von der Leinwand. Mit blasser Haut und leuchtend roten Lippen, dazu dunkle Haare, die in perfekten Wellen um den Kopf drapiert waren. Trotz der Kälte trug sie Pömps und bewegte sich mit einer Anmut, die Edith neidisch werden ließ. Elegant kam sie herangeschritten, drückte Joachim und gab ihm Küsschen rechts und links auf die Wangen. Wie kam es, dass ihr Zwillingsbruder diese Schönheit kannte? Und wie kam es, dass sie bisher nichts davon gewusst, ja, nicht mal geahnt hatte?

»Hört mal alle«, rief Joachim, und er klang aufgeregt. »Das ist Petra, eine … eine gute Bekannte von mir.« Seine Wangen nahmen einen leichten Rosaton an, und Edith sah deutlich, dass ihr Bruder bis über beide Ohren verliebt war. In eine filmreife Schönheit, die sichtlich einige Jahre älter war als sie und Joachim. Ehe Edith sich weiter wundern konnte, kam der erste Wagen des Rosenmontagszugs in Sicht. Es war ein VW-Bus, der über und über mit Luftballons geschmückt war. Laute Karnevalsmusik drang durch die offenen Scheiben nach draußen, und die Menschen am Straßenrand sangen mit. Laut und schief und fröhlich. »Dreimol Null es Null, es Null, denn mer woren in der Kayjass en d'r Schull …« Ein Mann sprang aus der Hecktür des VW-Busses und verteilte unter lautem Jubel und Geschrei Luftballons an Kinder und Erwachsene.

Danach folgten eine Musikgruppe, dann ein Tanzcorps, anschließend ein Wagen, eine Gruppe der Fidelen Burggrafen in grün-weiß und am Ende die Stadtsoldaten in ihren grün-roten Uniformen.

Edith sah dem letzten Wagen hinterher, da hörte sie jemanden in der Menge husten und musste sofort an ihren Vater denken. Seit Tagen schon lag er im elterlichen Schlafzimmer der Villa und schlief oder hustete abwechselnd. Doktor Habermann kam jeden Abend, wenn seine Praxis geschlossen war, um nach ihm zu sehen. Und jeden Abend war die Sorgenfalte auf der Stirn des Arztes tiefer, wenn er die Treppe aus der oberen Etage herunterkam.

Edith war hin- und hergerissen. Sie war so wütend auf den Vater gewesen, als sie sein Geheimnis entdeckt hatte, aber ihn so leiden zu sehen, war etwas anderes. Es führte dazu, dass sie fast schon ein schlechtes Gewissen hatte. Dabei war er es doch, der ein solches haben sollte.

Falls er überhaupt ein Gewissen hat, dachte Edith bitter.

Die Menge löste sich auf. Einige Grüppchen stürmten zu den Kneipen der Umgebung, die meisten aber machten sich schnellen Schrittes auf den Heimweg, denn es war mit der Zeit empfindlich kalt geworden, und jetzt sah es auch noch so aus, als würde es gleich zu regnen anfangen.

Auch Edith setzte sich in Bewegung. Sie durchquerte die kurze Passage hinüber zur Koblenzer Straße und lief weiter in die Alte Bahnhofstraße.

Joachim war mit seiner Petra verschwunden, noch ehe Edith das Geheimnis um diese auffallend schöne Frau hatte lösen können, und Rita hatte mit Trude weiterfeiern wollen. Natürlich hatte Heinz angeboten, Edith nach Hause zu begleiten, aber das hatte sie abgelehnt. Nicht, dass er das Karnevalsbützchen am Ende falsch verstanden hatte. Sie mochte ihn, sie liebte ihn sogar, aber solange sie nicht endlich etwas aus eigener Kraft aufgebaut hatte, solange sie es nicht geschafft hatte, auf eigenen Füßen zu stehen, so lange wollte sie keine Liebschaft; und vor allem wollte sie den Eltern nicht recht geben, die ihr ständig vorsagten, dass sie keine Lehre brauche, weil sie bestimmt bald heirate. So lange musste sie aber auch den Schmerz in ihrem Herzen ertragen, der immer dann besonders stark war, wenn sie den Blick in Heinz' Augen sah. Dieser Gedanke versetzte ihr einen besonders tiefen Stich. War es nicht furchtbar von ihr, ihn so hinzuhalten? Ja, das war es, aber dann dachte sie, dass es eben nicht der richtige Zeitpunkt war. Sie musste jetzt erst einmal nach sich selbst sehen, und dann war Zeit für Heinz. Vielleicht sollte sie ihm das genau so sagen. Es wäre vermutlich besser, ein offenes Gespräch mit ihm zu führen. Fair wäre es auf jeden Fall. Und so, wie sie ihn einschätzte, würde er Verständnis dafür haben und sie nicht drängen, im Gegensatz zu ihren Eltern.

Ach, die Eltern. Edith seufzte. Wie sollte es weitergehen, wenn der Vater nicht mehr aus dem Bett kam? Die Mutter würde keine große Hilfe in der Schneiderei sein, sie war doch jetzt schon nur noch ein sorgengeschwängerter Schatten ihrer selbst. Würde das das Ende der Schneiderei Graf bedeuten? Oder würde Joachim das Ruder herumreißen und alles zusammenhalten? Und wenn ja: Was bedeutete das dann für sie? Würde sie in der familieneigenen Schneiderei bleiben oder nach Mehlem gehen? Gesetzt den Fall, dass sie dort eine Zusage bekam, worauf sie natürlich hoffte. Edith stieß lautstark die Luft aus ihren Lungen. Kleine, warme Atemwölkchen umgaben ihren Kopf. Sie wollte sich keine Gedanken darüber machen. Das sollte alles keine Rolle spielen müssen. Es ging um ihr Leben, darum, dass sie das Recht dazu haben musste, ihr Leben so zu leben, wie sie es sich vorstellte.

Das brachte sie wieder darauf, was Trude Hahn gesagt hatte. Dass Frauen mehr auf ihre Rechte pochen müssten, dass es wichtig sei, dass sie ihre Meinung sagten und für diese eintraten. Dass sich nun immer mehr Frauen in der Politik engagierten und das Gleichberechtigungsgesetz ein Meilenstein für alle Frauen der Republik wäre, aber auf dem großen Weg nur ein kleiner Stein.

Der große Weg …

Edith hatte das Gefühl, dass Trude Hahn sie persönlich angesprochen hatte: Sie war auch auf einem großen Weg. Auf dem Weg zu sich selbst. Auf dem Weg zu ihrem eigenen selbstbestimmten Leben. Ein Weg voller Steine – leider nicht Meilensteine, sondern eher große Brocken, Hürden in Form der Eltern und der Schneiderei Graf.

Aber, dachte Edith und kickte mit dem Fuß eine achtlos weggeworfene Karnevalströte beiseite, *über Hürden kann man hinwegsteigen.*

Sie reckte das Kinn und sog die kalte und erfrischende Februarluft ein. Ja, sie würde über alle Hürden hinweg ihren Weg gehen. Egal wie groß und wie unüberwindlich sie auch noch sein mochten. Beschwingt lief sie weiter die Alte Bahnhofstraße hinunter, überquerte die Moltkestraße und bog in die Rheinallee ein.

Es mussten mehr Frauen wie Trude Hahn in die Politik. Junge Frauen, die frischen Wind in die verstaubte und träge Politik der hohen Herren bringen würden. Frauen, die auf ihren Rechten bestanden und diese auch durchsetzten. Für sich und für alle anderen.

23

Paul sah sie so deutlich vor sich. Das braune Haar, das mit einem blauen Band zum Pferdeschwanz hochgebunden war und seidig in der Sonne glänzte, der leichte Gang, der den Rock mit jedem Schritt so wunderbar zum Schwingen brachte; und dann das fein geschnittene Gesicht und dieses zauberhafte, glückliche Lächeln. Er seufzte. Es war doch wirklich kein Wunder, dass Uwe ihn ständig mit seinem Glücksbringermädchen aufzog. Hier saß er – Paul Lange – auf einer Parkbank an der Spree und träumte von einem Mädchen, das meilenweit weg war und mit dem er noch nicht mal ein einziges Wort gewechselt hatte! Wie hatte es nur so weit mit ihm kommen können? Wenn er sich das so durch den Kopf gehen ließ, dann klang es eher nach der Geschichte eines kitschigen Liebesfilms im Kino, statt nach seinem eigenen Leben. Aber er konnte sich in dieser Angelegenheit einfach nicht helfen. Das Glücksbringermädchen hatte ihn verzaubert.

Vielleicht träumte er aber auch nur deshalb so viel von ihr, weil sie das Sinnbild für sein unbeschwertes Leben in Bad Godesberg war? Wenn er nämlich ehrlich mit sich war, dann musste er sich eingestehen, dass er im Moment – hier in Berlin – doch Angst hatte. Durch Rudolf Schilling wusste er zu viel über die ganze Geschichte mit Chruschtschow und dessen Ultimatum. Schilling hatte Paul auf einer der kurzen Fahrten durch Berlin erzählt, dass er und auch der Berliner Bürgermeister einen neuen Krieg fürchteten, dass sie deshalb die Reise um die halbe Welt angetreten hatten. Um Verbündete zu finden, und einen Konflikt direkt im Vorfeld zu verhindern. Denn wenn es zum Krieg käme, wäre West-Berlin im Zentrum der Auseinandersetzung. Mitten in der Gefahrenzone. Eine Insel mitten in einem Ozean voller Haie.

Bad Godesberg und Bonn dagegen waren weit entfernt, sie waren für ihn der Inbegriff der Freiheit. Wie sehr hoffte Paul, schon bald wieder dorthin fahren zu können. Dann könnte er auch endlich sein Glücksbringermädchen ansprechen. Er hatte schon zu lange damit gewartet. Er hatte schon viel zu viele günstige Gelegenheiten einfach so verstreichen lassen. Noch einmal würde ihm das nicht passieren. Paul grinste. Und noch mehr grinste er bei dem Gedanken daran, dass er das dann Uwe erzählen würde. Dann wäre es vorbei mit der ewigen Aufzieherei!

Auch heute hatte Paul das Haus der Matusseks direkt nach dem Frühstück verlassen, obwohl er – wie so oft in den letzten Tagen – nicht arbeiten musste. Ein Fahrer von Willy Brandt chauffierte den Berater des Bürgermeisters derzeit in Berlin durch die Gegend. Hin und her. Paul würde erst wieder für eine der längeren Fahrten zum Einsatz gebeten werden, und derzeit sah es nicht so aus, als würde das so bald sein. Er beobachtete, wie die Februarsonne sich auf dem Wasser der Spree spiegelte. Wie sie hier und dort glitzernd auf den Wellen aufleuchtete. Er war in seiner Untätigkeit gefangen zwischen Unbehagen und Langeweile. Eine merkwürdige und äußerst beunruhigende Mischung, die ihn gleichzeitig lähmte und dadurch zu noch mehr Untätigkeit und Langeweile führte.

Da die Regierung Adenauer mit Unterstützung von Willy Brandt die Forderungen Nikita Chruschtschows im Januar abgelehnt hatten, war die Situation – gerade in Berlin – sehr angespannt. Nun hatte sich die Sowjetunion wieder gemeldet, mit einer neuen Forderung: Man würde mit der DDR einen separaten Vertrag unterzeichnen und so die Kontrolle über alle Verkehrswege nach West-Berlin erlangen, wenn nicht binnen sechs Monaten alle vorangegangenen Forderungen erfüllt werden würden.

Paul stand auf und streckte seine müden Glieder, bevor er langsam an der Spree durch den Treptower Park schlenderte. Ihm kam die ganze Sache mit Chruschtschow wie ein Tauziehen vor, und er hoffte, dass die West-Mächte stärker zogen.

Brandt hatte bereits in einer Rede seine entschiedene Ablehnung gegen die neuen Forderungen kundgetan, das wusste Paul von Rudolf Schilling, aber er fragte sich mittlerweile, ob das auch wirklich half. Konnten Reden von Politikern einen neuen Krieg aufhalten? Konnte das wirklich sein? Dass er nun so viel Freizeit und damit auch so viel Zeit zum Nachdenken hatte, machte die ganze Situation nicht besser. Es steigerte die Angst, die Paul verspürte, aber nicht zugeben wollte, und es verstärkte das lethargische Gefühl der Gelähmtheit. Nicht zum ersten Mal überlegte er, ob es nicht an der Zeit war, Berlin zu verlassen. Ob es nicht an der Zeit war, seine Arbeit als Chauffeur Rudolf Schillings niederzulegen und sich einfach durch die Welt treiben zu lassen. Ungebunden und frei. Wir er es sich so oft erträumte. Aber dafür fehlte ihm das nötige Kleingeld. So günstig wie bei den Matusseks würde er nicht noch einmal unterkommen, und zurück in die Eifel zu seinem Bruder und seinen Eltern wollte er nicht mehr.

Ein vorbeifahrendes Auto ließ ihn aufsehen. Ohne es zu bemerken, hatte er den Treptower Park verlassen und stand nun wieder in der Straße der Matusseks. Er seufzte. Dann beschloss er, dass es das Beste wäre, Uwes Mutter nach einer starken Tasse Kaffee zu fragen und mit wachem und klarem Kopf noch einmal loszuziehen. Vielleicht konnte er ja Erledigungen für sie machen, dann wäre er zumindest für eine kurze Zeit die furchtbare Untätigkeit los. Von seinem neuen Plan beflügelt, trabte Paul über die Straße und klingelte.

»Paul! Da bist du ja«, begrüßte Frau Matussek ihn, nachdem sie die Tür geöffnet hatte. »Das Rathaus hat angerufen. Du sollst dich bitte baldmöglichst melden.«

Paul stutzte. Das Rathaus. Noch nie hatte man ihm hinterhertelefoniert. Was mochte der Grund dafür sein? Würde man ihm mitteilen, dass es Krieg geben würde? War es schon so schlimm? Mit bebenden Fingern wählte Paul die Nummer, die Uwes Mutter auf einem Blatt Papier notiert hatte. Nach jeder Zahl drehte sich die Wählscheibe des grauen Telefons mit einem surrenden Geräusch zurück. Es tutete. Einmal. Zweimal. Dreimal. Dann meldete sich eine Frauenstimme: »Rathaus Schöneberg, Sie wünschen?«

Paul schluckte. »Lange. Paul Lange. Ich sollte zurückrufen.«

»Herr Lange, endlich«, sagte die Frauenstimme. »Der Herr Schilling wartet schon auf Sie. Machen Sie sich bitte unverzüglich auf den Weg, den Wagen zu holen. Sie müssen ihn und Bürgermeister Brandt fahren.«

»Wohin denn?«

»Natürlich nach Bonn. Die Herren Schilling und Brandt haben einen dringenden Termin, und wenn sie sich nicht bald beeilen, werden sie nicht mehr rechtzeitig eintreffen!«

*

»Ich habe die neuen Fotos herumgezeigt, und alle sind ganz begeistert davon. Das hast du doch selbst auch gesehen. Jo, Darling, du musst was draus machen. Das kann doch nicht einfach nur ein Hobby bleiben. Du hast so ein großes Talent!«

Joachim saß mit Petra auf dem Sofa im Wohnzimmer ihrer Bonner Wohnung. Es war modisch grau, stand auf vier Holzbeinen und hatte hölzerne Lehnen. Petra hatte ihnen einen starken Kaffee aufgebrüht und einige Kekse dazugelegt. Sie sah Joachim fest in die Augen. »Da musst du was draus machen!«, wiederholte sie mit Nachdruck.

Für einen Augenblick war Joachim gefangen von Petras Worten und von ihren Augen, doch dann stellte sich die Ernüchterung ein. »Was stellst du dir denn vor, was ich machen soll? Ich bin ein Schneidergeselle. Ich habe das Fotografieren nicht gelernt«, sagte er und ließ die Schultern hängen.

»Und genau das ist es!«, rief Petra.

Joachim sah sie erstaunt an. »Wie meinst du das?«

Petra rückte auf dem Sofa näher an ihn heran und fuhr mit ihrer Hand durch seine hellen Haare. »Das Fotografieren kann man nur bedingt lernen, Jo. Das muss man einfach im Blut haben, so wie du.«

»Ich weiß nicht«, antwortete er ausweichend.

»Aber *ich* weiß es!«, erwiderte sie. »Du hast mir doch selbst davon erzählt, was dein Onkel Willi zu dir gesagt hat: Da muss man einfach das Gefühl für haben. Und du, Darling, du hast das Gefühl.«

Verlegen rieb sich Joachim mit einer Hand über den Nacken. »Na ja, ich weiß nicht, ob du da recht hast.«

»Natürlich habe ich recht, Darling!« Petra lachte. »Ich habe jetzt wirklich schon mit einigen Fotografen zusammengearbeitet, und glaub mir, bei manchen war es eher Glückssache, wenn am Ende ein brauchbares Bild dabei herauskam.«

Joachim verharrte mit der Hand im Nacken und sah Petra ungläubig an. Er konnte das nicht so recht glauben. Die Fotografien, die er bisher gemacht hatte, waren eigentlich alle gelungen. War er wirklich so ein Wunderfotograf, wie Petra immer sagte? War es wirklich so?

»Ich weiß was!«, rief sie plötzlich aus. »Du machst ein Fotostudio auf.« Sie klatschte aufgeregt in die Hände. »Ich kenne genug Leute, die für ein gelungenes Porträt gutes Geld zahlen würden.«

Darüber hatte Joachim selbst schon nachgedacht, oder vielmehr davon geträumt. Dass Petra es nun aussprach, ließ sein Herz höherschlagen. »Meinst du wirklich?«, fragte er, immer noch zweifelnd.

»Aber natürlich, Jo! Das ist es! Ein Studio mit einem Atelier.« Sie seufzte. »Das wäre toll.«

»Wo soll ich denn das Geld für ein Studio hernehmen?«

Petra lachte ihr helles Perllachen. »Natürlich mit Fotos, Dummerchen.«

»Ach, ich weiß nicht … ein eigenes Atelier?«

»Darling, du musst das tun. Siehst du das denn nicht ein?«

»Ich weiß nicht«, wiederholte Joachim, hin- und hergerissen zwischen seinen eigenen widersprüchlichen Gefühlen. »Im Moment halte ich ganz allein die Herrenschneiderei am Laufen. Du weißt doch, dass mein Vater wegen seiner Schwindsucht im Bett liegt. Es sieht gar nicht gut aus.«

»Aber …«, begann Petra und unterbrach sich sofort selbst wieder. Sie fuhr sich mit der Zunge über die Lippen, und Joachim bemerkte, dass sie ihre Worte gerade sorgfältig abwog. »Aber wirst du denn die Schneiderei weiterführen, wenn dein Vater nicht mehr ist?«

Die Frage traf Joachim wie ein Schlag in den Magen. Er wollte nicht darüber nachdenken, dass der Vater einmal nicht mehr sein könnte, und doch hatte Petra recht. Es stand derzeit nicht gut um ihn. Doktor Habermann hatte es der Mutter gesagt, im Flüsterton, im Flur an der Haustür, aber Joachim hatte es dennoch gehört.

Wollte er die Herrenschneiderei Graf weiterführen? Wollte er das? Er kannte die Antwort: Nein. Er wollte es nicht. Schon bei dem Gedanken, dass bald die Gesellenprüfung anstand und er danach den Meister machen sollte, wurde ihm flau im Magen.

»Siehst du, Darling. Du willst es nicht, oder?«

Joachim war verblüfft, dass Petra offenbar seine Gedanken lesen konnte.

Sie rutschte noch näher zu ihm, nahm ihm die Kaffeetasse

ab und stellte sie auf den Couchtisch. Dann legte sie ihm die Arme um den Hals und sah ihm fest in die Augen.

Joachim spürte, wie sich sein Puls beschleunigte. Er spürte, wie es sein Blut durch den Körper pumpte, hörte es in seinen Ohren pochen und rauschen, als Petras Gesicht näher kam, als die roten Lippen die seinen suchten. Er schmeckte Lippenstift und atmete ihr Parfüm ein. Rosenduft mit einem Hauch Lavendel. In der Schule hatte er einmal ein Mädchen geküsst. Aber das war schon Jahre her, und es war nur ein Küsschen gewesen. Das hier war etwas ganz anderes. Irgendwo in seinem Hinterkopf meldete sich die Frage, wie viele Männer Petra, die ja nun ein paar Jahre älter war als er, bereits geküsst hatte? Rasch schob er den Gedanken beiseite. Daran wollte er jetzt nicht denken. Rosen und Lavendel und Petra, das war alles, was jetzt wichtig war. Und vielleicht ein eigenes Fotostudio mit Atelier.

24

Mit klopfendem Herzen wartete Edith an der Fußgängerampel. Autos fuhren vorbei, und im Hintergrund hielt ein weiterer Zug am Mehlemer Bahnhof. Obwohl es Herbst war, schien die Sonne heiß. An den Bäumen hatten schon einige Blätter die grüne Farbe gegen Braun, Orange und Rot getauscht. Nervös umklammerte Edith die Mappe. In Gedanken ging sie noch einmal alle Unterlagen durch, die sich darin befanden: die Zeugnisse der Volksschule, einige Bleistiftzeichnungen von Kleidern und Röcken, die sie über den Sommer mithilfe von Rita an deren Nähmaschine genäht hatte, sowie ein kurzer Lebenslauf. Wirklich lächerlich kurz war er. Vor allem deshalb, weil Edith nicht wirklich viel vorzuweisen hatte. Aber Rita hatte darauf bestanden, dass sie einen schrieb und dass sie unbedingt die familieneigene Herrenschneiderei hervorheben solle, obwohl Edith das gar nicht passte. Sie wollte keine Fragen dazu gestellt bekommen, und erst recht wollte sie keine dazu beantworten.

Überhaupt war es Edith alles viel zu langsam gegangen. Hätte sie ihren Kopf durchgesetzt, dann hätte sie sich im Frühsommer bereits bei der Damenschneiderei beworben. Aber Rita hatte sie dann doch davon überzeugt, dass ihre Chancen wesentlich besser stünden, wenn sie die Grundgriffe des Nähens nicht nur in der Theorie kannte, sondern auch in der Praxis. Schließlich musste sie ausmerzen, dass sie schon um einiges älter war als die üblichen Lehrmädchen, und zudem hatte Rita ohne Unterlass betont, dass die in Mehlem noch lange nicht jeden nähmen. Also hatte Edith Abend um Abend, Wochenende um Wochenende bei Rita verbracht und an deren Nähmaschine genäht, bis ihr die Hände schmerzten und die Fingerkuppen wund waren. Rita hatte keine Gnade gekannt, aber nun hatte Edith tatsächlich das Gefühl, auf alles vorbereitet zu sein. Selbst das Nähen eines Saumes mit Blindstich hatte Rita ihr gezeigt und mit ihr stundenlang Begrifflichkeiten der Damenmode auswendig gelernt.

Die Ampel sprang auf Grün, und Edith überquerte die mehrspurige Bundesstraße, kurze Zeit später war sie an ihrem Ziel.

Das Gebäude war riesig – je näher Edith kam, desto größer und größer wurde es. Ganz anders als die Herrenschneiderei Graf, die nur wenige Räume umfasste. An der Hausfassade prangte der Schriftzug *Klemens* in großen und modernen Buchstaben. Hier war sie richtig. Das hier waren die ersten Schritte auf dem Weg in ihr neues Leben.

»Fräulein Graf, wie kommt es, dass sie bisher noch keine Lehre gemacht haben?«

Ein Mann und eine Frau saßen Edith gegenüber. Er trug Hemd und Weste, dazu eine passende Krawatte, sie einen modischen Bleistiftrock und eine hochgeschlossene Bluse. Sie befanden sich im Personalbüro der Damenschneiderei. Einem quadratischen Raum mit nur einem Fenster. An den Wänden drängten sich Regale mit Aktenordnern und Metallschränke mit Schubfächern.

Edith legte sich die nächsten Worte im Kopf mit Bedacht zurecht: »Bisher habe ich bei meinem Vater in der Herrenschneiderei ausgeholfen.« Sie räusperte sich und fügte hinzu: »Sie wissen doch sicherlich, wie es in Familienbetrieben zugeht?«

Die Frau nickte, und der Mann sagte: »In der Tat. Was für Tätigkeiten haben Sie denn dort ausgeübt?«

Edith knetete ihre Hände. »Stoffe und Kurzwaren sortiert, Schneiderwerkzeug gesäubert und gepflegt, hin und wieder

Kundenanfragen beantwortet und …« Fieberhaft überlegte sie, was sie noch anführen konnte. Die Botengänge?

»Also nur Aushilfsarbeiten?«, fragte der Mann.

Sie nickte.

»Haben Sie denn auch praktische Erfahrungen gemacht? An der Nähmaschine?«

»Ja … also …« Edith räusperte sich erneut. »Meine Freundin, die Rita Müller, die bei Ihnen arbeitet, hat mir alles gezeigt und beigebracht«, sagte sie dann so schnell, dass sie sich fast an ihren eigenen Worten verschluckte.

»Ach, Sie kennen das Fräulein Müller?« Der Mann und die Frau tauschten einen Blick.

Wieder nickte Edith.

»Fräulein Müller ist eine unserer besten Näherinnen«, sagte der Mann. »Und die hat Ihnen das Handwerk gezeigt? Sie wissen ja sicherlich, dass die Damen- und die Herrenschneiderei sich durchaus unterscheiden.«

Edith nickte erneut. Es gab kaum etwas, das sie besser wusste.

Wieder tauschten der Mann und die Frau einen Blick. »Fräulein Schiffer, seien Sie doch so nett, und gehen Sie bitte das Fräulein Müller holen, ja?«, sagte der Mann schließlich zu der Frau. Sie tat wie geheißen und verschwand aus dem Büro. Kurze Zeit später war sie zurück. Rita folgte ihr auf den Fuß und machte einen Knicks vor dem Mann. Edith wunderte sich. So hatte sie ihre kecke und freche Freundin noch nie erlebt, ganz zurückhaltend und folgsam.

»Fräulein Müller, das Fräulein Graf hat uns gerade erzählt, dass Sie ihr das Schneiderhandwerk gezeigt haben.«

»Das ist richtig«, antwortete Rita.

»Und wie ist Ihre Einschätzung?«

»Fräulein Graf ist sehr geschickt im Umgang mit der Maschine. Sie kommt doch aus einer Schneiderfamilie. Es liegt ihr im Blut.« Rita zwinkerte Edith verstohlen zu. Hier war sie wieder, die Freundin, die Edith kannte.

»Verbürgen Sie sich dafür, Fräulein Müller?«, fragte der Mann, ein Lächeln in der Stimme.

»Das tue ich«, antwortete Rita.

»Sehr schön.« Der Mann wandte sich nun wieder Edith zu. »Dann brauchen wir nur noch die Unterschrift Ihrer Eltern, weil Sie noch nicht volljährig sind, und dann können Sie im neuen Jahr bei uns anfangen.«

Edith biss die Zähne zusammen und verzog das Gesicht.

»Das stellt doch kein Problem für sie dar, Fräulein Graf?«, fragte der Mann.

Edith sah zu Rita, die nun auch das Gesicht verzogen hatte. »Nein, nein«, sagte sie schnell, »kein Problem.«

*

Der Lastwagen hupte laut, und Paul riss erschrocken das Lenkrad zur Seite. Im letzten Moment – sonst wäre er mit dem Lkw zusammengestoßen.

»Junger Mann! Was machen Sie denn?«, ließ Rudolf Schilling nicht minder erschrocken von hinten vernehmen.

Pauls Herz raste, und seine Hände waren mit einem Mal schweißnass. Er warf einen kurzen Blick durch den Rückspiegel zu Schilling und Brandt, dann wieder nach vorn auf den Verkehr kurz vor Köln und schließlich in den Außenspiegel, in dem er endlich erkannte, was da gerade passiert war: Ein Kleinwagen war scheinbar mitten auf der Autobahn zum Stehen gekommen und hatte damit den Lastwagen zum Ausweichen gezwungen.

Paul atmete tief durch, um sein Herz zu beruhigen. »Ich habe uns gerade gerettet, würde ich sagen«, antwortete er auf Schillings Frage.

»Danach hat es sich aber nicht angefühlt«, sagte der Berater, und Brandt bestätigte diese Aussage, woraufhin Paul ihnen den Sachverhalt erklärte.

»Nun denn, Herr Lange, dann ist es wohl doch so«, sagte Schilling, und Willy Brandt fügte hinzu: »Ergebensten Dank.«

Schweigen breitete sich im Wagen aus. Die übliche Stille, die Paul gewohnt war. Er warf einen weiteren Blick in den Rückspiegel und sah, dass Schilling wieder einmal aus dem Fenster sah, während Brandt aufmerksam Papiere studierte. Es war jedes Mal wieder erstaunlich, dass diese beiden Herren, die in der Politik so viel zu sagen hatten, privat so wortkarg waren.

Paul fuhr auf einen Kleinlaster zu und musste den Mercedes abbremsen, da auf der Überholspur noch reger Verkehr herrschte. Er setzte den Blinker und wartete, bis die Fahrbahn frei war. Im Sommer hatte er Zwangspause machen müssen, da Schilling im Urlaub gewesen war. Danach hatte er den Berater des Berliner Bürgermeisters nur hin und wieder die lange Strecke von Berlin nach Bonn gefahren und noch viel seltener nach Bad Godesberg. Zu dem kleinen Haus in Schweinheim war es überhaupt nur ein einziges Mal gegangen. Trotz der wenigen Fahrten hatten sie dafür jedes Mal im Stau gestanden. Hatten Umleitungen nehmen müssen. Zeitweise waren ganze Streckenabschnitte wegen Bauarbeiten gesperrt gewesen.

Es lag bestimmt nur daran, dass er sein Glücksbringermädchen schon so lange nicht mehr gesehen hatte. Sie war nicht da, und nun hatte er einfach kein Glück mehr auf den Fahrten. Letztes Jahr im November, oben in Schweinheim, da hatte er sie doch fast angesprochen. Und dann war ihm ausgerechnet der russische Regierungschef in die Quere gekommen! Na ja, natürlich nicht wortwörtlich – aber hätte Chruschtschow nicht sein Ultimatum gestellt, dann hätte Rudolf Schilling an diesem Tag nicht zu einer solch überstürzten Abreise gedrängt, und dann …

… dann hätte er sie angesprochen.

Paul seufzte. Bei den langen Fahrten hatte er einfach zu viel Zeit zum Nachdenken. Dann überlegte er sich, wie sie wohl reagiert hätte. Und immerzu fragte er sich, was sie wohl in Schweinheim zu tun gehabt hatte und was in dem Päckchen gewesen war, das sie bei sich trug.

Ein neuerliches Hupen ließ ihn aufschrecken. Er war so in Gedanken gewesen, dass er in einer Kurve fast von der Fahrbahn abgekommen war. Hastig riss er das Lenkrad herum und brachte den Wagen wieder auf Spur.

»Herr Lange! Was ist denn nur mit Ihnen los?«, schimpfte Schilling.

Genau das war hier die große Frage.

*

Ediths Puls raste, als sie in Mehlem wieder in den Zug einstieg. Sie machte sich keine Mühe, lange nach einem Platz zu suchen, sondern nahm sich den erstbesten freien. Sie ließ sich darauf fallen und legte die Mappe neben sich, dabei ignorierte sie das vorwurfsvolle Schnauben der Dame, die ihr gegenübersaß und eine Handtasche auf ihren ordentlich geschlossenen Knien umklammerte.

Ediths Gedanken drehten sich nur um eine Sache: Wie sollte sie an die Unterschriften der Eltern kommen? Wie?

Es stiegen noch weitere Fahrgäste zu, dann hörte sie den Schaffner von draußen rufen: »Alles einsteigen und von den Türen zurücktreten, bitte!« Mit lautem Klappern schlossen sich die Türen. Es ertönte ein markiger Pfiff aus einer Trillerpfeife, und der Zug setzte sich in Bewegung.

Edith blickte durch das Fenster nach draußen. Warum nur war sie noch nicht großjährig? Warum fehlte ihr noch ein ganzes Jahr? Wer hatte diese Grenze überhaupt festgelegt? Sie konnte sich nicht vorstellen, dass sie in einem Jahr so viel anders denken und handeln würde als jetzt. Bestimmt war das nur wieder auf dem Mist von verstaubten, dicken Politikern gewachsen. Als wenn sie mit ihren zwanzig Jahren noch nicht wüsste, was gut für sie war. Aber all der Ärger darüber nutzte sie nichts. Es war nun einmal, wie es war – und so schnell würde sich auch nichts daran ändern. Sie brauchte die Unterschriften!

Der Zug nahm Fahrt auf, die Bäume, Straßen und Häuser flogen an ihr vorbei. Rauschten mit den Gedanken in ihrem Kopf um die Wette. Bis ein Gedanke sich herauskristallisierte: Was, wenn sie die Unterschriften fälschte? Wenn sie einfach selbst unterschrieb? Wie schwer könnte das schon sein? Zumal man in Mehlem doch gar nicht wusste, wie die Unterschriften der Eltern aussahen. Dann aber musste sie einsehen, dass das nur sehr kurzsichtig gedacht war. Denn spätestens bei Beginn ihrer Lehre in Mehlem würde sie den Eltern erklären müssen, wo sie sich von nun an tagsüber aufhielt. Und spätestens dann würde die Sache mit den gefälschten Unterschriften auffliegen. Edith konnte sich nicht vorstellen, dass sie danach noch weiter in Mehlem bei *Kurt Klemens Modelle* würde arbeiten dürfen. Dann wäre es ein zu teuer erkaufter Erfolg gewesen, und das war es nicht, was Edith wollte. Ganz und gar nicht. Sie seufzte. Es gab keinen anderen Weg, als mit den Eltern zu sprechen. Sie musste die große Hürde, die zwischen ihr und ihrem eigenen, selbstbestimmten Leben stand, mit Worten aus dem Weg räumen. Musste hoffen, dass sie mit Ehrlichkeit gegenüber den Eltern punkten konnte. Vielleicht war es das Beste, wenn sie zunächst nur mit der Mutter sprach, um sich langsam an die Hürde heranzutasten.

Der Zug bremste. Edith stand auf. Sie klemmte sich die Mappe, in der der zu unterschreibende Vertrag lag, fest unter den Arm, während sie im schaukelnden Zug zur Tür ging. Das hier war ihre Fahrkarte in ein neues Leben. Sie würde darum kämpfen. Sie war jetzt schon so nah an ihrem Ziel, da würde sie nichts und niemanden mehr dazwischenkommen lassen. Genauso würde sie das erst der Mutter und dann auch dem Vater sagen.

25

Der Rhein floss ruhig durch sein Bett. Nur sanft schwappten die Wellen ans Ufer. In einiger Entfernung konnte Edith ein Frachtschiff ausmachen. Das Gras auf den Wiesen war über und über mit bunten Herbstblättern gespickt, und auch die Bäume leuchteten in satten Farben. Es war ein Anblick wie aus einem Märchen, gemacht, um als Kulisse für eine herzerweichende Liebeserklärung herzuhalten und nicht für das, was Edith nun mit Heinz besprechen würde.

Als sie voller Mut und Tatendrang die Villa in der Dürenstraße erreicht hatte, den Vertrag aus Mehlem unter dem Arm und bereit, mit der Mutter und auch mit dem Vater darüber zu sprechen, hatte Heinz auf den Stufen vor der Tür auf sie gewartet. Bei seinem hoffnungsvollen Blick war alle Courage aus Edith gewichen. Als wäre sie ein Fahrradreifen, dem die Luft ausging.

»Hallo, Edith«, hatte Heinz sie begrüßt und gelächelt, »die Sonne scheint so schön, möchtest du ein Stück mit mir spazieren gehen? Zum Rhein hinunter?«

Edith hatte sich gezwungen, das Lächeln zu erwidern. »Heinz. Hallo. Gut, dann lass uns gehen, ich muss nur rasch noch die Mappe nach drinnen bringen.« Und damit hatte sie sich flink an ihm vorbei zur Tür geschoben. Auf ihr Klingeln hatte die Mutter ihr sofort geöffnet, was in Edith den starken Verdacht bestätigt hatte, dass diese hinter der Tür gewartet hatte.

»Ich gehe mit Heinz an den Rhein spazieren«, hatte sie der Mutter gesagt und war dann schnell in ihr Zimmer gesprungen, um die Mappe mit dem Vertrag dort zu verstecken. Zur

Sicherheit. Das laute und röchelnde Husten des Vaters von nebenan hatte sie dabei zu verdrängen versucht.

Schweigend gingen Heinz und sie hinunter zum Fluss. Nur kurz unternahm er einmal den Versuch, ihre Hand zu ergreifen, aber sie zog sie schnell zur Seite.

Im Schatten eines Baumes blieb sie stehen und atmete tief ein, bevor sie sich Heinz zuwandte. Er sah sie so erwartungsvoll an, so hoffnungsvoll, dass es ihr noch schwerer fiel, die Worte zu formulieren.

»Weißt du, Heinz«, begann sie, »ich mag dich.«

Seine Miene hellte sich auf. »Ich mag dich auch, Edith, sehr sogar«, sagte er schnell.

Der Knoten in Ediths Magen zog sich schmerzlich zusammen. »Ich weiß«, antwortete sie. »Aber ich muss dir jetzt etwas Wichtiges sagen, etwas, dass dir vielleicht nicht gefallen wird.«

Er sah sie verwirrt an. »Edith …«

»Nein, lass mich bitte ausreden«, unterbrach sie ihn.

Heinz presste die Lippen zusammen, bedeutete Edith aber mit einer Handbewegung weiterzusprechen.

Sie blickte ihm in die Augen und sah dann zu Boden. »Versteh mich bitte nicht falsch. Aber das mit uns beiden, das geht im Moment nicht.« Sie hob den Kopf wieder und schaute ihn an. Halb erwartete sie eine Antwort, einen Einwurf, aber Heinz hielt sich an ihre Bitte, er ließ sie ausreden. Sie räusperte sich. »Es liegt nicht an dir und auch nicht an meinen Gefühlen für dich. Denn die sind da, Heinz, das sollst du wissen. Aber ich muss für mich einige Dinge regeln, ich muss – nein, ich will! – mir erst etwas Eigenes aufbauen, ich will für mich selbst sorgen können.«

»Aber ich kann dir alles bieten«, entgegnete Heinz. »Ich verdiene gut, und ich habe auch schon einiges gespart. Vielleicht kann ich sogar die Bäckerei übernehmen. In jedem Fall ist genug für uns beide da, für ein Häuschen, für eine Familie …«

Jedes einzelne Wort versetzte Edith einen Stich ins Herz. Vor einem Jahr wäre sie ihm um den Hals gefallen und hätte ihn vom Fleck weg geheiratet, aber jetzt?

»Heinz«, sagte Edith und griff nach seinen Händen, »ich weiß das alles. Aber du musst verstehen, wie wichtig es für mich ist, auf eigenen Beinen stehen zu können. Wie wichtig es für mich als Frau ist! Ich muss meinen eigenen Weg gehen. Und das muss ich erst einmal allein tun.«

Sie sah ihm an, sah, dass er ihre Worte in sich aufnahm und zu verstehen versuchte. Auf seinem Gesicht spiegelten sich die unterschiedlichsten Emotionen.

»Das soll so nicht für immer sein.« Edith versuchte, ihre Stimme sanft klingen zu lassen. »Wenn du bereit bist zu warten …« Sie ließ den Satz in der Luft hängen.

Heinz drückte ihre Hände. »Ich warte auf dich. Immer.«

*

Joachim stand in der Küche und sah zum Fenster hinaus in den Garten der Villa. Sah den getrimmten Rasen, die gestutzten Blumen, das sorgfältig zusammengeharkte Laub. In der Gartenarbeit ging die Mutter auf. Es war ihr Steckenpferd und das zu Recht: Sie war mit einem grünen Daumen gesegnet. Auch jetzt war sie dort draußen zugange, mit Gartenschürze und konzentrierter Miene.

Sie schnitt die Rosen. Ihre Lieblingsblumen.

Rosen, dachte Joachim. *Rosen und Lavendel. Petra.*

Er goss sich eine Tasse Tee auf und setzte sich an den Küchentisch. *Petra.* Den ganzen Sommer über hatte er mit ihr in einem Rausch erlebt. Er hatte Fotos über Fotos von ihr gemacht, hatte Ausflüge mir ihr unternommen, sich mit ihr und ihren Freunden getroffen. Es war wie ein wunderbarer und schöner Traum gewesen, aber seit der Herbst einzog, lag Petra ihm nur noch wegen des eigenen Fotostudios in den Ohren. Und obwohl er doch auch selbst aus der Herrenschneiderei hinauswollte, so war das alles nicht so einfach, wie sie es sich vorstellte.

Er trank gerade den ersten Schluck Tee, als seine Mutter hereinkam und die erdverschmutzten Hände in der Spüle wusch.

»Gut, dass du hier bist«, sagte sie, ohne ihn anzusehen. »Ich muss dringend mir dir reden.«

Joachim spürte, wie sich ihm der Magen zusammenzog. Sie klang so sachlich, so ganz anders als sonst, das konnte nichts Gutes bedeuten.

»Was gibt es denn?«, fragte er knapp und rührte mit einem Löffel in seinem Tee.

Die Mutter drehte den Wasserhahn zu und trocknete sich die Hände an einem Küchentuch ab, bevor sie sich zu ihm umdrehte. »Wir müssen über deine Gesellenprüfung sprechen.«

Er stoppte das Umrühren, nahm den Löffel aus der Tasse. »Aber, das ist doch noch hin. Was müssen wir jetzt schon darüber reden?«

»Du weißt, dass man die Prüfung vorziehen kann.«

Joachim setzte dazu an, etwas zu erwidern, wurde aber von einer Geste der Mutter davon abgehalten.

»Nein, lass mich sagen, was ich zu sagen habe. Unter gewissen Umständen und wenn der Geselle erstklassige Arbeit leistet, kann man die Gesellenprüfung vorziehen und direkt auf die Meisterprüfung hinarbeiten. Und so, wie es derzeit um deinen Vater steht, haben wir hier Umstände, die das erlauben.« Sie sah ihn fest an.

Sein Magen zog sich schmerzhaft zu einem Klumpen zusammen, und in seinem Kopf hörte er eine Stimme immerzu »Nein!« rufen. Am liebsten hätte er sich mit beiden Händen die Ohren zugehalten und wäre schreiend weggelaufen, wie er es als Kind mitunter getan hatte, um einem Konflikt zu entkommen. Aber genau aus diesem Grund wusste er auch, dass das ein zweckloses Unterfangen war. Also versuchte er, Ruhe zu bewahren, die Stimme in seinem Kopf zu verdrängen und sich wenigstens so weit zu entspannen, dass sein Magen nicht mehr so schwer wog. Für einen Moment schloss er die Augen. Da gab es nun zwei Frauen in seinem Leben, die genau das Gegensätzliche für ihn wollten. Auf der einen Seite drängte seine Mutter ihn, die Meisterprüfung zu absolvieren und die Herrenschneiderei zu übernehmen und auf der anderen Seite drängte Petra. Die wunderschöne und bezaubernde Petra, die lieber heute als morgen ein Fotostudio einrichten würde.

»Joachim?«, holte die Mutter ihn aus seinen Gedanken zurück. »Hörst du mir überhaupt zu?«

Er öffnete die Augen und sah sie an. »Vater wird sich doch bald wieder erholen. Warum jetzt alles überstürzen?«, sagte er leichthin.

»Doktor Habermann hat mir gesagt, dass es gar nicht gut um ihn steht. Joachim, wir müssen uns auf das Schlimmste gefasst machen! Auf das Schlimmste!« Die Stimme der Mutter hatte einen schrillen Unterton angenommen.

»Du übertreibst!«

»Wie kannst du das nur behaupten? Der Doktor hat gesagt, dass es richtig schlecht um den Vater steht, und er weiß, wovon er spricht!«

»Ach, komm schon. Vater hat doch schon oft wegen seiner Schwindsucht gelegen und ist immer wieder auf die Beine gekommen.« Joachim wusste nicht, wen er hier gerade mehr zu überzeugen versuchte, seine Mutter oder sich selbst.

»Das hier ist nicht so wie die anderen Male, und das weißt du«, sagte die Mutter und bei den letzten Worten brach ihre Stimme. Sie drehte sich rasch zur Spüle.

Joachim musste schlucken. Er wollte das nicht. Er wollte

nicht, dass der Vater krank war, und er wollte nicht, dass die Mutter so darunter litt, und erst recht wollte er nicht darüber sprechen oder auch nur darüber nachdenken, was das für ihn zu bedeuten hatte. Alles, was er wollte, war seine Freiheit, Petra und die Fotografie.

26

Paul wartete, bis Rudolf Schilling in dem kleinen Haus mit dem gepflegten Garten verschwunden war, bevor er den Motor startete und den Wagen durch Schweinheim den Berg hinunter nach Bad Godesberg lenkte. In der Früh würde er Schilling hier abholen, mit ihm nach Bonn fahren, dort Willy Brandt einsammeln und dann die ganze Strecke wieder retour zur Bad Godesberger Stadthalle fahren. Dort fand ab morgen für drei Tage ein außerordentlicher Parteitag der SPD statt. Ein neues Grundsatzprogramm sollte besprochen und beschlossen werden. Scheinbar eine große Sache, wenn Paul das richtig herausgehört hatte. Allein Willy Brandts Anwesenheit bestätigte das.

Er hielt an einer Kreuzung am Fuß des Berges und blickte gewissenhaft nach links und rechts, bevor er weiterfuhr. Obwohl es frostig kalt war, lag kein Schnee, und die Fahrbahn war frei von Eis. Paul grinste, als er feststellte, dass er den Wagen unbewusst am Kurpark entlang lenkte. Er bog in die Koblenzer Straße ein. Er hatte endlich wieder einen freien Abend in Bad Godesberg. Da gab es nur einen Ort, zu dem er wollte. Vor der Post parkte er den Wagen und ging zu Fuß die Straße zum Weinhaus Maternus hinunter.

Es war schon recht voll, als er durch die Tür trat. Paul entschied sich für einen Platz an der Theke. Da konnte er hin und wieder mit der Bedienung flachsen und kam sich nicht so allein vor. Mit einer Handbewegung bestellte er ein Viertel vom Hauswein und ließ anschließend den Blick über die Gäste schweifen. Eine bunt gemischte Schar war es. Unterschiedlichen Alters, unterschiedlichen Geschlechts und unterschiedlicher Herkunft. Das mochte Paul so am Weinhaus Maternus.

Hier trafen sich nicht nur die Politiker, die hohen Herren, hier traf sich ganz Bad Godesberg. Hier wurde erzählt und getrunken und zu späterer Stunde gerne auch einmal auf den Tischen getanzt. Und mittendrin: Ria Maternus. Die zierliche Gastwirtin war immer für ihre Gäste da und machte das Weinhaus zu dem, was es war: einem gemütlichen Ort, an dem jeder willkommen war.

Paul sah sich im Gastraum um, hier und da bemerkte er einen neugierigen Blick. Das lag mit Sicherheit an seiner Dienstkleidung, seiner Livree. Er hatte nur die Mütze im Auto gelassen, schließlich war Rudolf Schilling nicht mit dabei, da konnte er sich diese Freiheit erlauben. Natürlich hätte er sich auch vorher noch umziehen können, aber wenn er ganz ehrlich mit sich selbst war, dann genoss er die Aufmerksamkeit und Neugierde der Leute. In seiner Dienstkleidung war er einfach etwas Besonderes.

»Bitte schön, der Herr«, sagte die Bedienung und stellte das Viertel gekühlten Weißwein vor Paul auf der Theke ab. Er nickte ihr zu und nahm einen großen Schluck, dabei löste er mit der freien Hand den obersten Knopf seines Hemdes. Er spürte, wie die kühle und leicht säuerliche Flüssigkeit seine Kehle hinunterrann und zugleich die Anspannung, die er in den letzten Tagen und Wochen mit der allgegenwärtigen Bedrohung in Berlin verspürt hatte, von ihm abfiel. Endlich war er wieder in Bad Godesberg. Endlich konnte er aufatmen und auf eine Begegnung mit seinem Glücksbringermädchen hoffen.

*

Joachim eilte durch die Straßen. Nach dem Gespräch mit der Mutter hatte er dringend frische Luft gebraucht. Es war bereits dunkel, und die Novemberluft stach eisig in seine Wangen. Genau das Richtige, um einen klaren Kopf zu bekommen. Die kalte Luft kühlte sein erhitztes Gemüt ab. War er zunächst noch ziellos durch Bad Godesberg gelaufen, so befand er sich jetzt auf dem Weg in die Brunnenallee. Zur Bäckerei, in der Hoffnung, Heinz dort noch anzutreffen. Er brauchte Ablenkung, und ein Abend mit seinem besten Freund war da gerade recht. Zumal er Heinz gegenüber schon ein richtig schlechtes Gewissen hatte, da er in letzter Zeit jede freie Minute mit Petra verbracht hatte. Den ganzen Sommer über hatten sie sich nur selten gesehen.

Joachim eilte am Theater vorbei und überquerte die Straße, dabei war er bemüht, seinen Blick nicht in die Michaelstraße schweifen zu lassen, nicht nach der Fensterfront der Herrenschneiderei Graf zu sehen, wie er es sonst automatisch tat, wenn er hier vorbeikam. Nach dem Gespräch mit der Mutter wollte er an nichts denken, was mit Schneidern zu tun hatte. Er hatte die Brunnenallee fast erreicht, als er Heinz sah, der zum nur spärlich beleuchteten Hinterausgang der Bäckerei heraustrat.

»Heinz!«, rief Joachim laut. Aber anscheinend nicht laut genug. Kurzerhand nahm er Daumen und Zeigefinger zum Mund und stieß einen lauten Pfiff aus. Heinz blieb stehen und sah sich um. Joachim hob den Arm und winkte.

»Dass es dich tatsächlich noch gibt«, rief sein Freund und kam auf ihn zu. Im Gehen knöpfte er seine Jacke zu.

»Natürlich gibt's mich noch!«, rief Joachim zurück mit gespielter Empörung.

Sie umarmten sich, als sie sich erreicht hatten und klopften sich gegenseitig fest auf den Rücken. Der vertraute Geruch von Backwaren stieg Joachim in die Nase.

»Es tut gut, dich zu sehen«, sagte Heinz.

»Das finde ich auch«, erwiderte Joachim. Er musterte seinen Freund und stellte fest, dass er mindestens so müde aussah, wie er sich selbst gerade fühlte.

»Viel zu tun?«, fragte er.

Heinz winkte ab. »Das Übliche eben.« Er unterdrückte ein Gähnen.

Joachim legte ihm den Arm um die Schulter. »Komm«, sagte er, »lass uns ins Maternus gehen.«

»Das ist der beste Vorschlag, den ich seit Langem gehört habe!«

»Dann: Auf, auf! Worauf warten wir noch?« Joachim schubste Heinz an. Lachend machten sie sich auf den Weg. Über die Straße und durch den Kurpark.

»Und? Kommst du zurecht in der Schneiderei?«, fragte Heinz. »Dein Vater ist doch immer noch krank, oder?«

Joachim verzog das Gesicht. »Ja, er muss liegen. Der Doktor schaut jeden Tag nach ihm.«

»So schlimm?«

»Das kommt darauf an, wen du fragst«, antwortete Joachim.

»Wie meinst du das?«

»Na, wenn es nach meiner Mutter geht, dann ist es bald um ihn geschehen. Sie würde lieber heute als morgen sehen, dass ich die Gesellenprüfung ablege und mich zum Meisterkurs anmelde.«

»Da müsstest du ja vorziehen.«

»Und genau das erwartet sie von mir.«

»Uiuiui. Deine Mutter sieht die Zukunft also nicht so rosig?«

»Du hast ja keine Ahnung«, antwortete Joachim und verdrehte die Augen.

Heinz erwiderte nichts darauf, und das war Joachim auch nur recht so. Er wollte nicht weiter über dieses Thema sprechen. Der Streit mit der Mutter hatte gereicht, es war alles zu ermüdend. »Und wie sieht es aus mit dir und meiner Schwester?«, fragte er, um das Thema zu wechseln. »Wenn du um ihre Hand anhalten möchtest, solltest du das bald tun.«

Heinz blieb stehen und verzog das Gesicht, als hätte Joachim ihm eine Ohrfeige verpasst.

»Was ist?«, fragte Joachim. »Ist dir der Gedanke so schlimm, meinen kranken Vater zu besuchen?«

Heinz schüttelte den Kopf. »Nein. Das ist es nicht.«

»Was denn dann?«, bohrte Joachim nach.

Heinz drehte sich zur Seite. »Deine Schwester hat mich auf die Wartebank gesetzt«, sagte er leise.

»Sie hat was gemacht?« Joachim glaubte, sich verhört zu haben.

»Sie hat mich auf die Wartebank gesetzt«, wiederholte Heinz mit Bitterkeit in der Stimme.

»Aber, was soll denn das heißen?«

»Dass wir nur Freunde sind. Erst mal.«

»Aber ich dachte …«

»Ich weiß, was du dachtest. Das dachte ich ja selbst. Es lief doch so gut zuerst. Bis ich …«

»Bis du was?«

»Bis ich sie geküsst hab.«

Joachim versuchte, sich diese Szene bildlich vorzustellen. Seine Schwester und Heinz, die sich küssten. Unwillkürlich schüttelte er den Kopf. Nein, das ging nicht. Wie sollte er seinem besten Freund da helfen, ihm da einen Rat geben können?

Aber auch Heinz schien nicht weiter über dieses Thema sprechen zu wollen, denn er sah Joachim wieder an und sagte: »Das sieht bei dir ganz anders aus, oder? Wenn ich mal so bedenke, wie oft du mit deiner Petra unterwegs bist.«

»Ja, das ist was Festes. Wir sind ein Paar.« Noch nie hatte er diese Worte ausgesprochen, und es machte ihn glücklich, das sagen zu können, auch wenn er wusste, dass das für seinen besten Freund im Moment schmerzlich zu hören sein musste.

»Oha! Ein Paar«, sagte Heinz. Joachim meinte, immer

noch einen bitteren Unterton heraushören zu können. »Dann schätze ich, dass sie dich nicht weggestoßen hat?«

»Nein. Ehrlich gesagt … Sie hat *mich* geküsst.« Joachim spürte, wie ihm die Röte in die Wangen stieg. Er wagte einen Seitenblick zu seinem Freund, der die Augenbrauen hochgezogen hatte.

»Ist sie nicht viel zu alt für dich?«, fragte Heinz. Seine Stimme klang ein wenig kühl.

»Sie ist nur drei Jahre älter als ich. Ich sehe nicht, warum das ein Problem sein sollte.«

»Jetzt ist es das vielleicht noch nicht, aber später. Und überleg dir mal, was die Leute sagen werden.«

»Ach, die Leute. Die Leute! Mir ist egal, was die Leute sagen!«

»Glaub mir, wie ich deine Eltern kenne, ist denen das nicht egal.«

»Sollte es aber.«

»Ich weiß nicht …«, begann Heinz.

Joachim unterbrach ihn barsch. »Auf wessen Seite stehst du eigentlich? Du bist mir ja ein feiner Freund! Ich glaube, du bist nur sauer, weil ich mit meiner Petra mehr Glück habe als du mit meiner Schwester.« Sobald die Worte seinen Mund verlassen hatten, bereute er sie schon. Er wollte nicht mit seinem besten Freund streiten, er wollte einen schönen Abend mit ihm verbringen. Reden. Lachen. Aber doch nicht das hier.

Das Weinhaus war schon gut besucht, als die beiden jungen Männer eintraten. Sie nickten der Gastwirtin Ria Maternus zu, die ihnen ein begrüßendes Lächeln schenkte, bevor sie sich an den nächsten Tisch setzte, um ein Schwätzchen mit den Gästen zu halten. Joachim und Heinz suchten sich einen Platz am Tresen. Joachim bestellte Rotwein, Heinz ein Glas Bier – den tadelnden Blick der Bedienung ignorierend.

Nach ihrem hitzigen Wortwechsel im Kurpark hatten sie

sich beide eine Weile schweigend mit bitterbösen Blicken bedacht. Dann hatte Joachim sich bei seinem besten Freund entschuldigt. Er hatte es ja wirklich nicht so gemeint. Zum Glück war Heinz noch nie lange nachtragend gewesen, und so hatten sie sich wieder auf den Weg gemacht. Durch den Park, geradewegs in die Poststraße.

Im Weinhaus war immer etwas los, und es gab viel zu gucken, vor allem, wenn die Politiker tagten. Auch heute musste wieder mindestens einer der hohen Herren im Haus sein. Zumindest schloss Joachim das aus dem Mann in Livree, der ganz allein am anderen Ende des Tresens saß.

Joachim stieß Heinz in die Seite und nickte zu dem livrierten Chauffeur hinüber. »Was meinst du, wen der fährt? Den Alten? Den Adenauer?«

»Hm«, erwiderte Heinz. »Möglich wär's.« Er nahm einen Schluck von seinem Bier. »Warum fragen wir ihn nicht einfach?«

»Meinst du?« Joachim sah Heinz zweifelnd an.

»Klar meine ich das.«

»Aber … wie denn?«

»Das ist doch ganz einfach.« Heinz grinste und winkte die Bedienung zu sich. »Bitte bringen Sie dem Herrn am anderen Ende des Tresens ein Glas Wein auf unsere Rechnung.«

Die Kellnerin nickte knapp und tat, wie ihr geheißen. Mit Spannung verfolgten Joachim und Heinz, wie sie dem Chauffeur das Glas hinstellte und auf seinen erstaunten Blick zu ihnen beiden hinüberzeigte. Der Mann erhob zuerst sein Glas, dann sich selbst und kam zu den beiden herüber.

»Siehst du«, sagte Heinz, »so geht das.« Er grinste immer noch und Joachim konnte sich über seinen sonst so zurückhaltenden Freund nur wundern.

»Dann pendeln Sie immer zwischen hier und Berlin?«, fragte

Joachim. Er musterte den jungen Mann, der höchstens ein, zwei Jahre älter als er sein konnte, neugierig.

»Sollen wir nicht du sagen?«, fragte der Chauffeur zurück und hielt sein Glas zum Anstoßen hoch. Joachim und Heinz taten es ihm gleich. Die drei Gläser trafen aufeinander und gleichzeitig sagten sie alle ihren Namen: »Joachim Paul Heinz.«

Sie nahmen einen Schluck ihres Getränks, mussten aber dabei lachen. Joachim so sehr, dass er sich fast verschluckte.

»Paul, richtig?«, fragte Joachim, nachdem er wieder Luft bekam und sich ordentlich geräuspert hatte.

»Paul«, bestätigte der Chauffeur. Er deutete mit dem Weinglas erst zu Heinz, dann zu ihm und wiederholte: »Heinz und Joachim?«

Die beiden nickten.

»Und du bist immer zwischen Bonn und Berlin unterwegs?«, fragte Joachim noch einmal.

»Genau. Ich fahre Rudolf Schilling auf den Langstrecken. Innerhalb Berlins wird er meist von Willy Brandts Fahrern chauffiert.«

»Aber du kommst nicht aus Bonn und auch nicht aus Berlin«, mischte Heinz sich ein. »Das hätte ich gehört.«

»Da hast du gut hingehört. Ich komme aus der Eifel. Aus einem kleinen Dorf bei Bitburg.«

»Und wie verschlägt es einen aus der Eifel nach Berlin auf so eine Stelle?«, fragte Joachim neugierig.

Paul lachte leise. »Ach«, sagte er, »das ist eine lange Geschichte.«

Joachim warf Heinz einen fragenden Blick zu. »Also, wir hätten Zeit, oder?« Heinz nickte.

Und so erzählte Paul ihnen alles. Angefangen von der Zeit der Kinderlandverschickung, als Uwe bei ihm und seiner Familie auf dem Bauernhof gelebt hatte, bis zu dem Brief, mit dem Uwe ihn nach Berlin eingeladen hatte. Nicht ganz ohne

Stolz zeigte er ihnen eine blasse Narbe in seiner rechten Handfläche, die von einer Karl May'schen Blutsbrüderschaft mit Uwe herrührte.

»So einen Freund hätte ich auch gern«, rutschte es Joachim heraus, und er erntete damit einen bösen Blick von Heinz. »So war das nicht gemeint«, sagte er schnell. Heinz verpasste ihm einen Knuff in die Seite, und Paul lachte.

Joachim bestellte sich ein weiteres Glas Rotwein, und Paul berichtete weiter. Er habe es dem Vater von Uwe zu verdanken, dass er nun der Chauffeur Rudolf Schillings war. Wie Paul das erzählte, klang es ziemlich toll, so ganz anders als bei ihm selbst, wurde er doch vom Vater – und neuerdings auch von der Mutter – in seine Arbeitsstelle gedrängt. Natürlich gab es auch Dinge in der Schneiderei, die er gern tat, aber die Fotografie lag ihm deutlich mehr. Daran machte ihm einfach alles Spaß.

Es wurde ein netter Abend. Fast hatte Joachim den Eindruck, Paul schon seit Ewigkeiten zu kennen. Sie redeten, lachten und tranken zusammen. Heinz gab einige Geschichten aus der Backstube zum Besten, und Joachim erzählte von dem Politiker, der zwischen der ersten Grobanprobe und der letzten Anprobe so viel zugenommen hatte, dass weder Hose noch Hemd passen wollten.

Schlag zehn Uhr stand Paul auf und verabschiedete sich. Er müsse morgen früh raus, um Schilling und Brandt zur Stadthalle zu fahren, sagte er. Sie verabredeten sich für das Wochenende, und schon machte Paul sich auf den Weg.

»Den solltest du dir warmhalten«, sagte Heinz, als Paul gerade zur Tür des Weinhauses verschwunden war. Er trank den letzten Schluck aus seinem Glas. »Nicht nur, dass er ein echt patenter Kerl ist«, fuhr Heinz fort, »mit dem kommst du auch an die großen Kunden.«

»Wie meinst du das denn?«, fragte Joachim. Er spürte,

dass ihm der Wein zu Kopf gestiegen war und die Welt, seine Gedanken und einfach alles sich zu drehen begann.

»Joachim, er ist der Chauffeur von Willy Brandts Berater! Und Brandt ist doch der Bürgermeister von West-Berlin und ein ganz hohes Tier in der SPD. Wenn du mich fragst, dann hat der sogar das Format, mal Kanzler zu werden. Und du hast jetzt die Chance, ihn als Kunden für die Herrenschneiderei zu gewinnen. Stell dir das doch mal vor!«

Joachim griff nach seinem Weinglas, als könnte das das Drehen aufhalten, das sich unter den Worten von Heinz verschlimmert hatte. Er wollte keine neuen Kunden für die Herrenschneiderei. Er wollte überhaupt nichts mehr für die Herrenschneiderei. Er wollte da nur noch raus.

27

»Fräulein Müller, das Fräulein Graf ist hier für Sie.« Die Stimme von Witwe Becker hallte kalt durch den Flur. Edith stand still vor der geöffneten Tür der Villa. Es war ein frostiger Novembertag. Sie musste sich zusammenreißen, um nicht von einem Fuß auf den anderen zu treten, um die Kälte zu vertreiben. Ihr Wintermantel wärmte sie zwar an Armen und Oberkörper, aber nicht an den Beinen.

Ritas Vermieterin hatte die Lippen zu einem schmalen Strich zusammengepresst, der von Sekunde zu Sekunde schmaler wurde. »Fräulein Müller«, rief sie erneut, »haben Sie mich nicht gehört? Sie haben Besuch!«

Endlich war ein Poltern aus der oberen Etage zu hören, gefolgt von dem Knall einer Tür, die laut ins Schloss fiel. Witwe Becker verzog das Gesicht, sagte aber entgegen ihrer sonstigen Art keinen Ton, als Rita die Treppe hinunter an ihr vorbeigelaufen kam.

»Danke«, rief Rita ihr zu.

Ihre Vermieterin warf ihr einen grimmigen Blick über den Rand ihrer filigranen Brille zu, zog sich aber dann mit einem gemurmelten »Die Jugend von heute …« in ihren Salon zurück.

»Ach, das Fräulein Graf«, sagte Rita. »Und ich dachte schon, du gehst mir aus dem Weg.«

Edith sah auf ihre Füße. »Ich … Ja. Nein. Also …«

»Was denn nun? Ja oder nein?«

Edith biss sich auf die Unterlippe.

»Es ist wegen der Unterschriften, oder?«, fragte Rita.

Edith zögerte kurz. »Ja«, antwortete sie schließlich.

»Siehst du, meine Liebe, ich kenne dich doch nur zu gut.«

Edith seufzte laut. »So ist es«, sagte sie. »Wollen wir ein paar Schritte gehen … und nachher noch ins Weinhaus Maternus? Joachim und Heinz werden auch dort sein.«

Rita wiegte den Kopf hin und her. »Draußen ist mir zu kalt, und ich hab noch zu tun.« Sie rieb sich demonstrativ die Oberarme. »Aber ins Maternus komme ich nachher auf jeden Fall mit. Willst du bis dahin mit raufkommen und dir ansehen, was ich nähe? Das wird dich umhauen! Es ist das aktuelle Modell aus der *Burda-Moden.* Du musst den Stoff sehen, der ist ein Traum!« Und damit drehte sie sich um und lief die Treppe nach oben, ohne nachzusehen, ob Edith ihr folgte. Was diese natürlich tat. Sie brannte darauf, das neue Kleid zu sehen und noch mehr, in der aktuellen Ausgabe der *Burda* zu blättern. Sie schloss die Haustür hinter sich, eilte durch den Flur die Treppe hinauf.

Als sie zur Tür von Ritas Zimmer hereinkam, lief die Nähmaschine bereits. Ohne aufzusehen, deutete Rita auf die Zeitschrift, die neben ihr lag. Edith nahm sie zur Hand und riss die Augen weit auf. »Rita! *Das* nähst du dir? Das ist ja todschick!« Auf dem Titelbild war eine Frau mit kurzen roten Haaren zu sehen. Sie trug ein Kleid aus dunkelblauem Jacquard-Stoff. Es hatte einen breiten, ausladenden Kragen, der die Schultern knapp bedeckte und den Hals großzügig frei ließ. Taille und Rock waren schmal geschnitten. Edith sah vom Titelbild zu Rita hinüber. Sie vernähte keinen blauen, sondern einen dunkelroten Jacquard-Stoff, der zu ihrem hellen Haar und der hellen Haut bestimmt erstklassig aussehen würde.

»Aber das ist doch etwas für eine Abendgala oder einen Empfang oder so etwas. Wann willst du das anziehen?«

Rita hielt die Nähmaschine an und wandte sich ihr zu. »Ich werde schon eine Gelegenheit finden, da sei dir mal sicher«, antwortete sie auf ihre kecke Rita-Art. »Und du nähst dir auch so ein Kleid, und dann gehen wir zusammen aus.« Sie drehte sich um und ließ die Nähmaschine wieder surren.

Edith ließ sich auf Ritas Bett fallen, die *Burda-Moden* an den Bauch gedrückt. »Meinst du wirklich?«, fragte sie zweifelnd. »Aber im Leben nicht, wenn ich nicht die Unterschriften für den Lehrvertrag bekomme. Und gerade weiß ich nicht, wie ich meine Eltern überreden soll …« Sie seufzte laut und begann endlich, sich aus ihrem Wintermantel zu schälen.

»Stell sie doch einfach vor vollendete Tatsachen«, sagte Rita laut, ohne die Maschine zu stoppen.

»Vollendet wären die Tatsachen nur, wenn ich selbst den Vertrag unterschreiben könnte, aber das geht ja nicht, weil ich noch nicht großjährig bin! Ich brauche das Einverständnis meiner Eltern.« Edith richtete sich auf und zog den Mantel unter sich heraus.

»Dann sag deinen Eltern, dass du nichts anderes tun wirst, nicht mehr in der Herrenschneiderei hilfst … oder so.« Rita hielt die Maschine an, hob den Nähfuß und schnitt Ober- und Unterfaden ab, bevor sie ein weiteres Schnittteil nahm. Sie klemmte sich einige Stecknadeln zwischen die Lippen und begann, das neue Teil sorgfältig rechts auf rechts an die Nahtkante zu stecken.

»Ach, du glaubst doch selbst nicht dran, dass das funktioniert. Du kennst meine Eltern.«

»Ja, ich kenne sie«, nuschelte Rita durch die Stecknadeln. Sie nahm die letzte aus dem Mund und steckte sie in den Stoff. »Aber ich glaube, wenn du dich ihnen endlich einmal entgegenstellst, werden sie anders reagieren als sonst. Ich meine, bisher warst du immer folgsam. Du weißt doch gar nicht, wie sie sich verhalten, wenn du ihnen zeigst, wie ernst es dir ist. Wie ernst es dir wirklich ist.«

»Ich weiß nicht …«

»Edith! Willst du mir wirklich weismachen, dass du all die Anstrengen unternommen hast, dich in Mehlem zu bewerben, und jetzt knickst du einfach so ein? Nur weil du Angst vor deinem Herrn Papa und deiner Frau Mama hast?«

Mit diesen Worten traf Rita genau ins Schwarze.

»Du musst mit ihnen sprechen. Es gibt keinen anderen Weg.« Rita positionierte die gesteckte Nahtkante unter dem Nähfuß und drehte am Handrad, um die Nadel im Stoff zu versenken, bevor sie die Maschine mit dem Fußpedal startete.

»Ich wollte ja auch mit ihnen sprechen. Direkt, als ich mit dem Vertrag aus Mehlem zurückgekommen bin. Aber dann …«

Das Surren der Maschine verstummte. »Was dann?«

»Heinz hat auf mich gewartet«, sagte Edith kläglich.

»Was ist denn daran so schlimm? Oder seid ihr jetzt wieder mehr als nur Freunde? Hast du mir da auch etwas nicht erzählt?«

»Nein. Wir sind immer noch nur Freunde, aber ich habe jetzt mit ihm geredet.«

»Wie, mit ihm geredet?«

»Na ja, darüber, dass wir auch erst mal Freunde bleiben, aber nicht für immer. Dass er … also … dass er auf mich warten soll.«

»Edith Graf! Was soll das denn? Der arme Heinz. Warum kannst du nicht einfach Ja oder Nein sagen?«

»Rita, du musst das verstehen. Ich liebe ihn. Aber ich muss jetzt erst mal sehen, dass ich mein eigenes Leben auf die Reihe bekomme. Ich will auf meinen eigenen Füßen stehen können. Will als Frau mein eigenes Geld verdienen und selbst darüber entscheiden, bevor ich bereit für mehr bin. Eine Verbindung mit Heinz … das würde mich doch nur wieder einschränken.«

»Und du bist dir sicher, dass du den Heinz liebst?«, fragte Rita zweifelnd.

»Ja, natürlich liebe ich ihn.«

»Wirklich?«

»Ja, wirklich … also, denke ich.«

»Soso, du denkst das. Nun denn. Das wird ja dann gleich ein spannender Abend im Maternus, wenn wir da deinen Bruder und den Heinz treffen.«

»Das wird genauso wie immer«, antwortete Edith leichthin, die nun doch durch Ritas Worte verunsichert war, auch wenn sie das nie zugegeben hätte.

28

Endlich Feierabend. Den ganzen Tag hatte Paul im Auto vor der Godesberger Stadthalle auf Schilling und Brandt gewartet, während der außerordentliche Parteitag der SPD zu Ende gegangen war. Danach hatte er sie nach Bonn zu ihrem Hotel gebracht. Die beiden Herren waren müde gewesen, aber dennoch guter Dinge. So guter Dinge, dass sie Paul während der Fahrt von dem neuen und wegweisenden Grundsatzprogramm der SPD erzählt hatten.

Von der flammenden Rede angesteckt, war auch Paul bester Laune, als er den cremefarbenen Mercedes 300 durch die Bonner Innenstadt zurück auf die B 9 lenkte. Im Gegensatz zu Schilling und Brandt hatte er noch Pläne für den Abend. Er war mit Joachim und Heinz verabredet, die er vor Kurzem kennengelernt hatte. Paul freute sich, in dem Schneider- und dem Bäckergesellen Freunde gefunden zu haben. Es tröstete ihn auch ein wenig darüber hinweg, dass er das Glücksbringermädchen in diesem Jahr noch nicht gesehen hatte.

Paul fuhr am Hochkreuz vorbei nach Bad Godesberg und dort in die Poststraße. Sie hatten sich mal wieder im Weinhaus Maternus verabredet. Er parkte den Wagen an der Seite und stieg aus. Nach dem langen Tag hinter dem Steuer streckte er sich erst einmal ausgiebig, bevor er die Schirmmütze abnahm und auf den Beifahrersitz warf. Den Mantel ließ er im Wagen. Er verschloss die Tür und ging hinüber zum Weinhaus. Es war an diesem Novemberabend schon dunkel und frostig kalt. Paul ging durch die Tür ins Innere des Weinhauses und kniff die Augen ob des wabernden Zigaretten- und Zigarrenrauches zusammen. Er ließ den Blick über die Gästeschar gleiten und sah sie am Tresen sitzen. Sie lachten herzhaft. Schnell ging Paul hinüber und klopfte fest zwischen den beiden hindurch auf die Theke. »Na, die Herren«, fragte er mit strenger Oberlehrerstimme, »was gibt es denn hier so zu lachen?«

Für den Bruchteil einer Sekunde sahen beide ihn erschrocken an, aber dann rief Joachim empört: »Mensch, Paul!«, und Heinz sagte: »Gut, dass du da bist, die Mädchen kommen gleich auch noch.«

»Die Mädchen?«, fragte Paul und nahm auf einem Barhocker neben Joachim Platz.

»Meine Zwillingsschwester und ihre beste Freundin«, antwortete Joachim.

»Du hast eine Zwillingsschwester?«

»Seit jetzt schon gut zwanzig Jahren.« Joachim zwinkerte.

»Soso.« Joachim hatte also eine Zwillingsschwester. Das war spannend. »Aber wieso nur zwei Mädchen, wo wir doch drei Kerle sind?«, fragte er mit einem Grinsen.

»So ein Treffen ist das nicht!«, antwortete Heinz mit einer ungewohnten Schärfe in der Stimme. Paul verstand nicht, warum er so gereizt auf seine als Witz gemeinte Frage reagierte. Entschuldigend hob er die Hände. »Ist ja schon gut. Heute also keine Brautschau.« Er lächelte Heinz zu, der die starre Miene nicht bewegte. Paul sah zu Joachim, der den Mund zu einer Grimasse verzogen hatte. Was war nur los? Wo war das Problem? Kurz überlegte Paul, genau das laut zu fragen, beschloss dann aber, es einfach sein zu lassen. Es war ein langer Arbeitstag gewesen, er hatte keine Kraft mehr, einen möglichen Streit auszufechten, und vielleicht erklärte sich Heinz' Verhalten auch schon, wenn die Mädchen erst einmal da waren.

Sie unterhielten sich schon eine ganze Weile angeregt, als Joachim aufsah und mit einem Mal zu winken begann. Paul folgte seinem Blick und riss die Augen auf. War das wirklich möglich? Sein Glücksbringermädchen kam mit einer etwa gleichaltrigen Frau mit hellen Haaren, die sicherlich Joachims Zwillingsschwester sein musste, zur Tür herein. Das war doch ein Zufall, und was für einer! Ausgerechnet seine neuen Freunde waren mit seinem Glücksbringermädchen bekannt. Wie klein die Welt doch war.

Die Frauen legten ihre Mäntel an der Garderobe ab. Beide waren gleich gekleidet, trugen weite Röcke, dazu Bluse und kurze Strickjäckchen, die Haare zum Pferdeschwanz gebunden. Aber nur sein Glücksbringermädchen hatte ein Band im Haar, ein blaues, wie er es oft bei ihr gesehen hatte. Er hatte die beiden auch schon einmal zusammen gesehen, fiel ihm jetzt ein, damals, als ihm zum ersten Mal aufgefallen war, dass diese junge Frau ihm Glück brachte. Er betrachtete die beiden genauer. Joachim hatte gesagt, seine Schwester und deren beste Freundin würde kommen. Er blickte zwischen Joachim und den beiden jungen Frauen hin und her. So richtig ähnlich sah ihm keine der beiden, wenn man von den hellen Haaren der einen absah. Dabei hatte er immer gedacht, dass man bei Zwillingen eine starke Ähnlichkeit würde sehen müssen. Wenn er da an seinen Bruder Hannes und sich selbst dachte … sie hatten noch nie verheimlichen können, dass sie Brüder waren.

»Wie heißt deine Schwester?«, fragte er Joachim.

»Edith.«

»Und die Freundin?«

»Rita. Aber nimm dich vor der in Acht. Die ist … Wie soll ich das sagen? Die ist immer ziemlich vorlaut und aufgedreht.«

Paul sah zu seinem Glücksbringermädchen. Aufgedreht und vorlaut? Das konnte er sich gar nicht vorstellen.

»Edith!«, rief Heinz begeistert in Richtung des Glücksbringermädchens aus.

Paul zog die Brauen zusammen. Er stieß Joachim mit dem Ellenbogen an und deutete auf das Mädchen mit den braunen

Haaren und dem blauen Band. »Das ist deine Zwillingsschwester?«, fragte er ungläubig.

»Ja«, bestätigte Joachim mit einem Nicken. »Das ist meine Schwester Edith.«

*

»Edith, Rita, das ist Paul. Paul, das sind meine Schwester Edith und ihre Freundin Rita.«

Edith musterte den fremden jungen Mann. Seiner Kleidung nach zu urteilen war er Chauffeur. Ihr fiel sofort auf, dass die Livree keine Maßkleidung war, dafür war sie an den Armen minimal zu kurz und das Hemd etwas zu eng, so wie es über den breiten Schultern und der Brust spannte. Dennoch konnte sie nicht abstreiten, dass ihn gerade das attraktiv machte. Er war ein kräftiger Kerl, hatte große Hände, ein markantes Kinn, eine gerade Nase und, wie Edith nun feststellte, kleine Grübchen, wenn er lächelte. Und dann erst die Augen. Dunkel und seltsam intensiv. Er warf ihr einen Blick zu, den Edith nicht deuten konnte, der sie aber in Verlegenheit brachte. Daher nickte sie ihm nur schnell zum Gruß zu und beeilte sich, bei der Bedienung hinter dem Tresen eine Weinschorle zu bestellen.

»Du musst Chauffeur sein«, wandte sich Rita an Paul, sie brachte so schnell nichts in Verlegenheit. »Wen fährst du denn?«

»Rudolf Schilling, das ist ein enger Vertrauter und Berater vom Berliner Bürgermeister Willy Brandt«, antwortete Paul, und Edith horchte auf. Das war wirklich interessant.

»Was? Das muss ja aufregend sein. Was der wohl so erzählt?«, fragte Rita.

»Na ja, so wirklich gesprächig ist er nicht.« Paul zog die Lippen zu einem halb entschuldigenden Lächeln hinauf.

»Was denn?«, empörte Rita sich. »Du sagst doch, dass er

den Willy Brandt berät, wie kann er denn da nicht gesprächig sein?«

Paul zuckte mit den Schultern. »Genauso ist es aber. Privat ist Schilling kein Mann großer Worte. Brandt übrigens auch nicht.«

»Das hätte ich aber nicht vermutet«, sagte Rita.

»Es gibt so einiges, was man bei Schilling nicht vermuten würde«, sagte Paul. Ganz leise, mehr zu sich selbst. Edith hatte es gerade eben so verstehen können. Aber auch ihre beste Freundin hatte Ohren wie ein Luchs. »Was denn?«, fragte sie nämlich jetzt laut.

»Ach … also … nein, das kann ich jetzt nicht sagen.« Paul hob die Hand und fuhr sich damit über den Nacken. Eine Geste, die ihn verlegen aussehen ließ, aber auch süß.

»Dann sagst du es uns also später?«, fragte Rita, wie immer ganz die Neugier in Person. Sie hatte sich zu Paul hinübergebeugt und die Hand auf seinen Arm gelegt, wie Edith mit einem Stich der Eifersucht feststellte.

Paul schüttelte den Kopf. »Nein«, sagte er, »auch später nicht. Ich … ich hätte nicht damit anfangen sollen.« Edith entging nicht, dass er den Arm unter Ritas Hand zurückzog.

»Mädels«, mischte sich Joachim ein, »lasst doch mal von dem armen Paul ab!«

»Ist schon gut, lass sie nur.« Paul grinste mit einem Mal wieder ganz selbstbewusst. »Sie bekommen eh nichts aus mir heraus, was das angeht.« Er bedachte Rita mit einem gespielt strengen Blick und hinderte sie damit daran, etwas zu erwidern. »Und nein, ich werde auch nicht sagen, was ich mit *das* gemeint habe.«

Rita zog eine Schnute, und Edith konnte sich ein Grinsen nicht verkneifen. Gegen ihren Willen musste sie zugeben, dass Paul ihr gefiel. Er war gewitzt, er war charmant, und obendrein sah er auch noch wirklich gut aus. Die vollen Lippen, das markante Kinn und dann erst die Augen. Diese dunklen Augen, die ihr wieder einen seltsam intensiven Blick zuwarfen und sie für einen Moment gefangen hielten. Ediths Herz begann, schneller zu schlagen. Was hatte das nur zu bedeuten? Schnell wandte sie den Blick ab, musterte die Regale hinter dem Tresen, in denen sich Gläser und Flaschen stapelten. Jemand berührte ihren Arm, und Edith stellte fest, dass sich Heinz zwischen sie und Paul geschoben hatte, die Miene unbewegt. Hatte Edith nicht noch wenige Stunden zuvor Rita gegenüber behauptet, mit Heinz würde alles so sein wie immer? Das hier war definitiv nicht so wie immer. Hatte Heinz die Blicke bemerkt? Oder gar, dass Ediths Herz nun fest in ihrer Brust schlug? Sie nahm einen Schluck von ihrer Weinschorle. Heinz. Paul. Sie wollte doch nur auf eigenen Füßen stehen. Sie nahm einen weiteren Schluck. Vielleicht überinterpretierte sie gerade alles? Vielleicht war es besser, einfach nur den Abend zu genießen und sich weiter keine Gedanken zu machen? Sie trank einen großen Schluck. Ja, das war das Beste.

Der Abend war schnell vorüber. Sie erzählten, tranken, lachten, und schon war Edith mit Rita auf dem Heimweg. Die Männer hatten sie im Weinhaus zurückgelassen.

»Na«, sagte Rita, als sie am Bahnhof vorbeigingen. Sie grinste breit. »Da hat aber jemand sein Herz verloren.«

Edith blieb stehen. »Was?«, fragte sie.

»Du und der Paul, ihr habt euch ständig angesehen, und wie du an seinen Lippen gehangen hast …«

Edith spürte, wie ihr die Hitze in die Wangen schoss.

»Der ist aber auch ein Leckerchen«, sagte Rita und grinste noch mehr. »Diese breiten Schultern … hast du gesehen, wie sein Hemd gespannt hat?«

»Ja«, erwiderte Edith schnippisch. Natürlich hatte sie gesehen, wie attraktiv Paul war, aber dass es auch Rita aufgefallen war, passte ihr seltsamerweise nicht. Dabei sollte ihr das doch eigentlich egal sein. Es war ja nicht so, als hätte sie Interesse an diesem Mann, oder?

Ich weiß einfach nicht, was ich will, dachte Edith resigniert. *Heinz. Paul.*

Sie sah zu Rita, die ihr ein paar Schritte vorausgegangen war, sah den weiten Rock, der unter dem Wintermantel hervorlugte. Ein weiteres Kleidungsstück, das Rita sich selbst genäht hatte.

Nein, dachte Edith. *Es gibt etwas, von dem ich ganz genau weiß, dass ich will: einen Lehrplatz in Mehlem!*

Sie beeilte sich, zu ihrer Freundin aufzuschließen. Sie musste endlich mit den Eltern sprechen. Das konnte sie nicht mehr länger vor sich herschieben.

29

»Mutter, wir müssen reden«, sagte Edith, als sie noch nicht ganz durch die Küchentür getreten war. Es war noch dunkel zu dieser frühen Morgenstunde. Edith freute sich schon auf die Tage, an denen es wieder früher hell wurde. Die Dunkelheit am Morgen und am Abend war erdrückend. Heute ging es einigermaßen, aber auch nur, weil sie ein festes Ziel vor Augen hatte: Sie würde die Eltern vor vollendete Tatsachen stellen, so wie es Rita vorgeschlagen hatte.

»Was ist denn passiert?«, fragte die Mutter. Die Falte, die sie seit Wochen auf ihrer Stirn trug, vertiefte sich.

Edith wusste, dass die Mutter in großer Sorge um den Vater war, sie wusste, dass sie sie nun überrumpeln würde, aber es musste sein. Sie konnte nichts am Gesundheitszustand des Vaters ändern, und sie würde das nicht mehr zwischen sich und ihre Zukunft kommen lassen.

»Es ist etwas Wichtiges passiert«, sagte Edith deshalb mit fester Stimme. »Etwas, das mein Leben und damit auch eures verändern und bereichern wird.« Sie setzte sich an den Küchentisch und legte die Mappe mit dem Lehrvertrag neben sich.

Die Miene der Mutter wandelte sich schlagartig. Von besorgt zu freudig. »Edith«, rief sie, »mein Kind. Wirst du den Heinz heiraten?«

Edith biss die Zähne aufeinander. Natürlich, eine Hochzeit. Das war das Einzige, was für die Eltern zählte, das war das Einzige, was in ihren Augen Ediths Leben noch verändern und bereichern konnte. Ihrer Meinung nach hätte Edith damit ausgesorgt. Fehlten nur noch Kinder, und alles wäre perfekt. Am besten zwei Jungs, die ein Handwerk lernen konnten.

Schneider oder Bäcker, etwas Anständiges eben, wie es sich für einen Jungen gehörte. Edith musste sich beherrschen, um nicht laut aufzuschnauben.

»Nein, Mutter«, sagte sie, bemüht um einen ruhigen Ton, »ich werde nicht heiraten. Der Heinz und ich sind nicht mal ein Paar.«

Wieder wandelte sich die Miene der Mutter in Sekundenbruchteilen. Entsetzen und Bestürzung waren nun deutlich abzulesen. »Aber du triffst dich doch so oft mit ihm allein.«

Edith erwiderte nichts.

»Edith Graf! Mein Fräulein! Hast du denn gar keinen Anstand? Oh, wie gut, dass deine Großeltern das nicht mehr miterleben müssen. Ich sag dir eins, junge Dame, wenn das dein Opa Hein mitbekommen hätte, dann hättest du aber was erleben können!«

»Mutter«, rief Edith, »Mutter, ich ...«

Weiter kam sie nicht, denn die Mutter sah sie jetzt mit einem scharfen Blick an. Mit einem Mal wich alle Farbe aus ihrem ohnehin schon blassen Gesicht. »Edith«, sagte sie mit erstickter Stimme, »du willst mir doch gerade nicht erzählen, dass du in Not geraten bist?« Sie warf ihr einen mehr als beunruhigten Blick zu. »Du bist doch nicht etwa in anderen Umständen? Oder?«

Fast hätte Edith aufgelacht. Was dachte die Mutter nur von ihr? Kannte sie ihre eigene Tochter so wenig, dass sie ihr so etwas zutraute? Dieser Gedanke machte sie wütend. »Mutter«, sagte Edith mit bebender Stimme, »hast du wirklich so wenig Vertrauen zu mir?"

»Wie kannst du es wagen, so mit mir zu sprechen?«, fragte die Mutter mit hochrotem Kopf, die Fäuste geballt.

»Wie ich es wagen kann? Du darfst mir unterstellen, ich hätte mich mit jemandem eingelassen, hätte meine Jungfräulichkeit verloren, und ich? Ich darf diese Unverschämtheiten noch nicht einmal infrage stellen?« Mit jedem Wort war Edith lauter geworden.

»Was sind denn das plötzlich für Töne? Wie kannst du nur … wie …« Die Mutter rang sichtlich um ihre Fassung, stütze sich mit den Fäusten an der Anrichte auf.

Edith atmete tief ein und aus. Sie musste an ihr Ziel denken. Mit Wut würde sie nie an die Unterschriften kommen. »Du musst doch verstehen, dass ich nicht mehr das kleine Mädchen bin, das du noch immer in mir siehst. Schon lange nicht mehr.«

»Du bist doch gerade mal …«, setzte die Mutter an, aber Edith unterbrach sie: »Ich weiß, wie alt ich bin. Sehr genau weiß ich das. Glaub mir, wenn ich schon älter wäre, hätte ich dieses Gespräch gar nicht erst beginnen müssen.«

Die Mutter sog geräuschvoll Luft durch die Nase ein. »Worauf willst du eigentlich hinaus?«

»Ich mag ja vielleicht erst zwanzig Jahre alt sein und noch nicht einundzwanzig, aber ich weiß schon jetzt, was ich will. Ich weiß, dass das bei dir damals noch anders war, aber die Zeiten ändern sich … ich ändere mich. Um ehrlich zu sein: Ich habe mich schon längst geändert.«

»Das ist mir durchaus aufgefallen«, erwiderte die Mutter trocken.

»Wie kann es sein«, fuhr Edith fort, »dass du dich über eine Hochzeit freuen würdest, aber nicht über etwas anderes? Für eine Hochzeit reicht es scheinbar, gerade erst zwanzig zu sein? Weiß man da schon früher, was gut für einen ist?«

»Wovon sprichst du?«

»Ich spreche von einer Lehre!«

Die Mutter stöhnte laut auf. »Edith! Nicht schon wieder dieses alte Lied. Wie oft haben wir denn schon darüber gesprochen?«

»Oft«, stimmte Edith zu, »aber bisher war es nur ein entfernter Traum von mir – jetzt ist es real.« Sie nahm die Mappe zur Hand und öffnete sie. Wortlos reichte sie der Mutter den Vertrag. Diese nahm ihn mit großen Augen entgegen und mit jedem Wort, das sie las, wurden die Augen noch größer.

»Kind! Wo hast du das her?«

Edith biss die Zähne so fest zusammen, dass ihr Kiefer schmerzte. Die Mutter tat ja gerade so, als habe sie jemanden überfallen, um an den Lehrvertrag zu gelangen. »Wo soll ich den schon herhaben?«, sagte sie. »Den Sommer über habe ich bei Rita das Nähen gelernt, und vor ein paar Tagen war ich zum Vorstellungsgespräch bei Klemens in Mehlem. Im neuen Jahr kann ich anfangen.«

»Was?« Die Mutter schlug fassungslos die Hände an die Wangen.

»Ich brauche nur eure Unterschriften, das ist alles. Dann kann ich im neuen Jahr meine Lehre zur Damenschneiderin beginnen«, sagte Edith langsam und deutlich.

»Nein«, die Mutter schüttelte den Kopf, »nein, das geht nicht.« Sie stieß sich von der Anrichte ab und ging zwei Schritte bis zum nächsten Küchenstuhl, auf dem sie niedersank wie ein Ballon, dem die Luft ausgeht. Den Vertrag hielt sie immer noch in Händen.

Edith atmete tief ein und lange aus. »Doch«, sagte sie und nahm den Lehrvertrag wieder an sich, »ich brauche die Unterschriften, und ihr werdet sie mir geben. Du und Vater.«

»Nein. Damit kannst du nicht auch noch deinen Vater belasten. Nicht, wo es ihm so schlecht geht.«

Jetzt lachte Edith doch auf. »Es geht ihm doch schon lange so schlecht, und Besserung ist nicht in Sicht. Da werde ich ihn wohl oder übel jetzt belasten.« Das letzte Wort sprach sie besonders betont aus.

»Ich verstehe das nicht. Wie oft habe ich dir gesagt, dass du keine Lehre brauchst? Ich habe auch keine Lehre gemacht. Wozu auch? Ich habe deinen Vater geheiratet, dafür brauchte ich keine Lehre. Und bevor du wieder etwas sagst: Ich führe ein gutes Leben!«

»Für dich mag das ja ein gutes Leben sein, aber meine Vorstellung von einem guten Leben sieht anders aus.«

Die Mutter erwiderte zunächst nichts. Sie sah nur noch müde und erschöpft aus, wischte sich mit beiden Händen über das Gesicht. Dann flüsterte sie durch die Hände hindurch: »Womit habe ich das nur verdient?«

Stille breitete sich in der Küche aus. Eine schwere, bleierne Stille. Edith hatte das Gefühl, dass sie davon erdrückt würde. Sie war immer klein gehalten worden, hatte sich immer nur fügen müssen, nur tun, was die Eltern für richtig hielten – und dann das? Dann dieser Satz? Nach allem, was die Mutter ihr eben vorgeworfen hatte?

»Womit du das verdient hast? Das fragst du? Ich könnte das fragen. Ich muss das fragen!« Edith war aufgesprungen, das Gesicht rot vor Zorn. »Es reicht mir! Es reicht mir so was von! Ich werde Vater nach der Unterschrift fragen. Jetzt! Ich werde diese vermaledeite Unterschrift von ihm verlangen, das ist es, was ich tun werde!«

Edith polterte die Treppe hinauf und über den Flur zum elterlichen Schlafzimmer. Nein! Das war zu viel des Guten. Sie war es leid, sich immer einfach nur so abspeisen zu lassen. Sie hatte ein Recht darauf, eine Lehre zu machen. Sie hatte das Recht, sich ein eigenes, gutes Leben aufzubauen.

Ohne anzuklopfen riss sie die Tür auf und stürmte in das Zimmer. Die Vorhänge waren fast völlig zugezogen, die Luft abgestanden. Es roch nach Staub und Krankheit.

Edith stürzte zum Fenster und riss erst den einen, dann den anderen Vorhang zur Seite. Obwohl zu dieser frühen Stunde nur wenig Licht von der Straßenlaterne hineinschien, wendete der Vater sich stöhnend ab. Er wollte scheinbar etwas sagen, aber das ging in einer Hustensalve unter. Edith nahm keine Rücksicht darauf und riss auch noch das Fenster weit auf, um frische Luft in den kranken Raum zu lassen. Sie musste klar denken, musste atmen können.

Die Mutter erschien in der Tür und eilte zu ihrem hustenden Mann. »Richard, ich … Edith …«, begann sie.

»Nein, Mutter, jetzt bin ich dran mit Reden«, sagte Edith wütend. »Ich lasse mir den Mund nicht mehr verbieten, und erst recht lasse ich mir von euch nicht meine Zukunft zerstören!« Edith spürte, wie ihr heiße Tränen über die Wangen liefen, aber sie wischte sie nicht fort. Sollten die Eltern doch sehen, dass sie weinte, sollten sie doch sehen, wie viel Schmerz und Leid sie ihr zufügten.

»Was habt ihr davon, wenn ihr mir alles verbietet? Wollt ihr nur eine kostenlose Arbeitskraft für die Schneiderei? Ist es das? Oder warum untersagt ihr mir, eine Lehre zu machen, mein eigenes Geld zu verdienen und endlich etwas zu tun, was mir Freude macht?« Wütend sah Edith die Eltern an. Der Vater begann zu husten, und der Mutter hatte es scheinbar die Sprache verschlagen.

»Wie könnt ihr meine Eltern sein, wenn ihr mir nichts gönnt? Ich habe manchmal das Gefühl, ihr kennt mich gar nicht!«, rief Edith. Der Zorn ließ ihre Stimme beben.

Wieder antworteten die Eltern nicht, sondern warfen sich nur einen langen Blick zu. Schließlich ergriff der Vater die Hand der Mutter und sagte heiser: »Wir müssen es ihr endlich sagen.«

»Nein, Richard, nein, das können wir nicht. Wir haben doch beschlossen, dass wir es ihr erst sagen, wenn sie erwachsen ist.«

Edith verstand nicht, wovon die Eltern sprachen. Sie wollte doch mit ihnen über ihre Lehre reden, die Unterschriften von ihnen verlangen, und nun das? Was hielten die Eltern vor ihr geheim?

»Helene, Liebes. Es ist Zeit. Schau sie dir an. Sieh, wie groß sie ist. Wir …« Er hustete. »Wir müssen es ihr endlich sagen. Wer weiß, wie viel Zeit mir noch bleibt.«

Edith wurde heiß und kalt zugleich. Was mussten die Eltern ihr sagen? Worum ging es hier?

Die Mutter warf ihr einen besorgten Blick zu, dann sah sie wieder zum Vater. »Bist du dir wirklich sicher?«

Ein neuerlicher Hustenanfall schüttelte den Vater. »Ja … Ich bin …« Noch einmal hustete er laut. »Ich bin mir sicher. Wir … wir müssen es ihr endlich sagen.«

»Was müsst ihr mir sagen?«, fragte Edith laut dazwischen. Ihre eigene Stimme klang fremd in ihren Ohren. Sie sah zu Vater und Mutter. Die beiden tauschten wieder einen langen Blick, dann wandte sich der Vater an sie. Er sagte fünf Worte: »Wir sind nicht deine Eltern.«

Fünf Worte.

Fünf kleine Worte, und dennoch hatte Edith das Gefühl, man habe ihr soeben den Boden unter den Füßen weggezogen. Sie versuchte zu verstehen, was damit gemeint war. Es wollte nicht in ihren Kopf. Es ergab keinen Sinn. Sie schwankte, stützte sich am Fensterbrett ab.

»Edith«, sagte die Mutter nun mit sanfter Stimme, »wir lieben dich, haben dich vom ersten Tag an geliebt, als wärst du unsere eigenes, aber du bist nicht unser leibliches Kind.«

»Was soll das heißen?«, rief Edith, und ein neuer Gedanke kam ihr in den Sinn: »Was ist mit Joachim? Was …« Die Stimme versagte ihr, und noch mehr Tränen liefen über ihre Wangen.

»Joachim ist unser Sohn.«

»Aber wir sind doch Zwillinge!«, rief sie mit erstickter Stimme durch den Tränenvorhang, obwohl sie doch schon längst wusste, dass die Mutter recht hatte. Wie oft hatte sie sich gefragt, warum sie so anders aussah als Joachim und die Eltern. Warum ihre Haare so viel dunkler waren als die ihres

Bruders und ihrer Eltern. Warum sie so viel kleiner und zierlicher war.

»Nein, Edith, ihr seid keine Zwillinge«, sagte die Mutter leise.

»Aber ... ich verstehe das alles nicht. Was ist es dann? Eine große Lüge? Warum?«

Mutter und Vater sahen sich lange an. Ihr Schweigen deutete Edith als Zustimmung. »Also war alles nur eine Lüge«, sagte sie. »Mein ganzes Leben ist nichts als eine Lüge.«

»Nein, Edith! So darfst du das nicht sehen«, sagte die Mutter, und der Vater fügte hinzu: »Du bist unser Kind. Vielleicht nicht unser leibliches, aber du bist unser Kind, unsere Tochter.«

»Wer sind dann meine wahren Eltern? Und warum haben sie mich weggegeben?« Ediths Stimme brach, sie holte Luft.

»Sie haben dich nicht weggegeben, Liebes«, sagte die Mutter und schluchzte noch einmal.

»Es hört sich aber danach an. Wer sind sie? Warum bin ich nicht bei ihnen?«

»Mein Meister«, antwortete der Vater mit rauer Stimme, »der Mann, dem vorher die Schneiderei gehörte, er ist dein leiblicher Vater.«

Edith brauchte einen Moment, diese Information zu verarbeiten. Sie hörte die Stimme von der Witwe von Hartwig in den Ohren, wie sie leise wisperte: »Weil die Schneiderei vorher einem Juden gehört hat. Sein Name war Aaron Stern.«

Ediths Herz setzte mehrere Schläge lang aus. Ihr Vater war Jude. Sie war eine Jüdin! Eine Jüdin, die von einem Nationalsozialisten geraubt wurde! Einem Nazi, der behauptete, sie sei sein Kind! Die Wut, die sie zunächst die Treppe bis ins Krankenzimmer hinaufgetrieben hatte, kehrte mit voller Wucht zurück. »Dann hast du ihm nicht nur das Geschäft weggenommen, sondern obendrein noch sein Kind?«, schrie sie. »Wie konntest du nur? Wie konntest du das nur tun? Und du«, sie sah die Mutter an, »du hast bei alldem mitgemacht. Du bist keinen Deut besser! Soll ich euch beiden etwas sagen? Ich bin froh, dass ich nicht eure Tochter bin. Von ganzem Herzen bin ich froh!«

»Edith, wovon sprichst du?«, fragte die Mutter, sichtlich verwirrt.

»Wovon ich spreche? Das musst du noch fragen?« Ihre Stimme überschlug sich, so war sie außer sich. Wie hatte sie nur jemals diesen Menschen vertrauen können, wie hatte sie sich nur jemals bei ihnen geborgen und zugehörig fühlen können?

»Edith«, sagte der Vater leise. Sein Gesicht sah besorgt aus. Früher wäre sie darauf hereingefallen, aber jetzt nicht mehr! Jetzt wusste sie, dass alles nur eine große Lüge war, eine Farce! Immer mehr Tränen liefen über ihre Wangen.

»Was seid ihr nur für furchtbare Menschen!« Sie funkelte die beiden zornig an.

»Edith, sag uns doch endlich, wovon du sprichst, in Dreigottesnamen!«, nun war auch die Mutter wütend.

Edith lachte spitz auf. »Hört mir bloß mit Gott auf! Als wenn ihr an Gott glauben würdet! Ich kenne euer Geheimnis! Ich weiß alles! Vor allem von dir … Vater.« Das letzte Wort spuckte sie aus, die Stimme kalt.

»Kind, ich weiß wirklich nicht, wovon du sprichst«, sagte die Mutter wütend. Sie sah zum Vater: »Oder weißt du es, Richard?«, fragte sie. Beide sahen sich ratlos an.

Edith reichte es mit diesem Laientheater. Dachten die Eltern wirklich, sie könnten sie für dumm verkaufen? Sie straffte die Schultern und holte lautstark durch die Nase Luft. »Ich spreche davon, dass ihr beiden schreckliche Nazis seid! Dass ihr Aaron Stern – meinem Vater! – das Geschäft und auch das Kind genommen habt!«

»Wie kommst du nur auf solche unhaltbaren Verdächtigungen? Dein Vater und ich … Nazis? Edith!« Die Stimme der Mutter bebte.

»Doch! Ich weiß es ganz genau. Ich habe mitbekommen, wie der eine Kunde aus dem Laden gestürmt ist. Wie er geschrien hat, dass er mit einem wie dir«, Edith deutete auf den Vater, »nichts zu tun haben will! Und ich weiß, was er damit gemeint hat. Er will nichts mit einem Nazi zu tun haben und ich auch nicht.« Zornig sah Edith den Vater an.

»Von welchem Kunden redest du?«, fragte dieser. Wieder hustete er. »Edith! Du sprichst in Rätseln.«

»Du weißt doch, wen ich meine. Den Herrn im Leinenanzug. Der, der nach so viel Geld ausgesehen hat! Letztes Jahr im Spätsommer war das. Joachim hat ihn ins Anprobenzimmer geführt und dann hast du übernommen. Und kaum warst du mit dem Kunden allein, da ging die Schreierei los!«

Edith sah, wie der Vater überlegte und sich schließlich Erkenntnis auf seinem Gesicht abzeichnete. »Das hast du falsch verstanden«, sagte er ruhig.

»Was gab es da falsch zu verstehen? Der Mann hat es gewusst, und ich weiß es jetzt auch.«

»Edith«, sagte der Vater, immer noch ruhig, »es war andersherum.« Er hustete. »Der Mann in dem Leinenanzug war ein Nazi. Ein Bonze, ein ganz hohes Tier. Ich habe ihn wiedererkannt, und dann habe ich ihn aus dem Laden geworfen. Weil ich nämlich ihn und seinesgleichen nicht bediene!«

Die Worte trafen Edith wie Ohrfeigen. Unfähig etwas darauf zu erwidern, klappte ihr nur der Mund auf. Sie schlug sich die Hände vor das Gesicht. War das wieder nur ein neuer Versuch, eine weitere Lüge? Oder war es doch die Wahrheit? Hatte sie die ganze Zeit so falsch gelegen? War es so, wie der Vater sagte: andersherum?

»Ganz genau«, sagte der Vater, »und glaub mir, an diesem Tag habe ich viele meiner besten Kunden verloren, weil sie – wie sich dann herausstellte – mit von der Partie waren. Und auch wenn es ein herber finanzieller Verlust war, ein ganz herber, so bin ich doch froh um jeden Einzelnen von denen, der nicht mehr zu mir kommt!«

Edith überlegte fieberhaft. Die neuen Informationen wirbelten mit den alten Erkenntnissen wild in ihrem Kopf durcheinander. »Aber … aber … was ist mit dem anderen?«

»Wen meinst du denn jetzt?«

»Der war auch letztes Jahr da. Spät im Jahr, im November oder so. Draußen lag Schnee. Weißt du nicht mehr? Der hatte so einen Gehstock.«

Wieder überlegte der Vater kurz, dann sagte er: »Ah! Aber natürlich. Du meinst bestimmt den alten Simon Strauss.«

»Der war doch auch ein Nazi, oder nicht?« Es fiel Edith schwer, mit fester Stimme zu sprechen. »Warum hast du dem nicht die Tür gewiesen?«

»Wer erzählt denn solche unhaltbaren Sachen? Wie kommst du nur darauf, dass Simon Strauss ein Nazi sein soll?«

»Weil … er hat mich mit so einem grausamen Blick bedacht und dann das Gesicht …« Edith versagte die Stimme. Bei der Erinnerung an den Blick, den der alte Mann ihr zugeworfen hatte, lief es ihr wieder eiskalt den Rücken hinunter.

»Du kannst doch einem Menschen nicht eine Vergangenheit als Nationalsozialist andichten, nur weil du sein Gesicht oder seinen Ausdruck nicht magst!« Der Vater sah sie streng an. »Simon Strauss ist weit entfernt davon, ein Nazi zu sein. Er ist, ebenso wie dein Vater es war, ein Jude. Er ist zu uns gekommen, weil er auf der Suche nach seinem Freund war, nach deinem Vater.« Wieder hustete er, bevor er ganz leise hinzufügte: »Aber ich musste ihm sagen, dass ich seit deiner Geburt nichts mehr von Aaron und seiner Frau Ruth gehört habe. Dass ich vermute, dass sie …« Den Rest des Satzes ließ er in der Luft hängen, doch in Ediths Kopf hallte eine laute Stimme: … *dass sie tot sind.*

Edith fühlte, wie ihre Beine mit einem Mal nachgaben, dann wurde es schwarz um sie.

30

Als sie am ersten Weihnachtsfeiertag erwachte, fühlte Edith sich seltsam. Sie hatten den gestrigen Heiligen Abend gefeiert wie so viele zuvor – dennoch war es anders gewesen. Das Wissen um ihre wahre Herkunft, darüber, dass Helene und Richard Graf nicht ihre Eltern und Joachim nicht ihr Bruder war, hatte Edith in einen Zustand versetzt, in dem sie das Gefühl hatte, schwerelos in einem luftleeren Raum zu schweben. Ihr ganzes Leben war durcheinandergewirbelt, und sie wusste nicht mehr, wo sie Halt finden sollte.

Nachdem sie im elterlichen Schlafzimmer wieder zu sich gekommen war, hatten sie lange geredet. Die Eltern hatten ihr alles erzählt: Wie die Hebamme das Risiko eingegangen war, Edith – die zu diesem Zeitpunkt bereits einen Tag alt war – in der Nacht von Joachims Geburt durch die Straßen zu den Grafs zu tragen, wie sie Joachims Geburt zu einer Zwillingsgeburt erklärt hatten, nur damit Edith in Sicherheit war. Edith, die in Wahrheit Esther hieß: Esther Stern. Doch noch in dieser Nacht hatte der Krieg begonnen, und der Name war zu auffällig. So musste ein anderer her, einer, der nicht mit ihrer wahren Herkunft in Verbindung gebracht werden konnte. Den Anfangsbuchstaben, das »E«, hatten die Eltern ihr gelassen. Und so war aus Esther Stern Edith Graf geworden.

Als sie gestern in der Kirche gesessen und die Lieder mitgesungen hatte, ohne wirklich auf den Text zu achten, hatte sie nur eines beschäftigt: Wer war sie? War sie Edith oder war sie Esther? Durfte sie überhaupt noch Weihnachten feiern, oder musste sie sich jetzt mit Chanukka beschäftigen? Die Fragen rotierten durch ihren Kopf, wiederholten sich immer und immer wieder, bis die einzelnen Worte keinen Sinn mehr ergaben.

Das Weihnachtsessen und die Bescherung im Graf'schen Wohnzimmer waren trotzdem sehr schön gewesen. Sie hatten alles so gemacht wie immer. Selbst Joachim, der es am gleichen Tag wie sie erfahren hatte, verlor kein Wort darüber.

Edith schlug das Plumeau zurück und setzte sich auf. Ihre nackten Zehen berührten den kalten Boden. Wenn sie ehrlich mit sich war, dann war sie froh, dass alle schwiegen und alles so war wie immer. Sie war das Kind jüdischer Eltern, das wusste sie nun, aber sie wusste nicht, was sie mit dieser Erkenntnis für sich selbst anfangen sollte.

Sie ließ sich wieder ins Bett zurückfallen, schob die kalten Füße tief unter das Plumeau und starrte an die Decke. Vielleicht sollte sie sich lieber über greifbare Dinge freuen, statt sich den Kopf weiter zu zermartern. Sich darüber freuen, dass sie nach der Aussprache mit den Eltern die Unterschriften für den Lehrvertrag erhalten hatte, dass mit dem neuen Jahr ein neues Leben für sie begann. Ein Leben, wie sie es sich immer gewünscht hatte. Mit mehr Freiheit und mehr Selbstbestimmung. Das war gut, das war etwas, an dem sie sich festhalten konnte, das ihr Sicherheit gab.

Edith stellte sich gerade vor, wie sie demnächst mit Rita zusammen jeden Morgen zur Damenschneiderei *Kurt Klemens Modelle* fahren würde, als es an der Tür läutete. Verwundert drehte sie sich im Bett zur Seite und warf einen Blick auf ihren Wecker. Es war noch nicht einmal acht. Wer konnte das sein? Wer klingelte am ersten Weihnachtsfeiertag um diese Uhrzeit? Edith setzte sich wieder auf und lauschte. Sie hörte Rumoren in der unteren Etage: Die Haustür wurde geöffnet, unverständliche Worte gesprochen. Schnelle Worte, die sich durch die Villa bewegten und im Wohnzimmer verklangen. Dann herrschte für einen Moment Ruhe, bis Edith hörte, wie die Tür vom Wohnzimmer aufgerissen wurde, wie laute

Schritte durch den Flur polterten und die Haustür mit einem lauten Krachen ins Schloss fiel. Schnell sprang sie aus dem Bett und zog sich an. Sie wollte wissen, was dort unten vor sich ging.

Als sie die Tür zum Wohnzimmer öffnete, sah sie die Witwe von Hartwig auf dem Sofa sitzen. Sie sah aus, als habe sie ein Gespenst gesehen.

»Tante Käthe!«, rief Edith besorgt, »was machst du denn in aller Herrgottsfrühe hier? Und warum bist du ganz allein?« Sie sah sich suchend um.

»Edith, Mädsche«, antwortete die alte Dame matt. »Komm, setzt dich zu mir. Deine Mutter macht mir jerade einen Kaffee, und dein Bruder ist auf dem Weg, ein Extrablatt zu holen.«

Das waren die lauten Schritte im Flur und das Zuschlagen der Haustür gewesen, erkannte Edith nun, aber sie verstand nicht, warum am Weihnachtsmorgen so dringlich eine Zeitung benötigt wurde.

»Aber warum denn?«, fragte sie daher.

»Weil et wieder losjeht«, erwiderte ihre Nachbarin.

»Was schreiben sie?«, fragte Edith verständnislos.

Aber die Witwe von Hartwig flüsterte nur noch: »O Gott, o Gott, o Gott, et is wieder wie damals.«

»Was ist wie damals?«, versuchte Edith es ein weiteres Mal, aber die alte Frau hörte nicht auf, die gleichen Worte zu flüstern.

Edith war ratlos. Sie wollte gerade nach der Mutter in der Küche sehen, als Joachim zur Tür hereinkam. Sein Gesicht war rot, und er schnaufte. Er musste den ganzen Weg bis zum Kiosk und zurück gelaufen sein. Edith sprang auf, und auch die Mutter stürzte zur Tür herein.

»Was ist hier los?«, fragte sie.

Ohne ein Wort zu sagen, legte Joachim die Zeitung auf

den Wohnzimmertisch, und alle scharten sich darum, nur Tante Käthe blieb murmelnd auf dem Sofa sitzen.

SYNAGOGEN-SCHÄNDUNG IN KÖLN titelte die Zeitung. Die Mutter nahm sie zur Hand und las vor: »In der gestrigen Nacht haben bislang unbekannte Täter die gerade frisch restaurierte und erst im September diesen Jahres wieder eingeweihte Synagoge in der Roonstraße in Köln mit Schmierereien geschändet. Mit weißer und roter Farbe war die Inschrift »Deutsche fordern: Juden raus« sowie Hakenkreuze auf der Fassade der Synagoge angebracht worden. Ein Primaner entdeckte die Schmierereien, als er sich mit Mutter und Großmutter nach dem Besuch der Christmette auf dem Heimweg befand. Er verständigte umgehend die Polizei, die bislang noch keinen Täter ausfindig machen konnte.«

Edith spürte, wie ihr eiskalt wurde und ihr für einen Moment die Luft wegblieb. Seit vierzehn Jahren war der Krieg nun vorbei, doch wie sie es in der Zeitung schwarz auf weiß lesen konnte, hatten die Leute nichts gelernt. Es gab ihn immer noch, diesen unbändigen Hass gegen die Juden. Und plötzlich war das etwas, das sie persönlich betraf. Mit einem Mal war sie froh, dass sie noch niemanden davon erzählt hatte, dass es nur sie, die Eltern und Joachim wussten. Denn was würde geschehen, wenn sie ihrer Umwelt nun bekannt geben würde, dass sie eine Jüdin war? Einmal war sie bereits vor diesem Hass gerettet worden. Von dieser Familie, in deren Kreis sie sich nun befand, aber ihre leiblichen Eltern hatte sie an den Hass verloren.

Edith ließ sich wieder auf das Sofa zurücksinken. Angst breitete sich in ihr aus, durchflutete ihre Adern, ihren ganzen Körper. Sie begann zu zittern. Hörte nur noch halb, dass die Mutter und Joachim über den Vorfall in Köln diskutierten, hörte das »O Gott, o Gott, o Gott«-Gemurmel der Witwe von Hartwig. Dann spürte sie, wie die Mutter sich neben sie auf das Sofa setzte. Helene Graf legte einen Arm um Edith und flüsterte: »Es ist alles gut. Du bist sicher bei uns. Du bist unsere Tochter.«

Edith trat in die Küche und setzte sich an den Tisch. Seit dem ersten Weihnachtstag hatte sie schlecht geschlafen. Aber nun fasste sie sich endlich ein Herz. Sie musste mehr von ihren leiblichen Eltern erfahren. Sie legte ihre Hände flach auf den Küchentisch, musterte im kalten Schein der Neonröhre die bläulichen Adern unter ihrer hellen Haut. Der schwache Geruch nach dem Kohl vom Mittagessen erfüllte den kleinen Raum noch immer, obwohl es schon Abend war.

»Hast du sie gut gekannt, meine …« Sie zögerte. »… meine Eltern?«, fragte sie schließlich. Edith hörte, wie die Mutter den Abwasch, mit dem sie gerade zugange war, zur Seite stellte, sah jedoch nicht von ihren Händen auf, bis zwei weitere Hände sich klamm, aber warm auf ihre legten. Die Mutter hatte ihr gegenüber Platz genommen.

»Und?«, fragte Edith. »Hast du sie gut gekannt?«

»Deine Mutter habe ich nur ein paarmal gesehen, deinen Vater schon etwas häufiger. Leider kann ich aber nicht sagen, dass ich sie gut gekannt habe. Da musst du deinen Vater fragen … Ich meine Richard … ich …« Sie brach ab.

»Es ist schon gut. Du kannst Vater sagen. Ihr seid die Eltern, die ich kenne«, sagte Edith, und wieder waren da in ihrem Inneren die Vorwürfe, dass sie sie fälschlicherweise beschuldigt hatte. Dass sie so schlecht von ihnen gedacht hatte. Von den Menschen, die sie gerettet hatten, die ihr ein Heim und Schutz gegeben hatten, seit ihrer Geburt.

Die Mutter drückte ihre Hände. »Und du bist unser Kind.«

»Das weiß ich jetzt, und dennoch frage ich mich, was ich von meinen leiblichen Eltern habe. Da muss es doch etwas geben? Irgendetwas. Sehe ich ihnen vielleicht ähnlich? Kannst du das sagen?«

»Ja, jetzt wo du fragst, du ähnelst deiner Mutter. Sie war auch klein und zierlich und hatte braunes Haar.«

»Ob ich wohl noch mehr von ihr habe?«, fragte Edith zögerlich.

»Bestimmt. Und du hast auch ganz viel von uns.« Erneut drückte sie Ediths Hände, und Edith drückte zurück. Sie blickte auf die Hände der Mutter, die auf ihren lagen. Die langen, feingliedrigen Finger, die blasse Haut. Sie sah also ihrer leiblichen Mutter ähnlich und hatte doch vieles von den Grafs übernommen, von den Eltern, die sie aufgezogen hatten.

»Es tut mir so leid für dich, dass du sie nicht kennenlernen konntest«, sagte die Mutter leise. »Aber glaub mir: Sie haben dich mehr geliebt als alles andere auf der Welt. Und wir haben immer alles getan, um dich zu beschützen, auch wenn wir es letztlich ...« Sie räusperte sich. »... wenn wir es etwas zu gut damit gemeint haben.« Sie löste ihre Hände von Ediths und stand auf. Mit zwei Schritten umrundete sie den Tisch und umarmte Edith. Eine Weile verharrten sie so, bis Edith hörte, dass die Tür zur Küche geöffnet wurde. Nur kurze Zeit später spürte sie eine Hand auf ihrer Schulter. Sie drehte den Kopf und sah den Vater, fühlte seine Hand warm auf ihrer Schulter.

Wie merkwürdig, dachte Edith und lehnte sich noch ein wenig mehr zur Mutter und genoss die Geste des Vaters, *jetzt, wo ich weiß, dass sie nicht meine Eltern sind, sind wir uns viel näher als je zuvor. Näher und inniger, obwohl sie wissen, wie schlecht ich von ihnen gedacht habe.*

1960

31

Edith richtete sich auf und bog den Rücken durch, die Arme in die Seiten gestemmt. Sie hatte alle Schnittteile mit Lineal und Schneiderkreide auf den glatten, rutschigen Stoff übertragen. Ein Polyestergewebe. Das fertige Sommerkleid würde einen wunderbar weichen Fall haben und bei jeder Bewegung mitschwingen, aber bis dahin war der Stoff bei jedem Arbeitsschritt eine Herausforderung. Edith bewegte den Rücken noch einmal hin und her, bevor sie die schwere Schneiderschere zur Hand nahm. Sie beugte sich wieder über den Zuschneidetisch und wusste, dass sie nun mit höchster Vorsicht schneiden musste, damit nichts verrutschte.

Gerade schob sie den Stoff auf dem Tisch zurecht, um die beiden verbleibenden Ärmel zuzuschneiden, als Rita neben ihr auftauchte.

»Na, Fräulein Graf, machen wir das auch alles ordentlich hier?«, fragte sie und grinste Edith keck an.

Edith hielt inne, legte die Schere zur Seite und richtete sich wieder auf. Sie stöhnte.

»Lass mich raten … der Rücken?«, fragte Rita mitfühlend.

Edith nickte. »Aber es geht schon«, sagte sie schnell. Es war nicht der Rücken. Es war die ganze Situation. Aber sie wollte nicht meckern, dafür war sie viel zu froh, endlich die Lehre zur Damenschneiderin machen zu dürfen, endlich die Unterschriften der Eltern erhalten zu haben. Aber im Zuge dessen war ihr ganzes Leben auf den Kopf gestellt worden. Ja, sie war immer noch die Tochter eines Schneiders. Aber es war nicht der Mann, den sie immer für ihren Vater gehalten hatte. Ihr ganzes Leben basierte auf einer Lüge. Ihre Herkunft, ihre Religion, alles. Sie hatte keine Eltern mehr, keinen Bruder, erst recht keinen Zwillingsbruder. Nicht mal ihr Name war der ihre. Und im Moment konnte sie nicht darüber sprechen. Die Angst, die sie seit der Synagogen-Schändung in Köln überfallen hatte, war zu groß, zu allgegenwärtig. Denn seit diesem Vorfall hatte sich eine regelrechte Welle durch ganz Deutschland gezogen. Überall waren Hakenkreuze an Synagogen und Häuser geschmiert worden. So schlimm war es geworden, dass sogar die Regierung aufgewacht war und der Bundestag ein Gesetz gegen Volksverhetzung verabschiedet hatte. Ob das aber wirklich etwas verändern würde, war für Edith fraglich. Zwar gab es danach nur noch wenige Vorfälle, aber das Denken in den Köpfen der Täter veränderte sich dadurch nicht, und so blieb die Angst in Edith – und Edith blieb stumm. Es war sicherer, an Edith Graf festzuhalten. Esther Stern war ihr fremd und im Moment nur eine Gefahr für sie.

»Edith?«, holte Rita sie wieder aus ihren Gedanken in die Wirklichkeit zurück. »Ich habe dich gefragt, ob du noch Hilfe beim Zuschnitt benötigst, oder ob ich bei mir weitermachen kann?«

»Was?«, fragte Edith und zog die Augenbrauen zusammen, als könne sie damit das Gedankenchaos in ihrem Kopf besser sortieren. »Ach so, nein, nein. Alles gut. Ich muss ja nur noch die Ärmel zuschneiden, dann habe ich alles.«

»Gut«, antwortete Rita knapp. Sie bedachte Edith mit einem nicht ganz überzeugten Blick, bevor sie den Zuschneideraum wieder verließ.

Hier in der großen Damenschneiderei in Mehlem liefen die Dinge so ganz anders als in der familieneigenen Herrenschneiderei in Bad Godesberg. Gab es dort nur einen Arbeitsraum, in dem zugeschnitten, genäht und gebügelt wurde, so gab es hier für jeden Arbeitsschritt ein eigenes großes Zimmer. Da Edith noch am Anfang ihrer Ausbildung war, arbeitete sie immer wieder in verschiedenen Räumen, lernte die unterschiedlichen Arbeitsschritte. Heute war sie im Zuschneidezimmer eingeteilt. Hier standen mehrere große Tische, an denen still gearbeitet wurde. Im Nähzimmer nebenan befanden sich über zehn Arbeitsplätze mit großen Tischnähmaschinen, den Flur hinunter befand sich das Bügelzimmer, in dem die fertigen Kleidungsstücke glatt und in Form gebügelt wurden, bevor sie an die großen Modehäuser in Bonn, Köln und Koblenz verkauft wurden.

Und dann gab es das »Atelier«. Hier wurden nur Unikate genäht. Maßanfertigungen für die Politikergattinnen und die reichen Damen Von-und-Zu aus Bad Godesberg und Bonn, die sich diese Art von Kleidung leisten konnten. Im Atelier zu arbeiten war der Traum jeder Näherin, die hier beschäftigt war. Nicht nur, dass es dort nicht so laut war, weil nur wenige Nähmaschinen gleichzeitig surrten, dort konnte man auch immer einen Blick auf die Damen werfen und mit den ganz hochwertigen Stoffen arbeiten. Rita stand kurz davor, dort eingesetzt zu werden. Schon ein paarmal hatte sie im Atelier aushelfen dürfen, und bei der nächsten Beförderung würde sie sicherlich dort einen Stammplatz bekommen, wie sie Edith nun schon seit Wochen erzählte. Früher hätte Edith das neidisch gemacht, aber jetzt, wo sie selbst hier angestellt war, freute sie sich für ihre Freundin und träumte davon, später einmal im Atelier arbeiten zu dürfen, an der Seite von Rita.

Aber bis es so weit war, würde sie jede Arbeit, die man ihr zutrug, nach bestem Wissen und Gewissen ausführen und so zeigen, was in ihr steckte. Denn eines hatte sich mit der Wahrheit über ihre leiblichen Eltern nicht geändert: Sie war die Tochter eines Schneiders!

*

Paul trippelte mit den Fingern gegen das Lenkrad, während der Blinker im Takt dazu klackerte. Es war ein seltsam beruhigendes Geräusch, das heute aber seine Wirkung verfehlte. Paul reckte sich im Fahrersitz und betrachtete sich selbst im Rückspiegel. Äußerlich sah er ruhig und gelassen aus, während in seinem Inneren sein Herz aufgeregt schlug und seine Handflächen schwitzig waren. Die Ampel sprang endlich von Rot auf Grün um, und Paul ließ die Kupplung kommen, während er gleichzeitig Gas gab. Der Wagen fuhr sachte an, und Paul lenkte ihn von der B 9 herunter nach Mehlem hinein. Er musste nicht mehr weit fahren, denn schon nach ein paar Metern hatte er sein Ziel erreicht: die Damenschneiderei *Kurt Klemens Modelle.* Er parkte den Wagen und wartete, den Blick auf das viereckige Gebäude gerichtet. Einen ganzen Monat hatte er Edith nun schon nicht mehr gesehen und in der Zeit davor immer nur, wenn sie sich alle zusammen trafen. Mit Joachim und Heinz und Rita. Aber das war es nicht, was er wollte. Er wollte doch sein Glücksbringermädchen allein kennenlernen. An nichts anders konnte er mehr denken, seit er den Klang ihrer Stimme und ihr helles Lachen kannte. Die Farbe ihrer Augen und dieses leichte Flackern in ihrem Blick, das er so gar nicht zu deuten wusste. Deshalb hatte er schon auf der Fahrt hierher den Entschluss gefasst, endlich richtig um »sein Mädchen« zu werben. »Auf Freiersfüßen zu wandeln«, wie Uwe es nannte.

Die Lage in Berlin hatte sich für Paul ein wenig entspannt.

Zwar waren die Kontrollen an den Übergängen von Ost- nach West-Berlin noch strenger geworden, aber Deutschland hatte jetzt die West-Mächte im Rücken, und so konnte die Sowjetunion erst einmal nichts unternehmen, als abzuwarten. Für Paul hieß das, dass die Bedrohung nicht mehr so groß war wie zuvor. Das ließ ihn leichter ums Herz werden, und so hatte er die ganze lange Fahrt von Berlin hierher damit verbracht, sich auszumalen, wie er Edith damit überraschen würde, dass er sie in Mehlem von der Arbeit abholte, um sie nach Hause zu fahren.

Eine Tür an der Seite der Schneiderei öffnete sich und riss Paul damit aus seinen Gedanken. Einige Frauen traten heraus. Er kniff die Augen zusammen und musterte sie. Edith war nicht unter ihnen. Es konnte aber nicht mehr lange dauern. Paul löste den Sicherheitsgurt, setzte die Mütze auf und stieg aus dem Wagen. Im Seitenspiegel kontrollierte er den Sitz der Mütze, bevor er wieder aufsah, gerade in dem Moment, in dem sich die Seitentür ein weiteres Mal öffnete. Zuerst kam eine unbekannte junge Frau heraus, aber gleich danach folgte Rita und dann sie: Edith. Paul strich sich das Revers seines Jacketts glatt und ging mit großen Schritten auf die drei Frauen zu. Rita bemerkte ihn zuerst. Der neugierigen besten Freundin von Edith entging so gut wie nie etwas. Sie begann zu kichern und stieß Edith in die Seite, die ihn nun auch bemerkte.

Paul nahm die Mütze ab und klemmte sie unter den linken Arm, bevor er eine Verbeugung andeutete. »Gnädige Frau«, sagte er, »wenn Sie mir die Ehre geben würden?« Mit dem rechten Arm machte er eine einladende Bewegung und deutete auf den Mercedes. Er sah, wie Edith die Augen aufriss und Rita noch mehr kicherte, doch als er nach ihrer Hand greifen wollte, zog sie diese blitzschnell zur Seite. Überrascht zog Paul die Brauen hoch, und auch Rita hatte in ihrem Kichern innegehalten.

»Edith?«, fragte er, mit einem Mal verunsichert. »Ich bin endlich wieder hier, und ich würde dich gern nach Hause fahren. Vielleicht gehen wir zwei dann auch noch ein Stück zusammen. Am Rhein?« Er versuchte, ihren Blick zu erreichen, doch sie sah nur zu ihrer Freundin. »Du kannst natürlich auch mitfahren, Rita«, fügte Paul schnell hinzu, für den Fall, dass das der Grund dafür war, dass Edith nicht antwortete. Sie blickte ihn jetzt an, und ihre Augen waren nur von diesem unergründlichen Flackern erfüllt. Er konnte nicht deuten, was in ihr vorging.

»Nein«, sagte sie. Langsam und leise.

»Nein?«, rief Rita, und sie klang so erstaunt, wie Paul sich gerade fühlte.

»Nein«, wiederholte Edith. Diesmal lauter. »Rita und ich werden mit dem Zug fahren, und wir müssen uns jetzt wirklich beeilen, sonst verpassen wir den nämlich.« Und damit ging sie zügigen Schrittes los. »Kommst du, Rita?«, rief sie ihrer Freundin noch zu. Rita sah Paul an und zog entschuldigend die Schultern hoch, bevor sie ihrer Freundin nacheilte. Paul klappte der Mund auf. Sein Glücksbringermädchen hatte ihn einfach stehen gelassen.

*

»Pass auf, das Beste hab ich dir noch gar nicht erzählt!«

Petra sah Joachim mit strahlenden Augen an. Ihre Wangen waren leicht gerötet. Sie sah so wunderschön aus, dass Joachim Mühe hatte, ihren Worten zu folgen, sein Blick hing an ihren weichen Lippen.

»Ich habe den perfekten Ort für dein Fotostudio gefunden!«

Joachim überlegte, wann er diese roten Lippen wieder küssen konnte.

»Jo! Jetzt sag doch was!«, rief Petra empört.

Den Blick immer noch auf ihren Lippen fragte er abwesend: »Wie bitte?«

»Ich erzähle dir, dass ich den perfekten Platz für ein Studio gefunden habe, und du hörst mir nicht mal zu?« Petra seufzte theatralisch.

»Du hast *was* gefunden?«

Petra seufzte ein weiteres Mal. »Ach, Jo. Seit Monaten reden wir davon, dass du ein Fotostudio eröffnen wirst, und erst zierst du dich wegen deinem Vater, aber dem geht es ja wieder gut, und jetzt können wir endlich mit dem Studio loslegen. *Du* kannst damit loslegen!«

Joachim hob den Blick ein wenig und sah ihr in die Augen. »Bevor ich mit was auch immer loslege, brauche ich einen Kuss.« Herausfordernd schürzte er den Mund.

»Na gut«, antwortete Petra und gab ihm ein Bützchen. »Das muss reichen. Hörst du mir jetzt zu?«

Joachim dachte gar nicht daran. Geschickt legte er einen Arm um sie und zog sie blitzschnell zu sich heran, ehe er sie leidenschaftlich küsste.

»So«, sagte er schließlich, »jetzt bin ich ganz Ohr.«

Petra tippte ihm mit dem Zeigefinger auf die Nase. »Du bist mir einer«, sagte sie, lächelte aber, bevor sie zum dritten Mal sagte: »Ich habe den perfekten Platz für dein Fotostudio gefunden.«

Diesmal kamen ihre Worte bei Joachim an. »Was denn?«, rief er. »Wo? Wie? Woher?«

Sie lachte ihr helles Perllachen. »Ich habe da so meine Kontakte, Darling. Sag mir einfach, wann du verfügbar bist, und ich mache einen Termin mit dem Makler.«

Termin. Makler. Wie offiziell das klang. Offiziell und auch aufregend. Mindestens so aufregend wie Petra. Ja, sie hatte recht. Viel zu lange schon hatte er damit gewartet, seine Zukunft anzugehen – seinen Traum zu leben. Und was die Herrenschneiderei anging: Jetzt, wo die Eltern Edith und dann auch ihm die Wahrheit gesagt hatten, war für ihn noch klarer geworden, dass er die Schneiderei Graf niemals übernehmen würde. Das Geschäft hatte vorher den leiblichen Eltern von Edith gehört. Aaron und Ruth Stern. Damit war Edith die wahre Erbin. Sollte sie doch jetzt ihre Lehre zur Damenschneiderin machen, dann konnte sie die Herrenschneiderei danach übernehmen. Vielleicht machte sie eine Damen- und Herrenschneiderei daraus? Damit hätten alle gewonnen. Er, der Vater und Edith. Genau. So wäre es das Beste, und er könnte endlich das machen, was ihm lag: fotografieren.

32

»Jetzt sag mir doch bitte noch mal, warum du den Paul so harsch abgewiesen hast«, sagte Rita erneut, als sie in Bad Godesberg aus dem Zug stiegen und die Treppen zur Unterführung hinuntergingen.

»Weil …«, begann Edith. »Wegen Heinz und …« Sie suchte fieberhaft nach einem Grund. »Weil Paul doch ein Herumtreiber ist.«

»Ein Herumtreiber?«

»Na, dann nenn es halt Vagabund. Eben einer, der ständig unterwegs ist. Ich will Verlässlichkeit!«, antwortete Edith mit Bestimmtheit. In den letzten Tagen und Wochen, in denen ihre Gedanken um Heinz und Paul geschwirrt waren, war sie zu dem Schluss gekommen, dass das ein Punkt war, der deutlich gegen Paul sprach. Zumindest versuchte sie, sich das einzureden.

»Edith, er ist Chauffeur. Er ist sein Beruf, ständig unterwegs zu sein.«

Edith musste ihre Freundin nicht ansehen, um zu wissen, dass Rita gerade mit den Augen rollte. Sie biss sich auf die Lippe. »Ja, ich weiß. Trotzdem«, antwortete sie. Sie konnte und sie wollte Rita nicht erzählen, dass sie selbst nicht wusste, was sie wollte.

»Jetzt klingst du wie ein störrischer kleiner Panz«, sagte Rita.

»Ich bin kein kleines Kind mehr!«, rief Edith und ging rasch durch die Unterführung.

Rita kicherte ihr übliches Rita-Kichern. »Doch, gerade bist du eins. Du kannst dem Paul doch nicht vorwerfen, ein Vagabund zu sein, nur weil er beruflich viel unterwegs ist. Wirklich, Edith, das kannst du nicht tun.«

Edith pustete sich genervt eine Strähne, die sich aus ihrem Pferdeschwanz gelöst hatte, aus dem Gesicht. »Ach, ich weiß ja auch nicht.« Sie stieg die Treppe zur Bahnhofshalle hinauf und durch die Halle und zur Tür hinaus. »Mein Herz schlägt schon fester, wenn ich ihn sehe …«

»Edith, du bist verliebt. Über beide Ohren, wenn du mich fragst.«

»Aber es ist so anders als mit dem Heinz.«

Rita hob den Zeigefinger in die Luft. »Natürlich ist es anders, weil du den Heinz eben gar nicht liebst.«

Edith fuhr herum und sah ihre Freundin wütend an. »Wie bitte? Wie kannst du denn so etwas behaupten?«

»Wenn du den wirklich lieben würdest, dann hättest du ihn nie auf die Wartebank geschoben.«

Edith brummte etwas Unverständliches und ging weiter, weg vom Bahnhof, die Rüngsdorfer Straße hinunter. Wenn es doch nur so einfach wäre, wie Rita sagte.

»Du weißt, dass ich recht habe«, rief Rita und eilte ihr hinterher.

»Aber ich mag ihn«, maulte Edith.

»Das mag ja sein. Aber mögen und lieben sind zwei Paar Schuh. Also wehr dich nicht so gegen den Paul. Es ist doch offensichtlich, dass er dich auch gernhat.«

»Aber … ich kenne ihn doch kaum. Weißt du, den Heinz kenne ich schon so lange, und ich kenne auch seine Eltern und …«

»Edith, du hörst dich gerade an wie meine Großmutter! Was haben denn die Eltern damit zu tun? Wirklich«, sie schüttelte den Kopf, »wenn du nicht immer so … verkrampft und altmodisch wärst.«

»Ich bin nicht altmodisch! Ich will später mal meinen Namen behalten, wenn ich heirate, und ich will mir mit meinem Lehrgeld etwas Eigenes aufbauen, das ist nicht altmodisch!«

»Ja, was das angeht, bist du nicht altmodisch, das stimmt, aber in den Liebesdingen … da bist du«, Rita räusperte sich, »ursteinaltmodisch!«

»Ursteinaltmodisch? Das Wort gibt es ja nicht mal!«, rief Edith erbost und bog in die Rheinallee ein.

»Eine junge Frau, die sich in den Liebesdingen wie ein kleines Mädchen aufführt, das sollte es nicht geben!«, konterte Rita, und als Edith nichts erwiderte, fügte sie versöhnlicher hinzu: »Gib doch dem Paul eine Chance.«

Edith blieb an der Ecke, an der es zur Dürenstraße abging, stehen. »Ja … ach … ich weiß es doch auch nicht … und ich kann mich doch jetzt nicht mit einem anderen Mann treffen, wo ich doch dem Heinz gesagt hab, er soll auf mich warten.« Das zumindest betete sie sich selbst in einem fort vor. Es schien ihr das einzig Vernünftige zu sein.

»In diese Misere hast du dich ganz allein hineingeritten. Wie konntest du auch nur so etwas zu ihm sagen? Vielleicht solltest du überlegen, unter die Sache mit dem Heinz einen Schlussstrich zu ziehen. Das wäre für euch beide das Beste. Und dann kannst du dich auch mit dem Paul verabreden«, sagte Rita. Sie drehte sich um und ging weiter die Rheinallee entlang.

Auch Edith setzte sich wieder in Bewegung, ging in die Dürenstraße.

»Denk mal gut darüber nach, Fräulein Graf«, hörte sie Rita noch rufen.

Edith richtete beim Gehen den Blick starr auf ihre Füße und biss die Zähne zusammen. Sie wollte das alles nicht. Sie wollte nicht noch einmal mit Heinz sprechen. Und was war das schon mit Paul? Ja, ihr Herz schlug schneller, wenn er sie ansah, aber darauf konnte man doch nichts aufbauen. Keine Zukunft. Sie wollte etwas Handfestes, etwas Verlässliches und keinen Herumtreiber, den sie kaum kannte. Da konnte Rita sie so altmodisch nennen, wie sie wollte. Sie würde bestimmt nicht wie die Alwine enden. Unglücklich verheiratet mit Kind, nur weil sie sich mit einem Hallodri eingelassen hatte. Nein, nein, nein, das würde ihr nicht passieren. Egal, wie voll Pauls Lippen waren und wie breit seine Brust, und egal, wie oft er sie mit diesem intensiven Blick ansah. Sie schüttelte sich und hob den Kopf, sah bereits die elterliche Villa. Sie hatte doch schon vor langer Zeit für sich selbst beschlossen, dass sie erst auf eigenen Füßen stehen wollte, bevor sie sich der Liebe zuwandte. Da konnte sie sich doch nicht über sich selbst hinwegsetzen. Und überhaupt musste sie für sich selbst erst einmal genau im Klaren sein, was beziehungsweise wen sie überhaupt wollte: Heinz oder Paul. Es war eine Entscheidung zwischen Kopf und Herz, wurde Edith jetzt bewusst. Denn ihr Verstand sagte Heinz und ihr Gefühl Paul.

*

Mit hängendem Kopf lenkte Paul den Mercedes über die B 9. Das war ihm noch nie passiert. Er hatte einen Korb kassiert. Einen erstklassigen. War es so mit seinem Glücksbringermädchen? Dass dann sein berühmter »Paul-Lange-Charme« einfach dahin war? Einfach völlig wirkungslos?

Kurz überlegte er, direkt ins Hotel zu fahren, bevor er sich doch umentschloss und den Wagen an der Godesberger Post parkte. Ein Glas Wein im Maternus würde ihn bestimmt aufmuntern und auf andere Gedanken bringen.

Er ließ sich am Tresen nieder und begrüßte die Bedienung mit einem Kopfnicken.

»Ach, da ist ja der Paul wieder!«, vernahm er die Stimme von Ria Maternus hinter sich. »Wo hast du denn den Rudolf und den Willy gelassen?«

Paul drehte sich zu der zierlichen Gastwirtin um. In Bad

Godesberg war sie eine Berühmtheit. Das Weinhaus Maternus war ein beliebter Ort unter den Politikern, das wusste Paul, um in Ruhe zu sprechen, und Ria Maternus immer mittendrin dabei. Paul mochte sie. Sie war herzlich und fröhlich – die gute Seele des Hauses. Und so oft, wie er im Weinhaus einkehrte – mit oder ohne Chef – so gut kannte sie inzwischen auch ihn.

»Der ist heute in Bonn«, sagte er und prostete ihr mit seinem Weinglas zu.

»Das ist aber schade. Und deshalb schaust du so bedröppelt drein?«, fragte die Wirtin.

Paul schüttelte den Kopf.

»Willste drüber reden, Jung?«, fragte Ria, und Paul schüttelte ein weiteres Mal den Kopf.

»Dann müssen wir das wohl anders lösen«, sagte sie und winkte der Bedienung zu. Sofort stellte diese ein weiteres Viertel Wein vor Paul hin. »Geht aufs Haus«, sagte Ria mit einem Zwinkern.

»Danke«, antwortete Paul, aber Ria Maternus war schon wieder im bunten Weinhaus-Treiben verschwunden. Sprach mit den nächsten Gästen.

Er hatte das zweite Viertel seines Weins schon fast ausgetrunken, als ihm jemand auf die Schulter tippte. Heinz.

»Na, was ziehst du denn für eine Miene wie sieben Tage Regenwetter«, fragte der Bäckergeselle, bevor er sich neben Paul an den Tresen setzte und es wieder wagte, ein Bier im Weinhaus zu bestellen.

Paul schwenkte sein Glas missmutig hin und her und schnaubte.

»Weiber?«, fragte Heinz.

Paul nickte.

»Freundin? Hier oder in Berlin?«, fragte Heinz neugierig.

»Keine Freundin. Noch nicht. Vielleicht auch nie. Hat mir 'nen Korb gegeben.« Paul trank mit einem großen Schluck sein Glas leer und winkte der Bedienung zu, es wieder aufzufüllen.

»Einen Korb. Soso. Das bist du nicht gewohnt, wenn ich mir dich so ansehe.«

Paul schüttelte schwer den Kopf.

»Und kenne ich die Glückliche?«, fragte Heinz.

Paul nickte. »Die Schwester von Joachim. Die Edith.«

Paul sah, wie sich die Hand von Heinz um das Bierglas krampfte. »Edith?«, presste er hervor.

Wieder nickte Paul.

Jetzt war es an Heinz, den Kopf zu schütteln. »Nein, nein, nein!«, rief er und sprang auf, mit einem Mal wütend. »Nicht meine Edith.«

Meine Edith?, dachte Paul erstaunt und plötzlich machte Heinz' Verhalten letzten November Sinn, als er Edith persönlich kennengelernt hatte. Heinz und Edith also. Hatte sie ihn deshalb abgewiesen? Waren sie und Heinz ein Paar, ein richtiges?

Wie kam es, dass er davon nichts wusste? Wieso hatte Heinz vorher nichts davon erzählt, oder Joachim? Und wieso hatten Heinz und Edith sich nie an der Hand gehalten oder sonstiges, wenn sie sich alle zusammen getroffen hatten? Irgendetwas konnte da nicht stimmen. Entweder, die Beziehung der beiden war – aus welchen Gründen auch immer – geheim, oder Heinz war nicht ganz aufrichtig mit ihm.

Was es auch war, er würde es wohl oder übel herausfinden müssen, wenn er weiterhin vorhatte, seinem Glücksbringermädchen den Hof zu machen, und genau das hatte er vor. Aber vorher musste er Heinz beruhigen, bevor der seine Fäuste sprechen ließ und ihm vor lauter Eifersucht eine verpasste.

*

Konzentriert kniff Edith die Augen zusammen und startete

dann die Nähmaschine mit einem Druck ihres Fußes auf das Pedal. Leider war sie nicht vorsichtig genug dabei gewesen, denn die Maschine heulte laut, und Rita schrie überrascht auf.

»Edith!«, rief sie. »Bitte, lass meine Maschine ganz. Ich kann mir so schnell keine zweite leisten!«

Edith zog schnell den Fuß vom Pedal und spürte, wie ihr das Blut in die Wangen schoss. »Entschuldige«, murmelte sie, bevor sie etwas lauter anfügte: »Noch ein paar Monate und ich habe genug für eine eigene Maschine zusammen.«

»Soso, das Fräulein Graf wird sich also endlich eine Nähmaschine zulegen. Ehrlich«, Rita lachte, »ich habe bisher noch nie von einem Schneider gehört, der keine Maschine zu Hause hat, aber dein Vater ist da wohl eine Ausnahme.«

»Du kennst ihn doch. Was das angeht, war er immer schon sehr …«

»… speziell«, beendete Rita Ediths Satz. Die beiden sahen sich an und kicherten.

»Immerhin darfst du endlich die Lehre machen, das ist für deine Eltern wirklich schon richtig viel, dabei sollten sie doch froh sein, dass du jetzt eigenes Geld verdienst und etwas lernst, was auch ihnen von Nutzen sein kann.«

»Ja«, sagte Edith nur. Sie startete die Maschine wieder mit Fußdruck. Diesmal sachte, mit viel Bedacht. *Wenn du nur wüsstest, wie es dazu gekommen ist*, dachte sie, als sie den Stoff mit beiden Händen über den Anschiebetisch der Maschine führte.

»Und was für eine soll es werden? Was hat das Fräulein Graf ins Auge gefasst?«, rief Rita, um das Surren der Maschine zu übertönen.

Edith stoppte erneut. Sie drehte sich halb zu ihrer Freundin. »Eine Singer!«

»Ach, gleich ganz teuer. Bist du dir sicher, dass du dir das leisten kannst?«

»Ich werde schauen, dass ich eine gebraucht bekomme, und im Zweifel muss ich halt ein bisschen länger sparen.«

Rita zog die Augenbrauen hoch, kommentierte Ediths Aussage aber nicht, sondern warf sich rücklings auf ihr ungemachtes Bett. Edith nahm derweil die Näharbeit wieder auf und startete die Maschine ein weiteres Mal. Sie nähte sich einen Stufenrock, es war kein kompliziertes Projekt, lediglich der seitlich eingesetzte Reißverschluss würde eine Herausforderung werden. Er sollte nahtverdeckt sein, das traute Edith sich allein noch nicht zu. Aber da konnte Rita ihr behilflich sein. Den Nahtbeginn sicherte Edith mit einigen Rückstichen und nähte dann die zwei Stoffbahnen aneinander. Auch das Ende sicherte sie, bevor sie die Maschine stoppte, die Nadel mit dem Handrad aus dem Stoff herauszog und den Nähfuß hochklappte.

Rita setzte sich wieder auf und sah Edith aufmerksam von der Seite an. »Und ... hast du nun darüber nachgedacht?«, fragte sie.

Edith zog die Augenbrauen zusammen und schnitt mit einer kleinen Schere die Fadenenden ab. »Ich sagte dir doch, dass ich mir eine Singer-Nähmaschine kaufen will, was soll ich da noch groß drüber nachdenken?«

»Edith, ich rede doch nicht von der Maschine.«

»Nicht?« Edith nahm die nächste Stoffbahn zur Hand.

»Fräulein Graf! Ich spreche davon, dass du doch über die Sache mit Paul und Heinz nachdenken wolltest.«

»Du warst diejenige, die wollte, dass ich darüber nachdenke.«

»Weil du ja nie darüber nachdenkst.«

»Ich denke ständig darüber nach.«

»Na, siehst du. Und?«

Edith warf die Arme in die Luft. Die Stoffbahn flatterte mit. »Ich weiß es nicht.«

»Also bist du noch keinen Schritt weiter.«

Edith schüttelte den Kopf.

»Mach es dir doch nicht immer so schwer«, sagte Rita, »den Heinz hast du ja schon von dir geschoben. Lass dich doch jetzt auf den Paul ein. Edith, du bist nur einmal jung.«

»Mich einlassen? Soll es mir am Ende so ergehen wie der Alwine?«, fragte Edith scharf.

»Herrgott, Edith! Davon habe ich doch nicht gesprochen. Es gibt doch noch so viel dazwischen, was man guten Gewissens tun kann, auch als Mädchen aus gutem Hause.«

»Aber …«, begann Edith und dachte an alles, was sich in den letzten Monaten in ihrem Leben verändert hatte. »Aber es sollte doch alles ganz anders sein.« Sie legte ihre Hände in den Schoss.

»Lass mich raten, das Fräulein Graf hat sich die Liebe in seinen Mädchenträumen immer ganz anders ausgemalt?«, neckte Rita und grinste triumphierend, als habe sie damit den Nagel auf den Kopf getroffen.

Edith nickte, sie hatte sich die Liebe anders vorgestellt, sie hatte sich ihr ganzes Leben anders vorgestellt.

»Ich erzähle dir jetzt einmal etwas: Das Leben ist kein Kinofilm. Das hier ist keine *Zürcher Verlobung* und auch kein *Wirtshaus im Spessart*, das hier ist das ganz normale und manchmal auch langweilige Leben.«

»Es fühlt sich gar nicht langweilig an«, seufzte Edith, »eher anstrengend und so verwirrend.«

Rita begann zu kichern. »Edith Graf, du bist so was von hoffnungslos verliebt.«

Edith wusste nicht, ob Rita damit recht hatte, schließlich war sie sich immer noch nicht sicher, was das mit Heinz oder mit Paul war. War sie in beide verliebt, nur auf unterschiedliche Art? Gab es das? Sie nahm die nächste Stoffbahn zur Hand und begann, diese festzustecken. Wenn sie ehrlich mit sich war, dann war sie mit dem allem überfordert. Und das

Wissen um ihre wahre Herkunft und die Angst, die damit einherging, machte es nicht besser.

33

Joachim musste die Kamera, die er wie so oft am Lederriemen um den Hals trug, mit einer Hand festhalten, so sehr zog Petra ihn an der anderen Hand die Straße entlang. Obwohl sie ein zweiteiliges, weißes Kostüm mit einem schmal geschnittenen Bleistiftrock trug, der ihr nur kleine Trippelschritte erlaubte, legte sie ein enormes Tempo an den Tag. Auf dem Kopf trug sie einen passenden Pillbox-Hut und erinnerte Joachim damit an die berühmte Jackie Kennedy. Vor einem kleinen Ladengeschäft blieb Petra stehen und deutete darauf. Skeptisch betrachtete Joachim das offensichtlich leer stehende Geschäft. Zwei Stufen führten zu einer Glastür, daneben gab es ein staubiges Schaufenster. Er spähte hindurch und konnte einen kleinen Raum ausmachen. An einer Seite stand eine in die Jahre gekommene Regalwand, auf der anderen Seite entdeckte er eine kleine Theke. Er wandte sich ab und sah Petra an, die über das ganze Gesicht strahlte. Joachim zog die Brauen zusammen. Dieser Schuhkarton war also in Petras Augen perfekt als Fotostudio geeignet? Zweifelnd sah er noch einmal zu dem Laden hinüber.

»Warte nur ab, bis du alles gesehen hast«, sagte Petra. Sie legte ihm eine Hand auf den Arm. Warm und sanft. »Der Makler sollte jede Minute da sein, und dann können wir reingehen.«

Joachim trat noch einen Schritt näher an die Scheibe heran. Er schob die Kamera auf den Rücken, bevor er die Hände an die Schläfen legte und noch einmal in das Geschäft hineinschaute. Nein, mehr, als er eben gesehen hatte, gab es da nicht. Abgesehen von einer schmalen Tür hinter der Theke. Aber die konnte höchstens zu einem Lagerraum oder Ähnlichem führen. Wie konnte Petra das so begeistern? Zum ersten Mal kamen ihm leise Zweifel, ob dieser Termin eine gute Idee war und ob sie ihn nicht gerade zu etwas völlig Verrücktem drängte. Er nahm die Hände wieder herunter und blickte die Straße, in der sie sich befanden, auf und ab. Es war eine Seitenstraße, fernab der Bonner Einkaufsmeile. Außer ihm und Petra war niemand zu sehen. Direkt neben dem leer stehenden Geschäft war ein weiteres, ein Schuster. Auch dieser Laden war nur winzig, für das Schuster-Handwerk aber sicherlich ausreichend.

»Petra«, begann er, »bist du dir sicher, dass das hier«, er zeigte auf den Laden, »wirklich ein guter Platz ist? Ich meine«, er sah sich demonstrativ nach allen Seiten um, »hier ist überhaupt nichts los. Keine Laufkundschaft und …« Verzweifelt warf er die Hände in die Luft.

Petra lächelte breit und beugte sich zu ihm. »Darling, vertrau mir einfach«, flüsterte sie.

Joachim spürte, wie ihm ein vertrauter, wohliger Schauer über den Rücken lief, dabei hatten Petras Lippen bei ihren Worten sein Ohr nur ganz sachte berührt. Er war immer wieder erstaunt darüber, was diese Frau mit ihm machte und was für ein Glück es gewesen war, dass er sie damals am Poppelsdorfer Schloss getroffen hatte. Wenn sie ihn bat, ihr zu vertrauen, dann musste er das wohl oder übel tun. Egal, wie sehr der logisch und analytisch denkende Teil in seinem Inneren dagegen ankämpfte. Petra war sein Glück. Petra und die Fotografie.

Er legte beide Hände um ihre Taille und wollte sie gerade zu einem Kuss an sich ziehen, als sie rief: »Da! Da ist er ja! Jo, Darling, das ist ja so aufregend.«

Der Makler war ein Mann mittleren Alters und alles in allem absolut unauffällig. Ein unauffälliger Haarschnitt und unauffällige Kleidung. Allerdings war er ausnehmend freundlich; und das auffallend.

Er will ja auch etwas verkaufen, dachte Joachim und musste wieder an das triste und winzige Innere des Geschäftes denken.

Der Makler begrüßte sie und stellte sich vor: »Werner Pesch, mein Name.« Dann schloss er die Glastür auf und bat sie hinein. Wenn man seinen Worten glauben konnte, dann war das hier eine Toplage und alles in einem Topzustand. Davon konnte Joachim allerdings noch nichts erkennen. Der Raum roch muffig. Joachim musste sich zusammenreißen, um nicht die Nase zu rümpfen. Petra hingegen strahlte in einem fort über das ganze Gesicht. Er wusste nicht, was er davon halten sollte.

Pesch wandte sich zu ihnen um. »Und nun denke ich, dass wir zum Kernstück des Ladens kommen sollten: der Mansarde.«

Petra klatschte aufgeregt in die Hände und strahlte noch mehr. In ihrer weißen Kleidung wirkte sie in dem staubigen Laden fehl am Platz. Joachim spürte, wie sich sein Magen zusammenzog. Er hatte ein ungutes Gefühl. Der Makler ging derweil auf die schmale Tür hinter der Theke zu und öffnete sie schwungvoll.

Die Tür führte in einen schmalen Flur, und von dort aus ging es eine noch schmalere und verwinkelte Treppe hinauf. Pesch ging voraus, Petra folgte, und Joachim bildete das Schlusslicht. Es war düster, und auch hier war es schmutzig und roch merkwürdig, das Holz des Geländers splitterte an einigen Stellen. Joachims Zweifel wuchsen. Er hatte das untrügliche Gefühl, gerade sehenden Auges in sein Unglück zu rennen. Was sollte am Ende dieser Treppe auf ihn warten, was all das, was er soeben gesehen hatte, aufwiegen konnte? Eine Mansarde? Was sollte daran so großartig sein?

Er erreichte den Absatz am Ende der Treppe. Der Makler und Petra lehnten an der Wand gegenüber einer Tür.

»Pass auf, Darling, jetzt wirst du Augen machen«, flüsterte Petra.

Mit gemischten Gefühlen drückte Joachim die Klinke herunter und schob die Tür auf. Er musste den Kopf einziehen, weil sie so niedrig war. Im ersten Augenblick blendete ihn ein helles Licht. Staunend trat er in einen weitläufigen Raum. An der einen Seite gab es eine Schräge mit einer großen Fensterfront, durch die hell und warm das Sonnenlicht fiel. Auch hier war es staubig, und mit jedem Schritt in die Mansarde hinein wirbelte Joachim etwas davon auf. Der Staub umtanzte ihn schillernd, aber er nahm es kaum wahr. So viel Licht, so viel Platz! Endlich verstand er Petras Begeisterung. Das hier war der ideale Ort, um Fotos zu machen! Ihm kam die Herkunft des Begriffs Fotografie in den Sinn. Er bestand aus zwei altgriechischen Worten: *photós*, Licht, und *graphein*, schreiben. Mit Licht schreiben also.

»Wahnsinn!«, hauchte er, unfähig, mehr zu sagen.

»Und, Darling, hab ich dir zu viel versprochen?«, fragte Petra und legte wieder ihre Hand auf seinen Arm. Joachim hatte gar nicht bemerkt, dass sie hinter ihm hereingekommen war. Benommen vor Glück schüttelte er den Kopf und sah sie an. Sie stand seitlich zum hereinfallenden Licht, eine Gesichtshälfte von der Sonne erhellt.

Joachim griff aufgeregt nach seiner Kamera. »Stell dich mal da hin«, sagte er. Mit der freien Hand dirigierte er Petra weiter in den Raum hinein. Sie kam der Aufforderung nach und warf sich sofort in Pose. Er hob die Kamera vor das Gesicht und sah durch den Sucher.

»Genau, ja, da …« Joachim war in seinem Element. »Noch ein bisschen mehr zur Seite … ja … und jetzt drehen … nein, nur den Kopf … ja … genau so … das Kinn ein bisschen nach oben und dann … perfekt! Nicht bewegen.« Er drückte auf den Auslöser und das vertraute *Klick* ertönte. Joachim spürte, wie sein Herz aufgeregt in seiner Brust schlug. Er konnte es kaum erwarten, dieses Foto entwickelt in Händen zu halten: Petras schlanke Figur, halb zur Silhouette, das Gesicht zum Licht gedreht, die eine Hälfte völlig im Schatten. Wahnsinn.

*

»Die Trude hat mir da neulich etwas erzählt«, sagte Rita beiläufig, als sie die Züngsdorfer Straße zum Bahnhof hinaufeilten.

»Ach was, die gibt es noch? Über die hast du doch schon ewig nicht mehr gesprochen. Ich dachte schon, ihr hättet euch zerstritten«, erwiderte Edith. Sie war müde, hatte gestern Abend bis spät in die Nacht am Saum ihres Stufenrocks genäht. Per Hand mit Nadel und Faden, versteht sich. Noch war die eigene Nähmaschine in weiter Ferne.

»Was soll das denn heißen?«, rief Rita empört. »Natürlich gibt es die Trude noch.«

Edith zuckte mit den Schultern. »Du hast sie kaum noch erwähnt und wenn wir uns getroffen haben, war sie nicht mehr mit dabei.«

»Das ist doch nur, weil sie mit der Politik so viel zu tun hat.«

»Was denn?«, fragte Edith. »Auch abends und am Wochenende?«

»Die Trude nimmt das eben sehr ernst, und das wird uns mal sehr nützlich sein. Mir und dir und allen anderen Frauen.«

»Aber mit dir und der Politik ist es nichts geworden, oder?«, fragte Edith.

»Ja … nein«, Rita verzog das Gesicht, »dazu habe ich keine Zeit«, sagte sie hastig.

Edith grinste. Das war wohl eine Ausrede dafür, dass Rita kein Interesse daran hatte, ihre Abende und Wochenenden zu opfern.

»Aber für die Trude ist noch Zeit?«

Rita ignorierte Ediths Spitze. »Ja, und du glaubst nicht, was die Trude neulich im Bundestag erlebt hat! Warte, das erzähl ich dir gleich, wenn wir sitzen.« Und damit eilten sie durch den Godesberger Bahnhof bis auf Gleis 1, um in letzter Minute den Zug nach Mehlem zu erreichen.

»Dann leg mal los«, sagte Edith, als sie Platz genommen hatten.

»Die Trude hat gesagt, dass sie und die anderen Frauen es gar nicht leicht haben im Bundestag«, antwortete Rita. Sie sortierte Mantel und Tasche auf ihrem Platz.

»Das glaube ich sofort.« Der Zug fuhr an.

»Und dass die Männer anfangen zu johlen und zu lachen, wenn eine von ihnen endlich mal nach vorn ans Rednerpult darf.«

Edith schaute aus dem Fenster, sah Häuser und Straßen vorbeirauschen. Sie versuchte, sich diese Situation vorzustellen. Die lachenden und johlenden Männer. Es gelang ihr nicht.

»Der eine Politiker, der Walter Henkes, der hat gesagt, dass die Frauen nicht mehr als Farbtupfer im Bonner parlamentarischen Getriebe seien. Kannst du dir das vorstellen? Da arbeitest du so hart wie die Trude, und dann bekommst du so was zu hören!« Rita war so außer sich, dass man hätte meinen können, es wäre ihr selbst widerfahren.

»Und der Michael Horlacher, der von der CSU, der hat gesagt, dass die Frau als Einzelne wie eine Blume im Parlament wirkt, aber in der Masse wie Unkraut.« Rita schnaubte, und auch Edith spürte Wut in sich aufsteigen. Wie konnte dieser Mann es wagen, Frauen als Unkraut zu bezeichnen?

»Wie schafft die Trude es, trotzdem weiterzumachen?«, fragte Edith.

»Sie sagt immer, dass sie sich zum Ziel gesetzt hat, mehr Rechte für Frauen durchzusetzen, und das kein Mann, kein

Politiker, niemand, sie je davon abbringen wird.« Rita zog die Schultern hoch.

»Weißt du, was die Trude noch immer erzählt?«, fragte Rita und fing an zu lachen.

Edith schüttelte den Kopf.

»Dass der Tag kommen wird, an dem eine Frau Bundeskanzler wird!«

Eine Frau als Bundeskanzler? Würde sie das wirklich erleben? Wie anders wäre die Welt dann. Anders und bestimmt viel besser.

»Aber bis dahin müssen die Frauen im Bundestag jeden Tag Hohn und Spott aushalten, müssen sich als Suffragetten beschimpfen lassen und werden dann auch noch ausgelacht. Das ist doch nicht richtig! Das kann doch einfach nicht richtig sein. Selbst Bundeskanzler Adenauer hat schon so ein paar Bemerkungen Frauen gegenüber fallen gelassen.« Rita schüttelte resigniert den Kopf.

Das konnte Edith kaum glauben. »Der Alte?«

»Ja, der Alte.«

»Ich hab es ja sonst nicht so mit den ganzen Herren Politikern, mir reichen die, die sich in unserer Schneiderei hofieren lassen, aber auf den Kanzler Adenauer lasse ich nichts kommen.«

»Das ist doch nur, weil er dich so an deinen Großvater erinnert«, erwiderte Rita hitzig.

Der ja gar nicht mein Großvater war, dachte Edith, sagte aber: »Der Alte hat so viel für die Bundesrepublik getan. Und jetzt tut er auch viel dafür, dass sich Deutschland wieder mit Israel aussöhnt, nach allem … du weißt schon, nach allem, was im Krieg passiert ist.«

Rita zog erstaunt die Augenbrauen hoch. »Was denn? Das Fräulein Graf ist mit einem Mal politisch gebildet? Wie kommt es denn dazu?«

Edith erwiderte nichts, sie sah wieder aus dem Fenster.

Wie sollte sie Rita erklären, dass gerade die Aussöhnung mit Israel für sie nun zu einem wichtigen Thema geworden war und wie sehr sie sich gefreut hatte, als sie in der Tagesschau gesehen hatte, dass es in New York zu einem Treffen zwischen Konrad Adenauer und dem israelischen Premierminister Ben Gurion gekommen war, und dass Adenauer bestrebt war, sich Israel wieder anzunähern.

Der Zug bremste für seinen Halt in Mehlem. Edith und Rita stiegen aus.

Schweigend gingen sie vom Bahnhof bis zur Damenschneiderei *Kurt Klemens Modelle.*

»Was ist denn eigentlich mit dir und dem Leckerchen?«, fragte Rita unvermittelt, als sie an dem Platz vorüberkamen, an dem Paul vor einigen Wochen mit dem Dienstwagen gestanden hatte.

Edith rollte mit den Augen und blies die Backen auf.

»Was denn?«, rief Rita gespielt erstaunt. »Bist du da etwa immer noch keinen Schritt weiter? Edith, du stehst dir selbst im Weg! Mach endlich mit dem Heinz reinen Tisch, und dann angelst du dir den Paul.«

Wenn Rita das sagte, klang es so einfach. Aber das war es nicht. Und Edith wusste auch immer noch nicht, ob sie es überhaupt wollte.

»Ich hab genau gesehen, wie du bei unserem letzten Treffen dem Paul aus dem Weg gegangen bist; und dem Heinz auch.«

Bei dem Gedanken an dieses Treffen zog sich Ediths Magen zusammen. Im Kino waren sie gewesen, hatten *Im weißen Rössl* gesehen. Eine Komödie mit viel Gesang, viel Herz und dem überaus feschen Peter Alexander, aber Edith hatte kein einziges Mal lachen können. Sie hatte im Halbdunkel des Kinosaals gesessen und einfach nur gehofft, dass es bald vorbei wäre. Dass sie nicht mehr spüren musste, wie die Blicke von Paul und Heinz auf ihr ruhten. Zwischen Rita und Joachim hatte sie gesessen und sich gewünscht, im Erdboden zu versinken. Solange sie ihre eigenen, widersprüchlichen Gefühle nicht einordnen konnte, solange sie nicht wusste, was sie wollte, konnte sie sich dem Ganzen nicht stellen. Also ging sie einfach allem aus dem Weg, schob die ganze Sache zur Seite, soweit es ihr möglich war. Auch wenn ihr Herz dabei in Aufruhr war.

34

Den Tag über hatte sie sich in der Damenschneiderei gut ablenken können, aber jetzt, wo sie mit Rita aus dem Godesberger Bahnhof trat, drehten sich all ihre Gedanken wieder um Paul und Heinz. Heinz und Paul. Paul und Heinz. Und Rita machte es nicht besser, weil auch sie nur dieses eine Thema zu kennen schien. Dabei wollte Edith gar nicht darüber reden, sie wollte noch nicht mal darüber nachdenken.

Edith beschleunigte ihre Schritte und wimmelte Ritas Vorschlag, noch ein wenig am Rhein spazieren zu gehen, ab mit der Ausrede, sie müsse der Mutter in der Waschküche helfen. Sofort überkam sie ein schlechtes Gewissen, und sie nahm sich vor, diese kleine Lüge zur Wahrheit werden zu lassen, sobald sie zu Hause angekommen war.

Endlich erreichten sie die Gabelung, an der sich ihre Wege trennten. Edith verabschiedete sich schnell von Rita und ging ihren gewohnten Weg weiter. An der Kreuzung Königsplatz musste sie stehen bleiben, um ein vorüberfahrendes Auto durchzulassen, bevor sie weitergehen konnte. Sie sah dem Wagen hinterher – und da sah sie ihn: Paul. Lässig lehnte er an einer Mauer, einen Fuß angewinkelt. Er trug seine Livree, und Edith fiel auf, dass sie ihn bisher noch nie in anderer Kleidung gesehen hatte. Sofort fragte sie sich, wie er wohl in Alltagskleidung aussehen würde. Jünger vielleicht, aber bestimmt genauso attraktiv wie jetzt. Hitze stieg ihr ins Gesicht, sie spürte es deutlich auf ihren Wangen. Wieso nur musste sie solche Gedanken haben, und wieso nur musste ihr Körper gleich mit einer Reaktion nachlegen?

Weil du in den Paul verliebt bist, hörte sie Ritas Stimme in ihrem Ohr, und ihre Wangen brannten noch mehr.

Was machte er hier? Wartete er etwa auf sie? Da schaffte sie es schon kaum, ihn aus ihren Gedanken herauszuhalten, und prompt musste er leibhaftig vor ihr auftauchen? Edith spürte, wie Wut in ihr aufstieg. Warum konnte dieser Kerl sie nicht in Ruhe lassen, und warum hatte er eine solche Wirkung auf sie, dass ihr Herz schneller schlug und ihre Wangen rot wurden? Sie wollte das nicht. Endlich lief ihr Leben in geraderen Bahnen, wenn man davon absah, dass sie erfahren hatte, nicht das Kind ihrer Eltern zu sein. Endlich verließ sie jeden Morgen das Haus, um nach Mehlem zu fahren und dort ihre Lehre zu machen. Endlich hatte sie mehr von der Freiheit und Unabhängigkeit, die sie sich so gewünscht hatte. Endlich durfte sie selbst entscheiden! Da war kein Platz für einen Mann. Schon dreimal nicht für einen Vagabunden, der ihre Gefühle durcheinanderwirbelte, in einem Moment, in dem ihr ganzes Leben auf dem Kopf stand. In einem Moment, in dem sie selbst nicht wusste, ob dieser Mann überhaupt derjenige war, den sie wollte, oder ob das nicht ein ganz anderer Mann sein sollte.

Sie schloss die Augen und sagte sich im Stillen noch einmal alle Argumente vor, die sie auch Rita gegenüber vorgebracht hatte: *Der Paul ist nur ein Herumtreiber. Ich kenne ihn kaum. Und dann gibt es ja auch noch den Heinz, und überhaupt will ich doch jetzt gar nichts mit Liebesdingen zu tun haben.* Diese Gedanken gaben ihr die nötige Kraft. Sie würde einfach an Paul vorbeigehen, nach Hause, und dann würde sie sich auf die Wäsche in der Waschküche stürzen und alles vergessen. Edith öffnete die Augen, straffte die Schultern und hob den Kopf an. Sie überquerte die Straße. Festen Schrittes ging sie auf Paul zu – und dann an ihm vorüber. Ohne ihm ein Grußwort, ein Nicken oder gar einen Blick zu schenken.

»Edith! Hey, Edith! Jetzt warte doch mal!«, rief Paul, und sie musste sich zusammenreißen, um weiterzugehen. Ihr Herz schlug wieder fest in ihrer Brust.

»Edith!«

Sie spürte eine Hand auf ihrer Schulter und fuhr herum. Wütend funkelte sie Paul an, der mit seinen dunklen Augen ihren Blick auffing. Diesen dunklen und intensiven Augen.

»Warum gehst du einfach an mir vorbei? Ich habe auf dich gewartet. Ich wollte mit dir reden. Außerdem habe ich die für dich mitgebracht.« Mit diesen Worten zog er eine gelbe Osterglocke hinter seinem Rücken hervor und reichte sie Edith.

Automatisch griff sie danach. Ihr Blick wurde noch wütender, weil sie sich über sich selbst ärgerte. Darüber, dass sie stehen geblieben war, und darüber, dass ihr Herz gerade einen Freudentanz der Blume wegen aufführte.

»Und wenn ich nicht mit dir reden will?«, fragte sie bissig.

Pauls Gesicht zuckte für einen Augenblick, als habe sie ihm eine Ohrfeige verpasst. »Ich verstehe das nicht. Was habe ich dir denn getan?«

Sie wollte den Blick abwenden, musste den Blick abwenden, aber Paul ließ es nicht zu. Er folgte ihr mit den Augen und sie konnte nicht wegsehen.

»Hat es mit dem Heinz zu tun?«, fragte er. Seine Stimme klang rau.

Überrascht weitete Edith die Augen. Wie nur konnte er das wissen? »W-Woher …«, stotterte sie.

Ein halbes Lächeln stahl sich auf Pauls Gesicht. Edith spürte, wie ihr Widerstand bröckelte. Es war zwecklos. Sie konnte ihn nicht einfach ignorieren, genauso wenig, wie sie ihn aus ihren Gedanken verbannen konnte. Und sie wusste doch schon längst, dass bei einer Entscheidung zwischen Paul und Heinz ihr Herz mehr für Paul schlug.

Paul zuckte mit den Schultern, jetzt lächelte er richtig. »Edith …« Er griff nach ihrer Hand, und diesmal ließ sie es zu.

Die Berührung durchfuhr sie wie ein Blitzschlag. Sie spürte, wie sich die Härchen auf ihren Armen und ihrem Nacken aufstellten, als der Blitz sie durchzuckte, als er jede Faser ihres Körpers erreichte.

Das war … das …

Für einen Moment blieb Edith die Luft weg.

Es war genau so, wie sie es sich immer vorgestellt hatte! Die Erkenntnis traf Edith wie ein zweiter Blitzschlag: Das hier war die Liebe, wie sie sie sich immer vorgestellt hatte! Es hatte sie getroffen!

*

Paul drehte sich um und lächelte in sich hinein, während er mit großen Schritten dorthin zurückging, wo er sein Auto geparkt hatte. Da war also sein altbekannter Charme doch wieder aufgetaucht und hatte seine Wirkung nicht verfehlt. Wie gut, dass er auf dem Weg die Straße hinunter die Osterglocke im Vorgarten einer Villa gesehen und schnell gepflückt hatte. In Gedanken sandte er einen Dankesgruß an die unbekannten Bewohner und hoffte, dass sie ihm diesen kleinen Blumendiebstahl verzeihen mögen. Zunächst hatte Edith die Blume nur widerwillig angenommen, aber als sie sich verabschiedet hatten, und sie fortgegangen war, da hatte Paul ganz genau gesehen, wie sie an der Blume gerochen hatte. Allein dieses Bild ließ sein Herz höher schlagen und sein Lächeln breiter werden.

Edith! Sie war wirklich eine Frau, wie er noch keiner begegnet war. Da war sie doch zunächst an ihm vorübergegangen, einfach so, als würde er nicht dastehen und auf sie warten. Und wie sie ihn angefunkelt hatte! Wie viel Feuer diese Frau hatte! Als wäre er nicht sowieso schon von ihr gefangen gewesen, von seinem Glücksbringermädchen, jetzt war er ihr hoffnungslos verfallen. Er wollte alles von ihr wissen, wollte sie kennen- und lieben lernen.

Und den ersten Stein auf dem Weg dorthin hatte er gerade

gelegt damit, dass er sich mit ihr zu einem Treffen verabredet hatte. Nur sie beide allein und kein anderer dabei. Keine Rita, kein Joachim und erst recht kein Heinz.

Nun hoffte Paul nur noch, dass Edith es sich nicht noch in letzter Minute anders überlegen würde. Und vielleicht war es auch besser, wenn Heinz erst einmal keinen Wind davon bekam. Er würde ihm am besten in den nächsten Tagen aus dem Weg gehen und sich voll und ganz auf das Treffen mit Edith konzentrieren. Wo sollte er mit ihr hinfahren? Nach Bonn in eines der Cafés, oder sollte er sie doch lieber schick nach Rüngsdorf ins Rheinhotel Dreesen ausführen? Aber dann überlegte er, dass so, wie er Edith bisher kennengelernt hatte, ihr sicherlich ein Spaziergang am besten gefallen würde. Aber wo? Am Rhein vielleicht?

Er war am Auto angekommen, schloss die Fahrertür auf und ließ sich auf den Sitz fallen. Während er den Wagen startete, dachte er darüber nach, wo er Edith bisher schon in Bad Godesberg gesehen hatte, und plötzlich kam ihm Schweinheim in den Sinn. Die ruhige Seitenstraße, das kleine Haus mit dem gepflegten Garten, zu dem er Rudolf Schilling oft chauffierte. Nur wenige Straßen oberhalb begann der Wald, der Kottenforst. Ein Waldspaziergang mit Blick über Bad Godesberg! Das war doch genau das Richtige für ein Treffen mit Edith. Dort wären sie ungestört, könnten reden und die Natur genießen. Ja, der Kottenforst würde ihn hoffentlich seinem Glücksbringermädchen näherbringen.

Paul legte den Gang ein und betätigte den Blinker, bevor er mit einem Blick in den Seitenspiegel die Fahrbahn auf weitere Fahrzeuge kontrollierte. Die Straße war leer.

Freie Fahrt!, dachte er immer noch selig lächelnd und lenkte den Wagen auf die Straße.

*

Joachim fuhr mit der Hand über den rauen Tweedstoff. Es würde wohl der letzte Anzug aus dem robusten und wärmenden Stoff für dieses Frühjahr sein. Die Temperaturen wurden von Tag zu Tag wärmer und damit stieg in der Schneiderei wieder die Nachfrage nach leichteren Stoffen, nach dünner Baumwolle und luftigem Leinen. Die Sonne schien hell zum Fenster herein, blendete ihn. Er beugte sich nach vorn, um dem Schein zu entkommen. Das Licht, das er für die Fotografie so gut gebrauchen konnte, war ihm beim Nähen hinderlich, schien es doch von der völlig falschen Seite auf die Maschine. Mit einer Kamera in der Hand konnte er sich jederzeit passend zum Licht bewegen. Die Nähmaschine hingegen war fest mit dem Tisch verbunden und starr. Er rieb sich mit den Fingern über die müden Augen und betrachtete den Schatten, den die Maschine auf den Tisch warf. Er war schwarz und hart, daran war nichts Kunstvolles, wie der Schatten auf Petras Gesicht bei ihrem spontanen Fotoshooting in der Mansarde.

Die Mansarde. Der Laden. Sein Fotostudio.

Da hatte er doch zuerst wirklich an Petra gezweifelt! Wie hatte das sein können? Wie hatte er jemals an ihrem Urteilsvermögen zweifeln können? Sie war ein Modell, ein richtiges Fotomodell, und als solches hatte auch sie ein Auge für den richtigen Ort, die richtige Haltung, das richtige Licht. Das hatte sie ihm doch schon mehr als einmal bewiesen. Dennoch hatte Joachim sich erst von dem staubigen kleinen Ladengeschäft in die Irre führen lassen. Aber auch das würde er mit Petras Hilfe in ein echtes Kleinod verwandeln, dessen war er sich sicher. Allein ein heller Anstrich würde Wunder bewirken. So hatte es Petra vorgeschlagen, und so stellte er sich das auch vor. Hell sollte es sein. Der Laden – und die Mansarde sowieso. Hell und luftig. Nicht so klein und beengt wie das Nähzimmer der Schneiderei Graf.

Joachim nahm die Schneiderschere zur Hand. Es war seine

eigene, die er von den Eltern zum Geburtstag und zur bestandenen Prüfung geschenkt bekommen hatte. Sie war groß, das Metall schwer und kühl. Nachdenklich wog Joachim sie in der Hand. Er musste daran denken, wie anders die Kamera sich dagegen anfühlte. Leicht und kompakt. Er holte Luft und setzte zum Schnitt in den Tweedstoff an. Der Stoff machte ein knirschendes Geräusch, als er schnitt.

Er musste endlich mit dem Vater sprechen. Ihm erzählen, dass er beabsichtigte, das Schneiderhandwerk an den Nagel zu hängen. Dass er bereits dabei war, sich eine eigene Zukunft, ein eigenes Geschäft, aufzubauen. Er musste ausnutzen, dass es dem Vater endlich wieder so viel besser ging. Dabei hatte niemand damit gerechnet, dass er sich wieder von seinem Krankenbett erheben würde. Doch jetzt stand er wieder Tag für Tag im Laden und bediente die Kundschaft. Nahm Maß und plauderte mit den Kunden, als wäre nie etwas gewesen, als habe er nicht fast ein Jahr lang das Bett hüten müssen unter Kaskaden von Hustensalven. Nur das Zigarrenrauchen im Anprobenzimmer ließ er jetzt bleiben und bat auch die Kunden, dies zu unterlassen. Das war etwas, das Joachim zeigte, wie ernst es um die Gesundheit des Vaters gestanden hatte, denn er hatte noch nie zuvor einem Kunden etwas ausgeschlagen. Er hatte sich wirklich verändert. Auch ihm gegenüber. Er war nachsichtiger geworden. Nur noch selten bemängelte er seine Nähwerke. Joachim durfte sogar Anproben machen. Ganz allein und selbstständig! Trotzdem hatte er sich bisher noch nicht zu einem Gespräch mit dem Vater überwinden können. Er scheute den Konflikt. Warum konnte das alles nicht einfacher sein? So einfach wie die Fotografie?

So blieb ihm zunächst nichts anders übrig, als weiter seine Arbeit als Schneidergeselle zu erledigen, während die Fotografie eine Freizeitbeschäftigung blieb. So lange, bis er endlich bereit war, sich alldem zu stellen. Oder so lange, bis es keinen anderen Ausweg mehr gab. Und das – das wusste Joachim –

würde schon sehr bald der Fall sein. Dennoch fragte er sich in einem fort, wie er es dem Vater beibringen sollte. Schließlich war er von Kindesbeinen an damit aufgewachsen, dass er der Erbe der Herrenschneiderei Graf war. Dass er Schneider lernen und dann den Betrieb vom Vater übernehmen würde. Den familieneigenen Betrieb. Nur dass er eigentlich gar nicht seinem Vater, gar nicht seiner Familie, gehörte, wie sich nun herausgestellt hatte. Die Information, dass Edith gar nicht seine Zwillingsschwester war, hatte ihm im ersten Moment schockiert. Aber Edith blieb trotzdem seine Schwester, seine Familie. Sie teilten so viele Erinnerungen und Erlebnisse. Das konnte nicht einfach weggewischt werden.

Doch es änderte nichts an der Tatsache, dass Ediths Vater die Schneiderei aufgebaut und dann seinem ehemaligen Lehrling zusammen mit dem für ihn auf der ganzen Welt Wertvollsten zur Obhut übergeben hatte. Damit war für Joachim die Sache glasklar: Er war nicht der Erbe der Herrenschneiderei in der Michaelstraße, das war Edith. Und mit dieser Erkenntnis fiel ihm ein tonnenschwerer Stein vom Herzen. Das war es, wonach er gesucht hatte. Ein Grund, endlich seinem eigenen Traum nachzugehen, sich auf eigene Füße zu stellen, statt in die Fußstapfen seines Vaters zu treten. Er hatte fast alles beisammen, was er für ein eigenes Fotostudio benötigte, nur was das Geld anging, da würde er sich noch etwas einfallen lassen müssen. Wenn der Vater ihm doch dabei unter die Arme greifen würde, wenn er ihn unterstützen würde. Aber erst mal musste er hoffen, dass der Vater ihn nicht sofort vom Hof jagte, wenn er ihm von seinen Plänen berichtete. Er musste darauf setzen, dass er ihn mit Ediths Erbe überzeugen konnte. Nein, das war keine Option, das war ein Muss! Der Vater musste einsehen, dass die Schneiderei nur Edith zustand. Es war das einzig Richtige!

Gerade, als er noch darüber nachdachte, trat der Vater ins

Nähzimmers, durchschritt eilig den kleinen Raum und zog einen Stoffballen aus einem der Regale.

»Vater«, setzte Joachim an, aber der Vater winkte ab und verschwand genauso schnell wieder im Ladengeschäft, wie er gekommen war. Joachim hörte, wie er hustete und rumorte. Diese ständige Betriebsamkeit kannte er so gar nicht von ihm. Sie hatte eingesetzt, nachdem er wieder zu arbeiten begonnen hatte, und seit Edith nicht mehr aushalf, weil sie eine Lehre machte. Der Vater war immer in Bewegung und verbreitete eine solche Unruhe, dass Joachim sich fast die alten Zeiten zurückwünschte. Die Zeiten, in denen er unnachgiebig und streng gewesen war, aber auch ruhig und beherrscht. Denn wenn die neue Mildheit des Vaters auch die tägliche Arbeit erleichterte, so erschwerte sie Joachim nun den Weg in seine Zukunft, in seine Freiheit als Fotograf.

35

Das Leder knirschte, als Edith auf dem Beifahrersitz Platz nahm und den weiten Stufenrock um ihre Beine sortierte. Es war ungewohnt für sie, in einem Auto zu sitzen, und dann auch noch gleich in so einem Auto. Das Auto, mit dem Paul sonst Rudolf Schilling und manchmal sogar Willy Brandt durch die Lande chauffierte.

Paul schloss die Beifahrertür und ging um den Wagen herum zur Fahrerseite. Edith musterte ihn. Zum ersten Mal trug er nicht seine übliche Livree, sondern eine beige Bundfaltenhose und dazu einen ockerfarbenen Rollkragenpullover, der eng anlag und seine breite Brust, sein markantes Kinn und die Muskeln an den Oberarmen zur Geltung brachten. Edith merkte, wie ihr warm wurde. Sie löste den Schal, den sie sich um ihren Hals geschlungen hatte. Um sich abzulenken, blickte sie sich im Inneren des Wagens um. Alles war vom Feinsten, das Armaturenbrett aus Mahagoni. Vorsichtig strich sie mit den Fingerspitzen über die glatte und leicht kühle Oberfläche.

»Schick, nicht wahr?« Paul war eingestiegen und sah Edith wieder mit diesem intensiven Blick an, der ihr Herz höherschlagen ließ.

Edith nickte, für einen Moment unfähig, zu antworten.

Paul startete den Wagen, und mit dem Brummen des Motors fand auch Edith die Sprache wieder: »Wohin fahren wir?«

»Das ist eine Überraschung«, antwortete Paul. Er zwinkerte.

Er lenkte den Wagen auf die Koblenzer Straße, dann am Redoutenpark vorbei in die Brunnenallee. Schließlich fuhr er den Berg hinauf nach Schweinheim und da begann Edith zu ahnen, wohin die Reise ging: In den Kottenforst.

Und tatsächlich, Paul parkte den Wagen am Waldrand. Edith wollte sich daranmachen, auszusteigen, wurde aber von Paul abgehalten. »Warte!«, rief er und sprang aus dem Wagen. Sofort war er an Ediths Seite und hielt ihr die Tür auf – ganz der Chauffeur. Sie ergriff die Hand, die er ihr hinstreckte, und ließ sich aus dem Wagen helfen. Dabei kam sie sich vor wie eine der feinen Damen. Eine feine Dame, die einen Blitzschlag verspürte.

Dann gingen sie los, schweigend zunächst. Edith sah sich um, darauf bedacht, Pauls Blick auszuweichen. Sie sah die Bäume an, das Unterholz, blickte auf den Waldweg, musterte Steine und Äste, die darauf lagen; und überlegte fieberhaft, über was sie nun mit Paul sprechen sollte, denn sie konnten schlecht die ganze Zeit nur schweigen. Auch wenn Edith sich eingestehen musste, dass es kein unangenehmes Schweigen war.

Endlich erreichten sie eine Bank, die am Rande einer Lichtung stand. Edith ließ sich darauf nieder und drehte das Gesicht der Sonne zu. Die Wärme war angenehm auf der Haut. Eine leichte Brise kam auf und ließ die Blätter der Bäume sanft hin und her schaukeln. Edith sog die Luft ein. Es roch so wunderbar. Nach frischem Gras, nach Tannennadeln und nach Moos. Sie liebte es, im Wald zu sein.

Paul setzte sich neben sie. So nah waren sie sich bisher noch nicht gewesen. Bei den Treffen mit den anderen nicht, und auch nicht im Auto auf dem Weg hierher. Edith spürte Pauls Ellenbogen an ihrem. Fühlte den Stoff seines dünnen Rollkragenpullovers an ihrem nackten Arm. Und es fühlte sich gut an.

Immer noch überlegte sie, wie sie ein Gespräch beginnen konnte, vielleicht mit einem Kommentar über das schöne Wetter?, als Paul unvermittelt sagte: »Wie ist das so, mit einem Zwilling aufzuwachsen? Ich selbst habe nur einen älteren Bruder und kann mir das gar nicht richtig vorstellen.«

Edith verzog augenblicklich das Gesicht. Was sollte sie dazu sagen? Ja, sie war mit einem Zwilling aufgewachsen, aber es hatte sich herausgestellt, dass sie keine Zwillinge waren.

»Warum schaust du so?«, fragte Paul.

»Ach …« Edith zögerte. Sie sah Paul an. Er blickte zurück mit seinen dunklen Augen, diesen Augen, die ihr das Gefühl gaben, er würde sie schon so lange kennen. Und mit einem Mal erzählte Edith. Sie erzählte alles. Davon, dass die Eltern sie zunächst keine Lehre hatten machen lassen wollen, davon, dass Joachim immer schon der Star der Familie gewesen war, davon, dass sie den Vater als Nationalsozialisten verdächtigt hatte und auch davon, dass die Grafs nicht ihre Eltern und Joachim nicht ihr Zwillingsbruder war. Einfach alles erzählte sie Paul; und es war befreiend.

Jetzt war es schon fast ein halbes Jahr her, dass die Eltern ihr die Wahrheit offenbart hatten, und trotzdem hatte Edith noch mit niemandem darüber gesprochen. Nicht mal ihrer besten Freundin Rita hatte sie davon erzählt. Dass sie es Paul erzählte, war heilsam. Es schenkte der Unruhe in ihrem Inneren, der Unsicherheit, die sich mit der Erkenntnis um ihre neue Identität eingestellt hatte, Frieden. Edith sah Paul an. Sah den mitfühlenden Blick, der sie nicht bemitleidete, sondern ihr Kraft gab.

»Und was sagt Joachim dazu?«, fragte Paul, als Edith geendet hatte.

»Ehrlich gesagt … ich weiß es nicht. Ich habe nicht mit ihm darüber gesprochen.«

»Warum nicht?«

Als sie Pauls verblüfften Gesichtsausdruck sah, kam es ihr selbst merkwürdig vor. Wie konnte es sein, dass sie mit ihrem ehemaligen Zwillingsbruder nie darüber gesprochen hatte? Sie mochten keine Geschwister sein, aber sie waren doch zusammen aufgewachsen und sich immer nah gewesen. Es war eine Sache, dass sie es Rita nie erzählt hatte, aber Joachim? Er wusste doch von alldem. Er hatte es am gleichen Tag erfahren wie sie selbst. Warum hatte sie nie mit ihm das Gespräch gesucht? Da brauchte es scheinbar erst Paul, um ihr die Augen zu öffnen, um sie erkennen zu lassen, dass sie mit Joachim sprechen musste, dass sie erfahren musste, wie es ihm damit ging. Denn sie war mit dieser Situation nicht allein: Auch Joachim war jetzt kein Zwilling mehr.

Edith sah Paul dankbar an. Er war ein guter Zuhörer. Mit dem, was sie gerade mit ihm geteilt hatte, fühlte sie sich ihm mit einem Mal noch näher. Körperlich und seelisch. Ohne weiter darüber nachzudenken, beugte Edith sich zu ihm und küsste ihn. Küsste ihn einfach. Sie spürte deutlich, dass Paul überrascht war von ihrem impulsiven Kuss, aber dann legte er die Arme um sie und zog sie zu sich auf den Schoss und küsste sie zurück. Edith spürte, wie nicht nur ein, sondern Hunderte von Blitzschlägen durch ihren Körper zuckten, und sie fühlte sich so gut und so lebendig wie noch nie zuvor. Was hatte sie zu Rita gesagt? Das Paul ein Herumtreiber, ein Vagabund sei, und sie etwas Handfestes, etwas Verlässliches wollte? Sie lehnte sich noch mehr zu Paul, genoss den Kuss mit allen Sinnen. Nein! Das hier war alles, was sie wollte. Das hier und noch mehr davon. Viel mehr.

Edith sah dem cremefarbenen Wagen hinterher, bis er um die nächste Straßenecke verschwunden war. Immer noch pochte ihr Herz aufgeregt in ihrer Brust, und sie meinte, vor Glück zerspringen zu müssen. Bei dem Gedanken daran, dass sie Paul geküsst hatte, dass sie den ersten Schritt gemacht hatte, musste sie kichern wie ein Schulmädchen.

Es hatte sich so gut angefühlt, Paul zu küssen. Seine Lippen zu schmecken und seine Zunge. Ediths Mundwinkel zogen sich zu einem breiten Lächeln hinauf.

Endlich drehte sie sich von der Straße weg und der Grafschen Villa zu. Im oberen Stockwerk sah sie Licht. Joachim war schon zu Hause. Heute fügte sich alles, wie es sollte.

Rasch huschte sie zur Haustür hinein und die Treppe hinauf. Vor Joachims verschlossener Zimmertür machte sie halt und atmete einmal tief ein und wieder aus, bevor sie anklopfte. Sie wartete einen Augenblick, vernahm aber keinen Laut, also öffnete sie die Tür. Ihre Augen suchten den Raum ab, glitten über das ordentlich gemachte Bett zu dem großen Kleiderschrank, dann weiter über den Sessel und schließlich zum Schreibtisch, der unter dem Fenster stand. Dort saß Joachim, einen Stapel Fotografien in der Hand, und träumte, wie es Edith schien.

»Joachim?«, fragte sie, und ihr ehemaliger Zwilling sah überrascht und zugegebenermaßen auch etwas erschrocken auf. Hastig legte er die Bilder beiseite, und Edith fragte sich, was wohl darauf zu sehen war.

»Joachim«, sagte sie erneut, »ich muss mit dir reden.«

»Worüber?«

»Über … alles.« Edith schloss die Tür hinter sich und nahm im Sessel Platz. »Wir haben überhaupt nicht darüber gesprochen … du weißt schon … dass wir zwei gar keine Zwillinge sind, meine ich. Und das wissen wir doch jetzt schon so lange und …« Sie brach ab und seufzte tief, suchte Joachims Blick. »Warum hast du nie etwas gesagt?«

»Ich?«, fragte Joachim und rutschte auf dem Schreibtischstuhl zur Seite, sodass er ihr nun genau gegenüber saß. »Ich habe darauf gewartet, dass du etwas sagst. Ich dachte, du willst nicht darüber sprechen, und Mutter und Vater sagen ja auch nicht viel dazu, also …« Er ließ den Rest des Satzes in der Luft hängen.

So ist das also, dachte Edith, und mit einem Mal musste sie laut loslachen. »Wir sind schon zwei Spezialisten«, sagte sie, als sie wieder Luft bekam. »Statt miteinander zu sprechen, warten wir auf den jeweils anderen.«

Joachim lachte mit. »Da hast du recht«, rief er und sie beide lachten noch mehr.

Danach breitete sich Stille aus. Keiner schien so recht zu wissen, was er sagen, womit er anfangen sollte.

»Und«, brach Edith schließlich das Schweigen, »wie ist das nun mit uns beiden? Ändert es etwas?«

Joachim schüttelte den Kopf.

»Gut, denn für mich wirst du immer mein Bruder sein«, sagte Edith.

»Und du immer meine Schwester«, bestätigte Joachim. »Nur Zwillinge, das sind wir definitiv nicht.«

Edith lächelte. »Nein. Da hast du recht. Irgendwie waren wir das auch nie, wenn ich es recht bedenke. Ich habe mich immerzu gefragt, wie es sein kann, dass wir Zwillinge sind. Also noch, bevor ich alles wusste.«

»Ich auch.«

Wieder lachten sie.

»Weißt du noch, wie wir uns früher immer alles erzählt haben?«

»Du meinst, in der Zeit, in der wir uns noch ein Zimmer mit Stockbett geteilt haben?«, fragte Joachim schmunzelnd.

Edith nickte. »Ja, das Stockbett. Genau. Ich hatte immer so furchtbare Angst, dass es in der Nacht einfach über mir zusammenbrechen würde, weil es so wackelig war.«

Joachim grinste. »Wir zwei im schwankenden Schiff!«, rief er und rutschte auf seinem Stuhl hin und her, um das Wackeln zu imitieren.

Edith lachte, Joachim fiel mit ein, und dann erzählten sie sich all die gemeinsam erlebten Dinge aus Kindertagen. Tränen liefen Edith die Wangen hinunter und sie bekam Schluckauf, so sehr lachte sie. Wie lange nur war es her, dass sie so mit Joachim gesprochen hatte? Es war schön und es tat gut. Joachim war ihr Bruder. Das würde immer so bleiben.

»Wie geht es dir?«, fragte Edith, als sie sich wieder beruhigt hatten. »Die Gesellenprüfung müsste doch bald sein, oder?«

Joachims Miene verdunkelte sich, und Edith warf ihm einen besorgten Blick zu. »Was denn? Sitzt Vater dir wieder im Nacken?«

»Nein, im Gegenteil.«

»Was ist es denn dann?«

»Weißt du, mir geht es da wie dir: Ich will gar nicht in der Herrenschneiderei arbeiten.«

Edith sah Joachim überrascht an. Mit diesem Geständnis hatte sie nicht gerechnet. Ja, sie hatte die Reibereien zwischen Joachim und dem Vater mitbekommen und ja, Joachim hatte oftmals überarbeitet gewirkt, aber niemals wäre Edith der Gedanke gekommen, dass Joachim seine Arbeit nicht mochte. Er, der seine Lehre doch mit Bravour abgeschlossen hatte.

»Was willst du denn dann tun?«, fragte Edith, ehrlich neugierig.

Joachim drehte sich zum Schreibtisch und nahm die Fotografien zur Hand. Mit leuchtenden Augen reicht er sie ihr.

»Ich will mein eigenes Fotostudio eröffnen und als Fotograf arbeiten.«

Edith sah sich die Bilder an. Auf den meisten erkannte sie Petra, auf einigen der anderen waren Gebäude – das Poppelsdorfer Schloss, die Godesburg, der Bahnhof und die Stadthalle waren dabei – auf anderen Blumen und Bäume, Landschaften, der Rhein. Edith hatte keine Ahnung von Fotografie, aber selbst ihr fiel auf, dass die Aufnahmen allesamt außergewöhnlich waren.

»Die sind richtig gut«, sagte sie.

Joachim nickte stolz.

Edith hielt ein Bild von Petra in die Höhe, auf der diese im Porträt zu sehen war, nur eine Gesichtshälfte sichtbar.

»Und was ist das mit dir und Petra?«

Joachim lief rot an. »Etwas Ernstes«, antwortete er und nahm Edith das Bild aus der Hand.

»Wie ist es bei dir? Es ist Paul, oder?«, fragte Joachim zurück, und Edith nickte. Sie dachte an den Kuss.

»Was war das dann mit dem Heinz?«, hakte Joachim nach.

Ein feiner Stich bohrte sich in Ediths Herz. »Da habe ich nur gedacht, es wäre etwas Richtiges.«

»Und dann war es das doch nicht?«

Edith schüttelte den Kopf.

»Aber mit dem Paul, das ist richtig?«

»Ja. Es fühlt sich richtig an. Hier«, antwortete Edith und deutete auf ihr Herz.

Joachim nickte ernst, als würde er genau verstehen, was das hieß. Er sah zu der Fotografie von Petra.

»Dann hast du durch das Fotografieren gemerkt, dass du etwas anderes machen willst?«, fragte Edith.

»Wenn ich ehrlich bin, wollte ich noch nie Schneider werden. Aber Vater … du kennst ihn ja. Ich hatte immer das Gefühl, keine andere Wahl zu haben.«

Edith beugte sich im Sessel vor und legte Joachim eine Hand auf den Arm. Sie verstand ganz genau, was er meinte. Ihr selbst war es doch auch so gegangen. Nur hatte Joachim das im Gegensatz zu ihr wirklich sehr gut versteckt.

»Und jetzt willst du ein Fotostudio eröffnen?«, fragte Edith. »Geht das denn so einfach?«

»Ich habe eine passende Immobilie an der Hand, nur mit der Finanzierung muss ich mir noch etwas einfallen lassen«, antwortete Joachim und klang dabei so geschäftsmäßig und erwachsen, dass Edith richtig beeindruckt war.

»Was sagt Vater dazu?«

»Der weiß es noch nicht.« Joachim machte ein gequältes Gesicht, und Edith konnte es ihm nachfühlen.

»Auf meine Unterstützung und meinen Rückhalt kannst

du zählen«, sagte sie und drückte Joachims Arm, um das Gesagte zu unterstreichen.

»Das muss ich auch, denn du bist der Schlüssel.«

»Der Schlüssel?«

»Ja, denn eigentlich gehört die Schneiderei Graf rechtmäßig dir. Du bist die wahre Erbin.«

*

Auf der Autobahn nahe Potsdam war nicht viel Verkehr zu dieser späten Stunde, und es ging so schnurgeradeaus, dass Paul Mühe hatte wachzubleiben. Zum Glück hatte er sich über weite Teile der Fahrt mit Rudolf Schilling und Willy Brandt unterhalten. Sie erzählten davon, dass die SPD gemeinsame Ansätze mit der Regierung finden müsse, eine gemeinsame Politik für das Wohl des Landes, um einen neuen Krieg zu verhindern. Dass sie auf einem guten Weg seien und er ein gutes Gefühl dabei habe.

Ein gutes Gefühl … Bei diesen Worten konnte Paul nicht anders, als an Edith zu denken. Sie gab ihm wie nichts anderes auf der Welt ein gutes Gefühl. Und sie hatte ihn geküsst! Sie ihn! Diese Frau hatte Feuer, und sie war sein Glücksbringermädchen.

Aber so viel Glück, wie sie ihm brachte, hatte sie selbst leider nicht, wenn er bedachte, was sie ihm von ihren Eltern erzählt hatte. Davon, wie sie erfahren hatte, dass sie nicht deren leibliches Kind war. Paul konnte es gar nicht richtig nachempfinden. Er versuchte immer und immer wieder, es sich vorzustellen, seine Eltern würden ihm so etwas offenbaren. Es ging nicht. Es ging einfach nicht. Wie schrecklich musste es für Edith sein? Nicht mal ihr Name war ihrer. Auch das hatte sie ihm erzählt.

Paul sah durch den Rückspiegel. In der Dunkelheit konnte er nur zwei Schemen ausmachen. Rudolf Schilling und Willy

Brandt. Er hatte einmal gehört, dass der Berliner Bürgermeister auch einen anderen Geburtsnamen hatte. Aber im Gegensatz zu Edith hatte er sich wohl selbst für seinen neuen Namen entschieden. Trotzdem fand Paul es merkwürdig, dass er jetzt schon zwei Menschen in seinem Leben hatte, die unter anderem Namen geboren waren.

36

Den ganzen Vormittag hatte Edith im Bügelzimmer der Damenschneiderei *Kurt Klemens Modelle* in Mehlem zugebracht – und das bei den ohnehin schon sommerlich warmen Temperaturen. Deshalb war sie jetzt umso froher, nach der Mittagspause im großen Nähzimmer arbeiten zu dürfen. An allen Plätzen wurde still gearbeitet, Edith hörte nur das vertraute Surren der Maschinen um sie herum. Sie liebte dieses Geräusch, das laut war und trotzdem Ruhe mit sich brachte.

Plötzlich machte sich Aufregung breit. Einige Näherinnen stürzten zum Fenster. Hanne war dabei, und auch Inge und Gisela waren hinübergerannt. Edith hörte lautes Schnattern.

»Was ist da los?«, fragte sie Rita.

»Bestimmt wieder eine Kundin fürs Atelier«, antwortete Rita, als sei das nichts Besonderes.

Eine Kundin fürs Atelier? Edith eilte zum Fenster, drängte sich zwischen Hanne und Gisela und spähte hinaus. Ein großer Wagen war vorgefahren und ein Chauffeur, der nicht mal annähernd so stattlich war wie Paul, öffnete die Tür zum Fond. Es war genau so, wie Rita es ihr damals am Rhein erzählt hatte.

Da fährt der Wagen vor und der Chauffeur steigt aus, ganz adrett mit Anzug und Schirmmütze, und dann geht er um den Wagen herum und hält der Dame die Tür auf.

»Das ist wieder die Frau von dem Mende!«, rief die stämmige Hanne erfreut.

»Bist du dir sicher?«, fragte Inge. Ihr Kopf ruckte wie der einer Eule hin und her, bei dem Versuch, einen besseren Blick erhaschen zu können.

»Na klar bin ich mir sicher«, antwortete Hanne resolut,

»das ist die Frau Mende. Die war doch schon oft bei uns im Atelier. Die erkenne ich überall.«

»Mende?«, fragte jetzt die sonst so stille Gisela. »Ist das nicht der von der FDP?«

»Genau der«, bestätigte Hanne.

Edith hörte den dreien gar nicht richtig zu, sie konnte nur daran denken, dass sie selbst schon einmal in einem solchen Wagen gesessen hatte und von einem richtigen Chauffeur gefahren worden war. Und nicht von irgendeinem: von dem Chauffeur Rudolf Schillings, dem Berater von Willy Brandt!

Während die anderen noch weiterdiskutierten, kehrte sie an ihren Platz zurück und nahm die Arbeit wieder auf. Sie durfte heute einen taillierten Bleistiftrock mit seitlichen Eingrifftaschen anfertigen. Das war schon ein etwas anspruchsvolleres Nähwerk, denn neben den seitlichen Taschen war der Rock bis zum Schlitz am Saum komplett gefüttert, hatte auf der Rückseite einen Reißverschluss – einen nahtverdeckten selbstverständlich – und einen hohen Bund mit Schlaufen.

Die Tür öffnete sich, und der Chef persönlich kam herein. Sofort huschten alle Näherinnen an ihre Plätze zurück. Edith sah, dass Hannes Wangen ganz rosig waren. Kurt Klemens ging an den Tischen vorbei und begutachtete die Arbeit. Auch bei Edith blieb er stehen. Er nahm den fast fertigen Rock zur Hand und drehte ihn zwischen den Händen hin und her. »Sehr schön, Fräulein Graf«, sagte er. »Die Briefecke am Schlitz ist ihnen gut gelungen. Weiter so.«

Edith hatte das Gefühl, vor Stolz platzen zu müssen. Noch vor ein paar Monaten hätte sie es nicht für möglich gehalten, an diesem Punkt zu stehen. Aber sie hatte gekämpft, und sie hatte erreicht, was sie sich in den Kopf gesetzt hatte. Sie machte die Lehre, von der sie immer geträumt hatte, sie hatte sich mit den Eltern versöhnt und sich mit Joachim ausgesprochen. Und auch wenn sie noch nicht wusste, was sie davon halten sollte, dass ihr Bruder in ihr die wahre Erbin für die

Schneiderei Graf sah, so war es doch gut, dass sie das Gespräch gesucht hatte. Außerdem ging es dem Vater nach den langen Monaten der Krankheit wieder gut. Sie wollte sich nicht mit der Nachfolge und dem Erbe der Herrenschneiderei Graf befassen. Das war nichts, wofür sie jetzt ihre Zeit verschwenden musste.

Sie lächelte still in sich hinein, als sie dem Chef hinterherschaute, der das Nähzimmer verließ. Alles war gut. Alles war so, wie es immer sein sollte, und Edith konnte sich nichts vorstellen, das daran etwas ändern sollte. Was sollte denn schon geschehen?

*

Den ganzen weiten Weg war Paul zu Fuß an der Spree entlanggegangen. Vom Treptower Park bis zur Charité. Im letzten Monat war viel passiert. Mitte Mai war die Pariser Gipfelkonferenz mit den USA, der UdSSR, Großbritannien und Frankreich schon gescheitert, als sie noch gar nicht begonnen hatte, denn kurz zuvor hatte die Sowjetunion ein amerikanisches Aufklärungsflugzeug über russischem Boden abgeschossen. Als die Amerikaner eine Entschuldigung verweigerten, hatte Chruschtschow das Gipfeltreffen platzen lassen. Das Verhältnis zwischen den Westmächten und der Sowjetunion war angespannter denn je. Und das hieß, dass es auch mit dem Tauziehen um Berlin weitergehen würde. Willy Brandt hatte nur wenige Tage nach der gescheiterten Konferenz in einer Rede gesagt: »Als Regierender Bürgermeister von Berlin kann ich nach den Erfahrungen der letzten Tage nur eine Lehre ziehen: Wir alle müssen noch fester zusammenrücken. Das gilt nicht nur für Berlin.«

Paul konnte ihm da nur zustimmen, und er war froh, dass sich in diesem Punkt scheinbar alle einig waren. Dennoch hielt Berlin mal wieder die Luft an. Die Stimmung war gedrückt.

Paul wandte sich in der Hoffnung, seinen Freund zu finden, von der Spree dem großen, rot-bräunlichen Gebäudekomplex der Charité zu, und genau in diesem Moment kam ihm Uwe entgegen.

»Was erblicken meine müden Augen? Bist du es wirklich, Paul? Das man dich auch noch mal zu Gesicht bekommt.« Uwe umarmte ihn und klopfte ihm auf den Rücken.

»Wer ist denn ständig in der Charité, wenn ich in Berlin bin? Ich glaube, deine Eltern sehen mich häufiger als dich.«

»Da könnte was Wahres dran sein.«

»Könnte?« Paul hob die Augenbrauen.

»Ja, gut, du hast recht: Es ist so.«

Paul knuffte Uwe in den Oberarm und grinste breit. Nebeneinander gingen sie los, an der Spree entlang, zurück nach Treptow.

»Und? Wie läuft es mit dir und der Grafentochter«, erkundigte sich Uwe. »Ich bin da gar nicht mehr auf dem neuesten Stand.«

»Sie ist keine Grafentochter, sie heißt nur Graf mit Nachnamen«, entgegnete Paul.

»Ach, mein Paule, das weiß ich doch«, neckte Uwe ihn. »Aber jetzt lenk nicht ab, wie läuft es mit dir und deiner Edith?«

»Ganz gut, würde ich meinen«, antwortete Paul. Er dachte an den Kuss und spürte, wie seine Wangen warm wurden.

Uwe blieb stehen und musterte ihn. »So wie du dreinschaust, muss es mehr als gut laufen. Erzähl mir alles!«

Und das tat Paul, schließlich war Uwe sein bester Freund. Mit ihm teilte er die blasse Narbe in der Hand und auch sonst alles. Während sie weitergingen berichtete er, dass er mit Edith im Kottenforst gewesen sei und davon, was dort geschehen war. Dass sie ihn geküsst hatte. Ohne es verhindern zu können, musste er lächeln.

Erneut blieb Uwe stehen und sagte: »Das klingt ja ganz danach, als würdest du demnächst bei einem Schneidermeister Graf um die Hand seiner Tochter anhalten. Ich hör schon die Hochzeitsglocken läuten.«

Um Ediths Hand anhalten? Hochzeitsglocken?, dachte Paul, und mit einem Mal war seine gute Stimmung verpufft. Er wollte sich doch noch nicht binden. Er wollte lieben und lachen. Tanzen und frei sein. Und küssen. Edith küssen und sich von Edith küssen lassen. Und jetzt kam Uwe mit Hochzeitsglocken? Hochzeit. Das war ein mächtiges Wort. Es klang nach Enge. Es klang konservativ. Es klang nach dem Leben in dem kleinen Eifeldorf, dem er doch endlich entkommen war und in das er nicht zurückwollte. Niemals!

*

Eine leichte Sommerbrise wehte Joachim ins Gesicht. Auf dem Bonner Marktplatz tummelten sich die Menschen vor den Cafés und den Auslagen der Geschäfte. Autos fuhren auf und ab, parkten ein und aus. Joachim fühlte sich leicht, als er mit Petra am Arm über den Platz schritt. Ihre Schuhe verursachten ein klackerndes Geräusch auf dem Pflaster, und das versicherte Joachim, dass sie wirklich gingen und – trotz aller Leichtigkeit – nicht schwebten.

An der östlichen Seite des Marktplatzes stand das Bonner Rathaus. Es hatte im Krieg ein ähnliches Schicksal erlitten wie das Poppelsdorfer Schloss. Es war zerbombt worden und bis auf die Grundmauern niedergebrannt. Glücklicherweise war es wieder aufgebaut worden und stand jetzt still und ruhig an seinem Platz und überblickte das geschäftige Treiben. So groß und gedrungen es auch war, plump wirkte es nicht. Es war ein imposantes Gebäude aus der Rokokozeit, mit einer großen, von beiden Seiten begehbaren Freitreppe, Gaubenfensterchen im Dach und großen Fenstern mit goldenen Stuckverzierungen auf der Vorderseite.

Joachim ließ seinen Arm hinuntergleiten und griff nach Petras Hand. Sie trug ein Trägerkleid mit Petticoat, dazu hatte sie sich ein gefaltetes Tuch wie einen Haarreifen in die Haare gebunden. Er selbst trug ein kurzärmeliges Hemd und eine helle Leinenhose mit Umschlägen an den Säumen.

»Ich habe noch einmal mit dem Makler gesprochen. Jo, er sagt, es gibt noch einen anderen Interessenten. Wenn du den Laden haben willst, musst du dich ein bisschen beeilen.«

»Warum muss denn der Laden auch nur zum Kauf sein?«, fragte Joachim. »Warum kann man ihn nicht einfach mieten?«

»Darling, da haben wir doch schon drüber gesprochen. Zur Miete gibt es gerade nichts Passendes und mit einem Gebäude, das dir gehört, wirst du dich immer besserstehen. Keine Miete, kein Ärger mit dem Vermieter. Du bist dann dein eigener Herr.«

»Ja, und dann muss ich mich auch um alles kümmern und obendrein noch erst eine hohe Summe berappen.«

»Du hast es doch gesehen. Du warst in der Mansarde! Du musst den Laden kaufen! Du musst einfach!«

Die Mansarde. Joachim seufzte. Die Mansarde war wirklich perfekt. Ein so wunderbar heller Raum, und so groß.

»Das bekommst du doch alles hin, Darling. Du hast doch schon etwas gespart, sagst du.«

»Ja, schon. Aber das reicht noch lange nicht.«

»Dann frag deinen Vater.«

Joachim lachte bitter auf. »Meinen Vater soll ich fragen? Petra, da kennst du meinen Vater nicht.«

»Das stimmt«, antwortete Petra spitz. »In der Tat kenne ihn nicht.«

»Ich hätte nicht gedacht, dass du zu den Frauen gehörst, die den Eltern vorgestellt werden wollen.«

»Ich will auch nicht vorgestellt werden, ich will sie gern einmal kennenlernen. Das ist ein Unterschied.«

»Und du wirst sie auch kennenlernen. Aber das muss ich noch … vorbereiten.«

»Soso. Vorbereiten. Dann mach das mal, Jo. Und jetzt sag mir bitte, warum du ihn nicht um Hilfe bitten kannst?«

»Ich kann ihn nicht fragen, weil er bis jetzt noch nicht ahnt, dass ich vorhabe, die Schneiderei zu verlassen.«

»Dann wirst du wohl mal einen Termin bei der Bank machen müssen. Bald. Der Makler wird das Angebot nicht ewig aufrechterhalten. Das hat er mir deutlich gemacht.«

»Was soll ich denn bei der Bank? Ich bin doch noch nicht großjährig. Die werden mir keinen Kredit gewähren.«

»Im September wirst du doch einundzwanzig, und bis dahin kann ich für dich bürgen. Ich bin alt genug. Wir dürfen jetzt keine Zeit mehr verlieren!«

37

Edith lag im Gras und sah in den wolkenlosen Himmel. Die Vögel zwitscherten, und sie konnte das entfernte Muhen von Kühen hören. Die Luft war warm und roch nach frisch gemähtem Gras und Wildblumen.

Edith nahm wahr, wie Paul, der neben ihr lag, nach ihrer Hand tastete. Sie spürte, wie der mittlerweile vertraute Blitzschlag sie traf und durch sie hindurchfuhr. Ihr Herz in Aufruhr brachte. Es war wie bei der ersten Berührung, jedes Mal aufs Neue. Sie warf Paul einen Seitenblick zu. Seine Wangen zeigten die gleiche Röte, die sie nun warm im eigenen Gesicht wahrnahm.

Sie fragte sich, wie sie nur jemals hatte glauben können, Heinz zu lieben. Jetzt wusste sie doch erst, was Liebe war. Die Sache damals mit Heinz … Sie mochte ihn, sie mochte ihn sehr, da gab es nichts daran zu rütteln. Aber war es Liebe gewesen? Eher der Zauber des Neuen, des bis dahin noch Unbekannten. Und dennoch, so glücklich sie jetzt mit Paul war, so sehr tat es ihr leid, dass sie Heinz hatte vor den Kopf stoßen müssen. Das war nie ihre Absicht gewesen. Wäre sie Paul nicht begegnet, dann hätte sie vielleicht mit Heinz glücklich werden können.

Manchmal, dachte Edith, *ist das so. Man ist glücklich, weil man nicht weiß, dass es mehr geben kann.*

So ähnlich hatte sie es auch Heinz gesagt, als sie noch einmal mit ihm gesprochen hatte. Sie hatte ihn gebeten, Freunde zu sein, um Joachims willen, dessen bester Freund er ja war und um der alten Zeiten willen. Sie kannten sich schon so lange, das war nichts, was man einfach wegwerfen sollte.

Den ganzen Sommer über hatte sie sich mit Paul getroffen.

Die Tage und Treffen waren an Edith vorübergeflogen wie in einem Traum. Es war schön und unwirklich zugleich gewesen. Sie waren tanzen gegangen, hatten den Drachenfels bestiegen, hatten zusammen in Cafés und Biergärten am Rhein gesessen und waren oft durch den Kottenforst spaziert. Ihrem gemeinsamen Ort.

Paul drehte sich auf den Bauch, beugte sich über sie und küsste sie. »Du bist und bleibst einfach mein Glücksbringermädchen«, murmelte er und küsste sie noch einmal.

Edith spürte, wie ihr ganz warm ums Herz wurde. Sie liebte den Klang seiner Stimme, sie liebte es, wenn er sie so nannte, und noch mehr liebte sie es, ihn zu küssen. Paul verlagerte sein Gewicht auf eine Seite und zog seinen Arm unter sich hervor. Dann begann er mit der frei gewordenen Hand an ihrem Arm auf und ab zu wandern, während sie sich immer noch küssten. Edith spürte, wie die Hand an ihrer Seite hinunterwanderte, wie sich der Saum ihrer Bluse aus dem Bund ihres Rockes löste und sich Pauls Hand auf ihren Bauch legte. Ein Schauer durchfuhr sie. Die warme Hand auf ihrer Haut fühlte sich gut an, so gut. Paul nestelte an der Knopfleiste der Bluse und begann gleichzeitig ihren Hals zu küssen, dann das Schlüsselbein. Ein Knopf sprang auf und noch einer. Paul küsste sie weiter. Edith spürte, wie Hitze durch ihren Körper jagte, ein ungeahntes Verlangen sie überkam. Für einen Moment setzte ihr Verstand aus. Sie bog ihren Körper durch, Paul entgegen. Ihre Hände krallten sich in den Boden. Fassten Gras und Erde und … »Au!« Erschrocken ließ Edith sich zurücksacken.

Auch Paul hielt nicht minder erschrocken ein. »Habe ich dir wehgetan?«, fragte er besorgt. Er rollte sich zur Seite und setzte sich im Schneidersitz neben sie.

Edith stemmte sich auf die Ellenbogen und untersuchte ihre Hand. »Eine Distel«, sagte sie, und hielt Paul ihre Hand hin, in der noch ein Dorn steckte. Sie richtete sich auf und zog den Dorn aus dem Finger. Dann begann sie, die Knöpfe und den Saum ihrer Bluse zu richten.

»Willst du nicht wieder herkommen?«, fragte Paul, und ein sehnsüchtiger Ausdruck lag auf seinem Gesicht.

Für einen Moment war Edith versucht, sich wieder an ihn zu schmiegen. Sich ihm hinzugeben – nicht nur beim Küssen zu bleiben, sondern sich völlig hinzugeben. Sie liebte ihn, und sie genoss das Gefühl, das seine Hände und Küsse auf ihrer Haut, auf ihrem Körper auslösten. Aber dann musste sie daran denken, was passieren konnte, wenn man sich einfach hingab … Sie dachte an Alwine. Nein! Sie hatte sich geschworen, dass sie nicht wie Alwine enden würde. Unverheiratet schwanger werden und dann zwangsweise und unglücklich verheiratet mit einem »Frühchen«.

»Nein«, sagte sie, halb zu sich selbst. »Nein, Paul, das können wir nicht tun. Das geht erst …« *Wenn wir verheiratet sind*, dachte sie. Aber dafür war es noch zu früh. Also sagte sie schlicht: »Jetzt geht es nicht.« Sie schloss die Augen, machte sich darauf gefasst, dass Paul enttäuscht von ihr sein würde, dass es jetzt vielleicht aus mit ihnen beiden war.

»Edith …« Seine Stimme klang sanft.

Sie öffnete die Augen. Paul streckte ihr eine Hand hin und zog sie neben sich.

»Das ist in Ordnung. Ich kann warten.« Er hauchte ihr einen Kuss auf die Wange.

Edith lehnte den Kopf an seine Schulter. Wenn sie vorher schon gedacht hatte, dass sie Paul liebte, so liebte sie ihn jetzt noch mehr.

Schließlich legten sie sich wieder auf die Wiese, die Hände ineinander verschränkt. Edith beobachtete einen Vogel, der hoch am Himmel über ihnen kreiste. Er war zu weit weg, um es genau zu sagen, aber sie vermutete, dass es sich um einen Mäusebussard handelte. Die Art, wie er seine Kreise zog, und auch die weiten Schwingen sprachen dafür. Edith begann, seine Runden zu zählen. Als sie bei neunzehn angekommen war, musste sie an ihren neunzehnten Geburtstag denken. An den Nachmittag im Garten, als Joachim die Kamera bekommen hatte und sie nur Handtücher für die Aussteuer. Wie sehr hatte sie sich damals gewünscht, endlich einundzwanzig zu sein, endlich großjährig. Jetzt waren es nur noch wenige Wochen bis dahin. Einundzwanzig – ein magischer Geburtstag, der ihr und ihrem Bruder die Volljährigkeit schenken würde. Ein Geburtstag, der ihr in der Vergangenheit so wichtig vorgekommen war. Unabdingbar für ihre Freiheit und ihr Recht auf Selbstbestimmung. Aber jetzt war es nur noch eine einfache Zahl, ein Geburtstag unter vielen. Sie hatte bereits erreicht, was sie sich in den Kopf gesetzt hatte. Sogar ein eigenes Vermögen hatte sie für sich zusammengespart. Wobei der Begriff »Vermögen« vielleicht etwas hoch gegriffen war, aber sie hatte etwas eigenes Geld.

Zu Heinz hatte sie einmal gesagt, er solle auf sie warten, bis sie all diese Dinge erreicht habe. Mit Paul war das anders gewesen. Mit Paul war alles anders. Freier irgendwie, weil Paul selbst so frei war. Aber so sehr sie diese Freiheit auch genoss, so sehr wünschte sie sich, Paul würde dieser Freiheit etwas Festes verleihen. Etwas mehr Verbindlichkeit.

*

Joachims Herz klopfte fest in seiner Brust, als er mit Petra an seiner Seite die Stufen der breiten Treppe zum Eingang der Bad Godesberger Sparkasse hinaufging. Das Gebäude war riesig. Die leicht nach außen gewölbte Fassade hatte hohe, schmale Fenster in regelmäßigen Abständen.

Vor der Eingangstür angekommen, holte Joachim tief Luft, sah Petra noch einmal an, die ihm beruhigend die Hand auf den Arm legte, und öffnete mit frischem Mut die Tür.

Im Vergleich zu dem hellen Sonnenlicht draußen war es

im Bankgebäude dunkel, und Joachims Augen brauchten einen Moment, bis sie sich daran gewöhnt hatten. Langsam ging er zum nächsten freien Schalter.

»Der junge Herr Graf!«, begrüßte der Bankmitarbeiter Joachim lächelnd. »Was verschafft uns diese Ehre?«

»Ich möchte einen Kredit beantragen«, antwortete Joachim und hoffte, dass er so selbstbewusst klang, wie er es sich vorgenommen hatte.

»Einen Kredit. Natürlich, gern. Warten Sie einen Augenblick, ich werde Herrn Schmitt holen. Er ist dafür der Ansprechpartner.«

Auch Otto Schmitt begrüßte Joachim auf vertraute Art und Weise und geleitete ihn und Petra in ein kleines Büro. Er nahm Stift und Papier und notierte, während Joachim erzählte, was er sich vorstellte. Dann machte Schmitt seinerseits Vorschläge, wie ein Kredit aussehen könnte. Joachim hörte ihm zu und nickte hin und wieder. Er kam sich sehr erwachsen vor. Im Bankgespräch, ganz der Geschäftsmann. Mit einem Mal konnte er es gar nicht mehr abwarten, den Laden zu kaufen, zu renovieren und zu eröffnen.

Er sah es schon vor sich, wie er hinter dem Tresen stand und die Kundschaft begrüßte, wie er mit ihnen zur Mansarde hinaufstieg, zu seinem Fotoatelier. Wie groß ihre Freude sein würde, wenn sie später die fertigen Bilder abholten. Wie die Kasse klingeln und ihm hier und da noch ein großzügiges Trinkgeld zugesteckt werden würde. Und Petra würde immer an seiner Seite sein, wenn sie nicht gerade für eine Kampagne unterwegs war. Aber bei solchen Reisen würde er in Zukunft auch dabei sein. Als Fotograf. Wenn es so gut liefe, wie er sich das vorstellte, würde er jemanden anstellen, der ihn dann im Fotostudio vertrat.

Schmitt fragte Joachim routiniert nach seinen Daten. Vollständiger Name, Anschrift, Geburtsdatum. Joachim antwortete, in Gedanken immer noch bei seiner fotografischen Zukunft, bis Petra ihn am Arm fasste. Er sah sie erstaunt an, sie wiederum deutete auf den Bankberater.

»Wenn ich das richtig verstehe, sind sie noch nicht großjährig?«, sagte dieser, und es schien Joachim, als würde er die Frage bereits zum zweiten Mal stellen.

Er nickte. »Das ist richtig, aber ich werde in einigen Wochen einundzwanzig.«

»Und bis dahin verbürge ich mich für Herrn Graf«, warf Petra ein. Sie schenkte dem Bankberater ein so bezauberndes Lächeln, dass Joachim fast eifersüchtig wurde. »Das sollte doch dann in Ordnung gehen, oder, Herr Schmitt?«, fügte sie hinzu und beugte sich nach vorn. So weit, dass der Bankberater einen guten Blick auf ihren Ausschnitt hatte und Joachim nun wirklich eifersüchtig wurde.

Otto Schmitt jedoch war unbeeindruckt. »Das geht dann in Ordnung, wenn Sie zwei Punkte erfüllen können: Zum einen müssen Sie alt genug sein – wovon ich jetzt einmal ausgehe –, und zum anderen müssen Sie finanziell vollständig für Herrn Graf aufkommen können … im Fall der Fälle.«

*

Edith hob den Fuß vom Pedal der Nähmaschine und drehte die Nadel mit dem Handrad aus dem hellblauen Stoff. Sorgsam schnitt sie die Fadenenden ab und zog das Kleid vom Anschiebetisch herunter. Es war das erste Kleidungsstück, das sie mit ihrer eigenen, selbst gekauften Nähmaschine genäht hatte! Glücklicherweise hatte sie Tante Käthe davon erzählt, dass sie auf eine Singer sparte. Die alte Witwe von Hartwig hatte unzählige Verbindungen in Bad Godesberg und damit schnell einen Kontakt für Edith, der sie zu einer verhältnismäßig günstigen Singer geführt hatte. Die Maschine war schon ein älteres Modell, aber topp in Schuss. Und sie konnte sogar richtig viele Zierstiche, für die es runde Lochkarten gab, die in die Maschine eingesetzt wurden.

Edith stand auf und hielt das Kleid mit ausgestreckten Armen vor sich. Es hatte einen ausladenden Faltenrock und angeschnittene Ärmelchen. Die Falten des Rockteils waren ihr nicht ganz gleichmäßig gelungen, dennoch war sie sehr stolz darauf.

Rasch zog Edith sich aus und schlüpfte in das neue Kleid. Es passte wie angegossen. Sie drehte sich hin und her, und der weite Faltenrock folgte jeder Bewegung.

Leichtfüßig sprang sie zur Tür ihres Zimmers hinaus und die Treppe hinunter. Das musste sie dem Vater und auch der Mutter zeigen. Wie stolz die beiden sein würden, wenn sie sahen, wie geschickt sie bereits an der Maschine war.

Edith lächelte und ihr Herz hüpfte im Takt ihrer Füße.

»Vater?«, rief sie. »Mutter?«

Im Haus blieb es still. Edith öffnete die Tür zum Wohnzimmer. Niemand war dort. Sie ging hinüber in die Küche, auch dort war alles leer. Sie sah zum Fenster hinaus – die Mutter war im Garten. Das hätte sie sich auch denken können. Sie wollte gerade hinausgehen, als sie ein Geräusch aus dem Flur hörte. Jemand hustete und röchelte. Laut. Der Vater! Edith eilte in den Flur zurück. Die Tür zum Badezimmer war nur angelehnt. Sie spähte hindurch und sah, wie der Vater sich mit beiden Händen auf dem weißen Waschbecken abstützte. Ein Schatten seiner selbst, das Gesicht blass. Und dann sah Edith das Blut. Rotbraune Schlieren, die im Waschbecken auf den Abfluss zukrochen. Ein krächzender Laut entfuhr ihrer Kehle und schreckte den bis dahin bewegungslosen Vater auf. Edith sah, wie er hastig den Wasserhahn aufdrehte und alles Blutige in Sekunden hinfortspülte. Wie er sich dann noch etwas kaltes Wasser ins Gesicht spritzte, bevor er zur Tür kam.

»Vater … Ist das von deinem Husten?«

»Red keinen Unsinn. Es geht mir gut. Mein Husten ist mein Husten. Alles ist gut.«

»Aber das Blut …«

»Das war nichts.«

»Nichts? Vater, das war …«

»Ich habe gesagt, das war nichts«, erwiderte der Vater mit der kalten Stimme des unnachgiebigen Schneidermeisters.

Edith schluckte. So hatte sie sich das nicht vorgestellt. Sie wollte doch das neue Kleid präsentieren. Sich die Komplimente anhören und die Eltern stolz machen, nicht wütend.

»Edith«, sagte der Vater eindringlich, »es war wirklich nichts. Sieh mich an. Es geht mir gut.«

Sie musterte den Vater. Er war immer noch blass, aber lange nicht mehr so blass, wie sie ihn eben gesehen hatte. Vielleicht lag es nur an der Beleuchtung im Bad? Bestimmt hatte er recht, und es war nicht so schlimm. Sie hatte schon einmal schlechte Erfahrungen damit gemacht, dass sie etwas Gesehenes falsch eingeordnet hatte. Es hatte dazu geführt, dass sie angenommen hatte, ihre Eltern seien Nazis. So etwas würde ihr nicht noch mal passieren. Der Vater hatte doch schon immer gehustet. Das würde sich wohl nie ändern. Es ging ihm gut. Anders konnte es nicht sein, und anders durfte es nicht sein, denn Edith war noch lange nicht bereit, sich Gedanken über ihr »wahres Erbe« zu machen, wie Joachim es nannte.

38

»Wir sind gleich da, Herr Schilling.« Wie so oft antwortete der Berater des Berliner Bürgermeisters nicht. Es war schon dunkel, und so konnte Paul nicht sehen, ob er vielleicht genickt hatte.

Paul steuerte den Wagen nach Berlin hinein. Die Straßen waren von einem Regenfilm überzogen, der das Licht der Straßenlaternen zurückwarf und seine ganze Aufmerksamkeit beanspruchte, obwohl er den Weg bis zum Rathaus in- und auswendig kannte. Er war müde, und beim Gedanken daran, dass er gleich noch eine Grenzkontrolle über sich würde ergehen lassen müssen, bis er sich endlich in sein Bett bei den Matusseks fallen lassen konnte, wurde es Paul ganz anders.

Nur wer einen gültigen Passierschein vorweisen konnte, kam vom Westen in den Osten und umgekehrt. Zuerst hatte man lediglich den Bereich hinter dem Brandenburger Tor für Besucher der BRD gesperrt, aber seit Kurzem galt die Sperre für alle Besucher Ost-Berlins. Die Volkspolizei der DDR kontrollierte scharf, und Paul hatte immer ein mulmiges Gefühl, wenn er sich an einem Grenzposten befand.

Nur noch wenige Abzweigungen, und Schilling war zu Hause. Vereint mit seiner Familie, seinen Lieben, während Pauls Glücksbringermädchen fast 600 Kilometer entfernt war. Zumindest wartete sie dort auf ihn. Ein Trost, wenn auch ein schwacher. Mit jedem Abschied wurde es schlimmer.

Als Uwe mit den Hochzeitsglocken angefangen hatte, war Paul bei dem Gedanken an eine feste Bindung zugegebenermaßen erschrocken. Aber das hatte sich über den Sommer geändert. Es hatte sich mit Edith geändert. Mit jedem weiteren Treffen hatte Paul begriffen, dass für ihn Heimat kein Ort war. Edith war Heimat. Wo auch immer sie war, wollte auch er sein. Er wollte sie heiraten, ein Haus bauen, einen Baum pflanzen. All diese Dinge, die er bei seinen Eltern und bei seinem Bruder Hannes belächelt hatte, was er sich nie für sich selbst hatte vorstellen können. All das, wovon er angenommen hatte, dass es ihm die Freiheit nehmen würde, all das wollte er jetzt.

Er fuhr auf eine Kreuzung zu. Die Ampelanlage sprang auf Rot. Paul bremste, der Wagen kam zum Stehen.

Wenn er nicht mehr von seinem Glücksbringermädchen getrennt sein wollte, dann hieß das nur eines: Er musste seine Arbeit als Chauffeur von Rudolf Schilling aufgeben. Denn sonst würde es immer nur so weitergehen wie bisher, mit immer schmerzhafteren Abschieden.

Müde beobachtete Paul den vorüberfahrenden Verkehr. Ein Auto. Ein Kleinlaster. Noch ein Auto.

Aber was sollte er tun, wenn er kein Chauffeur mehr war? Welcher Arbeit sollte er nachgehen? Wenn er vorhatte zu heiraten, musste er in Lohn und Brot stehen.

Ein weiteres Auto fuhr vorbei, dann ein Taxi. Die Ampel sprang auf Grün. Paul fuhr an, bog um die Ecke, dem Taxi hinterher.

Taxifahren, dachte Paul, *das wäre doch ein Anfang.*

Als ehemaliger Chauffeur war das genau das Richtige. In Bad Godesberg gab es mit Sicherheit einige Taxiunternehmen. Da würde er bestimmt etwas finden. Oder er sparte auf ein Taxi. Dann wäre er sein eigener Herr. Das gefiel ihm noch viel besser! Dann hatte er Unabhängigkeit, wenn er sich auf der anderen Seite an Edith binden würde. So würde er das Beste aus beiden Welten haben: Liebe und Freiheit. Das war perfekt, bis auf die Kleinigkeit, dass er so noch länger die Trennungen würde hinnehmen müssen, bis er genug Geld zusammengespart hatte. Aber mit dem festen Ziel vor Augen lohnte es sich. Er würde sich in Bad Godesberg ein eigenes Taxiunternehmen aufbauen. Allein zunächst – und wenn es gut liefe, auch mit Angestellten und einem Fuhrpark. Paul lächelte. Und dann könnte er Edith heiraten und ihr alles bieten, was sie sich wünschte und trotzdem seine Freiheit behalten.

*

Joachim ging in seinem Zimmer auf und ab wie ein Tiger im Käfig. In Gedanken wappnete er sich für das Gespräch, das er gleich mit dem Vater zu führen beabsichtigte. Legte sich Worte und Argumente zurecht. Sagte sie sich immer und immer wieder stumm vor. Er musste nur noch den Mut aufbringen, endlich das Zimmer zu verlassen und den Vater zu suchen. Dabei hatte das nichts mehr mit Mut zu tun. Joachim hatte keine andere Wahl, als mit dem Vater zu sprechen. Die Bank gewährte ihm keinen Kredit. Das Gespräch mit dem Bankberater hatte vielversprechend begonnen und war dann jäh zu Ende gegangen: Petra durfte nicht für ihn bürgen, sie verfügte nicht über die nötigen finanziellen Mittel und Rücklagen, die die Bank zur Absicherung verlangte.

Wenn sie die hätte, dachte Joachim bitter, *hätte ich gar nicht erst zur Bank gehen müssen.*

Also musste er den Vater fragen. Musste endlich fragen, ob dieser für ihn bürgen würde, oder ihn gar so weit mit Geld unterstützen würde, dass er auch ohne einen Kredit auskommen konnte. Joachim seufzte laut. Er wusste, dass das nicht leicht werden würde. Und er wusste auch, dass er mit seinem Hin- und Herrennen im Zimmer das Gespräch nur hinauszögerte.

»Ach, Joachim, da bist du ja, ich habe dich schon gesucht.« Ohne dass Joachim es gemerkt hatte, war der Vater hereingetreten.

»Du hast mich gesucht?«, fragte Joachim überrascht. Hatte der Vater geahnt, dass er mit ihm reden wollte?

»Ich wollte mit dir darüber sprechen, welche Neuanschaffungen wir für die Schneiderei tätigen sollten. Ich hatte schon mal an eine weitere Nähmaschine gedacht und vielleicht ein neues Dampfbügeleisen. Was sagst du?«

Joachim erstarrte. Jetzt, wo er dem Vater seine Zukunftspläne darlegen wollte, wo er die Schneiderei hinter sich lassen wollte, jetzt kam der Vater und fragte ihn nach seiner Meinung, fragte ihn um Rat, bezog ihn ein? Was war das für eine verkehrte Welt? Jahrelang hatte er ihn nichts entscheiden lassen, hatte ihn nicht mal Maß nehmen lassen … Und nun, wo Joachim nichts von alldem mehr wollte, nun durfte er es? Welche Ironie.

Joachim straffte die Schultern und holte tief Luft. »Vater, ich will ehrlich mit dir sein.«

»Nichts anderes erwarte ich von dir«, antwortete der Vater. »Ich weiß, dass ein neues Dampfbügeleisen nicht unbedingt sein muss und …«

»Ich spreche nicht von den Neuanschaffungen«, unterbrach Joachim ihn. »Ich spreche davon, dass ich mit der Schneiderei aufhören werde.«

»Aufhören? Was meinst du damit? Was soll das heißen, aufhören? Was willst du denn sonst machen?«

»Ich eröffne mein eigenes Fotostudio. In Bonn.«

»Du willst *was* eröffnen? Ein Fotostudio? Bist du jetzt größenwahnsinnig geworden, Joachim? Wie willst du das denn bezahlen? Du bist ja noch nicht mal großjährig!«

Joachim zuckte zusammen. Da hatte der Vater genau ins Schwarze getroffen. Er räusperte sich. »Deshalb wollte ich ja mir dir sprechen, aber du bist mir zuvorgekommen«, antwortete er betont ruhig.

Die Augen des Vaters verengten sich.

»Vater, ich habe ein passendes Ladengeschäft in Bonn an der Hand, und auch die Kundschaft ist nahezu gesichert.« Joachim holte noch einmal tief Luft. Jetzt gab es nur noch einen Weg, und der führte geradewegs nach vorn. »Wenn du mir für den Anfang unter die Arme greifen oder als Bürge für mich bei der Bank einstehen würdest – das ginge auch –, dann kann ich es schaffen. Es ist ja auch nicht für lange. Nur bis ich einundzwanzig bin. Also nur für ein paar Wochen.«

Die Miene des Vaters war wie versteinert.

»Vater?«, fragte Joachim.

Der Vater gab keine Reaktion von sich. Er zwinkerte nicht mal.

»Vater?«, fragte Joachim noch einmal und beobachtete mit großem Unbehagen, dass das Gesicht des Vaters urplötzlich die Farbe wechselte. War er zuvor blass geworden, lief er nun rot an. »Bitte lass uns ruhig und vernünftig darüber sprechen«, flehte er, wohl wissend, was nun kam. Aber es war schon zu spät.

»So dankst du mir das also?«

»Vater …«

»Ich habe in jahrelanger Arbeit die Schneiderei Graf zu dem gemacht, was sie heute ist, und du willst das alles mit Füßen treten?« Der Vater hustete. »Ich habe das alles nur für unsere Familie getan, nur für dich, damit du die Schneiderei weiterführen kannst als mein Nachfolger.«

Damit hatte er bereits das Gespräch auf den Punkt gebracht, mit dem Joachim alles zu wenden hoffte. »Aber ich kann nicht dein Nachfolger sein«, antwortete er. »Es gibt nur einen Menschen in dieser Familie, der das Recht dazu hätte, die Schneiderei weiterzuführen.«

»Wen meinst du?«

»Die Schneiderei hat Ediths Eltern gehört. Edith steht das Erbe der Schneiderei Graf zu. Sie sollte dir nachfolgen, nicht ich. Das weißt du. Hier stehe ich, dein Sohn, und bitte dich, mich auf meinem Weg zu unterstützen. Ich mag nicht mehr mit dir streiten«, sagte Joachim ruhig.

»Ich … du …« Der Vater hustete wieder, heftig. Hustete

und rang röchelnd nach Luft. Mit beiden Händen fasste er sich an die Kehle, hustete noch mehr. Er versuchte, etwas zu sagen, aber es kamen nur undeutliche Laute aus seinem Mund.

Vor Schreck erstarrt, sah Joachim zu, wie das Gesicht des Vaters noch röter anlief. »Vater!«, rief er und machte einen Schritt auf ihn zu. Und dann ging es plötzlich ganz schnell: Der Vater kippte nach vorn, Joachim in die Arme, der das Gewicht nicht halten konnte. Zusammen sanken sie zu Boden. Der Vater hustete. Hustete und hustete. Joachim spürte etwas Warmes, Feuchtes auf seinen Armen und sah, dass es Blut war. Der Vater röchelte, hustete noch mehr Blut, immer mehr Blut. Die Augen quollen ihm hervor, während er versuchte, etwas zu sagen, und doch nicht konnte. Verzweifelt rang der Vater nach Luft und hustete gurgelnd.

»Mutter!«, schrie Joachim. Er schrie, wie er noch nie geschrien hatte. »Mutter!« Und immer wieder »Mutter!«, bis der Vater mit einem Mal aufhörte zu husten. Bis der Vater ihn nur noch mit glasigen Augen ansah, Augen, aus denen jedes Leben verschwunden war. Mit zitternden Fingern tastete Joachim nach dem Puls des Vaters.

Nichts.

»Mutter!«, schrie Joachim ein letztes ersticktes Mal. Ein lautes Klagen entfuhr seiner Brust und schüttelte ihn und den leblosen Körper des Vaters in seinen Armen.

Es kam Joachim so vor, als habe er seit Stunden so auf dem Boden seine Zimmers gesessen, als ein Keuchen ihn aufsehen ließ. Die Mutter. Sie stürzte auf sie zu, warf sich neben den Vater auf den Boden.

»Richard!«, rief sie und legte ihre Hände an das Gesicht ihres Mannes. »Richard, so sag doch etwas. Richard!«

»Mutter, er ist … er … er ist tot.«

Die Mutter sah Joachim mit einem betäubten Blick an, Tränen rannen über ihr Gesicht. »Nein«, sagte sie, ein Flüstern nur. »Nein, er kann nicht tot sein, er darf nicht tot sein. Er wollte mir noch im Keller beim Räumen helfen. Nein.« Sie schüttelte den Kopf. »Nein. Nein. Es kann nicht sein«, murmelte sie, und dann begann sie zu schreien. Keine Worte, nur Laute. Unmenschliche Laute.

*

Edith presste die Tüte mit den Stoffen fest an ihre Brust. Heute war ihr Glückstag. Bunte Baumwolle und Tüll hatte sie mitnehmen dürfen. Reststücke, die in der Damenschneiderei nicht mehr gebraucht werden konnten, von denen Edith sich aber einen Rock nähen würde. So einen knappen, dessen Saum sich über dem Knie befand, wie es jetzt in Mode war. Sie wusste, dass die Eltern das nicht gutheißen würden, aber bald würde sie einundzwanzig, und die Eltern konnten nichts mehr dagegen sagen.

Sie machte einen Bogen um ein Auto, das auf dem Gehsteig parkte, und setzte gut gelaunt ihren Heimweg fort. Sie konnte es gar nicht erwarten, sich an die Nähmaschine zu setzen. Wenn sie sich ein wenig beeilte, würde sie den Rock schon morgen fertig genäht haben. Oh, wie sie sich darauf freute! Bei der Sommerhitze, die dieser August mit sich brachte, war ein kurzer Rock genau das Richtige. Edith lächelte beim Gedanken daran, wie Paul den neuen Rock finden würde. Einen Rock, der keck das Knie freiließ. Das würde ihm sicherlich gefallen. Am Wochenende war er wieder in Bad Godesberg.

Edith erreichte die Graf'sche Villa und hüpfte beschwingt die Stufen zur Eingangstür hinauf. Sie klingelte und wunderte sich, dass es so lange dauerte, bis jemand zur Tür kam. Es war Joachim, das Gesicht aschfahl.

»Was ist dir denn für eine Laus über die Leber gelaufen?«, fragte Edith, doch er antwortete nicht. Mit hängenden Schultern ging er ins Haus. Edith folgte ihm. Was hatte das zu bedeuten?

Im Wohnzimmer saß die Mutter. Auch ihr Gesicht war fahl und seltsam wächsern.

»Was«, fragte Edith und merkte, wie ihr ein Kloß im Hals aufstieg. »Was ist los?«

Die Mutter sah auf, ihr leerer Blick traf den Ediths. »Richard … Er ist …«, sie brach ab und ein heiserer, rauer Ton drang aus ihrer Kehle. Ein Geräusch, wie Edith es noch nie zuvor gehört hatte. Die Mutter wehklagte, Tränen liefen über ihr wächsernes Gesicht, ihr ganzer Körper bebte.

Doktor Habermann trat ins Wohnzimmer. Er grüßte Edith knapp mit einem Nicken und ging dann zur Mutter, reichte ihr ein Glas. »Nehmen Sie das, Frau Graf. Es beruhigt die Nerven«, sagte er leise. Die Miene der Mutter war immer noch unbeweglich. Es war, als würde sie den Arzt gar nicht wahrnehmen, während immer noch klagende Töne aus ihrem Mund kamen. Edith sah von ihr zum Doktor und schließlich zu Joachim, der mit aschfahler Miene auf dem Sofa saß und mit hängendem Kopf zu Boden blickte. Alle waren hier im Wohnzimmer, selbst der Arzt. Nur einer fehlte. Edith wurde kalt. »Was ist mit Vater?«, fragte sie, obwohl sie die Antwort längst ahnte.

Sie ließ die Tüte mit den Stoffen los. Baumwoll- und Tüllstücke fielen zu Boden. Bildeten ein buntes Muster auf dem Parkett. Ein fröhlich buntes Bild, das so gar nicht zu den Worten passte, die Doktor Habermann nun aussprach: »Mein Beileid, Edith.«

39

»Gegrüßet seist du, Maria, voll der Gnade, der Herr ist mit dir. Du bist gebenedeit unter den Frauen, und gebenedeit ist die Frucht deines Leibes, Jesus. Heilige Maria, Mutter Gottes, bitte für uns Sünder jetzt und in der Stunde unseres Todes. Amen.«

Die Augustsonne brannte heiß vom wolkenlosen Himmel, und Paul schwitzte in seinem dunklen Anzug. Um ihn herum hörte er das Wispern der Menschen, die die Worte und Gebete des Priesters mitsprachen, die Münder kaum geöffnet.

Der Friedhof war so anders, als Paul ihn kannte. Imposante Grabmäler mit Statuen und Mausoleen säumten die geharkten Wege. In seinem Heimatdorf gab es nur ein kleines Gräberfeld hinter der Kirche. Hier auf dem Burgfriedhof im Schatten der Godesburg hatte Paul das Gefühl, in einer kleinen Stadt zu sein. Einer Stadt der Toten.

Der Sarg, hinter dem sie herschritten, wurde von sechs Sargträgern getragen. Dahinter gingen Helene Graf und der Bruder des Verstorbenen, den Edith ihm vor der Beerdigung als »Onkel Willi« vorgestellt hatte, dann kamen Joachim und seine Freundin Petra, dann Paul mit Edith. Mit etwas Abstand folgte die restliche Trauergemeinde. Paul hatte darunter einige bekannte Gesichter ausgemacht. Heinz und Rita natürlich, aber auch hochrangige Politiker. Quer durch alle Parteien – SPD, CDU, FDP. Sie alle waren gekommen, um Richard Graf die letzte Ehre zu erweisen. Der Mann schien in Bad Godesberg eine Institution gewesen zu sein, das wurde Paul nun klar, und er bedauerte es, ihn nicht persönlich kennengelernt zu haben. Noch mehr aber bedauerte er, dass er ihn jetzt nicht mehr um die Hand seiner Tochter bitten konnte. Überhaupt hatte Paul es sich anders vorgestellt, Ediths Familie kennenzulernen. Ganz bestimmt nicht bei einer Beerdigung.

Obwohl es so heiß war, begann Edith neben ihm zu zittern. Paul legte einen Arm um sie. Sie sah zu ihm auf, der Ausdruck auf ihrem Gesicht merkwürdig leer. Als wäre sie gar nicht da, als hätte sie sich tief in ihrem Inneren versteckt, um als leere Hülle diese Beerdigung durchstehen zu können.

Langsam bewegten sie sich vorwärts. Immer einen Schritt vor den anderen. Ihre Schuhe machten knirschende Geräusche auf dem Boden, bis der Tross zum Stehen kam. Paul blickte auf ein ausgehobenes Rechteck, zu dessen Seiten frische Erde aufgehäuft war. Am Rand lagen Kränze und Gestecke. Der Priester sprach wieder, doch Paul hörte nicht auf die Worte. Seine Aufmerksamkeit galt Edith, die immer noch zitterte.

Die Sargträger traten vor und ließen den Sarg in das Grab hinab. Langsam, Zentimeter um Zentimeter. Erneut sprach der Priester, die Stirn schweißglänzend. Stumm sah Paul zu, wie Ediths Mutter, geleitet von Joachim und ihrem Schwager Willi, ans Grab trat, wie sie Blumen, Erde und noch etwas hinab in das Grab warf und die beiden anderen es ihr gleichtaten. Dann war Edith an der Reihe. Paul trat mit ihr an das Grab. Edith zitterte noch mehr, und Paul verstärkte seinen Griff, um sie zu stützen, denn er merkte, dass ihr die Kraft dazu fehlte. Er warf Edith einen Seitenblick zu, sah, dass nun Tränen über ihre Wangen liefen. Sie nahm die Schaufel. Mit bebenden Händen warf sie Erde auf den Sarg und hielt dann inne. Paul dachte, sie würde ein Gebet sprechen, aber sie war in der Bewegung eingefroren, die Schaufel immer noch über dem Grab ausgestreckt. Behutsam nahm Paul ihr mit der freien Hand die Schaufel ab, stellte sie zurück und drückte Edith sanft zur Seite, weg von dem Grab, weg von dem Sarg. Er warf einen letzten Blick in das Grab, sah Blumen und Erde und einen Brief, auf dem die Worte standen: *Für meinen geliebten*

Mann. Das war es gewesen, was Helene Graf hineingeworfen und was Edith hatte erstarren lassen. Auch Paul musste schlucken. Helene und Richard Graf mussten sich sehr geliebt haben.

Paul geleitete Edith zu der Stelle neben dem Grab, an der schon die restlichen Familienmitglieder warteten. Dann standen sie Ewigkeiten auf dem Friedhof. Die Familie in einer Reihe: Helene Graf, daneben Wilhelm, dann Joachim und Edith. Paul und Petra dahinter, in der zweiten Reihe. Sie schwiegen, warteten, während Hände gedrückt und Beileid ausgesprochen wurde. So oft, dass Paul nicht mehr zählte und er sich fragte, ob Edith sich hinterher überhaupt daran würde erinnern können, wer alles da gewesen war. Paul hatte schon jetzt jegliches Zeitgefühl verloren. Die Beine schmerzten ihm vom langen Stehen, und er freute sich schon auf den Augenblick, in dem er sein Jackett endlich ausziehen konnte. Ihm war so heiß. Das schöne Wetter und die Hitze kamen ihm unpassend für eine Beerdigung vor. Sollte da der Himmel nicht wenigstens grau sein? Oder es regnen?

Plötzlich wurde es still und leer auf dem Friedhof. Ohne dass Paul es bemerkt hatte, waren alle Trauergäste verschwunden. Er ging zu Edith, nahm sie wieder in den Arm. Sie wollten sich gerade zum Gehen wenden, als Helene Graf in sich zusammensackte. Paul sah noch, dass Joachim und sein Onkel sie im letzten Moment zu fassen bekamen, hörte ihr lautes Schluchzen. Die ganze Beerdigung über hatte sie sich tapfer geschlagen, aber nun war es um ihre Selbstbeherrschung geschehen. Auch Edith begann zu schluchzen. Paul nahm sie fester in den Arm. »Ich bin für dich da«, flüsterte er ihr ins Ohr. »Es ist in Ordnung, ich bin da.«

*

Verkrampft hielt Edith den Füller in Fingern. Er schwebte nur

Millimeter über dem Papier, dennoch war sie unfähig, ihn aufzusetzen und loszuschreiben. Ein dicker Kloß hing ihr im Hals.

Anfang diesen Jahres war die Welt in Ordnung gewesen – sogar noch besser als in Ordnung. Sie hatte ihre Lehre begonnen, ihre Unabhängig- und Selbstständigkeit gefunden und dann auch Paul kennen- und lieben gelernt. Alles war so wunderbar gewesen. Zu schön, um wahr zu sein, wie sie nun bitterlich hatte erfahren müssen. Jetzt war sie endlich einundzwanzig, großjährig, doch an ihrer Zukunft änderte das nun auch nichts mehr. Ihr Vater war tot. Tot und beerdigt. Die Schneiderei Graf das Einzige, was ihr von ihrem Ziehvater und von ihren leiblichen Eltern noch geblieben war. Ihr Erbe, mit dem sie sich nun befassen musste und dem sie allein nicht gewachsen war. Sie wusste, dass sie sich nun nicht mehr abwenden konnte, sich nicht mehr abwenden wollte. Sie würde Joachim unterstützen, das war nur vernünftig, das war sie sich selbst und ihrer Familie schuldig. Aaron Stern, ihr leiblicher Vater, hatte die Herrenschneiderei in der Michaelstraße von seinem Vater übernommen, wie sie nun wusste, sie musste alles dafür tun, damit das Lebenswerk ihrer Familie fortbestehen würde. Auch wenn das bedeutete, dass sie dafür ihren größten Wunsch opfern musste.

Edith atmete tief durch und setzte dann endlich den Füller auf das Papier.

Sehr geehrte Damen und Herren …, schrieb sie, und Tränen stiegen ihr in die Augen, … *hiermit kündige ich mein Lehrverhältnis zum nächstmöglichen Zeitpunkt. Bitte bestätigen Sie mir den Erhalt dieser ordentlichen Kündigung unter Mitteilung des Enddatums.*
Mit freundlichen Grüßen,
Edith Graf

Die Tränen liefen über ihre Wangen, tropften auf die Tinte. Hellblaue Kreise bildeten sich, verliefen zu hässlichen Flecken. Mit einem Mal fühlte Edith eine große Wut in sich aufwallen. Sie stieß einen Schrei aus und zerknüllte das Schreiben. Laut schnaubend warf sie es mit einem weiteren Schrei auf den Boden. Warum musste sie so vernünftig sein und das Richtige tun wollen? Warum konnte sie nicht einfach alles hinter sich lassen, die Schneiderei Graf Schneiderei Graf sein lassen und weiter ihren eigenen Weg gehen? Sie ballte die Fäuste. Sie war so wütend, so wahnsinnig wütend! Auf sich selbst, auf die Schneiderei, vor allem aber auf den Vater. Warum hatte er sterben müssen? Warum hatte er sie so unvorbereitet allein gelassen? Warum musste sie jetzt so pflichtbewusst sein?

Sie schniefte und wischte sich die Tränen mit dem Ärmel ihrer Bluse trocken. Sie wusste doch, dass es richtig war, in Mehlem zu kündigen und mit Joachim die Schneiderei Graf am Leben zu erhalten, aber sie fühlte sich ohnmächtig und furchtbar allein. Joachim war seit dem Tod des Vaters nicht mehr derselbe, und Paul war in Berlin. Und auch von der Mutter konnte Edith in diesen Tagen nichts erwarten. Sie saß immerzu in der Küche am Fenster, starrte mit leerem Blick hinaus in den Garten, der zusehends verwilderte, sprach kaum noch, war nur ein verblasstes Abziehbild der Mutter, statt eines echten, lebenden Menschen.

Edith nahm ein weiteres Blatt Papier zur Hand und schrieb erneut die Kündigung. Es war schon erstaunlich, wie wenige Zeilen ausreichten, um einen Traum zu beenden, wo es doch so viel mehr gebraucht hatte, ihn endlich wahr zu machen. Sie legte den Füller beiseite und wartete einen Moment, bis die Tinte getrocknet war, bevor sie das Blatt sorgfältig faltete und in einen Umschlag steckte. Mit einer Hand strich sie darüber. Das Papier fühlte sich kühl und weich an. Sie seufzte tief, dann schrieb sie *An Herrn Kurt Klemens, Kurt Klemens Modelle* auf die Vorderseite des Umschlages. Sie würde ihn morgen mit zur Arbeit nehmen und abgeben. Bei dem Gedanken daran füllten sich ihre Augen wieder mit Tränen. Schnell legte sie den Brief zur Seite, damit er nicht nass wurde. Ein weiteres Mal die Kündigung zu schreiben, dazu würde sie nicht die Kraft aufbringen.

*

Schweißgebadet schreckte Joachim hoch. Für einen Augenblick wusste er nicht, wo er sich befand, warum alles um ihn herum dunkel war, aber dann wurde ihm bewusst, dass er in seinem Bett saß. Die Laken waren zerwühlt und klamm. Er hatte geträumt, wie so oft in den letzten Tagen seit dem Tod des Vaters. Immer sah er dieselbe Szene vor sich. Der Vater, wie er nach vorn kippte, wie sie zusammen zu Boden sackten. Wie der Vater aufhörte zu husten, und dann diese Stille, diese unerträgliche Stille, die er, Joachim, mit Schreien nach der Mutter gefüllt hatte.

Es ist alles nur meine Schuld, hätte ich doch niemals von dem Fotostudio angefangen, hätte ich doch niemals diesen Streit provoziert!

Joachim knipste die Nachttischlampe an und stand schwerfällig auf. Aus dem Kleiderschrank nahm er ein Handtuch, wischte sich über Stirn und Nacken. Er hatte doch immer gewusst, dass es den Vater aufregen würde, wenn er ihm erzählte, dass er die Schneiderei an den Nagel hängen wollte, aber dass es ihn umbringen würde, das hatte er nie gedacht.

Wenn ich es doch nur rückgängig machen könnte! Wenn ich es vorher gewusst hätte …

Immer wieder stellte er sich die gleichen Fragen. Sie schwirrten in seinem Kopf herum, machten es ihm fast unmöglich, an etwas anderes zu denken. Und dann dazu noch diese Albträume. Da konnte Doktor Habermann ihm noch so oft versichern, dass er den Tod des Vaters nicht verschuldet hätte – er wusste, dass es anders war. Hätte Onkel Willi ihm doch bloß nie die Kamera geschenkt! Dann wäre der Vater jetzt vielleicht noch am Leben, dann wäre es nie zu dem Streit gekommen.

Joachim ließ das Handtuch sinken. Seine Liebe zur Fotografie hatte den Vater nicht getötet. Gestritten hatten sie auch vorher immer schon. Er wusste doch, dass der Vater seit seiner Kindheit an der Schwindsucht gelitten hatte. Eigentlich war es nur eine Frage der Zeit gewesen. Ohne den großen Streit hätte er vielleicht ein paar Tage länger gelebt, Wochen im besten Fall, hatte der Doktor ihm versichert. Der Vater hatte in den letzten Tagen vor seinem Tod so gesund gewirkt, aber er hatte allen gegenüber nur verschleiert, wie schlecht es ihm wirklich ging. Auch das hatte Doktor Habermann erzählt. Dennoch ließen die Schuldgefühle Joachim nicht los, und die Albträume zeigten ihm deutlich, dass sie sich in seinem Unterbewusstsein eingenistet hatten. Er musste etwas dagegen unternehmen. Seine Schuld irgendwie begleichen.

Joachim warf sich das Handtuch über die Schulter und ging hinunter in die Küche. Das kalte Neonlicht brannte in seinen Augen. An der Spüle füllte er sich ein Glas am Wasserhahn und trank es in einem Zug leer. Mit dem Handrücken wischte er sich über den Mund. Er wusste, dass der Traum von einem eigenen Fotostudio genau das bleiben würde: ein Traum. Denn es gab nur einen Weg, seine Schuld dem Vater gegenüber abzubüßen: Er würde die Schneiderei Graf weiterführen. So wie sein Vater es schon immer vorgesehen hatte. Er würde endlich die Gesellenprüfung ablegen und seinen Meister machen. Mit Auszeichnung! Er würde der beste Herrenschneider werden, den Bad Godesberg je gesehen hatte – mindestens so gut wie Richard Graf.

Joachim füllte das Glas ein weiteres Mal. Diesmal trank er langsam, bedächtig. Im Kopf legte er sich einen Plan zurecht. Gleich Montag früh würde er bei der Kammer vorstellig werden und darum bitten, seine Gesellenprüfung zeitnah ablegen zu können und die Meisterprüfung vorziehen zu dürfen. Außerdem musste er klären, dass er die Schneiderei Graf außerordentlich weiterführen durfte, solange er noch kein Meister war. Schließlich lagen hier besondere Umstände vor. Dafür musste man Verständnis haben.

Joachim seufzte und stellte das Glas neben der Spüle ab. Er würde fortan der Sohn sein, den sich der Vater zu Lebzeiten immer gewünscht hatte: ein Schneider, der sein Handwerk bis ins letzte Detail beherrschte und der sich – wenn überhaupt – nur noch in der Freizeit mit der Fotografie beschäftigte.

Mit der Hand fuhr er sich über die müden Augen. Er würde nicht nur mit der Handwerkskammer sprechen müssen, sondern auch mit Petra. Sie würde bestimmt nicht sonderlich erfreut sein, wenn sie von seinem Richtungswechsel erfuhr. Schon nach der Beerdigung hatte sie über nichts anderes gesprochen als über das Fotostudio und den Makler. Sie hatte mit Werner Pesch wohl ausgehandelt, dass er »der schwierigen Situation wegen« einen Aufschub gewährte, damit Joachim noch rechtzeitig den Kaufbetrag begleichen konnte. Von »Erbe« hatte sie gesprochen und davon, dass er die Schneiderei Graf gewinnbringend verkaufen solle. Alles für das Fotostudio, von dem Petra sich Großes versprach. Auch auf ihre Karriere bezogen.

Joachim ging wieder hinauf in sein Zimmer. Er hatte sich das alles anders vorgestellt, und bei dem Gedanken an die lichtdurchflutete Mansarde wurde er kurz wehmütig. Aber es nutzte nichts: Er hatte eine Entscheidung getroffen. Für die Schneiderei Graf. Für seinen Vater. Das musste Petra einsehen.

40

»Gib mir bitte noch eine.« Edith streckte die Hand nach hinten aus, ohne den Blick vom Tannenbaum zu wenden. Es dauerte nicht lange, und Joachim reichte ihr die gewünschte Kugel.

Was hatten sie sich früher immer darum gestritten, wer den Schmuck an den Baum hängen durfte, damals, als die Welt noch in Ordnung gewesen war. Als sie noch die Zwillinge Graf gewesen waren, als sie noch einen Vater gehabt hatten.

In diesem Jahr war alles anders. Die Mutter hatte Weihnachten ganz ausfallen lassen wollen. Aber darauf hatten sich Edith und Joachim nicht eingelassen. Sie wollten die Tradition wahren. Es half ihnen, alle diese vertrauten Dinge zu tun, die zur Vorbereitung des Festes gehörten. An irgendetwas mussten sie sich schließlich festhalten.

Dabei wusste Edith immer noch nicht, ob sie den Heiligen Abend überhaupt noch auf diese Art feiern sollte, oder ob sie sich nicht endlich mit der jüdischen Tradition vertraut machen sollte? Bislang hatte sie das von sich geschoben. Nach der Welle von Synagogen-Schändungen, die am letztjährigen Weihnachtsabend ihren Anfang genommen hatte, saß ihr die Angst im Nacken – und diese Angst saß tief.

Ihr Verstand sagte ihr, dass sie sich mit ihren Wurzeln befassen und die jüdischen Traditionen kennenlernen solle, dass sie herausfinden solle, welche Feste und Bräuche ihre leiblichen Eltern gefeiert und geehrt hatten. Aber wenn sie Bauch und Herz fragte, dann schlugen diese für das Vertraute, das Altbekannte, für all das, mit dem sie aufgewachsen war und das ihr Geborgenheit und Sicherheit gab. Vielleicht war es noch zu früh. Dennoch fühlte sie sich schuldig. Als dürfe sie nicht mehr daran festhalten, obwohl sie es doch wollte.

Edith hängte die Kugel in die Tanne und begutachtete ihr Werk. Der kleine Nadelbaum war festlich geschmückt. Neben Christbaumkugeln zierten ihn Sterne aus Holz, kleine Äpfel und Bienenwachskerzen. Nur die Christbaumspitze hatten sie nicht aufgesetzt. Das war immer dem Vater vorbehalten gewesen. Daher hatten sie es nicht gewagt, dies zu tun. Es erschien ihnen nicht richtig. Ohne den Vater gab es nur ein Weihnachten ohne Christbaumspitze.

»Und was machen wir jetzt bis zur Kirche? Die Messe beginnt doch erst um acht.« Joachim war neben sie getreten, streckte die Hand aus und drehte einen der kleinen Äpfel, sodass die rote Seite nach vorn zeigte.

Edith strich ihren Rock glatt. »Paul holt mich gleich ab. Wir wollen ein bisschen spazieren gehen.« Sie sah Joachim an. »Triffst du dich denn nicht mit Petra?«

Joachim verzog den Mund und schüttelte den Kopf. »Vielleicht morgen«, sagte er rasch, und Edith entschied, lieber nicht nachzufragen. Schon seit einiger Zeit hatte sie den Eindruck, dass es Unstimmigkeiten zwischen Joachim und Petra gab, aber ihr Bruder war scheinbar noch nicht bereit, darüber zu sprechen. Vielleicht musste er das erst einmal mit sich selbst, und wichtiger noch, mit Petra ausmachen.

Edith blickte auf den festlich geschmückten Christbaum, und trotz aller Umstände fühlte sie sich glücklich. Sie freute sich auf den Festabend und hoffte, dass auch die Mutter ein wenig aus dem Schneckenhaus ihrer Trauer herausfinden könnte. Zumindest für die Feiertage. Das wäre ein Anfang.

Genau das wollte sie Joachim gerade sagen, als es an der Tür klingelte. Ediths Herz machte einen freudigen Sprung. Paul. Das konnte nur Paul sein. Zwei Wochen war er fort gewesen. Schon im Monat davor hatte sie ihn kaum gesehen. Im November war er nämlich mit Rudolf Schilling in Hannover gewesen. Die SPD hatte dort einen Parteitag abgehalten, und Willy Brandt war seitdem der Kanzlerkandidat der SPD. Er würde im nächsten Jahr gegen Konrad Adenauer antreten.

Edith nickte Joachim zu und sprang zur Haustür. Natürlich stand dort Paul. Hastig zog sie die Winterstiefel an und nahm den Wintermantel von der Garderobe. Sie öffnete die Tür und flog auf Paul zu. Sie drückte den Kopf gegen den winterlich kalten Stoff seines Mantels, und Paul schloss die Arme um sie.

»Was bin ich froh, dass du wieder da bist«, sagte Edith.

Paul gab ihr einen sanften Kuss. »Mein Glücksbringermädchen«, murmelte er, und Ediths Herz setzte beim Klang seiner Stimme für einen Moment aus, bevor es mit voller Kraft schneller zu schlagen begann. Bis zur Messe waren es noch knappe vier Stunden. Vier Stunden nur sie und Paul.

Edith atmete auf, als Paul den Wagen am Waldrand parkte. Auf der Fahrt den Berg hinauf war der Wagen mehrfach weggerutscht. Trotz der Sonne lag noch viel Schnee und Eis auf den Straßen. Paul löste den Sicherheitsgurt und drehte sich zu Edith, um auch ihren Gurt aus dem Schloss zu befreien. Dann legte er die Hände an ihr Gesicht und küsste sie. Sanft zunächst, dann immer fordernder. Edith versank in seinen Lippen. Die Frage, ob sie später wieder heil den Berg hinunterkommen würden, drängte sie zurück. Sie konzentrierte sich auf die wohlige Wärme, die sich von ihrem Bauch aus durch ihren ganzen Körper floss. Sie wusste nicht, wie viel Zeit vergangen war. Wenn Paul sie küsste, vergaß sie alles um sich herum. Seine Hände wanderten von ihrem Gesicht zu ihrer Taille. Fanden wieder wie von allein unter ihre Strickjacke und dann unter ihre Bluse. Edith ließ ihn gewähren. Sie genoss es, wenn seine Hände über ihre Haut fuhren. Die Wärme, die Berührung. Sie spürte, wie ihr Körper darauf reagierte, fühlte, wie sie mit fortgerissen wurde. Atemlos zog sie sich ein wenig von Paul zurück und hielt ihn sachte mit einer Hand auf Abstand.

Paul schien zu verstehen. »Zu viel?«, fragte er.

Edith nickte, konnte sich aber ein Grinsen nicht verkneifen, weil Paul jetzt so verlegen aussah. Sie zog ihn wieder zu sich heran und gab ihm einen schnellen Kuss auf den Mund. Dann sagte sie: »Komm, lass uns ein Stück gehen. Die Waldluft ist bestimmt wunderbar frisch, und sie wird uns ein wenig …«

»Abkühlen?«, fiel Paul ihr ins Wort.

»Erfrischen wollte ich sagen, aber abkühlen trifft vielleicht auch zu«, erwiderte Edith.

Der Wald war von einer dicken weißen Schneeschicht bedeckt, die in der Nachmittagssonne noch heller schimmerte. Ein richtiges Winterwunderland. Ihre Schritte knirschten, als sie den Weg entlanggingen. Edith fühlte die kalte Luft an den Wangen und Pauls Hand warm in ihrer.

»Hoffentlich bleibt die Sonne noch ein wenig, damit der Schnee auf den Straßen schmilzt«, sagte Edith.

»Mach dir keine Gedanken. Den Berg runter können wir zur Not auch rutschen.«

»Den Berg runter vielleicht. Aber du musst doch nachher noch fahren, bei freien Straßen mache ich mir weniger Sorgen.«

»Noch fahren? Ich hab Urlaub über die Feiertage.«

»Ich dachte, du fährst zu deiner Familie in die Eifel«, sagte Edith erstaunt.

Paul schüttelte den Kopf. »Ich hatte vor, hierzubleiben.«

Edith blieb abrupt stehen und bedachte ihn mit einem ernsten Blick. »Das kannst du nicht tun«, sagte sie und schüttelte fest den Kopf. »Du hast noch Mutter und Vater. Die solltest du besuchen.«

»Aber ich will bei dir sein.« Paul beugte sich zu ihr hinunter und küsste sie.

Sie erwiderte den Kuss nur kurz. »Das verstehe ich. Aber Weihnachten ist das Fest der Familie. Fahr zu ihnen, und zwischen den Jahren kommst du wieder. Es sind doch nur drei Tage. Wenn du nach Berlin fährst, bist du viel länger weg.«

Paul seufzte. »Wenn du meinst«, antwortete er lang gezogen.

Edith lehnte sich an ihn, schob sich in seinen Arm. »Fahr hin. Wer weiß, wie lange sie noch da sind.«

*

Joachim betätigte den Hebel an der Seite der Nähmaschine und hob damit den Nähfuß an, um die Weste darunter hervorzuholen. Sorgfältig schnitt er Ober- und Unterfäden ab und begann, die Weste durch die Wendeöffnung im Innenfutter auf die rechte Stoffseite zu drehen. Dabei überlegte er sich im Kopf die Worte, mit denen er all diese Tätigkeiten jemanden erklären könnte. Ein Teil der bald anstehenden Meisterprüfung bestand nämlich darin, einen Lehrling vor den Augen und Ohren der Prüfer anzuleiten. Wenn Edith nicht vorn im Laden zu tun hatte, übte er das mit ihr. So lernte sie nebenbei die Handgriffe der Herrenschneiderei, und für ihn war es eine gute Vorbereitung. Edith war sehr geschickt und hatte in Mehlem einiges gelernt. Er hoffte sehr, dass der Lehrling, den er für die Prüfung zugeteilt bekommen würde, auch so viel Geschick an den Tag legen würde. Fast bezweifelte er das. Denn bisher war einfach alles viel zu glatt gelaufen. Sein Gespräch bei der Handwerkskammer zum Beispiel. Man hatte ihm alles bewilligt. Die Gesellenprüfung hatte er schon zwei Wochen nach diesem Termin ablegen dürfen, und die Meisterprüfung war für den Sommer vorgesehen. So hatte Joachim genügend Zeit, sich gut vorzubereiten. Er hatte sich schließlich vorgenommen, die Meisterprüfung mit Auszeichnung abzulegen – für den Vater.

Joachim zog den Stoff durch die Wendeöffnung, ganz vorsichtig, damit keine Naht aufriss. Jetzt würde er die Weste nur noch ordentlich bügeln müssen und dann die Wendeöffnung mit Nadel und Faden per Hand verschließen. Mit einem Leiterstich, der nachher nicht mehr zu sehen sein würde. Joachim sah auf und blickte auf den Zuschneidetisch, auf dem sich Berge zugeschnittener Stoffteile stapelten, dann warf er einen Blick auf seine Armbanduhr. Es würde wohl eine lange Nacht werden … wieder einmal.

Seit dem Tod des Vaters konnte Joachim zwar so arbeiten, wie er es für richtig hielt, aber er hatte neben der ganzen Näharbeit nun auch noch den Papierkram zu erledigen, und er hätte nie gedacht, wie viel Zeit das in Anspruch nahm. Edith half ihm schon, wo sie konnte. Aber sie hatte ihre Lehre nicht einmal ansatzweise beenden können, und auch wenn sie sehr geschickt an der Maschine war, so gab es doch Unterschiede zwischen der Damen- und der Herrenschneiderei und gerade die Maßanfertigung eines ganzen Anzuges erforderte mehr als nur Geschick. So war es schon mehr als einmal vorgekommen, dass Joachim ein Kleidungsstück nicht rechtzeitig fertig genäht bekommen hatte, und genauso oft war der betreffende Kunde nur mit einem beträchtlichen Preisnachlass zu besänftigen gewesen. Etliche Kunden waren seit dem Tod des Vaters gar nicht mehr in der Schneiderei Graf erschienen. Als wäre nur der Vater würdig genug gewesen, sie zu bedienen.

So, wie er es auch immer hingestellt hat, dachte Joachim bitter. Schließlich hatte der Vater ihn doch lange, lange Zeit keine Anproben machen lassen, hatte ihn erst am Ende Maß nehmen lassen. Da konnte man es den Kunden gar nicht verübeln, dass sie den Eindruck haben mussten, Joachim würde das Schneiderhandwerk womöglich gar nicht beherrschen. Aber noch war nicht alles verloren. Noch gab es Hoffnung, nicht zuletzt, weil er und Edith so gut zusammenarbeiteten. Er wusste, dass sie es zusammen schaffen konnten. Dass sie es zusammen schaffen mussten. Das sagte er sich immer wieder und wieder selbst vor.

Er hatte gerade das Bügeleisen in Betrieb genommen, als er aus dem Ladengeschäft eine aufgebrachte Stimme vernahm. Eine aufgebrachte weibliche Stimme. Petras Stimme.

»Wo ist er?«, rief sie laut. »Er soll aufhören, sich vor mir zu verstecken. Das hier mit der Schneiderei, das ist doch alles lächerlich! Jo gehört hinter eine Kamera, nicht an einen Tisch mit einer Nähmaschine.«

Joachim stellte das Bügeleisen aufrecht zur Seite, damit die heiße Sohle keinen Brand verursachen konnte, dann eilte er nach vorn in den Laden. Petra stand vor Edith. Ihr sonst makelloses Gesicht war vor Wut rot gefleckt, und eine kurze Strähne ihres Haars stand wirr ab. Mit einer fahrigen Handbewegung versuchte sie, die Strähne einzufangen, was die Frisur noch mehr durcheinanderbrachte.

In der letzten Zeit und vor allem an den Weihnachtsfeiertagen war er Petra bewusst aus dem Weg gegangen. Er wollte sich nicht mehr mit ihr streiten, aber ohne die Fotografie, die sie beide verband, gab es scheinbar nichts anderes mehr als Streit. Petra verstand nicht, warum er in der Schneiderei Graf bleiben musste, warum er nun hierbleiben wollte. Warum es das Richtige war.

»Da bist du ja!« Petras Stimme war laut, anklagend.

»Petra. Schatz.« Joachim eilte an Edith vorbei, wollte Petra in den Arm nehmen, einen neuerlichen Streit im Keim ersticken, aber sie hielt ihn mit ausgestrecktem Arm davon ab.

»Spar dir den Schatz. Es hat sich bald ausgeschatzt, wenn du weiterhin hier versauern willst und dein Talent in diesem … diesem …«, sie fuchtelte mit beiden Händen in Richtung des Nähzimmers, »… diesem Loch da verbringen willst! Du bist ein Genie hinter der Kamera, ein verdammter Wunderfotograf und kein kleines Schneiderlein!«

»Da hast du recht«, erwiderte Joachim mit so viel Ruhe in

der Stimme, wie ihm im Moment möglich war, »ich bin kein kleines Schneiderlein.«

Ein siegessicheres Lächeln machte sich auf Petras erhitztem Gesicht breit.

Joachim holte tief Luft und fügte hinzu: »Aber ich bin auch kein Fotograf. Ich bin ein Schneidergeselle, und bald bin ich ein Schneidermeister, und was am wichtigsten ist …« Er sah von Petra zu Edith. »… zusammen mit meiner Schwester bin ich Inhaber der Herrenschneiderei Graf, und daran wird sich so schnell nichts ändern.«

Petra schnaubte laut und sah ihn ungläubig an. »Und ich habe meine Hoffnungen in dich gesetzt!«, schrie sie empört. Dann stürzte sie mit immer noch zerzausten Haaren zur Tür hinaus.

Joachim ließ die Schultern hängen. Er liebte diese Frau. Von ganzem Herzen liebte er sie. Aber dass sie seine Entscheidung nicht verstehen wollte, dass sie ihn in keiner Weise unterstützte, sondern ihm nur Vorwürfe machte, schmerzte ihn mehr, als er es je zugeben würde. Er würde noch einmal in Ruhe mit ihr sprechen müssen. Ihr alles ganz genau und detailliert darlegen. Damit sie ihn endlich verstand. Damit der ewige Streit ein Ende fand, denn so konnte es nicht weitergehen.

»Danke.«

Erstaunt sah Joachim seine Schwester an. Warum bedankte sie sich bei ihm? Für den Streit mit Petra? Dafür, dass diese wutentbrannt aus der Schneiderei gestürmt war?

»Danke, dass du gesagt hast, dass wir beide Inhaber sind«, sagte Edith leise. »Das bedeutet mir sehr viel.«

Joachim rieb sich mit einer Hand den Nacken. »Na ja«, sagte er, »genau genommen bist du die Eigentümerin.«

»Nein«, erwiderte Edith, »wir zwei. Wir können die Schneiderei nur gemeinsam am Leben erhalten, und das ist auch richtig so. Es ist die Schneiderei unserer Familie. Meiner, deiner und unserer.«

*

Paul trank einen Schluck Silvester-Bowle und sah sich um. Alle trugen kleine Partyhütchen aus Pappe. Die Musik war laut, die Stimmung ausgelassen. Endlich war es mal nicht der deutsche Schlager, sondern wunderbar wilder, amerikanischer Rock 'n' Roll. Ganz nach seinem Geschmack. Er stellte sein Glas ab, fasste Edith an den Händen und wirbelte sie zur Musik durch das Wohnzimmer der Villa. Bei jeder Drehung flog ihr weiter Rock hoch und streifte an seinen Beinen vorbei. Paul fühlte sich so lebendig, wie lange nicht mehr.

Er wusste nicht, wo Helene Graf diesen Abend verbrachte, Edith hatte ihm vor wenigen Tagen nur mit leuchtenden Augen und einem verschmitzten Grinsen auf dem Gesicht verkündet, dass sie an diesem Silvesterabend sturmfrei haben würden. Und jetzt waren sie in bunter Runde hier versammelt: Joachim und Petra, Rita und Trude, Edith und er – und Heinz.

Das Verhältnis zwischen Heinz und ihm hatte sich verändert, seit er und Edith ein richtiges Paar waren. Heinz war zwar nicht mehr so feindselig, aber überschwänglich freundlich war er auch nicht. Wenigstens legte er es nicht immer auf Streit an, was Paul ihm hoch anrechnete. Er wusste nicht, ob er im umgekehrten Fall zu so etwas fähig gewesen wäre, und er war sehr froh, dass er das nicht herausfinden musste. Dennoch vermisste er die unbeschwerte Verbindung, die sie beide einmal gehabt hatten, wenn auch nur kurz. Er konnte wohl nicht beides haben. Entweder Edith oder eine Freundschaft zu Heinz.

Er wirbelte Edith an Joachim und Petra vorbei. Auch das Verhältnis zwischen den beiden schien abgekühlt zu sein. Paul hatte festgestellt, dass sie lange nicht mehr so innig miteinander waren, und er hatte den starken Eindruck, dass sie bald gar nicht mehr miteinander sein würden, so wenig, wie sie den ganzen Abend über miteinander sprachen. Aber dadurch wollte er sich nicht die gute Laune verderben lassen. Joachim und Petra mussten selbst wissen, was sie aus ihrem Leben und ihrer Liebe machten. Paul wollte einfach nur den Silvesterabend mit Edith genießen. Tanzen, feiern, küssen.

Der Abend verging viel zu schnell. Sie spielten Partyspiele, die Rita sich ausgedacht hatte und bei denen sie sich vor Lachen kugelten, sie tranken, sie naschten vom kalten Büfett – Spießchen vom Käseigel, gefüllte Fliegenpilz-Eier, Toastecken mit Fleischsalat –, und sie tanzten. Bis es endlich so weit war: Der magische Moment des Jahreswechsels stand kurz bevor. Alle zogen sich ihre dicken Wintermäntel an, und stürmten hinaus auf die Straße, wo sich bereits einige der Nachbarn versammelt hatten und laut rückwärts zählten.

»Acht …« Rita kam laut quiekend als Letzte aus der Tür. In den Händen balancierte sie ein Tablett mit Sektgläsern. Heinz und Trude kamen ihr zu Hilfe.

»Sieben …« Zusammen stellten sie das Tablett auf einem niedrigen Mäuerchen ab.

»Sechs …« Paul umarmte Edith, die vor ihm stand.

»Fünf …« Sie legte ihre Hände auf seine Arme, schmiegte sich fest an ihn.

»Vier …« Paul schob das Partyhütchen auf Ediths Kopf zur Seite und gab ihr einen Kuss auf den Scheitel, roch den Duft ihrer Haare. Die lachenden Menschen um sich herum blendete er aus. Es gab nur noch ihn und sein Glücksbringermädchen.

»Drei …« Er genoss das Gefühl von Ediths Körper an seinem, auch wenn viele Lagen Stoff sie trennten.

»Zwei …« Es fühlte sich richtig an. Er und Edith – er und sein Glücksbringermädchen. Für immer.

»Eins …« Er wollte sie heiraten. War jetzt nicht der beste Moment für einen Antrag? Mit dem Beginn eines neuen Jahres? Oder musste er erst ihren Bruder fragen, weil es ihm nicht mehr möglich war, bei ihrem Vater um ihre Hand anzuhalten? Nein, das kam für ihn nicht infrage. Wenn er ehrlich mit sich war, dann war er eigentlich ganz froh, dieses Ritual nicht ausführen zu müssen, auch wenn er dabei ein schlechtes Gewissen hatte, denn er verdankte dies ja nur dem Tod von Richard Graf, und darüber war er bestimmt nicht froh.

Ein lautes Knallen, gefolgt von Jubel, Frohes-neues-Jahr-Rufen und dem Neujahrsgeläute holte ihn aus seinen Gedanken zurück. Er drückte Edith fest an sich, beugte sich zu ihr hinunter und küsste sie.

Ja, jetzt wäre der perfekte Augenblick, dachte Paul, *der perfekte Augenblick für einen Antrag.* Auch wenn er noch keinen Ring hatte, sich keine Rede überlegt hatte, noch lange nicht genug Geld für ihre gemeinsame Zukunft zusammen hatte und zudem noch unsicher war, ob er mit einem Knie zu Boden sinken sollte oder nicht.

»Hallo? Paul? Edith?« Erst jetzt bemerkte er, dass ihm und Edith jemand abwechselnd mit dem Zeigefinger auf den Arm tippte. Er sah erstaunt auf und erntete das Gelächter von Rita und Trude. Der perfekte Augenblick war vorbei.

»Hier, wir wollen anstoßen, wenn ihr mal endlich fertig seid.« Trude hielt ihm und Edith je ein Glas Sekt hin. Rita kicherte.

Automatisch nahm er das schlanke Glas, Edith tat es ihm gleich. Sie stießen an. Er wollte sie direkt schon wieder küssen, aber Rita hielt ihn ab.

»Na, na, na, Herr Lange. Immer langsam mit den jungen Pferden«, sagte sie und schwenkte den erhobenen Zeigefinger in der Luft. »Damit warten wir mal schön, bis wir alle angestoßen haben.« Wieder kicherte sie.

Paul sah zu Edith. Ihre Wangen waren von der Kälte und

vom Sekt gerötet. Sie sah so wunderschön aus, so bezaubernd. Sie lächelte ihn warm an. Er lächelte zurück. Dann hakte sie sich bei ihm unter, und sie stießen in der großen Runde an. Einer nach dem anderen. Joachim, Trude, Petra, Rita, Heinz und dann wieder Edith. Sie tranken die Gläser leer.

Paul sah zu Rita und Trude. »So, die Damen. Jetzt darf ich aber wieder?«, fragte er, wartete die Antwort jedoch nicht ab, sondern küsste Edith einfach unter dem Gelächter und Gejohle der anderen. Er spürte, wie sich Ediths Lippen unter seinen zu einem Lächeln verzogen, und auch er selbst musste grinsen.

Der perfekte Augenblick für einen Antrag mochte vorbei sein, aber alles andere war perfekt. Mit seinem Glücksbringermädchen an seiner Seite konnte nichts mehr schiefgehen. Das neue Jahr würde ihr Jahr werden.

1961

41

»Joachim, Herr Meyer auf der Heide war eben im Laden und hat nach den zwei Hemden gefragt, die er bei dir in Auftrag gegeben hat. Aber ich konnte nichts im Auftragsbuch finden, und er hatte nur wenig Zeit und ist wütend von dannen gezogen. Kannst du mir etwas dazu sagen?«

Joachim sah müde von der Nähmaschine auf. »Zwei Hemden sagst du?« Er rieb sich mit dem Handballen über die Augen und sah sich suchend im Arbeitszimmer um.

Edith sog lautstark Luft durch die Nase ein. »Ist dir das etwa auch durchgegangen? Wie die Hose für Konsul Schäfer? Joachim, so kann es nicht weitergehen. Die Kunden sind verärgert – nicht mehr lange, und sie sind ganz weg! Wie vielen Kunden hast du diesen Monat schon wieder Nachlässe gewähren müssen, weil du in Verzug warst? Zwei, drei, fünf, mehr?«

Joachim ließ die Hände sinken. »So einfach ist das alles nicht. Du musst das verstehen. Mit nur Maßnehmen und Nähen ist es nicht getan. Ich muss die Bücher führen, die Abrechnungen machen, dazu noch die Aufträge verwalten, dafür sorgen, dass immer genug Stoffe und Kurzwaren am Lager sind … da gibt es so vieles zu tun, was man nicht sieht.«

»Dann zeig es mir, lass mich das machen. Ich kann dir doch auch beim Nähen zur Hand gehen. Joachim, lass mich dir mehr helfen!«

»Aber Vater hat das doch auch alles allein gemacht. Selbst als er krank war und nur noch im Bett lag, hat er es irgendwie geschafft, die Bücher zu führen und alles nachzubestellen.« Joachim schniefte.

»Er hatte viel mehr Erfahrung als du. Und du lernst noch nebenher für deine Prüfung, das darfst du nicht vergessen. Es ist doch völlig normal, dass du da nicht die Zeit für alles hast. Du kannst dich doch nicht dreiteilen, versuche es also bitte auch nicht. Ich werde mir die Bücher und die Abrechnungen ansehen. Die Auftragserfassung kann ich auch übernehmen, und du lernst weiter für die Prüfung, denn das ist wirklich wichtig. Du weißt, dass wir die Schneiderei nicht auf die Dauer ohne Meister führen können.«

»Ja, ich weiß, aber es ist alles so viel … so viel …« Joachim warf verzweifelt die Hände in die Luft.

Edith ging einen Schritt auf ihn zu. Ihr Bruder brauchte Hilfe. Mehr Hilfe, als sie ihm im Moment bieten konnte. Er brauchte jemanden, der die Schneiderlehre bereits abgeschlossen hatte, der das Handwerk verstand. Schon länger hatte sie eine Idee dafür, nun sprach sie es aus: »Ich könnte Rita fragen, ob sie uns aushilft. Am Wochenende vielleicht, zumindest so lange, bis du die Prüfung abgelegt hast.«

»Rita?« Joachim runzelte die Stirn. »Ich weiß nicht. Meinst du wirklich, dass das eine gute Idee ist? Die ist immer so … so aufgedreht. Die redet bestimmt mehr, als sie arbeitet.«

»Da tust du ihr unrecht. Rita ist eine der besten Näherinnen, die es in Mehlem gibt. Du hast doch ihre Kleider gesehen, die sehen aus wie gekauft«, sagte Edith nachdrücklich.

»Und bei der Arbeit ist sie ein ganz anderer Mensch. Ruhig und konzentriert. Glaub mir, Joachim, sie näht so akkurat, dass selbst unser Vater sie gelobt hätte.«

Seine gerunzelte Stirn entspannte sich etwas. »Na gut. Wir können es ja mal versuchen«, gab er nach, »wenn Rita da überhaupt mitmacht.«

»Da kennst du sie aber schlecht. Wenn ich sie um etwas bitte, wird sie mir das niemals abschlagen. Ich frag sie gleich heute Abend!«

Joachim nickte schwach und wandte sich wieder der Nähmaschine zu. Edith sah, dass er nicht wirklich von ihrem Vorschlag überzeugt war.

Der wird sich noch wundern, dachte sie, als sie nach vorn in den Laden ging. Mit Ritas Hilfe würden sie es schaffen. Denn wenn nicht, wusste sie auch nicht mehr, was sie noch tun sollten. Wenn nicht, war die Schneiderei Graf verloren.

*

Joachim radelte mit dem Fahrrad am Bonner Rheinufer entlang. Ein kalter Wind blies ihm entgegen. Seit dem Silvesterabend hatte er Petra nicht mehr gesehen. Mit der Arbeit in der Schneiderei und den Vorbereitungen auf die Meisterprüfung hatte er keine freie Minute mehr – und das trotz der Hilfe von Rita.

Als Edith mit dem Vorschlag um die Ecke gekommen war, dass ausgerechnet ihre aufgedrehte Freundin ihm am Wochenende bei den Näharbeiten zur Hand gehen sollte, hatte er das Ganze noch als eine Schnapsidee abgetan. Aber er war eines Besseren belehrt worden. Rita war gut. Nein, sie war richtig gut. Da hatte Edith recht behalten. Mit Ritas Hilfe kamen sie einigermaßen über die Runden. Fast alle bestellten Hemden, Hosen, Westen und Anzüge waren in der vereinbarten Zeitspanne fertig geworden. Und dennoch hatte Joachim immer noch so viel zu tun, dass er gar nicht mehr wusste, wann sein letzter freier Tag gewesen war. Sein Vater hatte früher immer gescherzt, dass man als selbstständiger Ladenbesitzer ständig selbst am Arbeiten sei. Genauso war es. Er und Edith arbeiteten und arbeiteten und arbeiteten. Wenn er abends übermüdet die Hintertür der Schneiderei abschloss, um nach Hause zu gehen, fragte er sich, ob es wirklich jemals besser werden würde, wenn er erst die Meisterprüfung abgelegt hatte. Würde er tatsächlich einmal so routiniert arbeiten wie der Vater?

Ein Stoß ging durch das Fahrrad. Ohne es zu bemerken, war Joachim über einen großen Stein gefahren. Das Rad schlingerte, und er lenkte schnell gegen. Das würde ihm gerade noch fehlen, dass er sich jetzt auf die Nase legen und sich Arm oder Bein brechen würde, damit er gar nicht mehr nähen konnte. Er hätte besser den Zug genommen. Aber die Fahrt mit dem Rad bot eine willkommene Abwechslung zum ständigen Sitzen an der Nähmaschine. Es war viel zu lange her, dass er sich richtig bewegt hatte. Er spürte es deutlich in den Beinen. Was Petra wohl sagen würde, wenn er völlig abgestrampelt vor ihrer Tür auftauchte? Sein Besuch sollte eine Überraschung werden, und er hoffte inständig, dass er sich endlich mit ihr versöhnen konnte. Er vermisste sie so sehr und konnte immerzu nur an sie denken. Er musste sie endlich wiedersehen, endlich wieder ihre roten Lippen küssen, sonst würde er noch verrückt. Also hatte er an diesem Samstagnachmittag alles stehen und liegen gelassen, hatte die erstaunten Gesichter von Edith und Rita ignoriert und war mit einem »Ich muss dringend wohin« aus dem Nähzimmer gelaufen und aufs Rad gesprungen.

Er bog vom Rheinufer ab und fuhr in Richtung der Bonner Innenstadt. Konzentrierter jetzt, da hier viel Verkehr herrschte. Es fuhren Autos und Busse, Motorräder und die Straßenbahn. Immer wieder bog er ab, mal nach rechts, mal nach links, dann war er angekommen. Er stellte sein Rad an der Hauswand ab und nahm im Treppenhaus zwei Stufen auf einmal. Völlig außer Atem und mit zitternden Beinen stützte er sich mit den Händen neben Petras Wohnungstür ab. Das Herz schlug ihm bis zum Hals. Er atmete mehrmals tief durch, bis er seinen Atem einigermaßen eingefangen hatte, bevor er sich von der Wand abdrückte und die Schultern straffte. Ein letzter, tiefer Atemzug, dann klingelte er. Gleich würde Petra die Tür öffnen und überrascht sein – und hoffentlich erfreut.

Joachim wartete. Er hörte sein Herz laut in seinen Ohren pochen, sonst nichts. Kein Geräusch, das darauf schließen ließ, dass sich im Inneren der Wohnung jemand auf den Weg zur Tür machte. Er klingelte noch einmal. Wartete. Immer noch nichts. Vorsichtig trat er einen Schritt auf die Tür zu und legte das Ohr daran. Stille. War es möglich, dass sie sich zu einem Nachmittagsschläfchen hingelegt hatte? Joachim lehnte die Stirn an die Wohnungstür. Sie war kühl und glatt. Er wusste doch, dass das Unsinn war. Wenn Petra die Tür nicht öffnete, dann hieß das nur eines: Sie war nicht zu Hause. Was hatte er auch erwartet? Das eine Frau wie sie an einem Samstagnachmittag zu Hause saß und auf ihn wartete? Hatte er das wirklich geglaubt? Ein kleiner Teil von ihm antwortete Ja, während der andere Teil ihn auslachte.

Mit hängenden Schultern verließ er das Haus. Seine Beine waren schwer wie Blei. Jeder Schritt machte ihm Mühe. Langsam ging er zu seinem Fahrrad und schob es ein Stück über den Gehweg.

»Joachim? Jo, bist du das?«

Joachim sah auf, geradewegs in das vage bekannte Gesicht eines jungen Mannes, der eine schwarze Hornbrille trug. Für einen Moment musste er überlegen, wen er da vor sich hatte, aber dann fiel es ihm wieder ein: Es war einer von Petras Bekannten, derjenige, der ihn einen Wunderfotografen genannt hatte.

»Hallo …«, sagte Joachim unsicher, weil ihm kein Name in den Sinn kommen wollte.

»Georg«, half ihm der junge Mann mit der Hornbrille aus.

»Georg, natürlich. Wie geht es dir?« Joachim streckte ihm die Hand hin, und Georg schlug ein.

»Gut, gut. Wolltest du zu Petra?«

Joachim nickte. »Ja, aber sie ist nicht da.«

»Wart ihr denn nicht verabredet?«

»Nicht so richtig«, antwortete Joachim ausweichend.

»Ach, dann fährst du jetzt bestimmt mit dem Rad zu Rolf in den Laden.«

»Rolf?«, fragte Joachim.

»Du weißt schon, Rolf, der Fotograf, der den neuen Fotoladen in der Stadt aufgemacht hat.«

»Neuer Fotoladen?«, wiederholte Joachim und spürte einen Stich im Herzen.

»Das musst du doch wissen«, sagte Georg erstaunt. »Die Petra hat den Rolf doch erst zu dem Laden gebracht. Der liegt zwar nicht in der besten Lauflage, aber da gibt es … ich komme gerade nicht darauf, wie man das nennt, so ein Zimmer die Treppe rauf, halb unterm Dach, ganz hell und lichtdurchflutet. Mensch, wie nennt man das noch mal?«

Joachims Mund wurde trocken. »Eine Mansarde«, sagte er.

»Genau, das ist es! Eine Mansarde.« Georg boxte Joachim spielerisch gegen den Oberarm. »Wusste ich doch, dass du den Laden kennst.«

Ja, Joachim kannte den Laden. Und wie er ihn kannte. Vor nicht allzu langer Zeit war er davon ausgegangen, dass es sein Laden werden würde. Sein Fotostudio. Und jetzt hatte Petra jemand anderen gefunden. Einen anderen Fotografen. Seine Kiefermuskeln spannten sich an, und der Stich in seinem Herzen bohrte sich tiefer und tiefer. Er schluckte.

»Na ja, dann grüß die beiden mal schön von mir, ich muss weiter«, sagte Georg, der scheinbar nicht mitbekommen hatte, was in Joachim vorging. »War schön, dich mal wieder zu sehen, Wunderfotograf Jo.« Georg tippte sich mit zwei Fingern zum Gruß an die Stirn.

»Ja … mach's gut«, antwortete Joachim mit letzter Kraft, bevor er auf sein Rad stieg und fest in die Pedale trat. Tränen stiegen ihm in die Augen, vor Enttäuschung, vor Wut und weil ihm der Fahrtwind so sehr ins Gesicht blies.

*

Paul ließ den Blick über die vertraute Landschaft links und rechts der Autobahn schweifen. Ein großes Schild verkündete ihm, dass Troisdorf die nächste Abfahrt war. Er setzte den Blinker und überholte den Reisebus, hinter dem er die letzten Kilometer gemächlich hergefahren war. Mit einem Mal wollte er sich beeilen. Nur noch an Siegburg und Sankt Augustin vorbei und er war wieder in Bonn – und fast schon wieder bei Edith.

Rudolf Schilling hatte ihm mitgeteilt, dass er zunächst ins Bundeshaus müsse und Paul dort auf ihn warten solle, um ihn im Anschluss nach Schweinheim zu bringen. Paul scherte vor dem Reisebus wieder auf die rechte Fahrbahn ein und trommelte mit den Fingern gegen das Lenkrad. Das Warten gehörte zu den unliebsamen Seiten seines Berufs als Chauffeur. Er hoffte sehr, dass sich das mit der Selbstständigkeit ändern würde. Natürlich wusste er, dass er auch als Taxifahrer würde warten müssen, aber er konnte sich beim besten Willen nicht vorstellen, dass es so viel Warterei sein würde wie jetzt. Nein, es war sogar eher so, dass er sich in der Anfangszeit lange Wartezeiten ohne zahlende Kundschaft gar nicht würde leisten können. Schließlich war er darauf angewiesen, Geld zu verdienen. Für eine Hochzeit mit Edith, für ein Haus, in dem sie zusammen leben konnten. Er wusste, dass Edith ihn sicherlich auch ohne das alles heiraten würde, aber er wollte es richtig machen.

Sein Herz begann aufgeregt zu klopfen, und er tastete mit der Hand nach der Stelle über seinem Herzen, spürte die Ekken der kleinen Schachtel, die sich in der Innentasche seiner Livree-Jacke befand. Etwas mehr als zwei Monatsgehälter hatte er für den schlanken Goldring beim Juwelier gelassen, und jeder einzelne Pfennig davon war es ihm wert, wenn er sich nur Ediths Gesicht vorstellte.

Zuerst hatte er gedacht, er solle damit warten, bis er sein eigenes Taxiunternehmen vorweisen konnte, aber genauso, wie er die Warterei als Chauffeur satt war, war er die Warterei auf den richtigen Moment für einen Antrag satt.

Die Autobahn verschwamm vor seinen Augen, und er sah es deutlich vor sich: sich selbst und Edith im Kottenforst. An der Stelle, wo sie ihn zum ersten Mal geküsst hatte, genau da. Er ging in die Knie, zückte die kleine Schachtel, öffnete sie.

»Herr Lange«, ließ sich Rudolf Schillings Stimme aus dem Fond des Wagens vernehmen, »irre ich mich, oder haben wir gerade unsere Abfahrt verpasst?« Er klang erstaunt.

»Wie bitte?« Paul hatte immer noch das Bild des Kottenforstes vor sich. Edith, die Schachtel, den Ring.

»Das war gerade die Abfahrt nach Bonn«, erklärte Schilling.

Paul schüttelte unwillkürlich den Kopf. Natürlich, die Autobahn. Er war so in seinen Tagtraum versunken gewesen, dass er beinahe vergessen hatte, wo er sich befand. Er musterte die Straße, die Schilder. »Entschuldigen Sie bitte, Herr Schilling«, sagte er hastig. »Ich war in Gedanken.«

»Das habe ich bemerkt, junger Mann«, antwortete der Berater des Berliner Bürgermeisters, und Paul konnte nicht deuten, ob er nur erschöpft oder doch etwas ungehalten war. »Woran auch immer Sie denken, Herr Lange, ich hoffe, es ist den Umweg wert, den wir jetzt machen werden?«

Wieder tastete Paul nach der Schachtel. »Ja«, antwortete er mit Bestimmtheit und lächelte.

Rudolf Schilling beugte sich zu ihm nach vorn. »Und wollen Sie mich daran teilhaben lassen? Ich habe Sie noch nie so lächeln gesehen, den Grund dafür würde ich dann doch zu gern wissen.«

Paul umfasste mit beiden Händen das Lenkrad. Der Verkehr nahm zu. Autos und Lkws fuhren dicht an dicht. Er nickte.

»Ja«, sagte er. »Darüber muss ich sowieso mit Ihnen sprechen. Es betrifft auch Sie … gewissermaßen.«

Im Rückspiegel konnte Paul sehen, dass Schilling die Augenbrauen hochgezogen hatte. Mit einer Geste bedeutete er Paul weiterzusprechen.

Paul schluckte. Bislang hatte er es hinausgezögert, seine Kündigung auszusprechen. Dabei wusste er selbst, wie lächerlich das war. Seine Zukunft, sein eigenes Unternehmen, sein Leben mit Edith im Rheinland, all das war nur möglich, wenn er den Beruf als Chauffeur aufgab. Aber Rudolf Schilling war ihm ans Herz gewachsen. Der privat so wortkarge Mann, der als Berater des Berliner Bürgermeisters schon so vieles verändert hatte, hatte auch Pauls Leben verändert. Ihn dazu gebracht, über Dinge nachzudenken, die ihn früher nicht interessiert hatten. Ihm gezeigt, wie wichtig es war, Entscheidungen zu treffen und dazu zu stehen.

Paul setzte den Blinker, verringerte das Tempo des Wagens. Noch eine Ausfahrt würde er nicht verpassen.

»Ich werde die Frau, die mich glücklich macht, bitten, mich zu heiraten«, sagte er schlicht.

»Herr Lange, das ist wunderbar. Ich gratuliere.« Schilling klatschte in die Hände.

»Danke«, antwortete Paul. »Aber das heißt auch, dass ich Sie bald nicht mehr fahren werde.«

»Junger Mann.« Der Berater räusperte sich. »Sie wissen

schon, dass auch andere Fahrer verheiratet sind. Warum können Sie mich da nicht mehr chauffieren?«

»Wissen Sie, Edith – das ist meine Zukünftige –, sie lebt hier im Rheinland, in Bad Godesberg. Und ich will bei ihr sein. Immer.« Wie er das so aussprach, klang es ein wenig kindisch in seinen Ohren. Die Worte wurden seinen Gefühlen nicht gerecht. Nicht einmal ansatzweise. Fieberhaft überlegte er, wie er es besser ausdrücken konnte, verständlicher.

Rudolf Schilling legte Paul eine Hand auf die Schulter. »Ich verstehe Sie«, sagte er ernst. »Ist diese Edith … ist sie die große Liebe?«

Paul nickte.

»Dann folgen Sie Ihrem Herzen. Es ist immer richtig, dem Herzen zu folgen.« Schilling lehnte sich wieder zurück. Durch den Rückspiegel sah Paul, dass er wieder aus dem Fenster sah. »Wenn es möglich ist«, glaubte er ihn noch murmeln zu hören.

42

Edith fühlte Pauls Hand warm und fest in ihrer, als sie den vertrauten Waldweg im Kottenforst entlanggingen. Zwischen den grünen Bäumen blühten Blumen, und die Luft roch sommerlich frisch. Edith war glücklich, dass Paul wieder da war. Mit ihm war das Leben leichter und auch ihr Herz und ihr Kopf. Alles war unkomplizierter. Sie lächelte und verschränkte ihre Finger fest zwischen Pauls. Sie erreichten die Lichtung und setzten sich auf die Bank. Edith kuschelte sich in Pauls Arm. Sie schloss die Augen. Lauschte den Geräuschen des Waldes, dem leisen Knacken der Äste, dem Rauschen der Blätter im Wind, den verschiedenen Vogelstimmen. Sie drehte ihren Kopf zu Paul, und jetzt hörte sie noch ein weiteres Geräusch: sein gleichmäßig schlagendes Herz.

Sie wusste nicht, wie lange sie so dagesessen hatte, als Paul sie mit einem Mal sanft zur Seite schob. Edith schlug die Augen auf und sah ihn erstaunt an. Sein Gesicht war ernst. Er stand auf.

»Paul, was ist los?«, fragte Edith.

Er sagte nichts, stand vor ihr und sah sie unverwandt an.

Sie zog die Augenbrauen zusammen. »Paul?«, fragte sie unsicher.

Er sank vor ihr nieder. Mit einem Knie auf dem Boden streckte er ihr eine kleine Schachtel hin. Edith konnte nicht sagen, wo er sie so plötzlich hergezaubert hatte. Sie nahm die Schachtel entgegen und öffnete sie. Im Inneren steckte ein schmaler Goldring. Ihr Herz setzte einen Schlag aus.

»Edith Graf«, sagte Paul mit feierlicher Stimme, »willst du mich zum glücklichsten Mann auf der ganzen Welt machen und mich heiraten?«

Edith sah zwischen dem Ring und Paul hin und her, unfähig, etwas zu sagen. Wie oft hatte sie sich diesen Moment ausgemalt. Wie oft hatte sie sich gefragt, wie es sein würde, wenn sie die Frage gestellt bekäme. Die Frage, die ihr Leben verändern und es in Bahnen lenken würde, die ihre Eltern immer für sie vorgesehen hatten.

»Edith?«, fragte Paul, und er klang nun so unsicher wie Edith zuvor.

Das hier waren nicht die Bahnen, die ihre Eltern für sie vorgesehen hatten. Das hier war Paul. Der Mann, den sie von ganzem Herzen liebte. Tränen traten in Ediths Augen, und sie sprang auf, warf sich ihm in die Arme. Sie strauchelten in der gemeinsamen Umarmung, konnten sich gerade noch so halten. Sie küsste ihn stürmisch, und er küsste sie genauso stürmisch zurück.

»Ja!«, rief Edith atemlos. »Ja, ich will deine Frau werden.« Und dann küsste sie ihn wieder. Küsste und küsste und küsste ihn.

Zusammen ließen sie sich auf die Bank fallen. Edith kuschelte sich wieder in Pauls Arm. Er hatte ihr einen Antrag gemacht. Sie würden heiraten.

Edith Lange, sagte sie sich selbst im Stillen vor. Wie das klang. Aber dann fiel ihr ein, dass sie sich doch vorgenommen hatte, ihren Namen zu behalten. *Edith Lange-Graf.* Das klang noch viel, viel besser. Sie reckte ihren Kopf und küsste Paul noch einmal.

»Und was stellst du dir vor? Eine Winterhochzeit?«, fragte Edith.

»Winter? Ich dachte an Sommer.«

Edith verzog den Mund. »Bis nächsten Sommer warten? Das ist noch so lange hin.«

Paul strich ihr über das Haar. »Ich spreche von diesem Sommer.«

Ediths Herz hüpfte. »Diesen Sommer?«

»Natürlich. Diesen Sommer, also Spätsommer. Im September vielleicht. Aber das ist immer noch Sommer.«

Edith lächelte. Eine Hochzeit im September, das wäre schön. Da konnte man noch draußen feiern. Sie sah es schon vor sich: sie im weißen Kleid, Paul im dunklen Anzug. Sommerblumenschmuck auf den Tischen und in ihrem Haar. Jubelnde Gäste, die Familie. Wie wunderbar es sein würde. Glück erfüllte sie bei diesem Gedanken. Ganz genau sah sie es vor sich. Konnte sich schon die freudigen Gesichter vorstellen, bis sich ein neuer und trauriger Gedanke vor das Glück schob: Einer fehlte ... der Vater.

»Warum schaust du denn jetzt so?«

»Ich wünschte, mein Vater wäre noch hier, um das mitzuerleben. Oder ...« Sie stockte. »... oder meine wahren Eltern. Weißt du, von meinem Vat... meinem Ziehvater weiß ich, dass er dich gemocht hätte. Vielleicht nicht sofort, aber spätestens, wenn er dich richtig kennengelernt hätte. Aber von meinen leiblichen Eltern weiß ich kaum etwas ... Hätten sie dich gemocht?« Edith senkte den Kopf. »Ach, das beschäftigt mich im Moment so sehr. Dieses Was-wäre-wenn. Wäre ich überhaupt die Frau, die ich heute bin, wenn ich bei ihnen aufgewachsen wäre? Würdest du mich dann lieben? Hätten wir uns je getroffen?« Edith schwieg einen Moment und fügte dann traurig hinzu: »Sehr wahrscheinlich wäre ich jetzt schon lange nicht mehr am Leben, wenn ich bei ihnen aufgewachsen wäre.«

Paul legte beide Arme um sie und zog sie nah zu sich heran. Hielt sie fest. Wieder hörte sie seinen Herzschlag.

»Weißt du«, murmelte Edith gegen Pauls Brust gedrückt, »ich weiß nicht, wo ich hingehöre.«

»Das ist doch ganz einfach«, flüsterte Paul. »Du gehörst zu mir.«

Wieder stiegen Tränen in Ediths Augen. Das war das Schönste, was jemals jemand zu ihr gesagt hatte. Sie fühlte sich Paul so nah, noch näher als zuvor. Einem plötzlichen Impuls folgend lehnte sie sich zur Seite und zog ihn mit sich, sodass sie nun auf der Bank lag, er halb auf ihr.

»Edith? Was machst du da?«, fragte Paul und richtete sich wieder auf.

Edith lächelte. »Was denkst du denn?«, antwortete sie und zog ihn mit einer Hand wieder zu sich herunter, während sie mit der anderen Hand den obersten Knopf ihrer Bluse öffnete.

»Jetzt warte mal«, sagte Paul.

Edith schüttelte den Kopf und zog an seinem Hemd, schob es hoch. Er umfasste ihre Handgelenke, hielt sie damit auf. Mit den Augen suchte er ihren Blick. »Du wolltest doch warten. Das hast du mir immer wieder gesagt und mich gebeten, das zu respektieren. Aber das wird schwierig, wenn du … wenn du …«, er atmete tief durch, »wenn du das hier tust.«

Edith zog eine Augenbraue hoch. »Willst du mir wirklich sagen, dass du jetzt auf mein früheres Ich hören möchtest?« Sie befreite ihre Hände und fuhr damit unter sein Hemd. Erst hinauf, dann hinunter. Paul sog lautstark die Luft ein.

»Aber …«, setzte er an.

»Du hast um meine Hand angehalten, und ich habe Ja gesagt«, fiel ihm Edith ins Wort. »Bis zur Hochzeit wird es nicht mehr lange dauern, da sind wir uns einig, oder?« Paul nickte schwach. »Siehst du. Ich will nicht mehr warten.« Sie zog die Hände unter Pauls Hemd hervor und knöpfte ihre Bluse gänzlich auf. Der leichte Stoff glitt zur Seite, gab ihren Körper frei. Edith sah, wie Paul versuchte, die Fassung zu wahren. Sie lächelte, dann nahm sie seine rechte Hand, die mit der blassen Narbe. Mit einem Finger fuhr sie darüber, wandte dabei den Blick nicht von seinen Augen. Diesen intensiven Augen, die sie vom ersten Moment an fasziniert hatten. Sie führte seine Hand an ihre Brust und stützte sich gleichzeitig auf, ihm entgegen.

Pauls Augen weiteten sich unmerklich. »Du …«, keuchte er. »Du willst das wirklich?«

Edith richtete sich noch weiter auf. Brachte ihre Lippen an Pauls Ohr und flüsterte: »Ja, ich will.«

*

»Sie hat ihm meinen Laden verschafft. Das musst du dir mal vorstellen! Meinen Laden!« Joachim knallte das leere Bierglas auf die Theke und verlangte mit einer unwirschen Geste nach einem neuen. Heinz, der sein Glas noch lange nicht leer getrunken hatte, sah seinen besten Freund besorgt an.

»Warum guckst du nur so und sagst nichts?«, fuhr Joachim ihn an. »Mein Laden, Mensch, meiner hätte das sein sollen! Und jetzt ist es Rolfs Fotoladen. Rolf. Was ist das überhaupt für ein Name?« Joachim nahm das neue Bier in Empfang und trank es in einem Zug aus.

Es war schon spät. Außer ihm und Heinz waren nur noch wenige Gäste im Weinhaus Maternus. Im Hintergrund lief leise Musik. Zuerst hatte Joachim den Vorschlag von Heinz, noch einen trinken zu gehen, ablehnen wollen, aber dann war er doch mitgekommen. Und obwohl es sonst nur Heinz war, der im Weinhaus Kölsch trank, hatte Joachim es ihm heute gleichgetan. Bier passte zu seiner derzeitigen Verfassung. Herb und bitter, mit einem schalen Nachgeschmack. Perfekt, um seinen Kummer darin zu ertränken.

»Vielleicht solltest du ein bisschen langsamer machen«, sagte Heinz.

»Langsam? Ich soll langsam machen? Womit? Petra, die hätte langsam machen sollen!« Joachim drehte sein Bierglas in der Hand hin und her, sah dem schaumigen Rest zu, wie er träge hinterherrutschte.

»Sprich doch besser noch mal mit ihr«, schlug Heinz vor.

»Was gibt es denn da noch zu sprechen? Petras Taten, die

sprechen doch. Ganze Bände sprechen die! Sie hat mich fallen gelassen wie eine heiße Kartoffel und sich gleich den Nächstbesten geschnappt.« Joachim malte mit dem Boden des Glases nasse Ringe auf den Tresen. Starrte das Muster an.

»Du musst sie aber auch ein bisschen verstehen. Schließlich wolltest du doch das Fotostudio mit ihr eröffnen und als Fotograf arbeiten, und dann reißt du plötzlich das Ruder herum und bleibst in der Schneiderei.«

Joachims Kopf schnellte zu Heinz herum. »Auf wessen Seite stehst du eigentlich?«, fragte er.

»Ich mein ja nur.«

»Und ich meine, dass du ein wirklich feiner Freund bist, wenn du dich einfach gegen mich stellst. Du weißt genau, warum ich das Ruder rumgerissen habe.«

»Ja, weiß ich«, erwiderte Heinz leise.

»Siehst du. Und jetzt trink dein Glas leer, und dann bestellen wir uns jeder noch eins oder besser noch zwei, und dann vergessen wir alles.«

»Vergessen?«

»Ja, vergessen. Ich will nicht mehr an Fotoläden denken, oder an Rolfs, oder an Frauen, die mich einfach fallen gelassen haben, obwohl ich sie liebe! Ich will das alles vergessen. Am meisten die Frauen! Wer braucht schon Frauen?«

Heinz erwiderte nichts, trank sein Bier aus.

»Nach der Geschichte mit meiner Schwester müsstest du das auch so sehen, oder etwa nicht?«, fragte Joachim bitter.

Heinz schwieg immer noch.

»Willste nicht drüber reden, nicht wahrhaben, he?«, fragte Joachim. »Dabei hat meine Schwester dich genauso fallen gelassen wie die Petra mich.« Langsam wurde ihm die Zunge schwer.

»Mit mir und Edith war das anders.«

Joachim stieß ein kehliges Lachen aus. »Anders?«

Rote Flecken erschienen auf Heinz' Wangen. »Ja, anders. Für mich ist es das Wichtigste, dass Edith glücklich ist.«

»Auch wenn sie dich für einen anderen Kerl verlassen hat?«

Die roten Flecken vertieften sich. »Ja, auch dann, und ich will jetzt nicht mehr darüber reden.«

Joachim wollte noch etwas einwenden, doch ein Schnapsgläschen, das wie aus dem Nichts vor ihm auftauchte, hielt ihn davon ab. Er sah von dem Gläschen zu der Frau, die nun hinter dem Tresen stand. Ria Maternus. Die zierliche Gastwirtin stellte auch vor Heinz ein Gläschen ab, dann eins vor sich selbst. Sie nahm eine Flasche vom Klaren aus dem Regal hinter sich. Während sie die Schnapsgläser füllte, sagte sie: »Ich habe genug mitbekommen, um zu wissen, dass es hier um Liebeskummer geht.« Sie hob ihr Glas und nickte den beiden zu, die es ihr gleichtaten.

Joachim trank das Gläschen leer. Die klare Flüssigkeit brannte in seinem Hals und überdeckte kurzzeitig den Schmerz, den er in seinem Herzen empfand.

»Noch einen?«, fragte Ria Maternus.

Joachim nickte und sie füllte nach. Wieder tranken sie.

»So, Jungs«, sagte die Gastwirtin und sammelte die leeren Gläser von Tresen, »jetzt habt ihr zwei Möglichkeiten: Ihr könnt mir alles erzählen, oder ihr könnt nach Hause gehen. Aber mit dem Trinken ist es für heute genug.«

*

Paul warf einen kurzen Blick auf die Uhr, dann wieder auf die rote Ampel vor ihm. In nicht mal drei Stunden würde er im Zug sitzen und mit seinem Seesack nach Bad Godesberg fahren – diesmal für immer. Er konnte es gar nicht mehr abwarten, und doch gab es noch einige Dinge zu tun. Er würde Rudolf Schilling am Schöneberger Rathaus absetzen, dann den

Wagen zurückbringen, mit der Straßenbahn bis in die Sonnenallee fahren und den Fußweg nach Treptow zurücklegen müssen – Kontrolle inklusive –, bis er seine Siebensachen zusammenpacken und sich auf den Weg zum Ostbahnhof machen konnte. Das alles machte ihn nervös, obwohl er nicht so genau sagen konnte, warum. Die Grenzkontrollen zwischen West- und Ost-Berlin waren noch strenger geworden und zehrten mit jedem Mal mehr an seinen Nerven.

Die Ampel wechselte von Rot zu Grün. Paul fuhr an. Wenigstens war in Bad Godesberg alles geregelt. Ein möbliertes Zimmer wartete schon auf ihn. Da gab es also keinen Grund, nervös zu sein. Edith hatte das in die Wege geleitet. Heute Abend würde er bei der Witwe von Hartwig in der Nachbarvilla einziehen. Die alte Frau hatte bislang noch nie Untermieter beherbergt, freute sich aber laut Edith sehr über eine helfende Hand, vor allem im Garten. Damit konnte Paul gut leben.

Die nächste Ampel. Wieder Rot. Paul bremste den Mercedes 300. Die erste Amtshandlung nach dem Wochenende in Bad Godesberg würde der Kauf eines eigenen Taxis sein. Schon vor ein paar Tagen hatte er Kontakt mit einem Autohändler aufgenommen, der einen Wagen in Pauls Preisklasse zur Verfügung hatte und auch die für den Taxibetrieb nötigen Änderungen durchführen konnte. Es fügte sich derzeit einfach alles zusammen. Sicherlich hatte er das seinem Glücksbringermädchen zu verdanken. Alles lief glatt, wenn Edith an seiner Seite war.

Die Ampel sprang auf Grün. Paul fuhr wieder an. Rudolf Schilling saß still im Fond des Wagens und blätterte durch seine Unterlagen. Auf dieser letzten Fahrt hatte er noch nicht viel gesprochen. Paul blickte auf die Straße. Es herrschte reger Verkehr, wie immer in Berlin. Das Leben als Taxifahrer in Bad Godesberg würde ruhiger sein. Dort gab es nur wenige mehrspurige Straßen, wenige Ampeln, weniger von allem. Bad

Godesberg war im Vergleich zu Berlin ein winzig kleines Städtchen, und Paul fand das gut. Denn dort war sein Glücksbringermädchen und damit seine Zukunft. Er lächelte. Wie hatte Edith gestrahlt, als er ihr den Antrag gemacht hatte. Wie hatten ihre Wangen geleuchtet. Warum hatte er sie nicht schon früher gefragt, ob sie seine Frau werden wollte? Vor allem wenn er daran dachte, was hinterher passiert war. Wie Edith ihn zu sich auf die Bank gezogen hatte ...

Sofort sah er sie vor sich, sah ihre Augen, die ihn angesehen hatte, wie noch nie zuvor. Er spürte ihre weiche Haut, atmete den Geruch ihres Haares ein und verlor sich darin. Verlor sich in ihr. Verlor sich in Edith. Diese Frau war sein Leben, seine Zukunft, sein Ein und Alles. Sein Glücksbri...

»Herr Lange, die Ampel!«, hörte er Schilling rufen. Er sah verwundert auf. Sah noch aus dem Augenwinkel ein rotes Licht – und dann geschah alles gleichzeitig: der andere Wagen, der Aufprall, der furchtbare Lärm von splitterndem Glas und berstendem Metall, ein schrilles, durchdringendes Kreischen. Paul wurde zusammengedrückt und gegen die Fahrertür geschleudert. Sein Kopf schlug hart gegen die Scheibe, durchbrach sie. Er fühlte Schmerz und eine seltsame Wärme, die an seinem Kopf herunterrann, und gleichzeitig fühlte er sich leer. Alles kam zum Stillstand. Das Auto, der Verkehr, die Zeit. Paul wusste nicht, ob er noch lebte, ob er noch atmete. Alles fiel ihm schwer. Alles schmerzte. Dann griffen plötzlich Hände nach ihm. Die Tür wurde aufgehebelt, er herausgezogen. Gesichter, Stimmen, alles prasselte auf ihn ein. Paul versuchte, es zuzuordnen. Einen Sinn aus allem zu machen. Zu verstehen, was gerade passiert war.

»Dem Fahrgast geht es gut, der hat Glück gehabt«, hörte er eine Stimme. »Aber der Fahrer ist schwer verletzt.« *Der Fahrer.* War er gemeint?

»Der muss sofort in ein Krankenhaus.«

»Dann bringen wir ihn ins St. Joseph in Tempelhof. Das ist am nächsten.«

»Gut. Machen Sie das.«

Wieder griffen Hände nach Paul. Hoben ihn auf eine Liege. Zwei Sanitäter schoben ihn auf einen Krankenwagen zu. Langsam begann er zu begreifen, was geschehen war. Er hatte einen Unfall. Er war verletzt. Sie würden ihn in ein Krankenhaus bringen.

Krankenhaus.

Das einzige Krankenhaus, das er in Berlin kannte, war die Charité, in der Uwe arbeitete. Uwe. Der Gedanke an seinen besten Freund ließ ihn etwas klarer denken. Uwe.

Paul öffnete den Mund. »Char… Charité … Ich hab … Ich hab da … Freund … Uwe Matu…«, weiter kam er nicht mehr. Das Sprechen schmerzte zu sehr.

»Aber die Charité ist doch drüben im Osten«, hörte er einen der Sanitäter sagen. »Ich weiß nicht, ob das eine gute …«

»Sie haben den jungen Mann gehört«, fuhr mit einem Mal die Stimme von Rudolf Schilling dazwischen. »Er hat einen Freund in der Charité, deshalb werden Sie ihn unverzüglich dorthin bringen!«

43

Es war ein wunderschöner Abend. Über Mittag hatte es geregnet, aber jetzt schien die Sonne wieder kräftig und warm, und eine laue Brise wehte. Alles roch sommerlich. Edith lächelte. Sie war auf dem Weg zum Bahnhof und konnte es gar nicht mehr abwarten, Paul in die Arme zu schließen. Ihren Paul. Ihren Verlobten. Sie tastete nach dem Ring, den sie unter ihrer Bluse versteckt an einer Kette um den Hals trug. Sie freute sich so, ihn ab heute Abend für jeden sichtbar am Finger zu tragen, denn heute würden sie es allen mitteilen. Gemeinsam. Paul und sie. Dass sie nun verlobt wären und bald heiraten würden.

In der letzten Woche hatte sie sich oft auf die Zunge beißen müssen, um nicht doch mit der großen Neuigkeit herauszuplatzen. Vor allem Rita gegenüber. Oder gerade Rita gegenüber. Ihre beste Freundin kannte sie zu gut. Hätte sie ihr von Pauls Antrag erzählt, das wusste sie genau, dann hätte Rita ganz schnell herausgefunden, was direkt im Anschluss daran geschehen war. Dabei verstand Edith selbst noch nicht, was in diesem Moment in sie gefahren war. Was sie bewogen hatte, den ersten Schritt zu machen und die Knöpfe ihrer Bluse zu öffnen. Aber sie war schön gewesen, diese Nähe. Es war richtig gewesen. Und sie hatte diesen Moment in ihrem Herzen bewahren und nicht hören wollen, wie Rita sich darüber ausließ. Das war etwas, das nur sie und Paul etwas anging und niemanden sonst.

Sie ging mit großen Schritten auf die Unterführung zur Rüngsdorfer Straße zu. Der heutige Arbeitstag in der Herrenschneiderei Graf war anstrengend, aber auch erfolgreich gewesen. Seit Rita ihnen an den Wochenenden aushalf, kam Joachim mit allem hinterher und außerdem noch dazu, Edith in die Besonderheiten der Herrenschneiderei einzuweisen. Das war doppelt gut. Denn dadurch konnte Edith einige Näharbeiten selbstständig erledigen, und für Joachim war es eine gute Übung, gehörte zur Meisterprüfung doch auch das Einweisen eines Lehrlings. Natürlich hatte ihr die Arbeit bei *Kurt Klemens Modelle* in Mehlem viel mehr Freude bereitet, aber sie wollte nicht klagen. Sie hatte sich nach dem Tod des Vaters bewusst für die familieneigene Schneiderei entschieden, und daran würde sich nichts ändern. Schließlich schneiderte sie sich in ihrer Freizeit eigene Kleidung. Röcke, Kleider, zuletzt sogar eine Bluse – mit Knopfleiste und Stickerei am Kragen. Selbst Rita war beeindruckt gewesen.

Edith ging die Rüngsdorfer Straße hinauf, sie konnte das Bahnhofsgebäude schon sehen. Nur noch wenige Minuten, und Paul war aus Berlin zurück – diesmal für immer und gleich nebenan. Wie froh war Edith, dass sie auf die Idee gekommen war, Tante Käthe zu fragen. Es war ideal. Die alte Witwe von Hartwig verlangte noch nicht einmal viel für das möblierte Zimmer. »Ich will der jungen Liebe nicht im Weg stehen, Mädsche«, hatte sie gesagt. Tante Käthe war einfach die Beste.

Sie freute unbändig auf die Gesichter von der Mutter und Joachim und auf das Gesicht von Rita, wenn sie endlich ihre Verlobung bekannt gaben. Nur auf das Gesicht von Heinz freute sie sich nicht. Wie immer spürte Edith einen kurzen Stich im Herzen. Wenn sie Paul nicht begegnet wäre, dann wäre sie mit Heinz glücklich geworden. Das wusste sie. Heinz war ein guter Mann, und er liebte sie aufrichtig. Aber Edith konnte nichts an ihren Gefühlen ändern. Das Herz wollte, was das Herz wollte – und in ihrem Fall war das Paul.

Edith durchquerte die Bahnhofshalle und stieg die Treppen zur Unterführung hinunter und zum Bahnsteig wieder hinauf. Sie ließ ihren Blick über die wartenden Menschen schweifen, fragte sich, warum sie wohl hier waren. Waren sie auf dem Weg von der Arbeit nach Hause? Wollten sie jemanden besuchen, oder warteten auch sie, um jemanden abzuholen?

Eine laute Stimme schallte aus den Lautsprechern und kündigte die Ankunft des Zuges an. Edith trat von der Bahnsteigkante zurück. Ihr Herz klopfte vor Aufregung. Endlich war es so weit. Der Zug fuhr ein, wurde, begleitet von einem metallischen Kreischen, immer langsamer, bis er schließlich zum Stillstand kam. Die Türen öffneten sich, Menschen strömten heraus. Edith stellte sich auf die Zehenspitzen und suchte über die Köpfe hinweg nach Paul. Sie blickte nach links und rechts, doch sie konnte seine große Gestalt nirgends ausmachen. Menschen eilten an ihr vorbei, allein, oder in Grüppchen. Niemand nahm Notiz von ihr.

In Ediths Ohren begann es zu rauschen, ihr Herz klopfte noch schneller. Automatisch griff sie sich an den Hals, fühlte den Ring an der Kette. Wo war Paul? Verzweifelt eilte sie den Bahnsteig entlang. Nur noch wenige Menschen hielten sich hier auf, Paul war nicht darunter.

*

Paul öffnete die Augen und schloss sie sofort wieder. Es war zu hell, es schmerzte. Wie Nadelstiche, viele, kleine Nadelstiche, die tief in seinen Kopf vordrangen. Mit geschlossenen Augen holte er Luft. Es roch merkwürdig sauber … nein, steril, es roch steril, und er lag in einem Bett. Wo war er nur? Vorsichtig öffnete er ein weiteres Mal die Augen. Wenigstens einen kleinen Spalt. Nur langsam gewöhnten sich seine Augen an die Helligkeit. Er befand sich in einem weißen Raum. Auf der einen Seite waren hohe Sprossenfenster, durch die die Sonne hereinschien. Er wollte sich aufrichten, um mehr sehen zu können, aber ein neuerlicher Schmerz im Kopf und nun auch im rechten Bein hielt ihn davon ab. Mit den Händen fasste er an seine Stirn – der Kopf war bandagiert. Er hob die Bettdecke an – sein rechtes Bein war eingegipst. Der helle Raum, der sterile Geruch, Kopf und Bein, all dies zusammen, brachte ihn endlich zu der einzig logischen Schlussfolgerung: Er war in einem Krankenhaus. Aber warum? Er versuchte, sich zu erinnern. Ein rotes Licht, ein lautes Krachen, Schmerzen und dann …

»Ah, Sie sind endlich wieder wach, Herr Lange. Das ist schön.«

Paul hatte nicht bemerkt, dass eine Krankenschwester zur Tür hereingekommen war. Sie trat zu ihm und zog die Bettdecke glatt. Er sah ihr schweigend zu, bis ihm auffiel, dass etwas an ihren Worten merkwürdig gewesen war. »Was meinen Sie mit *endlich wieder wach?*«, fragte er. »Wie lange bin ich denn schon hier?«

Die Schwester fasste mit geübten Griff nach seinem Handgelenk und machte sich daran, seinen Puls zu messen. »Der Unfall war vor sechs Tagen«, antwortete sie, ganz nebenbei, während sie den Blick auf eine Taschenuhr gerichtet hielt. Paul sah, wie sie die Lippen beim lautlosen Zählen seiner Pulsschläge bewegte.

Der Unfall war vor sechs Tagen.

Der Unfall … Das rote Licht. Der Lärm von splitterndem Glas und berstendem Metall. Sein Kopf, der gegen die Scheibe schlug. Schmerzen, überall Schmerzen.

Die Krankenschwester ließ seinen Arm los und begann, einige Dinge von einem kleinen Schränkchen neben seinem Bett einzusammeln. Dann richtete sie sich auf und sagte: »So. Ich gehe jetzt den Doktor holen.«

Paul wollte nicken, aber auch diese Bewegung schmerzte.

»Sie müssen langsam machen, Herr Lange«, sagte die Krankenschwester beim Hinausgehen.

Eine Weile lag er nur da. Musterte die hellen Wände,

suchte nach Unebenheiten, nach etwas, auf das er seinen Blick heften konnte, doch alles war glatt und gleichförmig.

»Na, wie geht es denn unserem Patienten heute?«, hörte Paul endlich eine wohlbekannte dunkle Stimme zur Tür hereinkommen.

»Uwe!«, rief Paul erfreut. Automatisch reckte er den Kopf und zuckte erneut vor Schmerz zusammen.

»Du musst langsam machen!«, sagte Uwe.

Paul schloss die Augen. »Das hat die Schwester auch schon gesagt«, stöhnte er.

»Und da hat sie völlig recht.« Beschwingt ließ Uwe sich auf Pauls Bett fallen.

Paul riss die Augen auf. »Du aber auch! Das tut weh!«

»Schon gut, schon gut.« Uwe rutschte ganz an den Rand. »Ich hab gedacht, dass du das vertragen kannst, du Kerl.«

»Wenn du mir jetzt noch einen Knuff in die Seite gibst, dann war's das, das sag ich dir gleich. Dann waren wir einmal beste Freunde«, drohte Paul. Er versuchte, Uwe einen bösen Blick zuzuwerfen, musste dann aber grinsen, weil Uwe mit Unschuldsmiene im weißen Arztkittel an der Bettkante saß. Der gute Doktor Matussek.

»Kerl, Kerl, Kerl«, sagte Uwe, mit einem Mal ganz ernst, »du hast ganz schön Glück gehabt. Also zumindest, was den Unfall betrifft.«

Paul wollte die Stirn runzeln, aber der Verband saß zu fest. »Wie meinst du das, und wie kann es sein, dass ich … wie lange? … sechs Tage verschlafen habe?«, fragte er. Noch einmal versuchte er, die Erinnerungsbruchstücke zusammenzufügen. Das rote Licht, das Krachen, das splitternde Glas. Er hatte in einem Auto gesessen.

»Nicht nur das hast du verschlafen«, murmelte Uwe so leise, dass Paul sich fragte, ob er die Worte richtig verstanden hatte. »Du warst bewusstlos«, sagte Uwe nun laut. »Hast bei dem Unfall ordentlich was auf deinen Dickkopf bekommen.«

Paul kniff die Augen zusammen und tastete vorsichtig an den Verband. »Ja, da könnte etwas dran sein. Weißt du, was genau passiert ist? Ich … da sind nur Bruchstücke …«

»Ganz genau weiß ich es nicht, aber du hast wohl den Rudolf Schilling nach Berlin gefahren, und wenn ich den Sanitäter richtig verstanden habe, dann hast du eine rote Ampel übersehen.«

Eine rote Ampel übersehen. Paul schluckte. Uwes Worte passten zu den Bildern, die er im Kopf hatte. Aber … hatte er etwa den Unfall verursacht? Und was war mit …

»Was ist mit Schilling?"

»Dem ist wie durch ein Wunder nichts passiert.«

»Und dem anderen … dem …?«

»Ein Kleinlaster. Nur Blech, so scheint es. Du warst der Einzige, der mit der Ambulanz fahren musste.«

Paul atmete auf. Immerhin. Er hätte es sich nie verziehen, wenn er jemand anderen auf dem Gewissen gehabt hätte. »Wie gut, dass sonst nichts passiert ist.«

Uwe nickte.

»Wann kann ich wieder raus? Wann kann der Gips ab? Ich muss den nächsten Zug nach Bad Godesberg nehmen. Edith wartet auf mich. O Gott … sie wird sich bestimmt große Sorgen machen.« Er versuchte wieder, sich aufzusetzen. »Hast du etwas zu schreiben? Ich muss ihr sofort schreiben!«

Uwe legte ihm beruhigend eine Hand auf den Arm. »Ich habe ihr geschrieben. Der Brief sollte bald da sein«, sagte er mit einem Lächeln auf den Lippen, das seine Augen nicht erreichte. Paul kannte seinen besten Freund schon lange genug, um zu wissen, dass es da noch etwas gab, dass er ihm nicht erzählte. Und das war bestimmt nichts Gutes.

»Uwe Matussek, was ist los?« Er musterte seinen Freund. »Hast du ihr am Ende geschrieben, ich würde nicht mehr aufwachen?«, versuchte er es mit einem Scherz.

Uwe sah ihn immer noch mit dem gleichen Blick an, bevor er sagte: »Sie haben eine Mauer gebaut.«

»Eine Mauer? Was für eine Mauer? Wer hat eine Mauer gebaut? Geht es dir nicht gut?«

Uwe schwieg einen Moment. »Die Mauer zieht sich durch ganz Berlin. Entlang der Grenze. Paul, du kannst nicht nach Bad Godesberg fahren. Du kannst überhaupt nicht mehr in den Westen. Egal in welche Stadt. Die haben alles abgeriegelt.«

»Eine Mauer, klar.« Paul begann zu lachen. Uwe wollte ihn sicherlich nur auf den Arm nehmen. »In sechs Tagen wurde eine Mauer durch ganz Berlin gebaut.«

»Eigentlich haben sie dafür nur eine Nacht gebraucht.«

Paul musterte seinen Freund. Er dachte daran, dass im letzten Jahr immer mehr Übergänge gesperrt worden waren, manche komplett wie das Brandenburger Tor. Er dachte an den Passierschein, den er immer vorzulegen hatte, damit er überhaupt von Ost nach West und wieder zurück gehen konnte. Er schluckte. »Du meinst das ernst«, sagte er, die Stimme mit einem Mal ganz heiser.

Uwe nickte.

»Aber … aber … aber …« Die Gedanken rasten durch Pauls Kopf. Eine Mauer? Eine Mauer durch ganz Berlin, die ihm den Weg versperrte? Das konnte doch nicht wahr sein. Er wollte doch ein neues Leben in Bad Godesberg beginnen. Ein neues Leben mit seinem Glücksbringermädchen, mit Edith. Nein, das konnte alles nicht wahr sein!

44

Edith hastete die Rheinallee entlang. Sie nahm die Häuser und Autos, die vielen Bäume, die die Allee säumten, gar nicht richtig wahr. Zu viel ging ihr durch den Kopf, zu sehr musste sie mit sich kämpfen, um nicht schon wieder in Tränen auszubrechen. Über eine Woche war Paul nun verschwunden, und Edith rechnete mit dem Schlimmsten, nachdem sie die Bilder vom Berliner Mauerbau in der *Aktuellen Kamera* gesehen hatte. Panzer hatten sie gezeigt; Soldaten, die riesige Rollen Stacheldraht ausrollten; Arbeiter, die in Windeseile Mauern hochzogen.

In den kommenden Tagen überschlugen sich die Schlagzeilen. *Ost-Berlin ist abgeriegelt*, hieß es, *Berlin kocht vor Empörung* und *Der Westen tut nichts!*. Überall diskutierte man über die Worte des DDR-Staatschefs Walter Ulbricht, die er erst vor wenigen Monaten ausgesprochen hatte: »Niemand hat die Absicht, eine Mauer zu bauen.« Worte, die jetzt wie eine Farce wirkten. Und während hitzige Debatten geführt wurden, hielt Deutschland wieder den Atem an. Aus Angst vor einem neuen Krieg.

Auch Edith hatte große Angst. Sie konnte sich Pauls Abwesenheit nur damit erklären, dass er sich im Osten befand – hinter der Mauer. Auch wenn das zeitlich nicht passte, weil er doch eigentlich wenige Tage vor dem Mauerbau hätte zurück sein sollen. Diese Gedanken beherrschten ihren Kopf, sie war kaum noch in der Lage, an etwas anderes zu denken. Es bereitete ihr Übelkeit. Vor allem morgens. Da schleppte sie sich wie in Trance zur Schneiderei; abends wieder zurück in ihr Zuhause in der Dürenstraße. Es zehrte an ihr.

An diesem Abend war Edith zu dem Schluss gekommen,

dass es so nicht mehr weitergehen konnte. Sie musste mit jemandem darüber sprechen, sie konnte es nicht mehr still in sich hineinfressen. Deshalb war sie auf dem Weg zu Rita. Schon viel zu lange hatte sie nicht mehr mit ihrer besten Freundin gesprochen. Sie bog in die Hensstraße ein und begann zu rennen, bis sie die Villa der Witwe Becker erreicht hatte. Dort angekommen, stützte sie sich neben der Haustür ab. Ihr war schwindelig und auch etwas flau im Magen. Mit geschlossenen Augen atmete sie tief durch, dann betätigte sie den Klingelknopf.

»Ach, das Fräulein Graf mal wieder«, begrüßte sie Witwe Becker auf ihre gewohnte Art – mit einem Blick über den Rand ihrer Brille hinweg.

Edith machte einen Knicks. »Guten Tag, Frau Becker. Ist Rita da?«

»Hören Sie denn nicht das furchtbare Rattern? Das Fräulein Müller sitzt mal wieder oben und näht und näht. Gehen Sie nur hinauf, gehen Sie. Vielleicht habe ich dann mal ein bisschen Ruhe. Das ist ja wohl nicht zu viel verlangt auf meine alten Tage.«

Edith nickte und huschte an der Witwe vorbei die Treppe hinauf zu Ritas Zimmer. Schnell, bevor sie noch vor ihr in Tränen ausbrach. Ohne zu klopfen, trat sie in Ritas Zimmer und ließ sich auf das Bett sinken. Den Rücken rund, den Kopf in die Hände gestützt saß sie da. In der vertrauten Umgebung gab es kein Halten mehr, und Edith ließ ihren Tränen freien Lauf.

Rita hörte auf zu nähen und setzte sich neben sie auf das Bett. »Was ist passiert?«, fragte sie ohne Umschweife, und Edith warf sich ihr in die Arme. »Paul … er … er kommt nicht wieder … und ich weiß nicht, wo er ist.«

»Hätte er denn wieder hier sein sollen? Kann es nicht sein, dass er beruflich plötzlich woanders …«

»Nein. Nein, das kann nicht sein.«

»Und wie lange ist er jetzt schon …?«

»Über eine Woche«, schluchzte Edith.

»Und was glaubst du, wo er ist?«

Edith löste sich aus der Umarmung. Sie zog die Nase hoch und sah Rita an. »Du weißt doch, was im Moment in Berlin los ist.«

»Du meinst die Mauer?«

Edith nickte. »Die Mauer, das ist die einzige Erklärung.«

»Aber nur weil Paul nicht hier ist und zufällig die Mauer in Berlin gebaut worden ist, muss das doch nicht heißen, dass er … du weißt schon, dass er *dahinter* ist.«

Edith runzelte die Stirn und hielt für einen Moment im Weinen inne. »Was soll es denn sonst heißen?«

»Na ja, du hast doch immer behauptet, dass der Paul ein Vagabund sei, ein Herumtreiber. Vielleicht ist es ihm mit dir zu viel geworden und …«

»Nein!«, fuhr Edith dazwischen. »Nein, nein, nein. Der Paul ist ja ganz anders, als ich zuerst dachte. Es kann keinen anderen Grund geben!«

»Na, wenn du das glaubst, dann ist es wohl so«, antwortete Rita spitz.

»Es kann nicht anders sein. Es kann einfach nicht. Paul hat mir versprochen, dass er herkommt. Er hat … Wir wollten …«

»Was? Was wolltet ihr?«

Zögernd griff sich Edith an den Hals und zog den Verlobungsring an der Kette unter ihrer Bluse hervor.

»Fräulein Graf!«, rief Rita. »Ist es das, was ich denke, das es ist?«

Edith nickte schwach.

»Ihr seid verlobt? Aber wieso hast du mir das denn nicht erzählt? Und warum trägst du den Ring nicht am Finger?« Rita beugte sich vor und nahm den Ring genauer in Augenschein. »Passt er etwa nicht?«

Edith schluckte gegen neue Tränen an. »Nein, er passt. Perfekt passt er. Wir … Paul und ich … wir wollten es allen zusammen erzählen, wenn er wieder hier ist. Es sollte eine Überraschung sein!«

Rita richtete sich wieder auf. »Also, mir hättest du es ja schon erzählen können. Ich bin doch deine beste Freundin, oder etwa nicht?«, fragte sie beleidigt.

Edith schob den Ring wieder zurück unter ihre Bluse und nickte mit hängendem Kopf. Rita hatte recht. Was war sie nur für eine Freundin? Sie hatte die wunderbaren Momente mit Paul für sich behalten wollen, hatte Angst vor Ritas Meinung dazu gehabt.

»Ach, was soll's!« Rita legte wieder den Arm um sie. »Jetzt hast du es mir ja gesagt.«

Edith lehnte sich an ihre Freundin, dankbar dafür, dass Rita Rita war. Rita, die von einem Moment auf den anderen vergessen konnte.

»Dann ist Paul also im Osten, in der DDR? Aber gehört hast du noch nichts von ihm?«, hakte Rita nach.

»Nein. Nichts.«

»Und was denkst du, was der Grund dafür ist? Die Mauer hält doch keine Briefe auf, oder doch?«

»Ich weiß es doch auch nicht!« Wieder schluchzte Edith heftig und mit einem Mal war die Übelkeit wieder da. Sie schluckte fest dagegen an, konnte aber ein Würgen nicht verhindern.

Rita sprang auf. »Ist dir nicht gut?« Sie sah sich panisch um. »Schaffst du es noch ins Bad? Die alte Mecker bringt mich um, wenn …«

Edith hob eine Hand, um Rita am Weitersprechen zu hindern. Noch einmal schluckte sie. »Es … es geht schon wieder … Wirklich, es ist … schon wieder gut.«

Rita verschränkte die Arme vor der Brust und sah Edith

mit einem Blick an, der deutlich zeigte, dass sie nicht vollends davon überzeugt war.

»Mir ist seit ein paar Tagen immer mal wieder übel«, erklärte Edith. »Meistens morgens, da musste ich auch schon mal spucken. Ich glaube, ich habe mir was eingefangen. Die Ruhr vielleicht.«

Immer noch sah Rita sie an, aber jetzt rollte sie mit den Augen. »Das Fräulein Graf wieder.« Rita seufzte. »Bei der Ruhr hat man es eher mit der Verdauung zu tun. Und ich glaube nicht, dass du das hast. Wie ist es denn über Tag? Besser?«

Edith nickte. »Ja, wenn ich spucken muss, dann ist das nur morgens, und über den restlichen Tag ist es gut. Da wird mir zwar auch schon einmal übel, so wie jetzt, aber das geht dann ganz schnell vorbei.«

Rita kniff die Augen zusammen und bedachte Edith mit einem merkwürdigen Blick, blieb besonders lange an ihrer Taille hängen. »Edith, kann es sein, dass du dich mit dem Paul eingelassen hast?«, fragte sie.

Die Röte stieg warm in Ediths Wangen, ohne dass sie etwas dagegen tun konnte.

Rita nickte, das schien ihr Antwort genug zu sein. »Und kann es vielleicht sein, dass deine *Zeit im Monat* schon längst hätte kommen müssen?«

»Meine Zeit im Monat?«, fragte Edith verständnislos.

»Deine Regel, meine ich.«

»Oh!« Ediths Wangen wurden noch wärmer. Schnell rechnete sie im Kopf nach. Rita hatte recht, ihre Regel war überfällig. Schon mindestens eine Woche. Sie riss die Augen auf und gleichzeitig verwandelte sich ihr Magen in einen schweren Klumpen. Das Gefühl der Übelkeit kehrte schlagartig zurück.

Wieder nickte Rita. »Edith, meine Liebe, du weißt, was das heißt.«

Automatisch fasste Edith sich an den Bauch. »Aber … Ich wollte doch nie wie die Alwine enden«, schluchzte sie.

Rita setzte sich wieder zu Edith und nahm sie erneut in den Arm. Eine Zeit lang saßen sie einfach so da, dann sagte Rita: »Nein, es ist nicht wie bei der Alwine. Ganz und gar nicht.«

»Was soll denn da anders sein?«, fragte Edith kläglich.

»Du und der Paul, ihr liebt euch. Bei der Alwine war es keine Liebesheirat. Glaub mir.«

»Aber er ist doch … Paul ist doch …«

»Das weißt du nicht mit Bestimmtheit! Und selbst wenn – du weißt doch, wie es heißt: Liebe überwindet alle Grenzen.«

45

Joachim trat einen Schritt zurück und begutachtete seinen Meisterbrief, der nun an der Wand hinter dem Tresen neben dem des Vaters hing. Er hatte es geschafft, er hatte die Prüfung mit Auszeichnung abgelegt und war jetzt ein Schneidermeister, wie sein Vater, genau so, wie er es sich vorgenommen hatte. Dennoch empfand er keine Freude. Nein, er fühlte sich seltsam taub und kraftlos. Zu tief saßen ihm die Schuldgefühle im Nacken, zu groß waren die Vorwürfe, die er sich immer noch selbst machte. Und er war mit alldem allein. Völlig allein. Mit der Mutter konnte er nicht sprechen und mit Edith auch nicht. Die hatte gerade ganz andere Sorgen. Und Heinz? Der kannte das ganze Thema schon so gut, es musste ihm zu den Ohren wieder heraushängen. Seine Antwort war ohnehin immer nur die gleiche: »Such dir ein Mädchen, dann kommst du mal auf andere Gedanken.«

Joachim lachte heiser auf. Er hatte ein Mädchen gehabt, eine richtige Frau! Petra war sein Ein und Alles gewesen. Aber hatte sie nach dem Tod des Vaters zu ihm gehalten? Nein. Hatte sie an seiner Seite gestanden, als er sich auf die Meisterprüfung vorbereitet hatte? Nein. Hatte sie ihn stattdessen durch einen anderen Fotografen ersetzt, als wäre er selbst nur eine austauschbare Bauernfigur auf einem Schachbrett, und ihm damit das Herz aus der Brust gerissen? Ja, das hatte sie. Nein, Joachim war sich sicher, dass er so schnell kein Mädchen, keine Frau, jemals wieder an sich heranlassen würde. Mit den Frauen war er durch! Und gerade der Heinz hatte gut reden. Suchte er sich denn ein neues Mädchen, seit Edith ihn zurückgewiesen hatte? Bestimmt nicht. Er folgte ihr lieber wie ein treuer Hund, in der Hoffnung doch noch ein Leckerchen zugeworfen zu bekommen.

Joachim warf einen letzten Blick auf die beiden Meisterbriefe, und nahm dann den Hammer und das Kästchen mit Nägeln vom Tresen, um sie wieder im Arbeitszimmer zu verstauen. Es war noch früh, bis Edith eintreffen und den Laden öffnen würde, hatte er noch über eine Dreiviertelstunde. Zeit genug, um das Oberhemd für Herrn von Bock fertigzunähen. Er warf einen kurzen Blick in das Auftragsbuch, nahm sich dann die bereits gehefteten Schnitteile vom Zuschneidetisch und setzte sich an die Nähmaschine.

Konzentriert fügte er Schnittteil für Schnittteil aneinander. Setzte Ärmel und Kragen ein. Bereitete die Knopflöcher vor. Nähte den Saum. Er wollte gerade die letzten Fadenenden abschneiden, als er ein Klopfen hörte. Joachim horchte auf. Es kam nicht von der Hintertür, sondern von vorn, aus dem Laden. Verwundert stand er auf und ging hinüber. Vor der Eingangstür stand ein junger Mann, der sicherlich nicht viel älter war als er selbst. Als er Joachim erblickte, hellte sich seine Miene auf, und er gestikulierte zur Tür. Joachim sah auf die Uhr und stellte fest, dass es schon nach neun war. Das war merkwürdig. Wo war Edith, es sah ihr gar nicht ähnlich, zu spät zu kommen. Er eilte zur Tür und schloss auf.

»Entschuldigen Sie bitte«, begrüßte er den jungen Kunden und hoffte, dass er nicht allzu aufgebracht war. »Ich war so in die Arbeit vertieft, und meine Schwester …« Er brach ab, denn das schien den Kunden nicht zu interessieren. Verärgert wirkte er aber auch nicht, also fragte Joachim stattdessen: »Was kann ich für Sie tun?«

»Guten Morgen, ich würde gern bei Ihnen einen Anzug in Auftrag geben.«

»Aber natürlich, folgen Sie mir.« Joachim machte eine ausholende Geste in Richtung des Anprobenzimmers, genau so, wie er es beim Vater schon tausendmal gesehen hatte.

»Darf ich Ihnen etwas anbieten?«, fragte er, als der Kunde in einem der Sessel Platz genommen hatte. »Ein Glas Wasser vielleicht, oder einen Kaffee, eine Zigarre, Herr …?«

»Lindemann, Frank Lindemann«, antwortete der junge Mann und streckte Joachim die Hand hin. »Einen Kaffee nehme ich gerne. Schwarz«, fügte er hinzu. Er lächelte.

»Natürlich, Herr Lindemann, gern«, antwortete Joachim und ergriff die Hand.

Als er wieder ins Arbeitszimmer ging, um den Kaffee aufzusetzen, stellte er fest, dass Herr Lindemanns Händedruck sehr angenehm gewesen war und irgendwie auch ein kleines bisschen länger als üblich, aber vielleicht hatte er sich das auch nur eingebildet.

*

Edith blieb am Busbahnhof stehen und holte tief Luft. Ihr war schon wieder übel, dabei hatte sie sich eben, als sie in der Dürenstraße losgegangen war, noch so darüber gefreut, dass der heutige Tag ganz ohne morgendliche Übelkeit begonnen hatte. Sie legte den Kopf in den Nacken und schluckte gegen den nur allzu bekannten metallischen Geschmack in ihrem Mund an. In Gedanken sprach sie beruhigend auf sich selbst ein. Sagte sich wie ein Mantra immer und immer wieder, dass sie sich sicherlich nicht hier übergeben würde. Nicht am Busbahnhof vor dem Inselhotel. Nicht in der Öffentlichkeit. Sie atmete tief durch die Nase ein und durch den Mund wieder aus. Langsam, ganz langsam wurde es besser. Am besten, sie setzte sich für einen Moment auf eine der Wartebänke.

Ein Zeit lang saß sie einfach nur da, mit geschlossenen Augen, bis ein lautes Hupen sie aufschreckte. Edith öffnete die Augen, und ihr Blick fiel auf die große Bahnhofsuhr, es war schon nach neun. Sie stöhnte. Jetzt war sie zu spät dran, und Joachim wartete sicherlich schon auf sie. Eilig stand sie auf und überquerte die Straße. Zum Glück waren es nur noch wenige Meter bis zur Schneiderei Graf. Sie betrat das Ladengeschäft und eilte durch die Tür hinter dem Kassentresen ins Arbeitszimmer, das sie verlassen vorfand. Wo war Joachim? Verwundert ging sie wieder zurück in den Laden, und da hörte sie es: Gelächter aus dem Anprobenzimmer. Joachim hatte also einen Kunden. Vorsichtig trat sie an die verschlossene Tür und schnupperte. Kein Zigarrenrauch. Ein Glück. Sie hatte den Geruch noch nie gemocht, aber seit sie schwanger war, konnte sie ihn gar nicht mehr ertragen. Und bislang wusste außer Rita noch niemand von der Schwangerschaft. Auch Joachim nicht. Sie fragte sich, wann wohl der Zeitpunkt käme, an dem sie ihren Bruder und auch die Mutter einweihen musste. Sie wusste, dass es irgendwann so kommen musste. Das Leben in ihrem Bauch wuchs. Bald würde es jeder sehen können. Dann half auch keine kaschierende Kleidung mehr. Dann würde jeder von ihrer Schande erfahren. Jeder, außer dem Vater. Ein schwacher Trost.

Edith seufzte. Ein bisschen Zeit blieb ihr noch, bis dieser Tag kommen würde, und im Moment ging es ihr besser, wenn sie versuchte, nicht so viel darüber nachzudenken. Sie atmete tief durch und begann mit der Arbeit. Sie musste dringend den Stoff- und Kurzwarenbestand überprüfen, um nachzubestellen.

Sie hatte im Arbeitszimmer bereits alle Bestände kontrolliert und stand gerade vor der Regalwand im Ladengeschäft, als sich die Tür des Anprobenzimmers öffnete und Joachim mit einem jungen Mann heraustrat. Die beiden scherzten und lachten. Edith hatte den Eindruck, sie würden sich schon lange kennen. Das war merkwürdig, denn ihr selbst war der junge Mann völlig fremd. Joachim brachte den Kunden zur Tür und verabschiedete ihn mit den Worten: »Dann bis nächste Woche, Herr Lindemann.«

Edith stutzte. Wenn er den Mann siezte, waren sie bestimmt keine guten Freunde.

»Neuer Kunde?«, fragte sie beiläufig, als Joachim an ihr vorbeiging.

Ihr Bruder nickte. »Ja. Frank Lindemann. Ob du es glaubst oder nicht, aber der ist ein Mitglied des Bundestages!«

Jetzt war Edith wirklich erstaunt, und für einen Moment vergaß sie alles, was sie in diesen Tagen so sehr beschäftigte. »Was denn? Der war doch höchstens ein paar Jahre älter als wir.«

»Für die FDP sitzt er da. Und demnächst in einem Anzug aus der Herrenschneiderei Graf«, antwortete Joachim und rieb sich die Hände. Dann verschwand er ins Arbeitszimmer, ein Lächeln auf den Lippen.

Edith sah ihm hinterher. So fröhlich hatte sie ihn lange nicht mehr erlebt.

Edith gähnte, als sie in der Dürenstraße die Stufen zur Villa hinaufstieg. Obwohl es erst früher Abend war, war sie furchtbar müde. Ob das an der Schwangerschaft oder an der Sorge um Paul oder an allem zusammen lag, konnte sie nicht sagen, sie wusste nur, dass sie sich am besten gleich schon hinlegen sollte. Etwas Schlaf würde ihr sicher guttun.

Sie trat zur Tür hinein in den Flur, als sie die leise Stimme der Mutter hörte: »Edith? Edith, bist du das?«

Seit dem Tod des Vaters war alles an der Mutter leise, selbst wenn sie rief. Um genau zu sein, war es sogar ungewöhnlich, dass sie überhaupt rief. Edith folgte der Stimme. Die Mutter war in der Küche, den Blick zum Fenster gewandt.

Edith blieb in der Tür stehen. »Mutter, du hast gerufen?«

Die Mutter drehte sich zu ihr, sah sie für einen Moment geistesabwesend an. »Was? Ach so, ja, ja, es ist Post für dich gekommen. Ein Brief aus Berlin.«

Ediths Herz setzte für einen Moment aus. Ein Brief aus Berlin? Paul! Der Brief konnte nur von Paul sein.

»Wo ist er?«, fragte sie hastig.

Die Mutter hatte sich wieder zum Fenster gedreht und deutete mit der Hand hinter sich. Edith folgte mit den Augen, und ihr Blick blieb an einem Brief hängen, der auf dem Küchentisch lag. Sie eilte dorthin und griff nach dem Umschlag.

Ihr Name und ihre Anschrift waren auf der Vorderseite notiert. In einer Handschrift, die ihr nicht bekannt war. Sie drehte den Brief um und las den Absender: *Uwe Matussek.*

Der Name war ihr bekannt. Uwe war Pauls bester Freund. Er war der Grund, warum Paul nach Berlin gegangen war. Aber warum schrieb Uwe ihr, warum schrieb nicht Paul? Mit zitternden Fingern riss sie den Umschlag auf und begann zu lesen.

Liebe Edith,
hier schreibt dir Uwe. Ich bin mir sicher, dass du mit meinem Namen etwas anfangen kannst, auch wenn wir uns noch nicht persönlich kennengelernt haben. (Was ich sehr bedauere, wie ich hier erwähnen möchte.) Ich schreibe dir, weil ich erzählen muss, was mit Paul ist, auf den du sicherlich schon sehnlich wartest. Liebe Edith, ich sage es ohne Umschweife: Er hatte einen Unfall.
Es tut mir leid, dich so erschrecken zu müssen, aber es ist die Wahrheit: Paul hatte einen Autounfall und liegt bei uns in der Charité. Bislang ohne Bewusstsein. Meine Kollegen und ich sind aber guter Dinge, dass er in den nächsten Tagen wieder zu sich kommen wird. Wie ich den guten Paul kenne, wünsche ich mir bestimmt schon bald, er würde wieder schlafen. Mach dir also darum keine Sorgen – es braucht schon mehr, um einem Paul Lange kleinzukriegen.

Es grüßt dich,
Uwe

Ediths Beine wurden weich. Mit einem Knie schob sie einen der Küchenstühle zur Seite und ließ sich daraufsacken. Paul hatte einen Unfall gehabt! Er war bewusstlos, seit mehreren Tagen schon. Uwe hatte geschrieben, dass er bald wieder zu sich kommen würde. Vielleicht war das ja schon der Fall. Vielleicht war er jetzt, wo Edith diesen Brief las, schon wieder wach. Dieser Gedanke tat gut, aber änderte er etwas? Paul war in der Charité. Und die Charité war in Ost-Berlin; in der DDR – hinter der Mauer. Tränen stiegen in Edith hoch. Hier hatte sie den Beweis, hier hatte sie es schwarz auf weiß. Was sie angenommen hatte, stimmte. Paul war im Osten. Er war im Osten, und die Mauer nahm ihm jede Möglichkeit, zu ihr zu kommen.

Edith ließ den Brief auf den Küchentisch fallen und sah zur Mutter. Wünschte sich, sie würde sie in den Arm nehmen, ihr Trost spenden. Aber die Mutter nahm noch nicht einmal wahr, dass Edith weinend am Küchentisch saß. Sie starrte nur aus dem Fenster.

46

Edith ließ sich im Schatten der Bäume auf einer Parkbank nieder und blickte über den kleinen Teich. Ließ ihre Augen hierhin und dorthin schweifen. Folgte einem kleinen Vogel auf seinem Weg zwischen den Bäumen hindurch. So lange schon war sie nicht mehr im Godesberger Kurpark gewesen. Aber heute hatte sie sich nach der Arbeit am Stadttheater vorbei in den Park treiben lassen. Sie wollte nicht nach Hause. Sie wollte nicht wieder die teilnahmslose Mutter sehen und erst recht nicht wollte sie schon wieder in ihrem Zimmer sitzen und weinen.

Der kleine Vogel drehte eine Pirouette, flog hinunter und wieder hinauf und dann weiter über den Weg. Edith blickte ihm nach und erkannte, dass jemand auf dem Weg stand. Heinz. Ganz still stand er da und sah geradewegs zu ihr herüber. Als warte er auf ein Zeichen von ihr. Ein Zeichen, das ihm ein Näherkommen gestattete. Sie hob die Hand. Er setzte sich neben sie, sagte nichts. Eine Weile saßen sie einfach so nebeneinander. Edith nahm Heinz' unaufdringliche Nähe wahr. So war es immer schon mit ihm gewesen: Er war für sie da, und er ließ ihr den Raum, den sie benötigte. Er war verlässlich. Sie hätte mit ihm glücklich werden können, wäre sie nicht Paul begegnet. Unwillkürlich legte sie eine Hand an den Bauch. Eine Geste, die sie in letzter Zeit so oft machte, obwohl es noch viel zu früh war, um Kindsbewegungen spüren zu können.

»Ich war eben in der Schneiderei. Joachim hat mir erzählt, was mit Paul ist«, sagte Heinz leise.

Edith wusste nicht, was sie darauf antworten sollte. Sie starrte auf die glatte Oberfläche des Teichs.

»Und als ich dich hier hab sitzen sehen …« Heinz brach ab und atmete hörbar ein und aus. »Ich brauche dich gar nicht zu fragen, wie es dir geht«, sagte er dann. »Ich sehe es doch.«

Immer noch starrte Edith auf den Teich.

»Ich verstehe das nicht. Wie können die da alles nur so abriegeln, dass keiner mehr hinauskann? Es muss doch eine Möglichkeit geben, ausreisen zu dürfen. Mensch! Gerade wo der Paul doch gar nicht aus dem Osten kommt. Der ist doch ein Eifeler Jung! Das kann doch nicht rechtens sein.«

Edith biss die Zähne zusammen und kämpfte Tränen zurück. Die Worte von Heinz zeigten ihr, wie hoffnungslos die Situation war. Und es gab nichts, was sie dagegen tun konnte. Sie fühlte sich so ohnmächtig, und das machte sie wütend. Sie fuhr zu Heinz herum und funkelte ihn böse an. »Dich müsste es doch freuen, dass er nicht mehr herkommt!«

»Du tust mir unrecht«, erwiderte Heinz sanft. »Natürlich hat es mir wehgetan, dich mit ihm zusammen zu wissen. Aber ich habe auch gemerkt, wie glücklich du mit ihm bist. Und das ist wichtiger. Dich jetzt hier so zu sehen … das bricht mir fast das Herz.«

Edith konnte den Schmerz in seinen Augen lesen, sie verstand. »So ist das also.«

»Ich liebe dich«, sagte Heinz schlicht. »Ich würde alles geben, damit du glücklich bist. Und wenn du mit Paul glücklicher bist, dann ist es das.«

Diese aufrichtigen Worte, zusammen mit dem Blick, den Heinz ihr zuwarf, ließen den Damm brechen. Edith konnte die Tränen nicht mehr zurückhalten, dicke Tropfen liefen über ihre Wangen. Heinz legte einen Arm um sie, und sie vergrub ihren Kopf an seiner Brust.

»Es wird alles wieder gut«, sagte er. »Es wird schon wieder werden.« Er strich ihr beruhigend über den Rücken.

Edith schüttelte heftig den Kopf. Nichts wurde gut. Alles

würde nur noch schlimmer werden. Spätestens dann, wenn alle Welt davon erfahren würde, dass sie in anderen Umständen war. Schwanger mit einem unehelichen Kind. Sie schluchzte laut auf bei diesem Gedanken, und dann sprach sie es aus: »Ich bin schwanger.«

Edith wartete darauf, dass Heinz von ihr abgestoßen sein, dass er sie verurteilen würde, aber er sagte nichts. Er strich ihr weiterhin über den Rücken, war einfach nur für sie da. Verlässlich wie immer.

»Denkst du gar nicht schlecht von mir?«, fragte Edith leise.

»Ich liebe dich, Edith. Aus ganzem Herzen liebe ich dich. Ich würde nie schlecht von dir denken.« Er räusperte sich. »Wir könnten heiraten. Dann …«, er klang verlegen, »dann … ist es nicht … du weißt schon … also, ich würde das Kind annehmen … wenn du willst.«

*

Auf Krücken humpelte Paul durch den Treptower Park zurück zum Stadthaus der Matusseks. Er hatte den ganzen Vormittag auf einer Parkbank an der Spree gesessen und vor sich hingestarrt. Mit dem Unfall und der Mauer hatte er alles verloren. Sein Glücksbringermädchen, seine Träume von einem eigenen Taxiunternehmen, seine ganze Zukunft. Alles war dahin. Eingemauert in der DDR, wie er selbst.

Es fing an zu regnen. Paul versuchte, schneller zu gehen, aber das war mit den Krücken nicht möglich. Er fluchte. Nicht mal mehr richtig gehen konnte er! Wieder fragte er sich, wieso er die rote Ampel übersehen hatte. Wenn es nicht zu dem Unfall gekommen wäre, dann müsste er nicht im Regen durch Ost-Berlin humpeln. Dann hätte er sein neues Leben mit Edith begonnen.

Als er bei den Matusseks eintraf, war er schon völlig durchnässt. Das Haus war leer, und Paul war es nur recht, dass er nicht gezwungen war, mit jemanden Konversation zu betreiben. Er humpelte in sein Zimmer und zog sich die nassen Sachen aus. Mit dem Gipsbein war das eine Herausforderung. Er wollte sich gerade etwas Trockenes aus dem Schrank nehmen, als er den Brief auf seinem Bett liegen sah. Ein Brief von seinem Glücksbringermädchen! Er vergaß den Schrank und die trockene Kleidung.

Mein unendlich geliebter Paul,
ich weiß gar nicht, wie ich diesen Brief beginnen soll. Schon zehnmal habe ich angefangen und dann das Papier zerknüllt. Wie soll ich in Worte fassen, was ich fühle? Soll ich schreiben, dass mein Herz zerbrochen ist? Dass es blutet? Denn so ist es. So und nicht anders. Zu wissen, dass du einen Unfall hattest, zerreißt mich. Zu wissen, dass du in Ost-Berlin bist, hinter der Mauer, lässt mich bitterliche Tränen weinen und vor Verzweiflung schreien. Paul, es kann nicht sein, es darf nicht sein. Wieso musstest du auch noch einmal nach Berlin fahren? Wärst du doch nur hiergeblieben, bei mir. Dann wäre alles gut. Dann müsste ich nicht tun, was ich jetzt tun muss, dann könnte ich dich in den Arm nehmen, dich küssen und glücklich sein.
So muss ich weinen, während ich dir etwas sehr Wichtiges mitteile: Unser letztes Beisammensein, es ist nicht ohne Folgen geblieben. Es ist so, wie es bei der Alwine war. Erinnerst du dich? Ich hab dir doch von der Alwine erzählt? Genauso ist es jetzt bei mir. Und du bist dort und ich bin hier und weine.
Paul, bevor du meine nächsten Zeilen liest, bitte ich dich, tief durchzuatmen. Du musst verstehen, dass ich mir wünschte, es wäre anders, aber angesichts meiner Umstände bleibt mir keine andere Wahl:
Ich muss den Heinz heiraten.
So, jetzt weißt du es, jetzt ist es raus. Ich habe mir das alles anders vorgestellt, glaub mir das bitte! Ich liebe dich! Das Schicksal hat

sich gegen uns gestellt, und wir müssen lernen, damit zu leben. Anders geht es nicht.
Ich liebe dich, ich vermisse dich. So sehr, so unendlich. Bitte, bitte hasse mich nicht!
In Liebe, Dein Glücksbringermädchen

Paul ließ sich auf das Bett sinken. Er spürte, wie ihm ein Kloß im Hals saß. Wieder und wieder las er Ediths Zeilen. Es änderte nichts. Sie teilte ihm unmissverständlich mit, dass sie schwanger wäre – mit seinem Kind! – und nun Heinz heiraten würde. Eifersucht durchfuhr ihn. Sein Mädchen würde einen anderen heiraten! Das durfte nicht wahr sein!

Er warf den Brief auf den Boden. Edith würde Heinz heiraten. Edith und Heinz. Und sein Kind. In seinem Bauch brodelte es. Er ballte die Hände und schlug auf sein Kopfkissen ein. Da hatte Heinz bekommen, was er wollte: seine Edith.

Es dauerte eine Weile, bis er wieder zur Besinnung kam und verstand, dass Edith keine andere Möglichkeit hatte, weil er nicht an der Mauer vorbeikam. Sie tat das nicht, um ihn zu verletzen. Sie tat das, weil es das Beste war, das einzig Richtige für sie und das Kind. Paul atmete tief durch. Heinz war ein guter Mann. So, wie er ihn kannte und einschätzte, würde er sich um Edith kümmern. Das war doch das Wichtigste. Er hatte gar kein Recht, darüber wütend oder eifersüchtig zu sein. Er musste damit leben, weil er es ohnehin nicht ändern konnte. Es gab nur eine Sache, die er tun konnte: es für Edith einfacher machen, indem er sie bestätigte, indem er ihr und Heinz seinen Segen gab.

Paul stand auf, zog sich an, nahm Papier und Stift und begann zu schreiben.

*

Edith eilte durch die Bahnhofsunterführung die Rüngsdorfer

Straße hinauf. Die Luft an diesem Septembermorgen war angenehm frisch, aber sie nahm es kaum wahr. In den letzten Tagen hatte sie es sich angewöhnt, besonders früh aus dem Haus zu gehen, weil sie so einen Umweg an der Post vorbei machen konnte, um den Postboten abzufangen. Sie wartete dringend auf einen Antwortbrief von Paul. Ihr Brief musste schon Anfang letzter Woche in Berlin eingetroffen sein, und immer noch hatte sie nichts von ihm gehört. Jeden Morgen schüttelte der Postbote den Kopf, wenn er Edith die Straße entlangeilen sah. Sie wusste nicht, was das zu bedeuten hatte. War Paul am Ende immer noch ohne Bewusstsein? Das konnte nicht möglich sein. Da war es schon wahrscheinlicher, dass sie ihm mit ihren Worten das Herz gebrochen hatte und er schlicht nichts mehr von ihr wissen wollte.

Am Bahnhof überquerte sie die Fahrbahn und hastete in die Poststraße. Sie war gerade auf Höhe des Weinhauses Maternus, als sie ein Rufen hörte: »Fräulein Graf! Fräulein Graf! Heute habe ich Post für Sie!«

Edith blickte auf und sah den Postboten, der ihr mit einem Brief in der Hand winkte. Mit klopfendem Herzen rannte Edith zu ihm. Sie erkannte sofort, dass der Brief von Paul war. Seine Handschrift würde sie überall und jederzeit erkennen.

»Danke!«, rief sie atemlos und nahm den Brief entgegen. Sie atmete einmal ganz tief durch, dann öffnete sie dem Umschlag auf und las.

Mein Glücksbringermädchen,
wie könnte ich dich jemals hassen? Kennst du mich so wenig? Ich würde alles darum geben, bei dir zu sein und mit Heinz tauschen zu können. Aber so ist es nicht. Also müssen wir lernen, damit zu leben. Wir müssen stark sein und das Beste aus der Situation machen. Mehr bleibt uns nicht.
Du heiratest Heinz. Und das ist gut so. Er ist ein guter Mann. Er ist

verlässlich. Und so paradox es klingt, das gibt mir Trost. So weiß ich, dass jemand für dich, für die Familie da ist.
Nur eines musst du mir versprechen: Vergiss nie, dass ich dich liebe! Von ganzem Herzen und noch viel mehr. Du bist mein Mädchen, mein Glücksbringermädchen. Immer. Ich denke an dich, an uns, an unser Kind.
In unendlicher Liebe, dein Paul

EPILOG

Edith trat mit Heinz an ihrer Seite aus dem Kirchenportal. Es war ein milder Tag für Anfang November. Um sie herum ertönte Jubel, und Reis und Konfetti regnete auf sie herab. Sie setzte ein Lächeln auf. Es war ihr Hochzeitstag, da wurde das von ihr erwartet. Am gestrigen Tag waren sie bereits auf dem Standesamt gewesen, nur sie und Heinz mit Rita als Trauzeugin. Seit gestern war sie also schon Edith Müller-Graf. Auf dem Doppelnamen hatte sie bestanden. Das war etwas, das ihr niemand verwehren konnte, nicht einmal eine Mauer. Sie klammerte sich an ihrem Brautstrauß fest, während Joachim die Gästeschar für ein Foto um sie herum arrangierte und Rita am Rock ihres Brautkleides herumzupfte, damit der Stoff richtig fiel. Sie war auch diejenige, die das Kleid für Edith angefertigt und sich damit selbst übertroffen hatte. Es kaschierte den nun schon sichtbaren Bauchansatz perfekt und ließ Edith sogar schlanker wirken. Heinz legte einen Arm um sie. Der gute Heinz. Sie sah ihn an, sah die Wärme in seinen Augen. Sie liebte ihn, wenn auch nicht auf die Art, die er verdient hätte. Und dennoch. Jetzt, in diesem Moment – inmitten der Gästeschar mit Heinz an ihrer Seite – war sie glücklich. Noch vor wenigen Tagen hätte sie das nicht für möglich gehalten.

So vieles hatte sich in den letzten Monaten und Jahren geändert, am meisten sie sich selbst, aber einiges war auch gleich geblieben. Und das musste nicht immer etwas Schlechtes sein. Edith kniff die Augen zusammen und blickte an ihrem fotografierenden Bruder vorbei auf die Straße. Immer noch hingen einige der Plakate, obwohl die Wahl schon im September gewesen war. Konrad Adenauer war als Bundeskanzler wiedergewählt worden, sein Gegner Willy Brandt unterlegen. Auch hier war also alles gleich geblieben. Das beruhigte Edith. Sie mochte den Alten. Er stand für das Bekannte, das Vertraute und Verlässliche. Er stand für all die Dinge, die Edith auch an Heinz so sehr schätzte.

Sie spürte eine zarte Bewegung in ihrem Bauch, ein Flattern nur. Es war das erste Mal, dass das Kind sich regte. Das Lächeln in ihrem Gesicht kam nun von Herzen. Mit dem Kind würde sie immer ein Stück von Paul bei sich haben.

Jemand fasste sie sachte am Arm. »Edith, kommst du?« Heinz sah sie fragend an.

In ein paar Tagen schon würde sie mit Heinz ein kleines Haus in Friesdorf beziehen. Sie würde mit ihm ein gutes Leben haben. Sie hatte sich dazu entschieden, also würde es auch so sein. Sie musste jetzt nach vorn blicken. Stark sein.

Sie nickte und hakte sich bei Heinz unter. »Ja, lass uns feiern.«

ENDE

Nachwort

In diesem Roman sind reale und fiktive Personen und Begebenheiten miteinander verwoben.

Bei den Politikern Willy Brandt und Konrad Adenauer handelt es sich natürlich um reale Personen, ebenso bei der Gastwirtin Ria Maternus und der Fernsehmoderatorin Marlene Esser. Der Berater Rudolf Schilling hingegen ist komplett meiner Fantasie entsprungen, ebenso alle weiteren handelnden Figuren.

Vom 13. bis 15. November 1959 fand in der Bad Godesberger Stadthalle tatsächlich ein außerordentlicher Parteitag der SPD statt, aus dem ein neues Grundsatzprogramm – das »Godesberger Programm« – resultierte.

Auch die von mir beschriebenen Anmaßungen männlicher Politiker ihren weiblichen Kolleginnen im Bundestag gegenüber entsprechen leider der Wahrheit, ebenso die Welle von antisemitischen Schändungen, die in der Nacht zum ersten Weihnachtsfeiertag 1959 an der Kölner Synagoge ihren Anfang nahm und sich danach durch ganz Deutschland zog. Bis Ende Januar 1960 wurden rund 690 Taten gemeldet.

Dass am 13. August 1961 in Berlin mit dem Bau der Mauer begonnen wurde, ist kein Geheimnis. Es ist ein wichtiges Stück deutsch-deutscher Geschichte.

Zu den Straßen Bad Godesbergs sei noch gesagt: Die oft erwähnte »Poststraße« heißt heute »Löbestraße«. Aus der »Michaelstraße« ging »Am Michaelshof« hervor, und auch den Busbahnhof vor dem Stadttheater gibt es nicht mehr. Dort befindet sich nun eine Fußgängerzone.

Danksagung

Mit der Schneiderei Graf habe ich mich erstmals schriftstellerisch in der Zeit zurück gewagt. Die späten 1950er und frühen 1960er Jahre sind eine Zeit, die ich selbst nur aus den Erzählungen meiner Eltern kenne. Deshalb möchte ich ihnen an erster Stelle von ganzem Herzen danken, weil sie diese Zeit für mich lebendig gemacht haben.

Großer Dank geht auch an meine Familie, die mich immer und grenzenlos unterstützt.

Es gibt noch mehr Menschen, die ich hier gerne erwähnen möchte (und ich hoffe sehr, dass ich niemanden vergesse):

Ich danke Lukas Weidenbach, der eine Tür öffnete, ich danke meinem Agenten Dirk Meynecke, der hindurchschritt, und ich danke Annika Hartmann, die uns mit offenen Armen empfing.

Meiner Lektorin Frau Dr. Brandt-Schwarze danke ich für die wunderbare Zusammenarbeit. *Dreimol Null es Null, es Null.*

Ich danke Jürgen Thormann und Gregor Hügens für einen kritischen und wertvollen Blick auf die ersten Entwürfe der Rohfassung. Des Weiteren danke ich Nicole Knoblauch für eine Brainstorming-Session zu den letzten Szenen und Jennifer Waschke für ihren spontanen und hilfreichen Testlese-Einsatz.

Für den Support und Austausch auf Instagram möchte ich Alexandra Wiese, Ella Welsh und Olga Krouk danken.

Und last but not least danke ich Keah und Melui, die mich immer anfeuern und mir bei jeder Zweifel-Attacke zur Seite gestanden haben.

Der erste Band der berührenden Saga rund um die Familie Haynbach.

Elaine Winter
MODEHAUS HAYNBACH – TAGE VOLLER HOFFNUNG

336 Seiten
ISBN 978-3-404-18372-2

Deutschland, 1922: Die junge Näherin Claire kann ihr Glück kaum fassen, als der adelige Helmut von Haynbach um ihre Hand anhält. Doch dann der Schock: Helmuts Eltern verstoßen ihren Sohn! Das junge Ehepaar weiß nicht wohin – und die Geburt ihres ersten Kindes rückt näher. Helmut möchte für seine Familie sorgen, doch niemand traut dem Grafensohn harte Arbeit zu. In ihrer Verzweiflung muss Claire erkennen, dass sie die Fäden des Glücks in ihren eigenen Händen hält ...

Eine starke Frau, eine große Liebe und heimtückische Intrigen vor der beeindruckenden Kulisse eines Grandhotels

Sophie Oliver
GRANDHOTEL
SCHWARZENBERG – DER
WEG DES SCHICKSALS

320 Seiten
ISBN 978-3-404-18062-2

Bad Reichenhall, 1905. In dem exklusiven Kurort in den bayerischen Alpen verliebt sich die junge Anna Gmeiner in den Salzsieder Michael. Beide wünschen sich ein besseres Leben. Michael beschließt, sein Glück in der Ferne zu suchen und Anna nachzuholen. Doch dann geschieht ein schreckliches Verbrechen und Anna ist gezwungen, einen anderen Mann zu heiraten. Zwischen Salzbaronen, Hoteliers und reichen Kurgästen aus aller Welt muss sie sich ihren Platz im mondänen Bad Reichenhall erkämpfen.
Der mitreißende Auftakt einer bewegenden Familiensaga.

Ein traditionsreiches Café. Eine mutige Familie. Eine verbotene Liebe …

Marie Lamballe
CAFÉ ENGEL
Eine neue Zeit
Roman

560 Seiten
ISBN 978-3-404-17748-6

Wiesbaden, 1945. Die junge Hilde kann ihr Glück kaum fassen: Der Krieg ist zu Ende, und das Café Engel blieb wie durch ein Wunder verschont. Gegen alle Widerstände will sie den Familienbetrieb wieder zu jenem glanzvollen Treffpunkt schillernder Persönlichkeiten machen, als der er einst berühmt war. Doch schon bald trüben erste Konflikte den jungen Frieden: Als ihre schöne Cousine Luisa aus Ostpreußen eintrifft, wächst zwischen den beiden jungen Frauen eine Rivalität, die die Atmosphäre im Café zu vergiften droht. Bis sie begreifen, dass sie etwas gemeinsam haben: ein Geheimnis aus Kriegszeiten, das sie bis heute fürchten …

Lübbe

Lesejury